Nuova Narrativa Newton
1436

Della stessa autrice:

Urla nel silenzio
Il gioco del male
La ragazza scomparsa
Una morte perfetta
Linea di sangue
Le verità sepolte
Il primo cadavere
Quelli che uccidono
Vittime innocenti
Promessa mortale
La memoria dei morti
La mossa dell'assassino

Questo libro è un'opera di fantasia. Nomi, personaggi, avvenimenti, attività, organizzazioni, luoghi ed eventi diversi da quelli chiaramente di pubblico dominio sono frutto dell'immaginazione dell'autrice oppure sono usati in modo fittizio. Qualunque somiglianza con persone reali, viventi o defunte, eventi o ambientazioni è puramente casuale.

Titolo originale: *Killing Mind*
Copyright © Angela Marsons, 2020
First published in Great Britain in 2020 by Storyfire Ltd trading as Bookouture.
Angela Marsons has asserted her right to be identified as the author of this work.
All rights reserved.

Traduzione dalla lingua inglese di Anna Ricci
Prima edizione: gennaio 2025
© 2025 Newton Compton editori s.r.l., Roma

ISBN 978-88-227-8853-5

www.newtoncompton.com

Realizzazione a cura di Pàgina
Stampato nel gennaio 2025 da Grafica Veneta S.p.A., Trebaseleghe (PD)

Angela Marsons

Una mente assassina

Newton Compton editori

*Questo romanzo è dedicato a Oliver Rhodes
per aver scommesso su Kim Stone.*

Prologo

Non sentirò la paura. Non sentirò la paura.

Continuo a ripetermi queste parole mentalmente. Il tessuto stretto che mi taglia la bocca mi impedisce di pronunciarle ad alta voce.

Ho mani e piedi intorpiditi, non so per il freddo o per i lacci che mi tengono saldamente legata alla sedia.

Ho i brividi, il respiro affannato. So come tenere sotto controllo le reazioni fisiche al terrore che mi invade il cervello. Me lo hanno insegnato.

Non so da quanto tempo sono qui. Il denso silenzio che mi circonda non offre indizi. Il tempo sembra immobile, chissà come sono riusciti a fermarlo.

Ho i sensi annichiliti: non ci sono né odori né suoni, non c'è nulla che possa toccare. La benda sugli occhi mi impedisce di vedere oltre il nero del tessuto.

C'è un solo rumore, che agogno e temo allo stesso tempo.

Il tonfo metallico che mi rimbomba intorno quando sento aprire la porta mi assicura che non mi hanno lasciato qui a morire. Non ancora.

Mi rendo conto che ora ricomincerà tutto da capo: le domande, le accuse, le menzogne.

Le loro voci mi assaliranno, le parole s'insinueranno nelle orecchie come insetti minuscoli. Striscieranno nella mia testa, scavando gallerie.

Mi avevano detto che sarebbe successo.

Stanno cercando di arrivare alla parte più profonda di me.

So quel che vogliono ma non posso darglielo, ed è per questo che ho paura. Che cosa faranno quando mi rifiuterò di dire quel che vogliono farmi dire?

Capitolo 1

Kim percepiva la tensione del collega al volante, mentre imboccava la rotatoria dello Hall Hospital in direzione di Dudley.

Il motivo del suo malumore non poteva essere la destinazione. Keats gli aveva detto che non c'era bisogno di correre. Era un caso evidente di suicidio, dovevano solo confermarlo.

«Hai programmi interessanti per dopo?», gli chiese.

Bryant si era preso un pomeriggio di ferie e, a giudicare dalla sua espressione, non lo attendeva nulla di divertente.

«No», rispose senza guardarla.

«Oddio, Bryant, non sei capace di fare un sorriso?». Attese che sottolineasse quanto fosse ironica questa uscita da parte di lei.

Ma l'abitacolo restò avvolto nel silenzio mentre lasciavano la strada principale per fermarsi a poca distanza dal furgone di Keats.

Kim si rassegnò all'umore cupo del collega e scese scuotendo la testa.

Capannelli di persone sostavano tra l'autopattuglia e l'ambulanza, tutte con la pancia premuta contro il nastro teso dalla polizia, come a reclamare i primi posti a un concerto, terrorizzate all'idea di lasciarsi sfuggire l'occasione.

Senza una parola, Kim si fece largo per oltrepassarle. Bryant la seguì, senza prendersi la briga di scusarsi per lei, questa volta. Accidenti, doveva essere davvero preoccupato, pensò Kim. Meglio non dirlo a Woody. La lasciavano uscire dalla stazione di polizia solo perché era accompagnata da un adulto responsabile incaricato di raddrizzare i suoi modi.

«Dobbiamo passare», intimò all'ultima coppia che difendeva la posizione come se fosse in fila per i saldi di fine stagione.

Mostrò il tesserino e passò sotto il nastro. Un agente indicò le scale che sembravano condurre a un appartamento al primo piano; un altro la indirizzò verso la prima porta a sinistra.

Keats aspettò che Bryant avviasse i tipici convenevoli, dato che i due avevano l'abitudine di trascorrere un paio di minuti a prenderla per il culo senza vergogna.

Ma Bryant non disse niente, mentre cercava di scrutare oltre il medico legale.

Keats guardò Kim, che si strinse nelle spalle: quel malumore era un mistero anche per lei. Poi il medico si fece da parte, mostrando una stanza inondata di rosso.

Il fine olfatto di Kim aveva già intercettato l'odore metallico del sangue. Il tanfo nauseante si diffondeva tutto intorno, pareva incollarsi ai vestiti, ai capelli. Le sarebbe rimasto addosso per tutto il giorno. Eppure, l'odore non l'aveva preparata alla quantità che si trovò davanti.

«Oh, mio...», mormorò, oltrepassando la soglia.

Gli schizzi di sangue ricoprivano le pareti, il soffitto e la finestra più vicina al letto, su cui era distesa una giovane donna con uno squarcio di otto centimetri ad attraversarle la gola. Il braccio destro era disteso lungo il fianco, un coltello tra le dita abbandonate. Oltre a quello sparso nella stanza c'era una striscia di sangue che partiva dalla ferita, arrivava allo sterno e poi girava verso i lunghi capelli biondi. Due occhi azzurri freddi e vuoti fissavano il soffitto da un volto che, a dispetto del colorito esangue, era liscio e grazioso.

«La carotide?», chiese Kim, distogliendo lo sguardo per un momento.

Keats annuì. «È evidente che sapeva dove si trova e che voleva farla finita».

Per Kim il ragionamento era chiaro. Non era il primo caso di suicidio che si trovavano davanti, ma era il primo in cui qualcuno si tagliava la gola da solo. Di solito chi voleva farla finita si procurava un'overdose, si impiccava oppure si tagliava i polsi.

Alcuni metodi erano più una richiesta d'aiuto, altri invece erano veri e propri tentativi di uscire di scena. Ma non aveva mai visto tanta determinazione. Una persona che sapeva individuare le arterie carotidee e decideva di affondarci una lama non si aspettava certo che qualcuno intervenisse in tempo per salvarla.

«Quanto?», chiese Kim.

«Stimerei l'ora del decesso...».

«Volevo dire, quanto tempo ci ha messo a morire?», disse facendo il giro del letto.

L'arredo della stanza era essenziale, con un comodino e una lampada alla sinistra del letto matrimoniale su cui era distesa una trapunta di cotone bianco con delle margherite nascoste dal sangue. Sul davanzale c'era una candela di marca Jo Malone, ancora avvolta nel cellofan.

«Un paio di minuti», dichiarò Keats. «Dopo lo zampillo iniziale il dissanguamento avviene in poco tempo. Deve aver perso i sensi prima che il cuore si fermasse».

Kim annuì, tornando ai piedi del letto.

"Che cosa hai pensato in quegli ultimi istanti?", si domandò osservando l'espressione serena sul viso liscio della ragazza. "Paura? Sollievo? Eri soddisfatta della tua decisione?".

Sapeva che non avrebbe mai avuto risposta.

«Nessun segno di effrazione o di lotta», disse Bryant dietro di loro.

Non si era accorta che fosse uscito dalla stanza per controllare.

«Chi ha dato l'allarme?», chiese Kim, gettando un ultimo sguardo al corpo, dai piedi nudi ai pantaloni di cotone alla maglietta, fino alla chiazza di sangue sulla mano destra.

«La donna che abita al piano di sotto ha portato il cane in giardino prima di uscire per andare al lavoro, stamattina alle otto. Ha guardato in su e ha visto il sangue sul vetro, ha provato a bussare alla porta, poi ha chiamato la polizia. Il padrone di casa era già qui quando sono arrivati gli agenti e lei li ha fatti entrare», rispose Keats.

«La porta era chiusa a chiave?», chiese conferma Kim.

«Il padrone di casa ha detto di sì, e stimerei l'ora del decesso tra le nove e le undici di ieri sera».

Kim accolse l'informazione con un leggero cenno del capo.

«Sei pronta a definirlo un suicidio, ispettore?», domandò il medico, ben sapendo che dovevano essere d'accordo prima di registrarlo. Lui avrebbe dovuto comunque eseguire un'autopsia completa in laboratorio, come previsto dal coroner nei casi di suicidio, ma non avrebbe cercato prove da fornirle. Il coinvolgimento di Kim con la vittima sarebbe finito lì.

«Come si chiama?»

«Samantha Brown», rispose Bryant dalla porta. «Ventun anni».

Kim cominciò a creare un elenco mentalmente. Nessun segno di lotta, niente effrazioni, porta chiusa a chiave, metodo chiaro a un osservatore esterno e plausibile.

"Bene, Samantha, se era davvero questo che volevi, spero che tu ti sia liberata dal dolore e che non soffrirai mai più", pensò osservando il volto privo di vita.

«Ispettore, sei pronta a chiudere il caso?», chiese ancora Keats.

Lei fece un respiro profondo. «Sì, Keats, sono pronta. È un caso di suicidio».

Capitolo 2

La folla si era ormai diradata quando Kim uscì dall'edificio nel caldo sole di inizio settembre.

Immaginò che, mancando solo un paio di giorni all'inizio delle scuole, gli spettatori fossero dovuti tornare al lavoro o a comprare le nuove uniformi scolastiche.

Emise un rantolo quando tra le poche facce notò qualcuno che, invece, non aveva alcun impegno.

«Ehi, ispettore, hai...».

«Ti ho vista, Frost, ed è proprio per questo che stavo andando nella direzione opposta».

Kim e Tracy Frost, reporter locale per «The Dudley Star», negli anni avevano avuto anche momenti di grande intesa, ma agli occhi dell'ispettrice quella donna sarebbe rimasta sempre e solo una giornalista a caccia di storie succose.

«Allora, è vero che...».

«Frost», fece Kim, fermandosi di colpo. «Quante volte mi hai inseguita mentre mi allontanavo dalla scena di un'indagine?»

«Qualcuna», ammise lei.

«E quante volte ti ho dato una quantità di informazioni tali da ricavarci anche solo il titolo di un articolo?»

«Mai», fece lei. «Solo che...».

«Oggi non sarà un'eccezione», dichiarò Kim riprendendo a camminare. «Ma sentiti libera di fare domande a Bryant», aggiunse girandosi. «Sai, è proprio dell'umore giusto per scambiare due chiacchiere con te».

«Sergente Bryant, potresti dirmi...».

«Immagino tu sia impermeabile al sarcasmo, Frost», fece lui a bassa voce mentre raggiungeva lo sportello del posto di guida dell'Astra Estate.

Tracy Frost si ravviò i capelli biondi e si allontanò stizzita sui tacchi da dieci centimetri.

Kim non poté fare a meno di ripensare all'immagine di una chioma bionda molto simile che aveva appena visto intrisa di sangue. Scacciò l'immagine dalla mente: non c'era più nulla che potesse fare per aiutare Samantha Brown.

Il telefono di Bryant notificò l'arrivo di un messaggio e nello stesso momento anche Kim sentì il suo vibrare nella tasca.

«I familiari di Samantha», osservò Bryant, mentre lei scorreva fino a trovare il messaggio di Stacey. «Immagino che sarà il sergente che si trova lì a...».

«Ci andiamo noi», disse Kim, notando che l'indirizzo dei genitori della ragazza si trovava a meno di tre chilometri da lì.

Bryant guardò l'orologio. Erano quasi le undici e lui avrebbe staccato all'una, a metà turno.

Il gesto le diede sui nervi.

«Bryant, so che oggi ti sei preso il pomeriggio libero, ma adesso sei ancora al lavoro e c'è una coppia di genitori le cui vite stanno per essere devastate dalla notizia del suicidio della figlia ventunenne. Una notizia che penso proprio dovremmo essere *noi* a dare, ma solo se sei sicuro di avere tempo».

Lui non la guardò, né si scusò per la mancanza di tatto. Anzi, le parlò con lo stesso tono con cui si era rivolto a Tracy Frost. «Sì, capo, certo che ho tempo».

Capitolo 3

Kim era ben consapevole di quanto fosse paradossale il fastidio che provava per le persone di cattivo umore: lei stessa era perennemente sospesa tra l'aggressivo e l'ostile. Ma era una sua caratteristica innata, e ogni concessione a un modo di fare più gentile le richiedeva dosi massicce di pianificazione, fatica e caffeina.

Era proprio quello il motivo per cui aveva deciso di tenere la bocca chiusa durante il breve tragitto verso la casa dei genitori di Samantha Brown. Non pensava che sarebbe riuscita a dire qualcosa di positivo, dunque era meglio non parlare affatto.

Non che Bryant non fosse mai di malumore. Capitava un paio di volte all'anno e in genere il giorno dopo era tutto finito.

Bryant fermò l'auto davanti a una villetta indipendente a Sedgley.

Un vaso a forma di mezzo barile con dentro delle fucsie dai fiori penduli decorava lo spazio alla destra della porta.

Kim suonò il campanello, poi si voltò verso il collega. «Parlo io».

Lui annuì, e in quel momento la porta si aprì mostrando un uomo magro, con i capelli biondi, che indossava pantaloni neri e una camicia sbottonata sul collo. Aveva un paio di occhiali senza montatura posati sulla testa.

«Il signor Brown?», si informò Kim mostrando il tesserino.

Lui annuì lentamente, abbassando gli occhiali per vedere meglio. La sua espressione si fece preoccupata. «Detective ispettore...», disse, sicuramente domandandosi cosa ci facessero lì.

«Possiamo entrare?», gli chiese.

«Certo», replicò l'uomo, indicando la seconda porta a sinistra.

Kim entrò in quello che senza alcun dubbio era lo studio del signor Brown. Notò una lavagna formato A1 con davanti uno sgabello dallo schienale alto. Due disegni line art erano sistemati uno accanto all'altro. Su un'antica scrivania in legno di pino c'erano un computer Apple di ultima generazione e un bloc notes aperto. Una poltroncina era stata spostata di lato, sulla sinistra c'era un divano a tre posti, proprio di fronte a una parete con mensole piene di libri. Kim pensò che fosse un architetto che lavorava da casa.

«Prego, sedetevi pure», disse lui indicando il divano.

Kim ebbe la sensazione che l'uomo che aveva davanti pensasse di poter evitare le brutte notizie mostrandosi il più gentile possibile.

Si sedette, imitata da Bryant; il signor Brown si accomodò nella poltroncina e la girò verso di loro.

«Signor Brown, sua moglie è...».

«Mi chiami pure Myles», le disse.

Kim non amava chiamare le persone per nome ma, considerate le circostanze, lo accontentò.

«D'accordo, Myles, abbiamo bisogno di parlare sia con lei che con sua...».

La porta dello studio si aprì, interrompendola.

«Tesoro, non riesco a parlare con...».

La donna si fermò quando sollevò lo sguardo dal telefono che aveva in mano e li vide seduti lì. Doveva essere la signora Brown, e la persona che non rispondeva al telefono sua figlia, Samantha.

Kim fece un grande sforzo per tenere a bada l'ondata di nausea incombente.

«Sono detective, Kate», spiegò Myles, alzandosi e facendo cenno alla moglie di mettersi seduta.

Lei obbedì, il telefono mollemente adagiato in mano. «Si tratta di Sammy?», chiese, tremante.

Kim si rese conto che quelli sarebbero stati gli ultimi istanti di vita normale per quella coppia, che sarebbe stata presto costretta a ricostruire una nuova normalità intorno alla perdita della figlia.

I visi di entrambi erano pieni di timore misto a trepidazione, eppure, una volta saputa la verità, una volta che le parole fatali fossero state pronunciate, avrebbero desiderato di poter tornare indietro, di poter avere del tempo, almeno un altro po', prima di essere costretti ad ascoltarle.

«Signori Brown, purtroppo devo darvi una notizia terribile a proposito di vostra figlia».

Myles prese la mano di sua moglie e la strinse forte.

«Mi dispiace molto, ma devo comunicarvi che ieri sera Samantha si è tolta la vita».

Le loro espressioni rimasero identiche mentre le parole fluttuavano nell'aria, sospese sulla loro capacità di accettazione.

Kim non aggiunse altro e aspettò.

Kate Brown cominciò a scuotere lentamente la testa. Mostrò il telefono. «No, le ho appena lasciato un messaggio in segreteria, mi richiamerà. Vi state sbagliando. Aspettate, provo a richiamarla», disse disperata, e il telefono le scivolò dalle mani tremanti.

Myles si chinò a raccoglierlo e, quando si sollevò, Kim vide le lacrime nei suoi occhi. Aveva già accettato la verità.

«Mi dispiace, signora Brown, ma non può richiamarla. Siamo venuti qui direttamente da casa sua».

Kate Brown si alzò in piedi. «Non vi credo. Portatemi subito lì, ve lo dimostrerò». Si voltò verso il marito. «Myles, vai a prendere la macchina e...». Smise di parlare quando scorse l'espressione devastata nei suoi occhi. Aggrottò la fronte e scosse di nuovo il capo. «Tu gli credi, Myles?».

Lui annuì, le lacrime che scivolavano lungo le guance, e l'abbracciò.

«La mia bambina, la mia bambina», cominciò a gemere lei.

Myles la strinse più forte. La donna si tirò indietro per osservare il suo viso un'altra volta.

L'uomo assentì ancora. «Non c'è più, amore».

«Ma avevi detto che era pronta per stare...».

«Shhh, tesoro», disse lui, stringendola al petto.

Le lacrime continuarono a bagnargli il viso mentre teneva la moglie tra le braccia, il mento poggiato sulla sua testa.

Il suo sguardo tormentato incontrò quello di Kim dall'altra parte della stanza. «Come... cioè...».

Lei sollevò la mano. «Più tardi verrà qualcuno a spiegarvi meglio, ma per il momento cerchi di avere cura di sé e di sua moglie».

I dettagli sarebbero arrivati molto presto, insieme alla richiesta di identificare il corpo.

Kim si alzò, seguita da Bryant. «Non c'è bisogno che ci accompagniate alla porta. Vi preghiamo di accettare le nostre più sentite condoglianze».

Era una frase fatta, ma era sincera.

«Un attimo solo, detective», disse Myles mentre si avvicinavano alla porta. «C'è una cosa che ho bisogno di sapere. Ha... ha sofferto?».

Kim pensò ai pochi minuti passati dopo che la giovane si era ferita, istanti in cui la linfa vitale era scivolata via dal suo corpo. Lunghi momenti pieni di paura, prima di perdere i sensi.

Assunse un'espressione seria prima di rispondere. «No, signor Brown, Samantha non ha sofferto».

Capitolo 4

Kim finì il caffè e tamburellò con le dita sulla scrivania. Finalmente Bryant se n'era andato, e lei continuava a ripercorrere nella mente gli eventi della mattina.

Stacey e Penn stavano finendo di compilare i documenti sulla grave aggressione per cui erano dovuti intervenire il giorno prima, e lei avrebbe dovuto concentrarsi sui tre nuovi casi che le erano piombati sul tavolo. Eppure non riusciva a togliersi dalla testa l'immagine del viso di Samantha Brown.

Sulla scena tutto tornava. Keats non aveva avuto il minimo dubbio, e nemmeno lei.

Mise davanti a sé una delle tre nuove cartelline. Era quello il problema, quando si lavorava quasi solo a casi di omicidio: li vedevi ovunque. I rischi del mestiere, si disse aprendo il fascicolo.

Eppure, Kate Brown aveva detto una cosa a proposito di Samantha, sul fatto che era pronta per qualcosa. Non era stata tanto l'affermazione ad attirare il suo interesse, ma il fatto che Myles Brown avesse interrotto la moglie.

Chiuse la cartellina, con una domanda che già prendeva forma nella sua mente. Quella mattina aveva osservato la scena con molta attenzione. Ma era proprio sicura di non aver tralasciato niente?

Capitolo 5

Bryant non riusciva a scrollarsi di dosso la sensazione che lo tormentava dal momento in cui aveva aperto gli occhi. Sapeva di essere stato brusco con Kim, ma con la testa era già alle procedure che si sarebbero svolte un'ora dopo.

Aveva seguito quel processo tante volte, nel corso degli anni, eppure si ritrovava sempre con un nodo allo stomaco, e quel giorno non sarebbe stato diverso.

Si trattava dell'omicidio di Wendy Harrison, il caso che gli aveva cambiato la vita.

All'epoca era un agente semplice di ventisei anni ed era stato il primo ad arrivare sulla scena del brutale stupro e omicidio di una quindicenne scomparsa da quarantotto ore. L'orrore che aveva provato vegliando il corpo di Wendy Harrison lo aveva scosso come nessun altro caso, prima o dopo, aveva mai fatto.

Aveva aspettato gli agenti della Polizia investigativa per quarantacinque minuti, e in quel lasso di tempo aveva giurato alla ragazzina che avrebbe trovato e arrestato il bastardo che l'aveva ridotta così, fosse l'ultima cosa che avrebbe fatto. L'ispettore incaricato aveva cominciato a girare intorno al corpo e gli aveva dato il permesso di allontanarsi, mandandolo alla stazione di polizia, dove Bryant avrebbe completato la propria dichiarazione.

Mentre se ne andava, aveva provato la sensazione di averla abbandonata, di avere infranto la promessa, anche se non c'era altro che potesse fare. Ma quella consapevolezza non aveva impedito al volto della giovane di tormentare i suoi sogni per settimane.

Era stata proprio la sensazione di impotenza che aveva provato a spingerlo a entrare nel dipartimento di Polizia investigativa. Voleva diventare la persona che eseguiva gli arresti, che scovava i colpevoli, non l'agente che faceva la guardia ai cadaveri per poi essere allontanato dalla scena del crimine.

Aveva seguito il caso con attenzione e alla fine l'assassino era stato preso, ma sarebbe dovuto succedere prima che avesse la possibilità di colpire di nuovo. Invece Peter Drake aveva mietuto un'altra vittima prima di essere assicurato alla giustizia.

Così, dopo che non era stato all'altezza della situazione con Wendy Harrison, aveva giurato che non sarebbe successo mai più.

Negli anni, a intervalli regolari, veniva chiamato a fare la sua parte, proprio come quel giorno, in modo che Peter Drake non potesse più vedere la luce del giorno.

Capitolo 6

«Sei proprio sicuro che abbia passato la revisione?», chiese Kim mentre Penn metteva la terza con un suono sferragliante del suo catorcio arrugginito.

«È il mese prossimo, capo, ma non mi deluderà».

«Ho visto scene del crimine in condizioni migliori», notò lei quando il cassetto del cruscotto si aprì colpendole un ginocchio.

«Certo, ma questa vecchia ragazzona ce la farà anche stavolta. Ne abbiamo passate tante insieme», disse lui, picchiettando il volante.

A Kim sembrava che quella "vecchia ragazzona" fosse pronta per lo sfasciacarrozze, ma non sarebbe stata lei a dargli la ferale notizia.

«La prossima a sinistra», indicò, mentre si avvicinavano al centro di Dudley. «E subito a destra», aggiunse mentre qualcosa sul lato sinistro dell'auto emetteva un cigolio di protesta.

Penn parcheggiò dietro l'unica pattuglia di servizio rimasta.

Il furgone di Keats non c'era più, l'ambulanza era andata via, il nastro era stato tolto e i curiosi erano tornati alle loro vite, dimenticando l'emozione con cui era iniziata la giornata. Lo stesso evento che aveva distrutto per sempre la vita dei genitori di Samantha, per i vicini non era altro che un momentaneo argomento di pettegolezzo.

L'unica auto della polizia era accanto al furgone Ford Escort del padrone di casa. Sperò che fosse ancora lì.

L'agente alla porta le lanciò un'occhiata interrogativa quando Kim si avvicinò. «Signora?»

«Devo solo dare un'altra occhiata», spiegò, e lui si fece da parte.

Di sicuro gli avevano detto di non far entrare nessuno, a parte la squadra addetta alle pulizie.

«È tutto a posto», lo rassicurò. «E se vedi il padrone di casa, digli che vorrei parlare con lui».

L'agente annuì, spostando la mano verso la ricetrasmittente che teneva agganciata al giubbotto.

Kim salì gli scalini a due a due, tallonata da Penn.

«Tutto okay», disse al secondo agente di guardia alla porta dell'appartamento. «Il tuo collega di sotto mi ha già dato il permesso di entrare».

L'uomo si spostò per lasciarla passare.

Con tutte le persone ammassate lì dentro, qualche ora prima, non si era resa conto di quanto fosse piccola la casa.

Sul corridoio privo di finestre si aprivano tre porte. Sapeva già che quella a sinistra portava alla camera da letto. Quella a destra era della cucina, mentre quella in fondo conduceva in salotto.

Si voltò e chiuse la porta di casa. Aveva due serrature separate, un chiavistello che si chiudeva automaticamente quando veniva chiusa e una serratura con la chiave all'altezza della vita. Esaminò entrambi con attenzione e nemmeno lei trovò segni di scasso.

Proprio come aveva detto Bryant.

«Capo, vuoi che faccia qualcosa?», domandò Penn.

«Osserva e basta», disse lei entrando in cucina.

La stanza era arredata con armadi semplici e poco costosi, di colore bianco, e un lavello in acciaio inossidabile. Uno scaldabagno abbastanza recente era attaccato alla parete vicino alla finestra.

La cucina sembrava funzionale, anche se un po' spoglia, priva com'era di tocchi personali: non c'erano soprammobili sulle superfici né immagini appese ai muri. Vicino al lavandino c'erano una tazza bianca e un piattino coordinato, con due pezzi di crosta di pane avanzati da un sandwich.

«Non somiglia affatto alla mia», sottolineò Penn dalla soglia. «Da me è un miracolo trovare spazio sul bancone». Si guardò intorno. «Ed è più grande di questa».

Kim non si dedicava quasi per niente alla cucina, ma perfino la sua era piena di oggetti che non aveva voglia di mettere a posto, cose accumulate nel tempo: un paio di batterie di ricambio, un libro di cucina che la odiava, delle pagliette che usava per pulire i pezzi di moto: oggetti che non avevano un posto preciso, ma su cui i suoi occhi si posavano diverse volte al giorno. In quella cucina, invece, c'era una notevole assenza di cose.

Si spostò in salotto. Anche quella stanza era angusta, dominata da un divano a due posti e da una poltrona. C'era un piccolo televisore su un mobile in vetro in un angolo. Kim cercò qualche segno particolare, un'impronta che Samantha Brown poteva aver lasciato di sé, ma non trovò nulla.

«Sembra quasi che non la considerasse casa sua», disse Penn, girando per il salottino.

Era proprio ciò che stava pensando Kim. Forse Samantha era stata mandata via da un'altra casa? Si sentiva sola? Per questo motivo si era tolta la vita?

Tornò verso la camera da letto e si fermò sulla soglia. Kim non sapeva se fosse per via del ricordo di ciò che aveva visto quella mattina o per la sagoma che lasciava libera dal sangue una parte del lenzuolo, ma le sembrava di vedere ancora Samantha Brown distesa sul letto.

Cercò di identificare con precisione ciò che l'aveva indotta a tornare, ma proprio in quel momento sentì dei passi in corridoio.

Un uomo basso e tarchiato in tuta da lavoro le tese la mano. Lei distolse lo sguardo e la mano ricadde lungo il fianco.

«Raymond Crewett, il padrone di casa».

«È stato lei a far entrare la polizia?», gli chiese tornando in corridoio.

«Sì».

«E ha dovuto aprire entrambe le serrature?», domandò.

Lui annuì. «Sì, sì, ho...». Si interruppe, aggrottando la fronte. Tirò fuori il suo mazzo di chiavi e parve ripercorrere le proprie azioni con la mente. «Aspetti, no, non credo. Ho aperto la serratura superiore, poi ho abbassato la maniglia e la porta si è aperta. Ma quasi nessuno...».

«Grazie, Raymond. Se avessi bisogno di sapere altro, le farò sapere».

«Ha idea di quando...».

«No», tagliò corto lei. Non sapeva quando gli sarebbe stato restituito l'appartamento.

L'ammissione dell'uomo non aveva allentato il nodo che sentiva allo stomaco. Certo, molti dimenticavano di chiudere anche la seconda serratura, ma di solito non le donne single che vivevano da sole.

Raymond se ne andò borbottando qualcosa a proposito di una grondaia da riparare.

«Secondo te c'era qualcun altro in casa?», chiese Penn.

«Penso che non si possa escludere a priori», fece lei, tornando sulla soglia della camera da letto.

Penn le passò accanto ed entrò nella stanza.

«Mai visto niente del genere», commentò fermandosi vicino al davanzale. «Gente che si è tagliata la gola o i polsi nella vasca da bagno sì, ma mai una cosa simile».

La reazione di Penn non placava il senso di angoscia che avvertiva nelle viscere. Kim era voluta tornare lì per avere la certezza che lei e Keats non si fossero sbagliati, ma aveva ottenuto l'effetto opposto.

«Bella candela», proseguì lui. «Molto costosa. Mia madre le adora, se ne compra una ogni anno».

«Penn, sta' zitto», gli disse.

«Okay, capo», rispose lui, continuando a guardarsi intorno.

Kim fece un elenco mentale delle discrepanze che aveva notato.

Nessuna preparazione. Nessuna cerimonia. Nessun biglietto. Tende spalancate. Di sicuro doveva essere una questione privata. Perché non aveva scelto la vasca da bagno? Per qualche strano motivo, chi voleva togliersi la vita non desiderava sporcare troppo. Il piattino e la tazza in cucina. Chi poteva avere voglia di uno spuntino sapendo che stava per tagliarsi la gola?

Il fatto che fosse stato necessario aprire una sola serratura. Quella che si sarebbe chiusa da sola se qualcuno fosse uscito di casa.

La candela avvolta nel cellofan le dava da pensare. Era il genere di cosa che si compra per fare un regalo. In un appartamento così spartano, nel quale mancava ogni oggetto personale, perché c'era solo quella candela costosa?

«Penn», disse, agitata.

«Sì, capo».

«Riportami subito alla centrale».

Capitolo 7

«Non se ne parla nemmeno», disse Woody, scuotendo il capo.

«Ma signore, abbiamo bisogno di avviare subito un'indagine completa».

Penn aveva guidato come un pazzo per riportarla indietro più in fretta possibile. Kim aveva raccontato tutto a Woody e aveva chiesto che venisse dato ordine a Keats di eseguire subito l'autopsia sul corpo di Samantha Brown. L'avrebbe fatta comunque, ma la giovane sarebbe stata inserita tra le priorità minori, il che avrebbe significato un ritardo di un giorno o due al massimo. Ma lei non poteva sprecare così tanto tempo.

«Qualsiasi prova di rilievo è andata persa nell'attimo in cui tu e Keats avete dichiarato che si trattava di suicidio. Non sono state scattate foto della scena, il protocollo della medicina legale non è stato seguito, per non parlare del fatto che Keats l'avrà già fatta lavare per prepararla all'identificazione, distruggendo qualsiasi elemento importante».

«Ma potrebbe esserci...».

«Stone, non cambierò idea. Se ci fosse stato qualcosa di rilevante, sarebbe stato all'esterno del cadavere. La causa del decesso è indiscutibile, e se anche tu avessi ragione, cosa di cui non sono convinto, hai perso l'opportunità di interrogare il corpo di Samantha Brown alla prima occasione».

Kim imprecò tra sé. «Signore, abbiamo davvero bisogno di riclassificare la causa del decesso».

«E lo faremo, se e quando mi darai un buon motivo. Non possiamo fare questo ai suoi genitori, Stone». Fece una pausa e la guardò negli occhi. «Se pensi davvero che sia stato commesso un errore verifica, ma agisci con tatto».

Kim annuì, comprendendo la situazione. Dopotutto, "Tatto" era il suo secondo nome.

Capitolo 8

Bryant si era fermato nel parcheggio con dieci minuti di anticipo. Notò subito che era stato il primo ad arrivare.

Il carcere HM Hewell si trovava a Tardebigge, nel Worcestershire. Ospitava circa quattrocento detenuti per vari reati e serviva le contee di Worchestershire, Warwickshire e West Midlands. La prigione aveva discreti problemi di sovraffollamento e droga, com'era stato scoperto quando, durante le riprese di un documentario naturalistico nei campi vicini, per caso era stato filmato anche il traffico illegale.

Era anche il luogo in cui Peter Drake era rinchiuso da ventisei anni.

Bryant spense il motore e si appoggiò allo schienale. Se fosse stato ancora un fumatore, avrebbe già avuto in mano una sigaretta accesa.

Mancavano dieci minuti, l'ansia gli serrava lo stomaco: che diamine, molto probabilmente ne avrebbe fumate almeno un paio di fila.

Cominciò a picchiettare col palmo sul volante, spinto dal bisogno di fare qualcosa, mentre si guardava intorno nel parcheggio in attesa di vedere il veicolo che doveva ancora arrivare.

Aveva conosciuto Richard Harrison durante il funerale di Wendy, mentre se ne stava in disparte sul fondo. Qualcuno, però, lo aveva notato. Richard si era avvicinato mentre saliva in auto e gli aveva chiesto perché avesse partecipato alle esequie di sua figlia.

Bryant aveva spiegato il proprio ruolo a quell'uomo distrutto che aveva appena seppellito la sua bambina. Al processo, aveva letto a voce alta la propria dichiarazione e aveva visto l'uomo sforzarsi di non scoppiare in lacrime. Dopo che aveva fatto tutto ciò che era in suo potere, aveva dovuto guardare avanti. L'assassino era finito dietro le sbarre con una condanna a quarantacinque anni, e lui aveva continuato a vivere la propria vita, sperando che Wendy potesse riposare in pace.

Era andata così fino a dieci anni prima, quando Richard Harrison lo aveva aspettato davanti alla stazione di polizia di Sedgley alla fine del turno.

Bryant non lo aveva riconosciuto subito. Era dimagrito, ormai l'ombra di sé stesso, e i capelli erano diventati molto più grigi di come li ricordava.

Davanti a un caffè, Richard gli aveva spiegato che l'assassino di Wendy, Peter Drake, aveva chiesto la libertà condizionata dopo aver scontato quindici anni di pena. Gli aveva confidato anche che il suo matrimonio era andato a rotoli, concludendosi col divorzio. Durante la conversazione, Bryant aveva capito che la causa principale della rottura era stata il fatto che Richard non era riuscito più a riprendersi e a superare la morte dell'unica figlia. Aveva perso ogni contatto con gli amici e alla fine anche il lavoro, per scarso rendimento. Poi, in breve, era arrivato il turno della casa e della moglie.

Bryant lo capiva. Sapeva che ognuno aveva bisogno di guarire secondo i propri tempi, di trovare un modo per voltare pagina, ma se sua figlia avesse dovuto passare lo stesso calvario di Wendy, lui non era sicuro che sarebbe mai riuscito a trovare le forze per riprendersi. Richard e Bryant erano entrambi padri di una figlia. Una figlia unica.

«Era il tesoro di papà», gli aveva spiegato Richard. Quando le succedeva qualcosa, correva subito da lui. Se aveva bisogno di un cerotto, di una storia della buona notte, papà era pronto ad aiutarla.

«Stavolta però, papà non ci è riuscito», aveva mormorato l'uomo sulla tazza di caffè, spezzandogli il cuore.

Sapeva che altri genitori avevano avuto la possibilità di commettere degli errori e di rendersene conto. Chi aveva più di un figlio poteva provare a correre ai ripari con gli altri, comportandosi in modo diverso la seconda volta. Richard non aveva potuto fare nulla per Wendy. Aveva sbagliato tutto, e non se lo sarebbe mai perdonato.

Per aiutarlo, Bryant aveva fatto un paio di telefonate in prigione a un suo amico all'interno della commissione per la libertà vigilata e aveva ottenuto che Peter Drake non potesse andare da nessuna parte. Un comportamento scorretto e alcuni episodi di violenza nei confronti degli agenti della polizia penitenziaria avevano escluso la scarcerazione anticipata.

Le cose però erano cambiate cinque anni prima, quando l'uomo aveva cominciato a sostenere di aver trovato Dio. Anni in cui era riuscito a comportarsi bene e a tenersi alla larga dai guai in modo costante.

Ormai a ogni udienza per la libertà vigilata si rischiava che venisse scarcerato, e Bryant era più angosciato che mai.

Due anni prima, Richard gli aveva chiesto di assistere con lui all'udienza. In qualità di parente prossimo di Wendy, aveva il diritto di partecipare e di portare con sé un accompagnatore.

In passato, Bryant si era sempre fidato della commissione. Era un organo indipendente, costituito da duecentoquarantasei membri e centoventi elementi del personale di assistenza che eseguivano valutazioni dei rischi su ciascun individuo per determinare se fosse possibile reintrodurlo nella comunità senza conseguenze.

Sapeva che la sicurezza pubblica era la priorità assoluta, e che si occupavano di circa venticinquemila casi l'anno presentati dal ministero della Giustizia. La valutazione dei rischi si basava su prove dettagliate contenute in un dossier e su ulteriori prove fornite nel corso di un'udienza orale. I membri erano sorteggiati da un'ampia cerchia di professioni e nominati dal segretario di Stato per la Giustizia.

Secondo le statistiche, negli anni dal 2018 al 2019 solo l'1,1 percento dei detenuti rilasciati aveva poi commesso altri reati gravi.

Era una percentuale molto bassa, ma rappresentava comunque un rischio, e agli occhi di Bryant dimostrava solo una cosa: la commissione per la libertà vigilata poteva sbagliare.

Quando l'auto di Richard Harrison si fermò nel parcheggio, Bryant pregò che non toccasse a Peter Drake.

Capitolo 9

Myles aiutò la moglie a salire in macchina senza sapere come fossero tornati al parcheggio.

Quando aveva visto la loro figlia distesa su quel lettino nella sala visite dell'obitorio, qualcosa nel viso della donna si era spento. Non aveva pianto, non aveva singhiozzato. Non aveva più emesso un solo suono da quel momento.

A un certo punto Myles aveva sentito il bisogno di tirar via il lenzuolo bianco che copriva sua figlia fino al mento, per impedire che la soffocasse. Sammy non aveva mai sopportato di avere qualcosa di stretto intorno al collo.

Aveva dovuto fare uno sforzo per ricordare a sé stesso che lei non era in grado di sentire più nulla, e inoltre adesso sapeva cosa avevano voluto nascondere. Non provava alcun desiderio di vedere la ferita che sua figlia si era inflitta.

«Tesoro, ho bisogno di andare un attimo in bagno», disse chinandosi e parlandole all'interno della macchina.

Sua moglie rispose con un leggero cenno del capo, ma continuò a tenere lo sguardo fisso davanti a sé.

L'uomo chiuse lo sportello con delicatezza e tornò verso l'edificio principale.

Qualcosa dentro di lui gli diceva che prima o poi sarebbe riuscito a scrollarsi di dosso la sensazione di intorpidimento che aveva nello stomaco, anche se sapeva che lo avrebbe accompagnato per moltissimo tempo.

Non era rimasto sconvolto quanto sua moglie di fronte alla decisione di Samantha di togliersi la vita. La figlia stava passando un periodo complicato, e sì, lui si era convinto che fosse abbastanza forte da poter provare a vivere da sola. Quell'errore l'avrebbe perseguitato per il resto della vita, ma al tempo stesso c'era una vocina dentro di lui che gli diceva che, se era stata così determinata a uccidersi, il luogo non avrebbe fatto alcuna differenza. Quando viveva con loro non era né segregata né sorvegliata ventiquattro ore al giorno. Avrebbe comunque trovato un modo.

Era ben consapevole del fatto che sua moglie non lo avesse quasi guardato da quando la detective aveva dato loro la notizia. Qualcosa dentro di lui aveva una gran voglia di dare sfogo alle emozioni accumulate, la sofferenza, la rabbia, il senso di ingiustizia, perfino il dolore, eppure non ci riusciva, non poteva. Sapeva che sua moglie non aveva più diritto di lui di stare male, ma era pronto ad accettare quel suo silenzio accusatorio. Si sarebbe preparato ad affrontare la sua collera, quando fosse stato il momento. Sarebbe stato pronto per le lacrime incontrollate, quando il suo cervello avesse permesso alla verità di fare breccia. L'unica cosa che non poteva fare era concedersi di crollare. Non poteva lasciarsi inghiottire dal dolore. C'era ancora molto da fare, e il loro comportamento, da quel momento in poi, sarebbe stato più importante che mai.

Entrò nella zona della reception dell'ospedale, superò il bancone e si spostò dove non poteva essere visto dall'auto, anche se sapeva che lei non lo stava guardando.

Cercò un punto abbastanza appartato lungo il corridoio e in quel momento un pensiero lo colse all'improvviso.

Samantha era stata al centro di quasi ogni loro conversazione negli ultimi tre anni.

Adesso che non c'era più, aveva lasciato un vuoto che non sarebbero mai riusciti a colmare.

Fece un respiro profondo e prese il cellulare, il vero motivo per cui aveva lasciato la moglie in macchina.

Cercò il contatto che desiderava in rubrica, voltandosi verso il muro. Come si aspettava, la segreteria scattò subito. Aspettò, fece un altro respiro.

«Sammy è morta», disse e chiuse la chiamata.

Capitolo 10

«Samantha Brown», disse Stacey guardando lo schermo. «Ventun anni, figlia di Myles e Kate Brown, nata nel luglio del 1999. Aveva fatto parte della squadra di ginnastica della scuola, poi di quella di pallavolo, diplomata cinque anni fa, frequentava il Dudley College dove studiava Progettazione grafica. Sembra avesse un'intensa vita sociale, tanti amici ma nessun fidanzato serio, quindi studiava e si divertiva, soprattutto».

«Normale vita da college, quindi?», chiese conferma Penn.

Kim ascoltava distrattamente mentre scaricava la casella email. Keats aveva protestato di fronte alla sua richiesta delle foto del corpo scattate sulla scena e dopo, e lei gli aveva assicurato che le servivano solo per compilare il rapporto. Così aveva acconsentito a inviargliele. Kim aveva concluso la telefonata più in fretta che poteva per evitare ulteriori domande da parte dell'astuto medico legale e, se lo conosceva bene quanto pensava, era sicura che in quel momento lui stesso fosse impegnato a osservare di nuovo quelle immagini, domandandosi se avessero preso un abbaglio.

«Samantha aveva account su quasi ogni piattaforma social, ma sembra che la sua preferita fosse Instagram, finché...».

«Aspetta, Stace», la interruppe Kim quando vide arrivare l'email di Keats.

Cominciò a scorrere le dieci immagini che aveva ricevuto, cercando qualsiasi dettaglio che potesse sembrare fuori posto o sospetto. Qualcosa da poter presentare al suo capo.

In quel momento aveva solo una candela che sembrava un regalo appena ricevuto, l'assoluta mancanza di un rito o di pianificazione, la possibilità che nell'appartamento fosse presente qualcun altro e la sua personale natura sospettosa: tutti elementi che il capo aveva già respinto.

Aveva bisogno di qualcosa che lo convincesse a darle il permesso di indagare al meglio sulla morte di Samantha.

Continuò a scorrere le foto.

La posizione.

Il coltello.

Il sangue.

La mano.

Maledizione, non c'era nulla che non fosse già presente nei suoi ricordi.

Le esaminò di nuovo. «Scusa, Stace, riprendi pure».

«Stavo solo per dire che la presenza online di Samantha è in tutto e per tutto quella che ci si aspetterebbe. Abbastanza normale, come direbbe Penn, tranne che per una cosa».

«Cioè?», chiese Kim, mentre il suo cellulare le mostrava l'ultima foto: quella della mano.

«La sua vita online si è interrotta tre anni fa: da allora non ha postato più niente».

Kim sollevò lo sguardo. «Tre anni?».

Stacey annuì.

Era una stranezza, ma non avrebbe fatto cambiare idea a Woody.

«Okay, Stace, ottimo lavoro, ma avrò bisogno di...». Si fermò all'improvviso, riportando lo sguardo sulla foto della mano.

Qualcosa l'aveva colpita, come se la vedesse per la prima volta. Ruotò il cellulare, osservando l'immagine da ogni angolazione.

«Stace, continua a cercare, e Penn, tu dammi una penna rossa e un righello, subito».

Capitolo 11

Britney tirò fuori dallo zaino gli ultimi volantini rimasti. Una volta finito di distribuirli, sarebbe potuta finalmente andare a casa.

Sorrise tra sé, ripensando a quando aveva cominciato a fare quel lavoro. Al terzo giorno era uscita dal college in anticipo, quando le nubi minacciose che avevano promesso temporale per tutto il giorno avevano cominciato a scatenare tuoni, fulmini e una pioggia torrenziale. Era rientrata con lo zaino mezzo pieno di volantini, i vestiti zuppi incollati addosso come plastica sciolta e i capelli sgocciolanti. Le avevano spiegato che non si poteva abbandonare il proprio lavoro per un po' di maltempo. Era stata sul punto di rispondere che il temporale era andato avanti per quasi tre ore, ma in realtà aveva capito bene il senso di quell'affermazione: il suo lavoro era troppo importante per abbandonarlo al primo ostacolo. La sua famiglia dipendeva da lei, e giurò che non l'avrebbe delusa mai più.

Il giorno dopo nel suo zaino c'erano i soliti trecento volantini, più quelli avanzati dal giorno precedente. Da allora non era più rientrata in anticipo.

Come sempre, rimase sbigottita notando i tanti volantini sparsi a terra, accartocciati e mezzo calpestati, gettati via con noncuranza dalle persone appena fuori dalla sua vista.

Non era arrabbiata, solo triste all'idea che chi li aveva ricevuti non si fosse preso nemmeno la briga di leggere tutte le informazioni importanti che contenevano, informazioni che avrebbero potuto cambiare la loro vita, proprio com'era successo a lei.

Britney ripensò a quando ne aveva ricevuto uno, quasi cinque anni prima, due giorni dopo il suo diciannovesimo compleanno, l'ennesimo che non aveva voluto festeggiare.

I compleanni non avevano un grande significato per chi era affidato ai servizi sociali. Un padre che se n'è andato di casa non si ricorda mai di farti gli auguri. Una madre che ti ha abbandonata perché interferivi con la sua vita sociale non lo festeggia. E nelle case famiglia dove si soggiorna solo per brevi periodi nessuno se ne preoccupa.

Britney scacciò dalla mente i pensieri negativi: erano un veleno per la sua anima. Non ne aveva più bisogno. Non aveva bisogno di alcun legame con il passato. Non ne aveva ricavato nulla, non era come il presente, che le regalava tutto ciò che avesse mai desiderato. Per la prima volta in vita sua, sentiva di aver trovato il suo posto nel mondo. Si sentiva importante e sapeva che sarebbe sempre stato così.

Si guardò intorno e sorrise. Non le importava dei volantini a terra. Ogni persona che le passava accanto poteva essere un sopravvissuto, qualcuno a cui poteva cambiare la vita. Ogni persona era un'opportunità: che importava dei volantini gettati via? Magari qualcuno che ne aveva davvero bisogno ne avrebbe raccolto uno e lo avrebbe letto nel momento in cui più gli serviva.

Si guardò intorno e vide ogni cosa con occhi nuovi. Il suo lavoro, il suo compito, era cercare di aiutare alcune di quelle persone a comprendere che un'alternativa esisteva davvero.

Il suo sguardo si posò su una donna seduta su un muretto da sola. Dondolava le gambe e sbatteva i talloni, sovrappensiero. Guardò il cellulare, poi lo mise via. Quando sollevò la testa, Britney scorse due cose: la pelle ricoperta dall'acne e una silenziosa solitudine nello sguardo.

Capì all'istante che quella ragazza aveva bisogno del suo aiuto.

Capitolo 12

«Okay, Penn, stenditi a terra», ordinò Kim.
«Scusa tanto, capo», disse lui sollevando la mano destra che in quel momento era coperta di piccoli segni di colore rosso.
Lei ci pensò su un attimo. «Sì, quello puliscilo».
Lui parve sollevato. «Grazie al cielo, per...».
«Ho cambiato idea, sdraiati sulle scrivanie».
Penn la scrutò in volto, cercando di capire se scherzasse. No, era seria.
«Metti la testa sulla scrivania di Bryant e la parte inferiore del corpo su quella libera». Indicò per mostrargli come voleva che si posizionasse. «Devi stare sul fianco destro».
Lui obbedì mentre Stacey osservava la scena dalla sua poltroncina, mordicchiando l'estremità di una penna rossa. Aveva copiato con la massima precisione dalla foto ogni macchia di sangue sulla mano di Penn.
«Stace, passami quel righello».
L'agente le piazzò lo strumento di plastica da trenta centimetri nel palmo, come un'infermiera che assiste un chirurgo.
«Aspetta, capo», disse. «Se proprio vogliamo simulare al meglio la scena, il coltello nelle foto è lungo solo quindici centimetri».
«Ottima osservazione», rispose Kim, facendo sporgere il righello oltre il bordo della scrivania. Lo colpì forte con la mano e lo spezzò in due.
«Che diamine», fece Penn, balzando via.

«Scusa», disse lei, che non si era resa conto di quanto fosse vicino al suo orecchio. «Okay, ora solleva la mano destra, Penn».

Lui eseguì e Kim, senza pensarci troppo, gli mise nel pugno il righello. Con la mano gli chiuse il palmo intorno allo strumento, allargando le dita incurvate intorno alle nocche di lui e lasciando scoperte le macchie di sangue disegnate sulla pelle. Tolse la mano, e nei punti coperti dalla sua non trovò alcun segno rosso.

Senza rivelare nulla, fece cenno a Stacey di avvicinarsi.

«Fa' ciò che ho appena fatto io senza riflettere».

Stacey prese il righello e lo mise nella mano di Penn. Accadde la stessa cosa. Dovette allargare le dita per contenere il pugno chiuso.

Stacey tolse la mano e scoprì la pelle priva di segni.

«Allora?», domandò Kim, incrociando le braccia e chiedendo alla squadra cosa avesse dedotto dall'esperimento.

Fu Stacey la prima a rispondere. «La mano di Samantha non era la sola a stringere il coltello».

Capitolo 13

Bryant ebbe l'impulso di tornare alla stazione di polizia, ma decise di resistere. Si era preso il pomeriggio libero e il turno era quasi finito.

L'udienza per la libertà vigilata era andata come le altre. Richard aveva parlato col cuore in mano e sforzandosi di non piangere aveva spiegato che la sua condanna all'ergastolo non ammetteva condizionali; sua figlia non sarebbe riapparsa dal nulla, magari trasformata in una donna adulta con dei figli suoi. Aveva spiegato che quando chiudeva gli occhi, la sera, vedeva ancora ogni singola ferita inferta al suo corpo. Aveva usato la stessa foga della prima udienza cui avevano partecipato. Poi erano usciti dalla sala, si erano stretti la mano all'esterno e Richard era andato via, sicuro di aver fatto il possibile per tenere quell'uomo dietro le sbarre.

Bryant però non ne era altrettanto certo.

Mentre sedeva accanto a Richard, aveva osservato i membri della commissione. Durante le altre udienze avevano ascoltato con grande interesse, puntando tutta l'attenzione su Richard e il suo discorso, lo sguardo carico di empatia e comprensione, ma quel giorno aveva notato dell'altro. A un certo punto, una donna della commissione aveva controllato l'orologio, e altri due si erano scambiati qualche occhiata. Aveva rilevato dei moti d'impazienza, mentre quell'uomo ancora distrutto presentava le proprie ragioni.

Non aveva riferito niente a Richard, temendo di avere scrutato con tale intensità l'atteggiamento dei membri della commissione da aver visto cose che in realtà non c'erano.

Eppure, quando fermò l'auto in un parcheggio sul versante occidentale delle Clent Hills, si accorse di essere tornato proprio lì, nel punto preciso in cui, da agente, era stato il primo a puntare gli occhi sul corpo devastato di Wendy Harrison. Spense il motore e lasciò che quelle immagini terrificanti gli scorressero davanti agli occhi. La brutalità dell'aggressione, le ferite da coltello che si allungavano dall'interno delle cosce fino alle caviglie, le ossa spezzate, il sangue, la violenza. Nessun uomo che si fosse macchiato di un crimine del genere poteva riabilitarsi, che avesse trovato Dio o meno.

Il suono del cellulare nel silenzio lo spaventò, anche se si aspettava quella chiamata.

Rispose, ascoltò, poi chiuse la telefonata che confermò la sensazione che aveva avuto dall'attimo stesso in cui aveva aperto gli occhi quella mattina.

Peter Drake aveva ottenuto la libertà vigilata.

Capitolo 14

Mentre Kim riempiva la caffettiera, accaddero due cose. Nessuna delle due la sorprese.

Rispose alla chiamata di Keats mentre apriva la porta di casa a Bryant. «Ehi», disse, salutando entrambi.

Voltò le spalle a Bryant e si concentrò sul medico legale, mentre il suo collega dava una mela a Barney, come sempre in attesa.

«Sul serio pensi sia un omicidio, Stone?», domandò Keats.

Lei ignorò il tono della sua voce, da cui era chiaro che riteneva debole la sua teoria.

«Lo pensiamo in due, Keats», rispose per sganciarlo da quell'idea. Era felice che Woody avesse avviato subito la procedura per far sì che il coroner riclassificasse la morte di Samantha, che doveva essere iniziata con una telefonata di cortesia a Keats.

Woody le aveva chiesto di informare la famiglia subito, la mattina dopo. All'appartamento erano stati apposti i sigilli in attesa dell'arrivo della scientifica, ma Kim non aveva intenzione di aspettare di sapere cos'avessero scoperto.

Da quella casa erano già entrate e uscite più di dieci persone senza prestare attenzione alla conservazione delle prove. Il killer poteva anche aver lasciato nome e indirizzo, e comunque non sarebbe apparso in un'aula di tribunale. Inoltre, Kim non sapeva cos'altro la stessa Samantha potesse dire loro. Certo, doveva essere stata a stretto contatto con l'assassino, ma ormai il suo corpo era stato spostato e lavato perché si era pensato non si trattasse della scena di un crimine.

Kim spiegò il risultato dell'esperimento eseguito con Penn sulla scrivania.

«Studi scientifici, eh?», ridacchiò lui.

«Semplice ma efficace», rispose, sul punto di chiudere la telefonata. Eppure non riuscì a premere il tasto prima di aggiungere un'altra cosa. Keats era coscienzioso quanto lei: non poteva aver preso bene la notizia del loro errore. «Ehi, almeno ce ne siamo accorti subito», aggiunse piano.

«No, ispettore, almeno *tu* te ne sei accorta subito», le rispose e attaccò.

Kim ebbe la tentazione di richiamarlo, anche se non aveva idea di cosa dirgli. Keats sarebbe stato comunque in collera con sé stesso.

Posò il telefono e si voltò verso il collega, fissando con aria interrogativa le sue mani vuote.

«Ah, bei tempi quando era *a me* che portavi del cibo, o quantomeno un caffè».

«Eh, già», fece lui, sedendosi su uno sgabello al bancone.

«Adesso invece mi porti solo una faccia da vittima bullizzata».

«Scusa tanto, ma è l'unica che ho», borbottò lui.

Kim tirò giù la tazza nera con le macchie bianche che chissà come era diventata quella di Bryant.

A tutti era concesso essere di malumore di tanto in tanto, ma per lui era una cosa talmente inconsueta da risultare inquietante. Certo, pizza e caffè non erano obbligatori, ma in genere, quando si andava a casa di qualcuno, come minimo ci si portava dietro un po' di allegria. Kim cercò di non mostrarsi irritata. Considerato tutto ciò che Bryant doveva sopportare in una qualunque giornata di lavoro, doveva dimostrargli almeno un po' di sostegno.

«Allora ti consiglio di cambiare faccia, o te ne puoi anche andare», disse, cercando di mostrarsi empatica per quanto le era possibile.

Lui la fissò per un minuto intero prima di riuscire a piegare le labbra in un sorriso.

«Oh mio Dio, ti ringrazio», fece lei, avvicinandogli la tazza: poteva restare.

«E poi porto dei premietti a Barney perché quando mi vede scodinzola e mi lecca le mani».

«Be', Bryant, puoi anche scordarti che io scodinzoli o...».

«Ho bisogno di un consiglio, capo», la interruppe, dimenticando la regola che vigeva in casa di Kim; alzò subito una mano per scusarsi.

«E sei venuto a cercarlo proprio qui?»

«Già, pensa come sto messo».

Lei incrociò le braccia e si appoggiò al bancone da lavoro. «Significa che non hai approfittato del pomeriggio libero per andare a divertirti?».

Lui scosse la testa. «Udienza per la libertà vigilata di Peter Drake».

Kim aspettò altri dettagli. Il nome le diceva qualcosa, ma era certa che non si trattasse di un suo caso.

Finita la mela, Barney andò a sedersi accanto a lei.

Bryant notò la sua espressione perplessa. «Il caso di cui ti ho parlato anni fa, quello che mi ha spinto a entrare nel dipartimento».

Lei continuò ad aspettare. Se ricordava bene, era una storia di venticinque anni prima. «Vai ancora alle udienze per la libertà vigilata?».

Lui annuì. «Suo padre mi chiede di accompagnarlo».

Kim era confusa. «E che consiglio ti serve?»

«Che cosa posso fare? Domani verrà scarcerato, e so che succederà di nuovo. Assalirà un'altra ragazzina...».

«Ehi! Vacci piano, tigre», lo ammonì. «Tanto per cominciare, non puoi saperlo. Puoi anche sospettarlo, proprio come io sospetto che Dorothy, la mia vicina, metterà il suo bidone della spazzatura davanti alla porta del mio garage anche domani, ma non posso prenderla a calci finché non l'avrà fatto davvero».

Lui inarcò un sopracciglio. «Lo fai sul serio?».

Kim non rispose e proseguì: «Bryant, non siamo in *Minority Report*. Non possiamo affermare che qualcuno commetterà un reato prima che lo faccia».

«Ma l'istinto mi dice...».

«Ciò che ti dice l'istinto non conta niente. Quell'uomo potrebbe anche mandarti una lettera firmata in cui sostiene che aggredirà qualcuno, ma non lo puoi mettere dietro le sbarre finché non lo farà».

La collera si accese negli occhi di Bryant, ma lui si rese conto subito che Kim non aveva colpa.

«È stato in carcere più di venticinque anni, giusto?».

Bryant annuì. «Quasi ventisei».

«Sappiamo entrambi che non compensano una vita spezzata, ma nessuna quantità di anni lo fa. È il meglio che il sistema giudiziario abbia da offrire, e anche se so che la mia opinione non ti piacerà, è arrivato il momento di lasciar perdere». Aveva cercato di addolcire le ultime parole. Sapevano entrambi come ci si sente quando si è tormentati da un caso. È come avere una piccola cicatrice sul gomito sinistro che non farai che toccare per il resto della vita. Kim sapeva che gli aveva dato il consiglio giusto, ma anche che era l'ultima cosa che lui voleva sentirsi dire. «E poi, in questo momento abbiamo un'altra povera ragazza che ha più bisogno della tua attenzione».

«Sì, ho visto l'e-mail», rispose lui scostando lo sgabello dal bancone.

«Vuoi che ti spieghi...».

«Nah», fece Bryant scuotendo la testa. «Mi dirai tutto alla riunione domattina». Diede due colpetti al ripiano. «Ci vediamo lì».

Lo guardò andar via con una carezza distratta sulla testa di Barney.

Fu invasa da una strana sensazione quando la porta gli si chiuse alle spalle. Le ricordò di quando si era allontanata dalla scena di una morte violenta con l'istinto che le diceva che qualcosa le era sfuggito.

Bryant era suo amico, era venuto a chiederle un consiglio e lei gliel'aveva dato. Non poteva esserle sfuggito nient'altro. Caso chiuso.

Eppure, quando il suo sguardo si posò sul caffè che il collega non aveva nemmeno toccato, intuì che non aveva ascoltato una sola parola di ciò che gli aveva detto.

Capitolo 15

Bryant era uscito di casa in anticipo per essere dai Crossley entro le sei, così da poter arrivare in tempo per la riunione delle sette del mattino alla stazione di polizia.

Nonostante le parole del suo capo la sera prima, sapeva che doveva essere lui a farlo, e così, dopo essere stato da Kim, con una rapida telefonata aveva chiesto il permesso di recarsi lì a quell'ora improbabile. Gli era stato concesso malvolentieri, ma se lo era aspettato.

La porta dell'appartamento al piano terra di Lutley Mill fu aperta da un uomo con cui il tempo non era stato clemente.

Damon Crossley non era mai stato bello. Con gli occhi infossati e la fronte alta, sembrava un falco. Le guance giallastre erano ulteriormente gravate dal peso degli anni, e quella sua espressione arcigna non era cambiata di una virgola.

«Vuoi entrare?».

Rischiò di rispondergli che si era alzato alle cinque del mattino per restare sulla soglia, ignorando il suo tono ostile. Ma non era lì per Damon.

«Come sta?», chiese entrando.

«Come cazzo pensi che stia?».

Certo, era una domanda stupida. Immaginò che Tina Crossley fosse arrabbiata, delusa, sconvolta e quasi sicuramente spaventata.

«Dritto in fondo», disse Damon, indicando il salottino.

Bryant fece un respiro profondo poi entrò nella stanza, preparandosi a ciò che stava per vedere.

«Ciao, Tina», disse, rivolgendosi alla nuca della donna. C'era una zona calva, dove i capelli non erano mai ricresciuti.

Si voltò parzialmente, in modo da rivolgere verso di lui la parte sinistra del volto, mentre la destra rimase rivolta alla finestra accanto a cui sedeva.

Indicò una poltroncina. Non avrebbe visto il suo lato destro, ma sapeva già che aspetto aveva. Riusciva quasi a scorgere la cicatrice più piccola che andava dallo zigomo all'orecchio, e sapeva che ce n'erano altre due più lunghe e spesse dall'altro lato del viso, dove la pelle era stata squarciata con un'incisione a forma di croce che le aveva fatto perdere un occhio.

Il solo pensiero gli diede la nausea, ma non per l'aspetto della donna: quello gli metteva solo una grande tristezza. Il malessere era dovuto al fatto che a suo avviso quell'aggressione si sarebbe potuta evitare. Peter Drake aveva assalito Tina Crossley due settimane dopo avere assassinato Wendy Harrison.

Le altre ferite inferte avevano fatto sì che la donna non potesse mai avere figli né camminare di nuovo. Era stata trovata ormai quasi esanime da un uomo che stava provando un nuovo percorso di jogging a meno di un chilometro dal punto in cui era stato rinvenuto il corpo di Wendy.

Damon all'epoca era il suo fidanzato, e le era rimasto accanto. Nonostante la natura sgradevole di quell'uomo, Bryant cercava di tenere bene a mente quanto le fosse devoto.

«Allora, voi idioti lo avete fatto uscire?», chiese Damon prima che Bryant avesse l'opportunità di parlare con Tina.

«Non è la polizia a decidere la scarcerazione», rispose, anche se l'altro sapeva benissimo come funzionavano le cose.

«Tanto siete tutti la stessa merda», fece Damon, sedendosi davanti a Tina e posando i gomiti sulle ginocchia. «Se lo aveste preso prima…».

«Basta, Damon», intervenne Tina a voce bassa. Bryant lo vide ricacciare indietro la collera. Si disse che Tina doveva aver passato chissà quanto tempo a riflettere su come sarebbe potuta essere la sua vita.

«Volevo solo farvi sapere che abbiamo fatto tutto ciò che potevamo per farlo restare dentro. Ogni udienza, ogni...».

«Abbiamo? Di chi parli?», chiese Damon.

«Le persone coinvolte nel caso, Richard Harrison. Abbiamo fatto del nostro meglio per tenere rinchiuso quel bastardo».

«Be', a quanto pare...».

«Ho ancora gli incubi, sai», disse Tina con un filo di voce. «Continuo a sognare che venga da me per finirmi. Mi sveglio urlando, ma poi penso che è dietro le sbarre. Adesso però non posso più pensarlo, giusto?».

Bryant desiderava con tutto il cuore poter dire qualcosa che l'aiutasse a scacciare la paura. Da ciò che sapeva, Tina non usciva quasi mai di casa e contava su Damon praticamente per tutto.

«Avremo una protezione?», domandò lui.

«Fra le condizioni per il rilascio c'è il fatto che non possa avvicinarsi a...».

«Un foglio di carta, tutto qui?», chiese Damon, incredulo. «Ah, be', sono sicuro che lo terrà alla larga dalla porta di casa mia. Parlavo di protezione da parte della polizia, una presenza fisica».

Bryant sapeva bene cosa intendeva, ma non poteva dare loro la risposta che avrebbero voluto. «Qualsiasi chiamata da questo numero verrà gestita con la massima...».

«Ah, quante stronzate», disse Damon, mentre le spalle di Tina si incurvavano appena. «Sai quando era l'unico momento in cui lei si sentiva al sicuro, dopo l'esaurimento di quindici anni fa? Quando era rinchiusa a chiave in una stanza. Da allora non ha più dormito una notte intera».

Tina aveva avuto un esaurimento nervoso ed era stata ricoverata per sette mesi. Bryant pregò che non le accadesse di nuovo. «Mi dispiace. Vorrei tanto che si potesse fare di più, ma...».

«Non so nemmeno perché sei venuto qui», riprese Damon scuotendo il capo. «Sapevamo già che lo stanno per rilasciare, quindi si può sapere che diavolo vuoi da noi?».

Bryant non aveva una risposta. Sapeva solo che aveva sentito il bisogno di andare lì.

Damon scrutò Tina, come se cercasse un'informazione da lei.
La donna annuì appena.
«Tina è stanca, devi andare».
Bryant si alzò e lo seguì alla porta.
L'uomo aspettò che oltrepassasse la soglia prima di riprendere a parlare. «Sai, vorrei che l'avessi conosciuta prima. Studiava per fare l'infermiera, quando quel bastardo l'ha assalita. Non aveva grilli per la testa, non voleva cambiare il mondo. Voleva solo aiutare gli altri. Era piena di vita, di speranza. Amava ridere e ballare. Amava tutto, ma poi quel pezzo di merda l'ha distrutta». Il suo sguardo si riempì di disgusto. «Se avessi conosciuto la persona che era allora ti sentiresti anche peggio di come ti senti già. Adesso levati dai coglioni e non tornare più», concluse, chiudendo la porta.

Bryant si allontanò dall'appartamento, tormentato dal viso di una donna che non lo aveva guardato nemmeno una volta.

Capitolo 16

«Okay, ragazzi, come sapete, la morte di Samantha Brown è stata riclassificata come omicidio. Keats sta eseguendo l'autopsia in questo momento, ma penso sia meglio partire dal presupposto che non otterremo grandi informazioni dal corpo e dalla casa. Cosa sappiamo, al momento?».

Stacey si protese in avanti. «Samantha aveva ventun anni e sembrava una persona assolutamente normale, fino a quando, tre anni fa, ha cessato ogni attività sui social. All'epoca aveva un'ampia cerchia di amici, e ha una sorella di due anni più piccola. A quanto pare ha avuto qualche ragazzo e frequentava il Dudley College. Sembrava estroversa, socievole. Non ho una spiegazione per l'assenza improvvisa dai social, ma la fedina penale è pulita e non ci sono dati che confermino un ricovero in qualche struttura di salute mentale». Stacey concluse il resoconto scrollando le spalle, per indicare che non aveva altro da dire.

«Penn, le tue osservazioni?», chiese Kim.

«Il quadro descritto da Stacey non collima con la casa in cui Samantha Brown viveva. Anche se era lì da qualche mese, non c'è traccia di una personalità estroversa, anzi, direi che non c'è traccia di personalità...».

«Una candela», sottolineò Kim, sempre più convinta che fosse stata il mezzo con cui il visitatore era entrato in quella casa. Aveva inviato a Mitch un messaggio chiedendogli di prestare particolare attenzione a quell'oggetto, ottenendo una risposta in cui le consigliava caldamente di andarsene a quel paese.

«Il che ci dice che si trattava di qualcuno che conosceva...».

«O di un vicino incazzato», intervenne Stacey.

«In casa non aveva una radio, né impianti stereo o casse», sottolineò Penn. «Quindi non penso fosse per il rumore».

«Potrebbe essere stata in viaggio per qualche anno?», chiese Bryant.

Kim scosse la testa. «Ne dubito. Di solito chi viaggia torna con dei ricordi, souvenir del soggiorno all'estero. Qui non c'è nulla, invece. E poi non giustifica il fatto che abbia smesso di scrivere sui social».

Anche se Bryant era con lei la prima volta che era andata in quella casa, erano stati solo nella camera da letto, quindi non poteva aver visto quanto fosse spoglio il resto delle stanze. Altrimenti se ne sarebbe senz'altro uscito con una battuta a proposito del fatto che era un ambiente molto più accogliente della casa di Kim.

«Okay, sentite, stamattina usciamo tutti. Stacey, tu vai a parlare con gli amici di Samantha. Cerca di scoprire tutto ciò che puoi. Quanto sono stati intensi i contatti negli ultimi anni e perché è scomparsa dai social. Penn, tu devi parlare con i vicini. Abbiamo bisogno di saperne di più su questa ragazza. Che abitudini aveva? Chi vedeva? Ci serve un quadro su di lei e sulla sua vita».

Chi era Samantha Brown?

Sperava che i genitori della ragazza potessero aiutarla a capirlo.

Capitolo 17

«Sei andato a trovarla, vero?», chiese Kim mentre Bryant era al volante. Stavano andando a casa di Myles e Kate Brown.

Dopo un attimo di esitazione, annuì. «Prima del turno». Le lanciò un'occhiata. «Come fai a saperlo?».

Per tutta risposta, lei si strinse nelle spalle. Lo sapeva perché lo conosceva bene. Aveva un senso morale tanto profondo quanto solido, e lei era pronta a scommettere che si fosse presentato come capro espiatorio in rappresentanza della polizia, in modo che potessero riversare la loro collera su di lui. Non riusciva ad ammettere che non era colpa sua, che non era responsabile della seconda aggressione. Era solo un agente semplice, non un detective, eppure si portava addosso il senso di colpa da anni.

«Bryant, non ti stai facendo...».

«Direi che ne abbiamo già parlato», rispose lui, interrompendola.

Kim capì l'antifona. Visto che non gli aveva dato la risposta che desiderava, l'aveva esclusa del tutto dal discorso. A lei stava bene. Forse ora potevano concentrarsi sul caso attuale.

«Allora, come pensi reagiranno alla notizia?», chiese Bryant, come se le avesse letto nel pensiero.

«Non saprei proprio», rispose lei con sincerità.

Era consapevole che, in un modo perverso, il fatto che la morte della giovane fosse avvenuta in circostanze così terrificanti poteva dare quasi un senso di sollievo. Ogni morte segna per sempre una famiglia. La morte di un figlio, una morte innaturale, ha un costo anche maggiore, ma un suicidio lascia dietro di sé una scia di sensi di colpa in tutti coloro che erano vicini a quella persona. Quali indizi non ho colto? Avrei dovuto fare di più? Avrei potuto evitarlo? Come ho fatto a non capire che mia figlia soffriva? Perché non è venuta a chiedermi aiuto? Domande che avrebbero tormentato i genitori per sempre. Amici e conoscenti prima o poi avrebbero voltato pagina, distratti da altre preoccupazioni, ma non i genitori. L'omicidio portava con sé una nuova serie di domande, ma eliminava uno strato di senso di colpa.

«Però stiamo per scoprirlo», concluse, mentre Bryant fermava l'auto davanti alla casa.

Ad aprire la porta fu Myles, con indosso dei pantaloni neri semplici e una camicia bianca con il colletto slacciato.

Non arretrò, ma li fissò con aria interrogativa.

«Possiamo entrare, signor Brown?», chiese Kim.

Lui fece un balzo all'indietro, come se si fosse ricordato di colpo le buone maniere.

«Certo. Scusate, ma...».

«Qui va bene?», domandò lei, dirigendosi verso lo studio che avevano utilizzato il giorno prima.

«Sì, sì. Purtroppo mia moglie non si è ancora alzata. Non è uscita dalla camera da letto da quando siamo rientrati dall'obitorio, ieri».

Kim annuì. «E la vostra altra figlia è in casa, signor Brown?».

La domanda parve spiazzarlo. «No, al momento non c'è».

Kim si domandò se fosse fuori città, visto che non era tornata a casa per stare accanto ai genitori dopo la morte della sorella.

«Signor Brown, temo che la presenza di sua moglie sarà necessaria per questa conversazione...».

«Ma non posso...».

«Signor Brown, la prego, vada a chiedere a sua moglie di raggiungerci», insisté.

Lui le diede un'ultima occhiata, poi uscì dalla stanza.

Bryant andò a mettersi accanto alla finestra e lei girò la poltroncina, lasciando il divano a due posti libero in modo che marito e moglie potessero sedersi uno accanto all'altra. Avrebbero avuto bisogno di sostenersi a vicenda, dopo aver sentito ciò che era andata a riferire loro.

La donna entrò nello studio; sembrava invecchiata di dieci anni in un giorno. Era struccata, aveva la pelle arrossata e gonfia per il pianto e segni scuri sotto gli occhi. I capelli erano sporchi e spettinati. Stringeva in mano un fazzoletto bianco. Kim non la giudicò. Quella donna aveva appena perso una figlia. Sembrava che ancora non fosse venuta a patti con la realtà, meno di ventiquattro ore dopo il fatto, e adesso lei stava per peggiorare la situazione.

Kim notò l'espressione di Kate Brown prima di cominciare a parlare. Era spaventata, ma anche speranzosa, come se potessero dirle che c'era stato un errore, per quanto avesse visto con i suoi occhi il cadavere della figlia.

Fece un respiro profondo. «Signori Brown, purtroppo abbiamo scoperto nuovi elementi a proposito della morte di Samantha che ci hanno convinti a riclassificarla da suicidio a omicidio».

Le gambe del signor Brown parvero cedere, e la moglie si portò di scatto la mano sulla bocca aperta. Per poco lui non cadde sul cuscino accanto a lei. Le loro gambe si sfiorarono, ma la donna si sottrasse al contatto. Fu un movimento impercettibile eppure nitido, e Kim notò il mutamento nella dinamica tra i due con la stessa chiarezza con cui vedeva una striscia di luce separare i loro corpi.

Non era insolito che perfino i genitori più affiatati potessero allontanarsi temporaneamente per elaborare la perdita di un figlio ciascuno per conto proprio.

«O-omicidio?», riuscì a balbettare infine la signora Brown.

Kim annuì. «Crediamo sia stato un conoscente, che non è dovuto entrare in casa con la forza».

Entrambi cominciarono a scuotere il capo.

Lei proseguì: «Abbiamo bisogno di sapere se avesse litigato con qualcuno, di recente, se eravate a conoscenza di qualche discussione; vi ha parlato di qualcosa di strano?».

«Niente», disse Myles, mentre Kate puntava lo sguardo a terra. «Era una ragazza dolce, gentile. Non ha mai dato fastidio a nessuno».

Kim notò che la moglie stava torcendo il fazzoletto bianco. «Signora Brown?».

Lei scosse la testa ma non sollevò lo sguardo.

Con la coda dell'occhio, Kim si accorse che anche Bryant li stava osservando con attenzione. C'era qualcosa di strano, ma non riusciva a capire cosa.

«Signor Brown, Samantha frequentava il Dudley College?».

Lui assentì.

«Fino a tre anni fa, quando sembra abbia abbandonato gli studi e i social?»

«Samantha è fuggita», spiegò lui, e le mani della moglie si bloccarono. «Era in crisi con il suo ragazzo e se n'è andata. È stata via per due anni e mezzo».

«E avete mantenuto i contatti con lei in quel periodo?»

«Poco... ci chiamava a distanza di mesi per dirci che stava bene. Poi, sei mesi fa, è tornata».

«Quindi in realtà non potete sapere se avesse avuto problemi con qualcuno nel periodo in cui è stata via».

«Be'... no... immagino di no».

«La vostra altra figlia potrebbe saperne qualcosa?».

L'uomo scosse il capo. «Sammy e Sophie non sono molto unite. Sophie non sarebbe di alcun aiuto».

«Ci sono motivi particolari?», chiese lei, domandandosi se potessero esserci ripercussioni sulle indagini.

«Si sono allontanate nel corso degli anni. Tipico di fratelli e sorelle, direi», fece lui, liquidando la questione.

Molte indagini del passato le avevano dimostrato come non esistesse una relazione "tipica" tra fratelli e sorelle, ma in quel momento la sua priorità era la maggiore.

«Dov'è andata Sammy quando è fuggita?», chiese Kim, pensando che avrebbero potuto chiamare le forze dell'ordine di zona e controllare se avessero notizie.

«Si spostava, ispettore. Non ci ha mai detto di preciso dove fosse».

Kim udiva le sue parole, ma non riuscivano a soddisfare la domanda che aveva in mente. Era necessario approfondire ogni possibilità.

«Potrebbe aver conosciuto qualcuno che l'ha seguita fin qui?», chiese, desiderando di poter credere alle loro parole.

«Non penso».

Le tornò in mente una cosa del giorno precedente. «E quando sua moglie ieri ha detto che lei pensava che Samantha fosse pronta?»

«Temevamo potesse scappare di nuovo, ma prima o poi dovevamo provare a fidarci di lei».

Né le sue parole né il suo atteggiamento le parvero sinceri. Il signor Brown si stava sforzando di mantenere un segreto, e la moglie gli reggeva il gioco.

«Signor Brown, a sua moglie potrebbe far bene una tazza di tè?», chiese Bryant da dietro, interpretando i segnali bene quanto lei. Se fossero riusciti a far uscire il marito dalla stanza per qualche minuto, Kim avrebbe potuto provare a far cedere la donna. «È ancora molto scossa».

«Kate non beve tè», rispose lui con un tono leggermente diverso nella voce. Aveva capito le loro intenzioni e la cosa lo aveva infastidito.

"Con tatto", avrebbe detto Woody.

«Signor Brown, se dovesse venirle in mente qualcosa che possa aiutarci a trovare la persona che ha fatto questo a Samantha...».

«Certo», fece lui alzandosi, e Kim capì che li stava congedando.

In effetti non aveva molto da aggiungere, a parte definirli due gran bugiardi. E un'altra cosa.

«Potrebbe chiamarci quando Sophie tornerà? Abbiamo comunque bisogno di essere sicuri che non conosca nessuno che potesse voler fare del male a Samantha».

«Certo, ma prima dovremo darle la notizia, al suo arrivo. Sta rientrando dalla Thailandia, è il suo anno sabbatico».

Kim assentì.

Lo seguì alla porta e gli assicurò che lo avrebbero aggiornato sugli sviluppi. Non ebbe il tempo di commentare la velocità con cui la porta fu chiusa alle loro spalle perché il suo cellulare cominciò a squillare.

«Ehi, Keats», disse, tornando verso l'auto.

Forse, alla fine, dall'autopsia di Samantha Brown era uscito qualcosa di interessante.

«Himley Park, ispettore, e ti consiglio di fare in fretta».

Capitolo 18

Entrando nel negozio Next del centro commerciale Merry Hill, Stacey pensò che non era servita una grande abilità da detective per rintracciare una delle amiche più strette di Samantha Brown. Ciò che invece trovava sorprendente era che esistessero ancora giovani donne che condividevano senza filtri la loro vita sui social. Quella ragazza, in particolare, non aveva impostato alcuna limitazione sulla privacy e documentava su Instagram ogni sua mossa: così Stacey sapeva che era già al lavoro, a che ora avrebbe finito il turno e che cosa avrebbe fatto per il resto della giornata.

Forse era la deformazione professionale a farle credere che le ragazze non potessero più vivere le loro vite senza nascondersi e senza paura. Ai suoi occhi erano occasioni per i predatori che volevano sapere quando era sola in casa o si spostava per conto suo. Aveva paura per quelle ragazze, che sembravano inconsapevoli dei pericoli annidati ovunque, perfino nel cyberspazio.

«Dove posso trovare Cassie Young?», chiese a una donna che stava risistemando dei capi nell'espositore dei maglioni.

La donna assunse un'espressione perplessa, e ne aveva tutto il diritto. Bene. Le dava sollievo trovare un po' di sospetto, di tanto in tanto. Le mostrò il tesserino.

Dal sospetto, la donna passò al panico.

«È tutto a posto, non è successo niente di grave, ho solo bisogno di parlare con lei un momento».

«Casalinghi», rispose, indicando il lato opposto del negozio.

Stacey la ringraziò e si diresse da quella parte.

Per poco non inciampò sulla donna impegnata a riempire di candele uno scaffale basso.

«Cassie Young?», chiese, anche se le centinaia di foto che aveva visto online le confermavano che si trattava della persona che stava cercando.

Cassie si alzò e annuì.

Stacey le mostrò il tesserino che aveva ancora in mano.

«Qualcosa non va?»

«Era amica di Samantha Brown?».

Alla ragazza si riempirono gli occhi di lacrime, come se fossero state pronte per essere versate. Tirò su col naso e annuì. «Non tanto, negli ultimi anni, ma una volta eravamo molto unite. Non riesco a credere che si sia uccisa».

La notizia della nuova classificazione del delitto non le era ancora arrivata, e Stacey preferì lasciare le cose come stavano.

«Potrebbe dedicarmi qualche minuto per parlare di lei?»

«Certo, ma non so quanto potrei dire. Non sapevo nemmeno che fosse tornata».

Già, il capo l'aveva aggiornata sulla fuga. «Che tipo era?», chiese. La ragazza che aveva visto sui social non somigliava affatto a quella solitaria che era morta in un appartamento freddo e anonimo.

Cassie sorrise. «Ah, era uno spasso. Sicura di sé e simpatica. Amava ridere e divertirsi, ma senza esagerare, non so se mi spiego».

Stacey annuì.

«Aveva sempre un gran rispetto per gli altri. Ricordo che una volta siamo uscite per passare la serata in città e abbiamo preso il treno per tornare. Eravamo piene di vita, gridavamo e ridevamo in un treno mezzo vuoto. Sammy ha visto una donna con un ragazzino che tossiva e starnutiva come un matto. Ci ha detto di fare silenzio fino a che non siamo scese. Era attenta agli altri, sempre allegra e ottimista». Aggrottò appena le sopracciglia ben definite. «Be', fino a quando...». Si interruppe, lanciando un'occhiata oltre la spalla di Stacey.

Stacey seguì il suo sguardo e vide una donna dall'aria preoccupata in fondo alla corsia. La notizia che un'agente di polizia avesse chiesto di parlare con un membro dello staff doveva essere arrivata alle orecchie della manager.

Cassie le fece un cenno per indicarle che era tutto a posto, e la donna sparì dietro un espositore di servizi da cena.

«Fino a quando?», insisté Stacey.

«Fino a quando non ha conosciuto una persona».

«Mi spieghi meglio».

«Callum Towney. Si sono conosciuti al college. Era uno che si sentiva chissà chi. Non era il genere di ragazzo da cui era attratta, ma c'era qualcosa in lui da cui Samantha non riusciva proprio a staccarsi».

Stacey prese il cellulare e appuntò il nome. Con sua sorpresa, non ricordava di averlo visto tra quelli trovati nei suoi account.

«A volte la trattava malissimo, ma lei continuava a tornare da lui».

«In che senso la trattava male?»

«La prendeva quando non aveva niente di meglio da fare e la mollava quando gli pareva. Samantha aveva perso la testa per lui, ma l'ha trasformata in una persona completamente diversa, in pratica l'ha distrutta».

Stacey era molto interessata. Sembrava che la relazione con quel ragazzo avesse modificato in modo sostanziale la vita e la personalità della giovane.

«Com'è cambiata?»

«Non usciva più, non rideva più, evitava le vecchie compagnie, e più o meno tutto ciò che le ricordava Callum. Ora mi sento malissimo all'idea, ma quando Callum l'ha lasciata una volta per tutte sono stata contenta. Pensavo che quando l'avesse superata sarebbe tornata la persona di un tempo, ma non è successo».

«Non stava più con i vecchi amici, non aveva interazioni sui social?».

Cassie scosse la testa e si morse il labbro.

«Che c'è?», chiese Stacey. Era evidente che la ragazza voleva dirle qualcosa.

«Avrei dovuto fare uno sforzo in più per lei. Ho sempre avuto la sensazione di non essere stata abbastanza paziente. Ma lei rendeva tutto più difficile».

«In che modo?».

Cassie esitò, come se stesse scegliendo con attenzione le parole. «Aveva cominciato a dire cose malvagie. Cose che non erano da lei. Ci criticava tutti molto più di un tempo. Avevo trovato un lavoro nei weekend per mettere da parte dei soldi per comprare un iPhone e lei ha cominciato a dirmi che ero una zombie, una gregaria, che non sapevo pensare con la mia testa. Era come se disapprovasse qualsiasi cosa facessi».

Stacey non poté fare a meno di domandarsi perché la chiusura di una storia con un ragazzo l'avesse resa così giudicante.

Cassie si morse di nuovo il labbro. «Forse avrei dovuto chiamarla più spesso, ma...».

«E poi è scappata?», provò a chiarire Stacey.

La ragazza si accigliò. «Davvero?»

«Non lo sapeva?».

Lei scosse la testa. «Il suo allontanamento non è stato così improvviso. Aveva trovato nuovi amici, in particolare una ragazza dai capelli rossi, penso, ma è stato graduale, diluito nel tempo. I contatti tra noi si sono allentati sempre di più fino a sparire del tutto». Aggrottò la fronte ulteriormente. «I suoi genitori non hanno mai detto che fosse scappata».

«Li ha incontrati?», chiese Stacey, cercando di nascondere lo stupore. Si sarebbe aspettata che si rivolgessero subito a lei, nel momento in cui Samantha fosse scomparsa. Era stato molto facile rintracciarla.

«Sì, li ho visti qui circa un anno fa. Ho chiesto loro come stava, e mi hanno risposto che stava bene».

«Okay, Cassie, grazie per l'aiuto», disse Stacey, allontanandosi.

Uscì dal negozio chiedendosi cosa diamine stesse nascondendo la famiglia Brown.

Capitolo 19

Penn decise di cominciare dall'appartamento sotto quello di Samantha. Sembrava speculare al suo, con il salotto che dava sulla strada.

Suonò il campanello e per poco non fece un salto all'indietro per il volume cui era impostato il trillo.

Attese un momento, non troppo convinto che provare una seconda volta fosse una buona idea. Se c'erano dei vicini con bambini piccoli non l'avrebbero presa bene.

Aveva il dito pronto quando la porta venne aperta da un uomo sulla settantina con indosso pantaloni scuri, una camicia e una giacca leggera.

«Buongiorno, signore, mi scusi se la disturbo...».

«Entra, entra, ragazzo. Non posso stare a chiacchierare qui sulla soglia. Mi si scongelano gli hamburger».

Penn chiuse la porta e lo seguì in cucina, dove l'uomo era impegnato a svuotare un grosso sacchetto riciclabile della spesa.

«Non voglio che si rovinino, dopo quel che li ho pagati». Si fermò e si voltò. «Senti, prima di dirmi quello che devi dire, potresti fare un salto a vedere se ho dimenticato qualcosa in macchina, ragazzo?».

Penn aprì la bocca, poi la richiuse. Forse si sbagliava, ma non ricordava di aver visto alcuna auto. Fece capolino fuori e controllò. Niente automobili.

Tornò in cucina. «Signore, non c'è una macchina, qui fuori...».

«Be', certo che non c'è», fece lui, alzando gli occhi al cielo. «Ho smesso di guidare l'anno scorso».

«Ehm... Signore, mi chiamo...».

«Sono troppo vecchio per ricordare i nomi. Hai meno di quarant'anni, quindi accontentati di "ragazzo". E sei un poliziotto».

«Come fa a...».

«Perché lo sono stato anch'io per trentaquattro anni».

Penn rimase colpito. E dire che stava pensando che quel tipo non avesse tutte le rotelle a posto.

«E poi ti ho visto girare qui intorno con quella signora che mostrava il tesserino in continuazione».

Okay, non era più tanto colpito.

«E devo dirtelo», proseguì, «è davvero una bella donna...».

«Signore, potrebbe dirmi il suo nome?», lo interruppe Penn. Non voleva sentire quel genere di commenti.

«Gregory Hall, al tuo servizio, ragazzo», fece lui posando tre mele in un portafrutta.

«Da quanto tempo vive qui?»

«Da cinque anni, quando mi sono operato all'anca».

«Ha visto spesso Samantha Brown, la ragazza che abitava sopra di lei?»

«Ah, ecco come si chiamava», fece lui, sciogliendo i suoi dubbi, ma per Penn fu una delusione. Capì che non avrebbe ottenuto molte informazioni, ma valeva comunque la pena provare a fargli un altro paio di domande.

L'uomo scosse il capo con aria assente, prese una mela dal portafrutta e la mise nel frigo.

«Sei venuto un po' tardi a parlare con me, ragazzo. Ai miei tempi avremmo interrogato i vicini subito».

Penn non aveva intenzione di spiegargli che la causa della morte era stata riclassificata.

«Vede tanta gente andare e venire?», gli chiese, sconfortato.

«Pensi che non abbia niente di meglio da fare che guardare fuori dalla finestra e spiare il nemico, ragazzo?»

«No, signore, volevo solo...».

«I suoi genitori venivano spesso», lo interruppe, aprendo il frigo per recuperare la mela. «Insieme e anche separatamente, i primi tempi in cui la ragazza è venuta a stare qui. Anzi, per un po' ho pensato che si fossero trasferiti tutti insieme. Credo che all'inizio sua madre si fermasse a dormire spesso».

Penn si chiese perché una donna di ventun anni avesse bisogno di una sorveglianza tanto stretta nella sua nuova casa.

«Quindi, se vuoi sapere come la penso», si offrì l'uomo, decidendosi infine a dare un morso alla mela.

Penn non voleva saperlo, ma annuì comunque.

«Secondo me non era del tutto a posto qui», disse lui toccandosi la tempia.

Penn non commentò. Non aveva trovato alcun elemento che potesse suggerire una disabilità in Samantha.

«Perché non lavorava, non aveva amici, e i suoi genitori la tenevano sotto controllo...».

«Ma possono esserci molte altre spiegazioni», tentò Penn, sforzandosi di mantenere un tono neutro.

«E poco ma sicuro, non riusciva a pagare i conti».

Penn aggrottò la fronte davanti ai modi giudicanti dell'anziano.

«Non fare quella faccia, so di cosa parlo. Non apriva mai la porta quando veniva un tizio, quindi di sicuro nascondeva qualcosa».

«Pensa fosse un ufficiale giudiziario?», chiese Penn.

«Be', era un tipo grosso e robusto, vestito di nero. Cos'altro poteva essere?».

Penn non lo sapeva, ma dovevano scoprirlo.

Capitolo 20

Il lago Himley si trovava all'interno di Himley Park ed era stato aggiunto ai terreni nel 1779 da Capability Brown. All'epoca l'architetto aveva riprogettato i settanta ettari, aggiungendo delle cascate da una catena sopraelevata di piccoli laghetti. La famiglia Ward aveva lasciato Himley intorno al 1830, perché era troppo vicino a Black Country, e andò a vivere con grandi fasti a Witley Court, nel Worcestershire.

Kim ricordava di essere stata una dei duecentomila visitatori annui del luogo quando Keith, il suo unico vero padre affidatario, l'aveva portata a passeggiare per i boschi qualche domenica mattina, mentre Erica preparava un pranzo a base di arrosto. La passeggiata finiva sempre con una bevanda calda nella caffetteria che si trovava in una capanna di tronchi e con una sosta per ammirare il circolo della vela sul grande lago.

Era quella la zona in cui le era stato detto di dirigersi.

Bryant si fermò nel parcheggio, infilandosi tra quattro autopattuglie, il furgone di Keats e due veicoli della scientifica.

Kim vide che gli agenti in uniforme erano ancora impegnati ad allontanare le persone dalla zona.

Himley Hall era aperto ai turisti da aprile alla fine di settembre, ma al parco si poteva accedere tutto l'anno.

Mentre si dirigeva verso il lago, Kim notò che era stata innalzata la tenda per la privacy.

Doveva essere stata la priorità assoluta di Keats, considerando che si trovavano in un luogo pubblico.

A dieci metri di distanza, l'ispettore Plant veniva verso di lei. Come sempre, la sorprese il modo in cui la sua dentatura bianchissima si stagliava sulla pelle abbronzata.

«Il parco è quasi vuoto», disse toccando la ricetrasmittente. «C'è solo una coppia che stanno scortando dalla cascata all'altro lato dell'edificio».

Lei annuì. «Hai preso contatti?», gli chiese, con un cenno verso la casa.

«Sì. La direzione si sta dimostrando collaborativa, per quanto possibile».

Sapevano entrambi molto bene che la loro preoccupazione per il ritrovamento del corpo prima o poi si sarebbe trasformata in preoccupazione per la gestione e la manutenzione del sito.

L'ispettore Plant e la sua squadra sarebbero rimasti lì per tutta la durata delle operazioni e avrebbero collaborato con la direzione, che doveva tenere aggiornati i proprietari, cioè il Dudley Council.

Kim lo ringraziò e proseguì verso la tenda.

«Lampada o spiaggia?», chiese Bryant quando l'agente abbronzato si allontanò.

«Ho sentito dire che ha una casa in Spagna», rispose lei, prendendo i copriscarpe dal tecnico all'ingresso della tenda.

Keats uscì e le sbarrò la strada. «Parliamo un attimo, ispettore».

Kim si spostò di lato, lasciando Bryant che stava indossando le protezioni per le scarpe.

Nonostante la loro conversazione telefonica, se lo era aspettato.

«Ispettore, ho...».

«Senti, Keats, sono cose che succedono. Abbiamo preso un abbaglio. Eravamo entrambi...».

«Ispettore, ho eseguito l'autopsia sul corpo di Samantha Brown stamattina alle cinque e mezza», la interruppe.

«Ah», fece lei.

Qualsiasi dubbio rimasto sulla propria prestazione sembrava svanito dopo le poche ore di sonno. Il Keats che conosceva e sopportava era tornato.

«C'era poco di significativo, a parte ciò che già sapevamo. Ho inviato i campioni per gli esami tossicologici, ma come sai per i risultati...».

«Ci vorrà un paio di giorni», concluse lei.

«Solo una piccola cosa», le disse quando Kim fece per allontanarsi. «Il contenuto dello stomaco. Sembrava poco più di un misto di riso e fagioli».

«Vegana?», gli chiese.

Keats scrollò le spalle. «Forse, ma ho pensato di segnalarlo».

Kim decise che avrebbe domandato ai genitori. Di sicuro non l'avrebbe portata dal killer, ma era un pasto inconsueto, a meno che non si mangiassero prodotti esclusivamente di origine vegetale.

Seguì l'anatomopatologo all'interno della tenda.

Bryant aveva aspettato ed entrò dopo di lei.

«Okay, Keats, che cosa...». Si interruppe quando lui si spostò di lato. Ebbe bisogno di un attimo per valutare quel che aveva davanti agli occhi.

Il corpo di un giovane uomo con indosso jeans e maglietta era stato trascinato lungo il bordo del lago. Aveva una scarpa da ginnastica bianca e nera a un piede, l'altra mancava.

Kim vide che gli abiti cominciavano a tendersi per la formazione di adipocera, detta anche "cera della morte". Come sapeva, la decomposizione prende il via pochi istanti dopo il decesso, perché gli enzimi batterici cominciano a corrodere subito il tessuto molle del corpo. Aveva imparato che si tratta di un processo di putrefazione, dilatazione, spurgo e decadimento avanzato, ma sapeva anche che l'immersione nell'acqua lo rallentava.

Dove la pelle era visibile, notò tracce di bolle e chiazze in cui lo strato superiore della carne aveva preso un colorito grigio-biancastro. L'odore di ammoniaca era inconfondibile.

Il ragazzo era disteso su un fianco, il viso rivolto dall'altra parte rispetto a lei. Aveva le alghe del lago incollate agli abiti e ai capelli. Il volto gonfio era incorniciato da una chioma castano chiaro.

Kim pensò che poteva avere vent'anni, o poco più.

«Era appena un ragazzino», mormorò Bryant alle sue spalle.
Mitch sollevò una busta trasparente per reperti.
«Vent'anni, si chiama Tyler Short».
Kim prese la busta e scattò una foto all'indirizzo scritto sulla patente, e nello stesso momento si sentì un rumore sopra di loro.
«Bryant...», disse, guardando il collega che era il più vicino alla porta.
Lui uscì e rientrò subito. «Sì, è un drone».
Kim gemette. Appena aveva ricevuto la telefonata di Keats, aveva capito che non sarebbe stato possibile evitare a lungo l'attenzione della stampa.
Bei tempi quando solo le testate giornalistiche che disponevano dei budget più elevati potevano permettersi di noleggiare elicotteri e piloti per avere una visuale dall'alto di una scena del crimine. Ormai qualsiasi maledetto giornale poteva acquistare un drone e farlo volare.
«Chi lo ha trovato?», chiese.
«Un tale del club della vela. Era uscito con una barca per testare una riparazione e ha sentito qualcosa urtare un lato. Si era impigliato il laccio di una scarpa, e il tizio ha pensato fosse una buona idea trascinare ciò che aveva agganciato fino a riva. Non aveva idea di cosa fosse».
Porca miseria, pensò Kim, cercando di identificare il numero di procedure che non erano state seguite in un unico gesto e quante potenziali prove di valore fossero ormai andate perse. I rilievi scientifici sott'acqua richiedevano un addestramento specifico, e anche se non era il suo campo sapeva che alcuni fattori restavano identici in ogni settore. Era infinitamente meglio se il corpo restava il più vicino possibile al punto in cui era stato lasciato.
Considerando che l'unica somiglianza tra quel ragazzo e Samantha Brown era la vicinanza di età, Kim si chiese come diavolo avrebbe fatto a gestire due distinte indagini per omicidio nello stesso momento. La risposta era che non poteva.
«Mi chiedo da quanto tempo pensi sia lì, anche se suppongo che il caso andrà assegnato a un'altra squadra».

«Direi qualche settimana, come minimo, e non sarei così sicuro che vada assegnato ad altri. La decomposizione di un cadavere nell'acqua viene rallentato circa della metà del tempo rispetto a uno lasciato esposto all'aria. E l'adipocera può cominciare a formarsi in qualsiasi momento dalle tre settimane in poi, se la temperatura dell'acqua è giusta».

«E quanto dovrebbe essere?».

Fu Mitch a farsi avanti e rispondere. «Sotto i ventuno gradi».

Kim diede uno sguardo al lago. «Ma siamo ai primi di settembre, la temperatura sarà senz'altro maggiore di...».

«Ah, ma l'acqua ha tre strati distinti», la interruppe Mitch.

«Non lo sapevo, Mitch», disse lei inarcando un sopracciglio.

Il tecnico adorava condividere le sue conoscenze, e Kim doveva ammettere di aver imparato moltissimo da lui, negli anni. «Sentiti libero di spiegarmi meglio».

Prima di proseguire, lui rise. «Lo strato più in alto resta più caldo, intorno ai venti gradi, quello al centro scende in modo deciso, attestandosi tra i sette e gli otto, mentre quello più profondo è spesso tra i quattro e i sette gradi».

Non erano numeri che pensava si sarebbe ricordata, ma l'idea generale era chiara.

«Ma se è rimasto in fondo al lago significa che è affogato, giusto?». Sapeva che le vittime di annegamento finivano sul fondo per via dell'acqua nei polmoni, più pesante dell'ossigeno che li avrebbe fatti riaffiorare in superficie. «Potrebbe essere una morte accidentale o un suicidio. Non ha niente a che fare con il mio caso attuale, quindi...».

«Ah, invece la cosa ti interessa, ispettore», disse Keats, con l'aria di chi la sa lunga.

Lei diede un'occhiata a Bryant prima di rispondere. «Keats, so che pensi che io abbia poteri sovrumani, ma credo che un'indagine per omicidio possa bastare...».

«Ispettore, a malapena ti considero umana, figuriamoci se puoi sembrarmi qualcosa di più... però devi vedere una cosa».

Fece un cenno a Mitch, che si era spostato dal lato dei piedi del ragazzo mentre lui metteva le mani sulle spalle del cadavere. Con delicatezza lo voltarono in posizione supina e Kim vide ciò che fino a quel momento era rimasto nascosto.

Il ragazzo aveva la gola tagliata.

Capitolo 21

«Porca puttana, da quanto tempo è lì quel maledetto coso?», chiese Kim uscendo dalla tenda.

«Da una decina di minuti», rispose Bryant, con il drone che stazionava proprio sopra di loro.

Una tale mancanza di rispetto per la privacy le faceva ribollire il sangue. Erano pochissimi i giornalisti capaci di mettersi nei panni dei familiari che non avevano alcun bisogno di vedere quelle immagini su YouTube.

Si voltò e mostrò al drone il dito medio, sperando di finire nel notiziario della sera.

L'oggetto si abbassò. Kim prese il cellulare, zumò e scattò una foto. «Ecco fatto».

Se fosse riuscita a identificare il cretino che lo stava manovrando, avrebbe chiesto a Woody di tirare qualche filo a un livello più alto.

«Per quanto tempo può volare un ProFlight Orbit?», domandò, leggendo il nome sul lato.

Si avviò verso la macchina. Bryant non la imitò.

«Ehi, capo, non sono capace di camminare e scrivere contemporaneamente. Sai, non sono Stacey».

Lei si fermò e lo aspettò.

«Okay, questo modello in particolare è per amatori. Ha un'autonomia di dodici minuti al massimo e un raggio di trasmissione di duecento metri».

«Mi prendi in giro?».

Lui scosse il capo.

Il fatto che fosse un oggetto economico non la sorprese. Era probabile che si trattasse di «The Dudley Star», non di Sky News, dopotutto.

«Stai dicendo che chi lo manovra si trova a meno di duecento metri da qui?»

«A quanto pare», rispose Bryant.

Kim guardò dietro di sé. Frost non poteva essere nel parco, perché era stato evacuato.

«Andiamo», disse, dirigendosi verso l'auto.

La reporter doveva essere vicina, forse seduta in macchina lungo la strada accanto al parco.

«Okay, vai a sinistra», ordinò quando Bryant puntò verso l'uscita. Una svolta a destra li condusse verso i semafori e un incrocio.

A sinistra c'era il piccolo centro di Himley. Procedendo, Kim cercò l'Audi TT bianca della giornalista. Mentre lo faceva, si immaginò mentre le strappava il telecomando dalle mani.

Bryant proseguì ancora, poi pronunciò le parole che stava pensando lei. «Capo, sono abbastanza sicuro che siamo usciti dalla portata del drone».

«Fai inversione e torna indietro lentamente».

La giornalista doveva essere lì da qualche parte a spiare ciò che era accaduto al lago.

«Ma dove...». Kim si interruppe quando un movimento sulla sinistra attrasse la sua attenzione. Avevano quasi raggiunto l'ingresso del parco. «Ferma l'auto».

Bryant accostò al marciapiede.

Lei si slacciò la cintura e tornò indietro di tre case. La proprietà che cercava aveva una siepe di ligustro bassa e uno steccato di legno che arrivava fino alla cintola.

Si introdusse nel giardino davanti, sentendo la collera allentarsi.

«Ehi, amico, mi faresti il favore di riportare indietro il tuo drone?».

Il ragazzino pareva terrorizzato da quelle parole, nonostante lei le avesse pronunciate con gentilezza.

Kim si sedette sulla panchina di legno accanto alla sua sedia a rotelle e gli mostrò il tesserino.

Lui avvampò. «Mi dispiace, sono...».

«Ricky, che cosa hai combinato?», chiese una donna dalla porta di casa.

Kim alzò le mani. «Non si preoccupi, signora...».

«Wilde», rispose lei, lo sguardo sempre fisso sul figlio.

«Sono sicura che Ricky non lo sapeva, ma c'è stato un incidente al parco ed è necessario mantenere il massimo riserbo».

«Ho sentito le sirene. Qualcuno si è fatto male?»

«Ce ne stiamo occupando», rispose Kim, e in quel momento sentì il rumore del drone che rientrava.

«Non volevo fare niente di male», disse il ragazzo, mentre il velivolo appariva alla vista.

«Lo so, ma è una questione riservata».

Il drone si fermò a mezz'aria, poi atterrò con precisione ai piedi del ragazzo.

«Molto carino», commentò lei, alzandosi.

«Non quanto il Tello Drone Boost. Quello sì che è una bellezza».

«Hai l'autorizzazione per quel coso?», domandò Kim.

Di recente era stata approvata una legge per cui gli utenti dovevano superare un esame online e pagare nove sterline per essere inseriti in un registro, se il drone pesava più di duecentocinquanta grammi, il che li includeva quasi tutti. Come avrebbero fatto a monitorarli e sorvegliarli, poi, era un altro paio di maniche.

Ricky scosse il capo mentre sua madre si avvicinava, rossa in viso. «Volevamo farlo, ma...».

«Facciamo così, vi evitiamo la multa di mille sterline se cancellate le immagini riprese e lo tenete a terra finché non sarete in regola, okay?».

L'espressione sollevata del ragazzo non era nulla in confronto a quella della madre.

Kim sorrise, mentre il ragazzino annuiva entusiasta. Lei gli tese la mano. «Grazie per la collaborazione, Ricky».

Si voltò e se ne andò.

Perché adesso aveva un secondo cadavere.

Capitolo 22

Bryant sentì la vibrazione del cellulare in tasca mentre entrava nella stazione di polizia.

«Vado a prendere il caffè», disse, mentre il capo faceva gli scalini due alla volta per aggiornare Woody sugli sviluppi.

Non aveva troppa voglia di leggere i messaggi con lei accanto. Sapeva bene cosa pensava Kim del suo continuo coinvolgimento nel vecchio caso, e una parte di lui si rendeva conto che aveva ragione. Forse, però, quel messaggio rappresentava l'ultima tappa del percorso. Sapeva già cosa c'era scritto.

Forse, se avesse assistito all'evento in prima persona, sarebbe riuscito ad accettare l'idea che non c'era proprio nulla che potesse fare.

Si mise in fila e scelse una serie di sandwich avvolti nella pellicola insieme alle bevande.

Aveva ancora tre persone davanti.

Alla fine tirò fuori il telefono e lesse il messaggio.

Peter Drake sarebbe stato scarcerato alle sei del pomeriggio, quel giorno stesso.

Stavolta, lui ci sarebbe stato.

Capitolo 23

Kim entrò nella sala operativa e notò con piacere che la seconda vittima era già stata registrata alla lavagna.

«Grazie, Penn», disse prendendo un tramezzino all'insalata di pollo da un contenitore aperto. Fece un cenno col capo a Bryant appollaiandosi sulla scrivania vuota.

Se non fosse stato per i suoi gentili solleciti, si sarebbe dimenticata del tutto di mangiare.

«Okay, ragazzi, aggiornamenti dalle operazioni sul campo di stamattina?», chiese, dopo il primo morso.

Penn si tirò indietro un ricciolo immaginario dalla fronte. Kim aveva notato che faceva quel gesto quando era insoddisfatto.

«Da parte mia pochi, purtroppo. Due vicini non sapevano nemmeno che nell'appartamento di Samantha abitasse qualcuno: pensavano fosse ancora libero. L'unico che era al corrente ha visto spesso i familiari che andavano a trovarla, e quello che pensava fosse un ufficiale giudiziario, un tipo robusto vestito di nero. Ma considerando che questo tizio mi ha chiesto di andare a prendergli la spesa nell'auto che non possiede più, non farei grande affidamento sulle sue parole».

Penn allargò le mani in un gesto teatrale, come a dire che era tutto, e Kim capì la sua irritazione. Non era molto per una mattinata di lavoro, e forse le osservazioni del vicino non erano del tutto attendibili, ma andavano comunque verificate.

«Penn, fai qualche telefonata e controlla la situazione finanziaria di Samantha. Chiedi al padrone di casa se pagava l'affitto.

Se quel tizio era un ufficiale giudiziario, dobbiamo sapere se va escluso».

«Subito, capo».

«Stace?», domandò Kim, speranzosa.

«Niente di che nemmeno dagli amici di Samantha. Sapevamo già che un tempo era estroversa e sicura di sé. Sembra che tutto sia cambiato dopo che è stata lasciata da un fidanzato. Ma c'è una cosa strana», aggiunse.

Kim raddrizzò la schiena. Le cose strane le piacevano.

«La migliore amica di Sammy non aveva idea che fosse fuggita. Dice che si era chiusa in sé stessa in modo graduale. Aveva smesso di uscire, di richiamare gli amici che le ricordavano Callum. Carrie però sembrava convinta che avesse stretto nuove amicizie e che si fosse semplicemente allontanata dalla vecchia cerchia. Dice anche di aver visto i genitori di Sammy, e che quando ha chiesto loro sue notizie, le hanno risposto che la figlia stava bene».

Mmm... Non era l'unica stranezza, si disse Kim. Se Carrie era una delle migliori amiche di Sammy, perché i genitori non l'avevano chiamata subito quando la figlia era scappata?

«Qualche...».

«Non è stata presentata alcuna denuncia di scomparsa negli ultimi tre anni», confermò Stacey.

«Okay, nessuno dei due ha trovato una pistola fumante, ma a conti fatti direi che la pianta va data a Stacey».

Betty era la pianta dell'ufficio che adornava la scrivania del membro della squadra più produttivo.

«Ehm... capo, Betty è morta», disse Stacey con aria affranta.

«Cosa?»

«Sì, qualcuno l'ha lasciata troppo vicina al termosifone», confermò Penn, lanciando uno sguardo accusatorio a Bryant, l'unico che non l'aveva mai ottenuta lealmente. «Si è seccata ed è morta».

Un sorrisetto aleggiò sulle labbra di Bryant. «Non sono stato io, giuro. Non potrei mai danneggiare o ferire un altro essere vivente. Soprattutto se ha un nome».

Kim sorrise per quella difesa, e in quel momento le arrivò la notifica di un messaggio sul telefono. Lo lesse e informò Penn: «L'autopsia di Tyler Short è alle tre».

«Ci penso io, capo».

Poi Kim si rivolse a Stacey. «Dammi tutto ciò che riesci a trovare su Tyler Short. Due giovani trovati morti con le stesse modalità sono una coincidenza un po' troppo grande, per i miei gusti. Comincia dai parenti stretti». Fece una pausa. «E fai qualche ricerca su Sophie Brown. Sembra che le sorelle non fossero molto unite, e lei sta rientrando dalla Thailandia».

Qualcosa nel modo in cui Myles Brown aveva definito il rapporto tra le due non l'aveva convinta.

Stacey posò il cracker che stava sbocconcellando e si mise al lavoro. Kim notò che non aveva toccato nulla di ciò che aveva comprato Bryant.

«Stai bene, Stace?»

«Sì, capo», fece lei senza sollevare la testa.

Kim le credette e incontrò lo sguardo interrogativo di Bryant.

Gli incarichi erano già stati distribuiti, tranne per loro due, e lui aveva già intuito quel che stavano per fare.

Kim rispose con un cenno affermativo del capo alla sua domanda silenziosa.

Sì, come sempre, sarebbero andati all'ultimo indirizzo noto della vittima per informare i familiari che Tyler Short era morto.

Capitolo 24

Bryant fermò la macchina davanti a una fila di case su Wrights Lane, a Old Hill.

Costruito intorno alla Heathfield High School all'inizio degli anni Settanta, il piccolo complesso di case popolari era stato un luogo molto ambito per le persone a cui serviva un alloggio.

Le nuove costruzioni includevano case con due o tre camere da letto e qualche appartamento. Le vie avevano nomi come Giardino dei Ciliegi o Bosco Fiorito, anche se non c'erano né frutteti né boschi in vista. Le case avevano un'aria logora e trascurata.

«Una volta qui c'era un parco», disse Bryant indicando la strada con un cenno del capo. «Il sabato pomeriggio mio padre si offriva di togliermi dai piedi di mia madre per un paio d'ore. Si sedeva al pub Prince of Wales, dall'altra parte della strada, e mi guardava da lì».

Kim restò stupita da quanto i genitori fossero cambiati da allora.

Bussò alla porta dell'ultimo indirizzo noto di Tyler Short, assumendo la tipica espressione di quando doveva portare cattive notizie. Per fortuna, non doveva sforzarsi troppo.

Fu una sorpresa veder aprire la porta da una donna sui venticinque anni che stava allattando un bambino. Possibile che il ragazzo avesse già una famiglia?

Bryant distolse lo sguardo mentre lei sistemava il piccolo. Kim ebbe l'impressione che non le importasse affatto: se il bambino aveva fame, bisognava dargli da mangiare.

«Signorina... signora... ehm... Short?», chiese Kim.

Lei scosse il capo. «Nessuna delle due».

Kim controllò il numero civico accanto alla porta. Sì, era senza dubbio l'indirizzo che aveva trovato sulla patente.

«Ha un legame di qualche tipo con Tyler Short?», provò ancora.

Lei scosse di nuovo il capo e sussultò: il bambino doveva aver tirato con troppa forza.

«Scusate, questa piccola peste ha delle gengive durissime».

«Ci risulta che questo sia l'ultimo indirizzo di un uomo di vent'anni che…».

«Aspetti. C'era un ragazzo che abitava qui prima di noi con sua nonna. Lei è morta, cosa che naturalmente non ci hanno detto prima che venissimo a stare qui, ma non so come si chiamassero. Abitiamo qui da due anni e mezzo circa, ma prima la casa è rimasta vuota per un po'».

«Quindi non ha idea di dove possa essere andato dopo?»

«No, mi spiace. Immagino che il comune lo abbia mandato via dopo la morte della nonna perché l'affittuaria era lei, non lui».

«Okay, grazie», rispose Kim avviandosi.

Aveva appena preso in mano il telefono, quando iniziò a suonare.

«Stace, dimmi che hai scoperto…».

«Non trovo alcuna prova che le nostre due vittime fossero amiche», disse lei, andando dritta al punto. «Ma anche Tyler frequentava il Dudley College. Ha abbandonato gli studi quasi tre anni fa».

«Più o meno quando è morta la nonna», notò Kim.

«Sembra di sì, perché il suo ultimo post sui social è una poesia dedicata a lei».

«L'ultimo?»

«Già», confermò Stacey. «Proprio come Samantha, la sua presenza sui social si è interrotta di colpo l'ultimo giorno in cui ha frequentato l'università».

Due vittime, entrambe dello stesso college, pensò Kim.

«Grazie, Stace. Potrebbe essere una coincidenza, ma vedi se riesci a trovare altre persone scomparse collegate con l'ateneo, magari parla con un paio di tutor e…».

«Aspetta, capo, non ho ancora finito. A proposito di social, non so cosa ti abbia detto Myles Brown di Sophie».

«Che le sorelle non erano molto legate o che lei è in Thailandia?», chiese Kim.

«Tutte e due le cose», rispose Stacey. «Sophie non passa la vita a condividere ciò che fa, ma ci sono vecchie foto delle due sorelle insieme e non c'è nulla che faccia pensare che lei si trovi all'estero».

«Okay, Stace, grazie», rispose Kim, chiudendo la chiamata.

«Che strano», commentò Bryant, che aveva sentito quasi tutto.

Kim restò seduta in silenzio in macchina per un attimo, riflettendo sui fatti. In due giorni avevano trovato due vittime sotto i ventun anni, un maschio e una femmina. Entrambi con la gola tagliata. Entrambi erano ex studenti del Dudley College e avevano interrotto all'improvviso l'uso dei social tre anni prima. Entrambi erano emotivamente vulnerabili.

Le scoperte di Stacey su Samantha e Sophie confermavano che i loro genitori non erano stati del tutto sinceri. E questo era già un problema abbastanza grande se il loro intento era nascondere qualcosa che riguardava solo la figlia; adesso però c'era una seconda vittima, il cui omicidio richiedeva lo stesso livello di attenzione.

Kim decise che i Brown non avevano più il diritto di custodire il loro segreto.

Capitolo 25

Mentre si dirigeva verso il Russells Hall Hospital, Penn aveva deciso che era meglio non far sapere al capo quanto gli piacesse assistere a un'autopsia ben eseguita perché temeva di apparire un po' strano.

Non che non provasse nulla per la persona che veniva dissezionata, anzi, tutto il contrario. Era convinto che qualsiasi essere vivente andasse rispettato. Se si uccideva un pollo per mangiarlo, bisognava onorarlo utilizzandone ogni minima parte. Non bastava mangiare solo il petto o una coscia, bisognava consumare tutto ciò che si poteva e poi cuocere le ossa per fare il brodo. La morte dell'animale doveva avere uno scopo.

Lo stesso discorso valeva per la povera anima distesa sul lettino. Se i corpi dovevano essere violati per ottenere delle prove, era necessario eseguire il lavoro nel modo migliore: controllare ovunque, cercare in ogni angolo, e infine trovare il bastardo responsabile di quella morte.

Il cadavere aveva così tante cose da dire, si disse con stupore Penn, facendo il suo ingresso nell'obitorio in perfetto orario.

«Buon pomeriggio, Penn. Il tuo capo è ancora sul campo a rompere le p...».

«Esatto, e sta anche cercando l'assassino di Samantha Brown», rispose lui. Se Kim non fosse stata una tale rompipalle, la morte della ragazza sarebbe rimasta etichettata come suicidio.

«Certo, certo. Le tue protezioni sono lì».

Penn si infilò la tuta usa e getta, poi si mise la mascherina sul viso. «Copri anche la testa», aggiunse Keats. «Nel tuo caso, è fondamentale».

A quell'ora del giorno la presa del gel si era ormai allentata e i riccioli cominciavano a ricadergli sulla fronte. Li infilò a forza sotto la retina azzurra.

Soddisfatto, Keats accese il registratore.

«Iniziamo l'esame autoptico di Tyler Short, maschio caucasico, vent'anni di età...».

Penn restò in disparte mentre Keats proseguiva con la registrazione vocale del peso e delle misure prima di mettere mano al bisturi.

Fermò il registratore tenendo la lama sospesa sulla pelle pallida e gonfia.

«Sei pronto?».

Penn si sfregò le mani. «Sì, diamo il via alle danze».

Capitolo 26

C'erano casi che Kim era convinta di poter risolvere solo accampandosi e aspettando in un punto preciso il tempo necessario. Cominciava a pensare che il discorso valesse per la casa di Myles e Kate Brown.

Fu una sorpresa vedere Kate andare ad aprire la porta invece del marito.

«Lo avete preso?», chiese la donna, torcendosi le mani.

Lei scosse la testa ed entrò. Si chiese come potesse aspettarsi una cosa del genere, visto che erano passate solo poche ore dalla sua ultima visita.

«Purtroppo no, signora Brown. Siamo venuti per chiedere altre informazioni a lei e a suo marito».

Kate andò verso la stanza in cui avevano parlato le due volte precedenti.

«Myles sta cercando di lavorare», disse aprendo la porta.

Kim notò subito che il computer dietro cui l'uomo era seduto non era nemmeno acceso. Non era in corso alcun tentativo di lavorare.

Quando si voltò sulla poltroncina, Kim vide che aveva gli occhi arrossati e che l'angolo di un fazzoletto sbucava dalla tasca dei pantaloni. Provò un moto di compassione. I coniugi stavano soffrendo, non c'era dubbio, e ogni volta che andava a bussare alla loro porta in un certo senso calpestava il loro dolore. Ma era anche chiaro che stavano nascondendo qualcosa e non ebbe scelta se non mettere da parte la compassione.

«Signor Brown, siamo...».

«Vado a fare del tè», disse Kate avvicinandosi alla porta.
«Signora Brown, preferirei che restasse...».
«E io preferirei andare a fare un tè», tagliò corto lei.
«Le do una mano», propose Bryant, cogliendo al volo l'occasione per stare da solo con lei.
Per un attimo lesse il panico nello sguardo di Myles Brown, ma l'uomo comprese subito di non avere scelta. Per impedire a un agente di polizia di aiutare sua moglie a preparare una bevanda calda avrebbe dovuto dare una spiegazione plausibile.
«Signor Brown», disse Kim mettendosi a sedere. «Devo dirle che purtroppo non penso che lei e sua moglie siate stati del tutto sinceri con noi».
L'espressione dell'uomo si indurì. Aprì la bocca per rispondere.
Kim sollevò una mano per zittirlo. «Prima che dica qualcosa, sappia che al momento attribuisco qualsiasi omissione allo shock e al terribile lutto che state vivendo, ma se deciderete di nascondere altre informazioni dopo questa conversazione sarò costretta a pensare che sia vostra intenzione intralciare le indagini per omicidio e mi comporterò di conseguenza. Ci siamo capiti?».
Dopo un attimo di esitazione, lui annuì.
«Il nome Tyler Short le dice qualcosa?».
Ci pensò su per un momento, poi scosse il capo. «Dovrebbe?», chiese.
Kim lasciò che la domanda restasse in sospeso. Se non conosceva quel ragazzo, non si sarebbe soffermata sui dettagli.
«Ma conosce una ragazza di nome Carrie?».
Lui annuì senza esitare. «Era una delle migliori amiche di Sammy».
«Qualche tempo fa, però, giusto?»
«Sì, erano amiche al college».
«Prima che Sammy fuggisse?».
L'uomo ebbe il buonsenso di non assentire, dato che entrambi sapevano che quella storia era falsa.
«Signor Brown, sappiamo che Sammy è stata lasciata da un fidanzato e che la cosa l'ha scossa. Sappiamo che in seguito alla rottura si è allontanata dalla sua solita cerchia di amici e dai social, ma non è

scappata. Quindi mi dica, signor Brown, dov'è stata sua figlia negli ultimi due anni?».

Il corpo dell'uomo si afflosciò davanti ai suoi occhi, come se la verità stesse cercando un modo di uscire da lui.

Fece un respiro profondo. «Sammy si era unita a una setta».

«Che cosa?», fece lei, protendendosi in avanti. Se le avesse detto che si era unita a un circo itinerante, non sarebbe stata più sorpresa di così.

«Una setta», ribadì lui. Vedendo l'espressione sul suo volto, proseguì: «Per questo non lo abbiamo detto a nessuno. Non mi crede, vero? Pensa che le sette esistano solo all'estero. Crede che chi ne fa parte possa somigliare solo a Charles Manson o a David Koresh».

Per qualche strano motivo, il pazzo assassino e il capo dei davidiani di Waco erano stati i primi due nomi che le erano venuti in mente.

«Non tutte le sette sono fondate sulla religione, e non tutte sono sotto i riflettori o vengono studiate, ma questo non le rende meno reali o pericolose».

Kim scosse il capo, incredula. Non c'erano sette, in quella zona.

«Capisco che non mi creda, ma mi ha chiesto la verità, ed è ciò che le sto dando. Sammy è stata intercettata da un reclutatore nel momento in cui era più vulnerabile. Quando Callum l'ha lasciata una volta per tutte, è stata corteggiata e lusingata, e abbiamo cominciato a vederla sempre meno. Più cercavamo di trattenerla, più si sottraeva, fino a quando non ha smesso del tutto di tornare a casa. Non ci ha detto più niente, non ci ha dato spiegazioni, è sparita e basta».

«E dov'è andata?», chiese Kim, sforzandosi di non lasciar trapelare il dubbio nella voce.

«Unity Farm, a Wolverley. È così che chiamano quel posto, anche se non è una vera fattoria. Si tratta di una comune per gente che vuole abbandonare la vita reale. Subiscono il lavaggio del cervello, fino a quando non sono più in grado di pensare con la propria testa e ogni loro azione è solo per il bene del gruppo».

Kim si accigliò. «Ma ne era uscita. Era tornata a casa».

«S-sì, è fuggita. Non le abbiamo fatto troppe domande perché eravamo solo felici che fosse tornata».

Kim stava cercando di dare un senso a quelle informazioni quando Bryant rientrò nella stanza con un vassoio per il tè. La signora Brown non era con lui.

C'era qualcosa nella spiegazione del signor Brown che non la convinceva. Se Sammy era entrata in una specie di comunità e ne era stata influenzata al punto da abbandonare la propria famiglia, cosa l'aveva spinta ad andarsene all'improvviso?

«Samantha deve avervi dato qualche spiegazione, al suo ritorno», disse Kim, e in quel momento sentì il telefono vibrare nella tasca per una chiamata. Lo ignorò.

«Ha detto solo che il gruppo non era come sosteneva di essere», rispose lui.

«Si è aperta di più con sua sorella?», chiese Kim.

Lui avvampò e scosse la testa. «Le ho già detto che non erano unite. Sophie non può dirvi nulla su sua sorella».

Era una bugia per impedirle di parlare con la ragazza, Kim lo capì. Ma perché? Che cosa nascondeva Sophie?, si domandò mentre il cellulare le segnalava l'arrivo di un messaggio.

«Scusate un attimo», disse tirando fuori il telefono. Qualcuno stava reclamando la sua attenzione con insistenza.

Il messaggio era da parte di Mitch e diceva solo: "Devi tornare SUBITO al lago".

Trattenne un'imprecazione. Doveva assolutamente insistere con il signor Brown per ottenere altre informazioni, ma Mitch era il tecnico a capo delle operazioni sulla scena del crimine.

Si alzò e vide il sollievo dipingersi all'istante sul volto dell'uomo.

«Purtroppo dobbiamo andare, ma avremo bisogno di approfondire con lei la questione».

Lui annuì e li accompagnò alla porta.

«Ah, signor Brown», riprese mentre usciva. «Sammy era vegana?».

L'uomo scosse la testa. «Non era una grande consumatrice di carne, ma non sarebbe sopravvissuta senza un sandwich al bacon ogni tanto».

«Aveva qualche fissazione salutista?», ritentò. Forse stava facendo una cura depurativa.

Lui scosse ancora la testa, spazientito, come se non valesse la pena fargli sprecare tempo per un discorso tanto sciocco. Kim lo ringraziò e gli lasciò chiudere la porta.

«Hai ottenuto qualcosa dalla moglie?», chiese a Bryant mentre tornavano alla macchina.

«Niente di niente. Non ha voluto rispondere a una sola domanda. Ha preparato il tè in silenzio, poi è andata di sopra a sistemare la camera da letto per Sophie, il cui rientro è imminente».

Kim lo sperava davvero. Desiderava più che mai parlare con la ragazza.

Uscendo dal vialetto a velocità sostenuta, per poco Bryant non andò a sbattere contro un veicolo che stava svoltando per entrare, una Range Rover bianca guidata da un omone vestito di nero.

Kim ricordò la descrizione fatta a Penn dal vicino di Samantha, ma non ebbe il tempo di prendere la targa perché il veicolo sparì dietro la curva.

Maledizione, non poteva trattenersi oltre. Doveva tornare sulla scena del crimine.

Fece un lungo sospiro, sforzandosi di sciogliere almeno un po' della tensione accumulata.

Aveva la sensazione che Myles Brown le avesse detto la verità, ma non tutta. Quell'uomo continuava a nascondere qualcosa.

Capitolo 27

Myles chiuse la porta di casa dopo che i poliziotti se ne furono andati e restò fermo al centro del corridoio. Si chiese se fosse meglio tornare subito nel suo studio e isolarsi dietro il muro di risentimento che si stava ergendo tra lui e la moglie. Da quando erano tornati dall'obitorio, Kate non era più riuscita a stare nella stessa stanza con lui per più di un paio di minuti.

Cominciò a salire le scale, ripensando ai singhiozzi silenziosi che aveva sentito sfuggire per tutta la notte dalle labbra della moglie, mentre si rigirava nel letto accanto a lui. Ogni tentativo di consolarla era stato respinto, e lei si era spostata verso il bordo del letto.

Anche per lui era difficile trattenere il pianto per la perdita della figlia che lo tormentava ogni istante della giornata, e solo il bisogno di essere forte per il resto della famiglia gli impediva di cedere.

Rimase per un attimo sulla soglia della camera di Sophie a guardare sua moglie infilare il piumino nel copripiumino decorato con la stampa del panorama di New York: era il preferito della figlia.

La donna avvertì la sua presenza, si irrigidì ma non si voltò.

«Le hai detto la verità?», chiese Kate, infilando un grande cuscino in una federa fresca di bucato.

«No», rispose lui, appoggiandosi allo stipite della porta.

Lei si fermò a metà del lavoro. «Penso che sia un errore».

«Non possiamo rischiare, tesoro. È troppo pericoloso. Non sappiamo cosa potrebbe succedere, se coinvolgessimo la polizia ora».

Alla fine lei si girò a guardarlo. «Credo che possiamo fidarci di lei, sembra sapere il fatto suo».

Myles esitò, combattuto tra il desiderio di annullare la distanza tra loro e l'istinto, che gli diceva che stava facendo la cosa giusta.

«Non possiamo essere sicuri che capirebbe come vanno gestite queste cose».

«Certo, perché finora è andato tutto alla perfezione, vero?», lo accusò, gli occhi di fuoco.

Lui ricacciò indietro l'emozione. Sapeva che il prezzo che stava pagando era il suo matrimonio, ma il silenzio e la distanza si stavano allungando tra di loro perché non poteva dire ciò che sua moglie voleva sentire.

«Sai, Myles, sono stati commessi degli errori, e contrariamente a ciò che pensi tu, non credo che la colpa sia tutta tua».

Quell'ammissione gli spezzò il cuore. Fece un passo verso di lei, distrutto dal desiderio di abbracciarla.

Lei però si spostò di lato, evitando abilmente il contatto. Aveva gli occhi freddi e vuoti. «*Questo* errore, invece, è tutto tuo. E se dovesse finire male, sappi che ne affronterai le conseguenze da solo».

Capitolo 28

Stacey concluse la telefonata con il Dudley College senza saperne più di prima. La professoressa di Psicologia di Sammy ci aveva messo diversi minuti per ricordare la sua ex allieva, e anche quando ci era riuscita le aveva rifilato una serie di risposte standard, come se dovesse scrivere una relazione di fine anno. Non aveva nemmeno notato un cambiamento nella ragazza dopo la rottura con Callum. Il tutor di Ingegneria meccanica di Tyler, dal canto suo, non ricordava quasi nulla di lui e l'aveva lasciata in attesa per dieci minuti mentre cercava informazioni sul nome nei registri, anziché tra i propri ricordi.

Stacey rammentò a sé stessa che quelle persone vedevano migliaia di studenti ogni anno e non ci si poteva aspettare che ricordassero ogni dettaglio su di loro, eppure aveva la sensazione che sarebbero stati più degni di nota per come erano morti che per ciò che avevano fatto in vita. I loro nomi ora avrebbero viaggiato lungo i corridoi dell'ateneo, sulle labbra di persone che non li avevano nemmeno conosciuti.

La ricerca eseguita sulle persone scomparse aveva dato due risultati in cui veniva citato il Dudley College, ma entrambi i ragazzi erano tornati a casa sani e salvi, e nessun altro caso era stato denunciato da quando Sammy e Tyler avevano iniziato a frequentarlo. Per il momento non aveva trovato collegamenti con il college, a parte il fatto che ne erano stati entrambi studenti nello stesso periodo.

Sospirò, sforzandosi di ignorare il bisogno di fare un salto in mensa a prendere un muffin al doppio cioccolato.

Rosie gliene teneva spesso uno da parte all'inizio della giornata, tanto era sicura che a un certo punto Stacey sarebbe scesa per andare a prendere il suo dolce preferito. Resisteva da due giorni, ma le sembrava passato molto più tempo.

Aveva calcolato di avere dodici settimane per perdere i sei chili di cui voleva liberarsi prima del matrimonio. Considerando che ci aveva messo quasi un mese a perderne sì e no uno, le probabilità le sembravano davvero scarse.

Non era mai stata un'amante delle diete e aveva sempre pensato che l'importante fosse agire con moderazione. Se le sembrava di aver mangiato troppo per qualche giorno, nei due giorni successivi cercava di trattenersi, ed era un sistema che funzionava bene per il chiletto in più che le capitava di mettere su quando guardava un po' troppa televisione la sera tardi con una tavoletta di cioccolato o due. Eliminare una quantità di peso maggiore, però, significava ricorrere a misure molto più disperate.

Sollevò il coperchio del portapranzo per controllare che non vi si fosse insinuato qualcosa di interessante. No, era proprio come l'aveva lasciato: due gallette ricoperte da un sottile strato di formaggio magro, un pomodoro, una mela e una banana. Richiuse il coperchio, pentendosi di non amare il cibo sano un pochino di più.

Devon le diceva ogni sera che non voleva che dimagrisse, e Stacey le spiegava tutte le volte che lo faceva solo per sé stessa. Per lei era facile parlare, visto che il suo corpo, poco oltre il metro e cinquanta, sembrava respingere l'eccesso di grasso. Stavano insieme da un anno e mezzo, e il suo peso non era mai cambiato di una virgola.

Aveva una corporatura atletica per natura, che bruciava calorie come una fornace. Se Stacey non avesse provato per lei un amore tanto profondo, folle e devoto, l'avrebbe odiata con tutto il cuore.

Nella sua mente sopportava i chili in più che si portava addosso ripetendosi: "Li perderò quando...".

Non aveva mai definito meglio quel "quando", ma aveva sempre pensato che sarebbe stato un evento di grande rilievo. E cosa poteva esserlo di più del matrimonio?

Erano le foto a impensierirla più di ogni altra cosa. Foto che, sperava, avrebbe mostrato a figli e nipoti, e che non voleva guardare negli anni a venire detestando l'aspetto che aveva nel giorno più importante della sua vita.

No, doveva resistere, si disse, spostando l'attenzione dal muffin al cioccolato che l'aspettava al giovane Tyler Short.

Dai social non emergeva la stessa personalità estroversa di Samantha. Il numero di amici non raggiungeva le tre cifre, quindi non era un collezionista di contatti, come Stacey definiva quelli che accumulavano centinaia di amicizie su Facebook con persone che non avevano mai nemmeno incontrato. Ciò che non riusciva a trovare erano i familiari: fratelli, sorelle, cugini.

Non c'erano molte foto di lui. Una risaliva a quando aveva superato l'esame della patente, e poche altre lo ritraevano con un gruppetto di amici. Le saltò e andò ai post. Aveva condiviso un paio di foto di automobili e alcuni meme divertenti che sembravano collegati con *Guerre stellari*, ma ad attirare la sua attenzione furono soprattutto i post più riflessivi. Parlavano quasi sempre delle madri, e venivano scritti ogni anno nel periodo intorno alla Festa della mamma. La foto più vecchia era un selfie scattato con la nonna e una torta di compleanno, solo loro due.

Stacey lasciò perdere i social con la sensazione che le fosse sfuggito qualcosa, ma doveva concentrarsi sul passato del ragazzo, sulle sue origini, cose che di certo non avrebbe trovato lì.

Dieci minuti dopo aveva scritto mezza pagina di appunti su Tyler Short, e non era una lettura particolarmente interessante.

Nato da una madre tormentata, che soffriva di periodi di depressione, aveva trascorso gran parte dell'infanzia con la nonna materna. Stacey non aveva trovato traccia di un padre. La madre si era suicidata quando lui aveva dodici anni, e all'epoca viveva in modo stabile dalla nonna. Da quel che era riuscita a capire, non aveva mai dato problemi e aveva lavorato sodo per entrare in un college e studiare per diventare ingegnere meccanico.

Tra le difficoltà della vita di Tyler e il poco che c'era sui social, Stacey fu invasa da un'opprimente tristezza. Quel ragazzo aveva vissuto nell'incertezza fin da piccolissimo, senza alcuna stabilità, e aveva perso la madre nella prima adolescenza.

Tornò al suo account Facebook, in particolare alla foto con la nonna. Erano stati davvero soli, loro due. Quella donna era stata l'unica costante in tutta la sua vita, e quando aveva perso lei, Tyler aveva perso tutto.

Il suo sguardo si spostò sulla foto più recente del ragazzo insieme a un gruppo di amici, e all'improvviso capì cosa non aveva notato prima.

I suoi occhi individuarono tra gli altri il viso di qualcuno che conosceva già.

Capitolo 29

Erano quasi le quattro quando Bryant superò con l'auto il cordone ai cancelli d'ingresso di Himley Park. Gruppetti di impiegati erano sparsi sul prato accanto alla strada diretti verso il parcheggio nei pressi del lago.

L'ispettore Plant stava ascoltando una donna robusta che parlava con le braccia incrociate. Kim distolse lo sguardo prima che uno dei due potesse intercettarlo: era certa di non saper rispondere alla domanda che, con tutta probabilità, la donna stava facendo. Non sapeva quando avrebbero potuto riprendere possesso del sito, e il fatto che Kim fosse stata richiamata lì non era una buona notizia per nessuno.

Guardò in alto mentre scendeva dalla macchina. Niente droni: il ragazzino aveva obbedito.

Le tende erano ancora lì, anche se il corpo era stato rimosso. Kim andò in quella direzione, immaginando che fosse il punto in cui Mitch stava raccogliendo i campioni.

Prima di entrare diede un'occhiata al lago. Lungo il perimetro le parve di poter contare quattordici o quindici tecnici in tuta bianca. Alcuni lavoravano da soli, ma c'erano anche gruppetti di tre o quattro. Uno era circa sei metri a ovest rispetto alla tenda, l'altro sulla sponda opposta del lago.

«Ehi, Mitch», disse entrando nella tenda.

«Ispettore, scusa se ti ho fatta tornare, e grazie per essere venuta subito».

Ah, il tecnico della scientifica era una boccata d'aria fresca rispetto al medico legale. Conosceva le buone maniere, usava parole gentili come *scusa* e *grazie*.

«Cos'hai trovato?», chiese Kim, avvicinandosi al tavolinetto pieghevole che veniva usato come piano di lavoro.

Sotto c'erano dei contenitori aperti, e immaginò che contenessero campioni di terreno e vegetazione.

Mitch prese una busta trasparente dalla scatola a sinistra.

Kim riconobbe la scarpa da ginnastica mancante dal cadavere di Tyler Short.

Prese la busta e la voltò.

La scarpa era più infangata che umida.

«È stata trovata qui, lungo la riva», fece lui, con un cenno del capo verso il primo gruppo di tecnici che aveva visto Kim.

«Si è sfilata durante una lotta prima che lui finisse in acqua?», chiese lei.

Mitch annuì. «Sepolta, si vedevano solo i lacci».

«Ottimo lavoro», riconobbe Kim.

Sorrise. «Non abbiamo una pianta in premio, ma farò in modo che il ragazzo sappia che l'hai detto».

«Non ce l'abbiamo più la pianta», rispose lei con un'occhiata al collega, che iniziò a fischiettare e si voltò. «È morta».

«Mi spiace molto», commentò Mitch rimettendo la scarpa nel sacchetto.

I paradossi del lavoro in polizia la lasciavano sempre senza parole. Erano nel luogo in cui un ragazzo aveva perso la vita e lei riceveva le condoglianze per una pianta.

«Allora, cosa...».

«C'è qualcosa...».

Avevano parlato contemporaneamente.

C'era dell'altro, era ovvio.

Due gruppi di tecnici stavano lavorando intorno al lago, ed era molto raro che Kim venisse richiamata sulla scena del crimine per un oggetto che la squadra della scientifica in realtà si aspettava di trovare.

Mitch infilò una mano sotto il tavolo, nella scatola a destra, e prese un'altra busta, di dimensioni simili alla prima.

«Questa era sull'altra sponda del lago. Potrebbe essere un indizio, oppure no, ma ho pensato che volessi saperlo».

Kim la prese e la voltò. Un'altra scarpa.

Questa, però, apparteneva a una donna.

Capitolo 30

Penn si tolse camice e mascherina quando Keats glielo ordinò.
Era rimasto in silenzio mentre il patologo lavorava a ritmo serrato e metodico, seguendo la procedura di analisi esterna del corpo prima di concentrarsi su cervello, cuore, polmoni, fegato, reni, intestino, vasi sanguigni e piccole ghiandole. Penn era rimasto sorpreso dal rispetto e dalla deferenza che il medico aveva mostrato nei confronti del cadavere di Tyler Short. Ciascun organo misurato e pesato era stato trattato con delicatezza, come se stesse manipolando un neonato, come se non volesse arrecare ulteriori danni. L'unico elemento che l'aveva sorpreso era stato quando Keats aveva rimosso il contenuto dello stomaco con un cucchiaio.
Il medico legale non aveva parlato durante le operazioni se non per descrivere nel dittafono le proprie azioni; sembrava aver dimenticato che Penn era lì con lui.
«Allora, abbiamo stabilito che questo poveretto non è morto per la ferita alla gola. Il vostro assassino lo ha ferito e poi gli ha spinto la testa sott'acqua per farlo annegare».
Penn immaginò che fosse il suo modo per dargli il permesso di parlare. «Voleva andare sul sicuro?»
«A questa domanda dovete rispondere voi, non io», disse Keats, tirando il lenzuolo sulla testa di Tyler Short.
«Quello serve a stabilire il momento della morte?», domandò Penn quando Keats portò il contenuto estratto dallo stomaco verso il microscopio.
Lui scosse il capo. «In questo caso il fatto che all'interno dell'ap-

parato digerente ci fosse del cibo ci permette di sapere quanto tempo è passato tra l'ultimo pasto e la morte, che stimerei più o meno intorno alle tre ore, ma non ci aiuterà a stabilire quando è morto, cosa che penso sia avvenuta da quattro a sei settimane fa».

«Non puoi...».

«No», ribadì Keats. «Non posso essere più preciso, e il tuo capo otterrà la stessa risposta quando leggerà la relazione completa».

Penn nascose un sorriso. Sapevano entrambi che Kim avrebbe chiesto un lasso di tempo più stretto.

Penn appallottolò il camice usa e getta e mise tutto nel cestino della spazzatura. «Okay, allora...».

«Ti ho per caso detto che abbiamo finito?», chiese Keats senza voltarsi.

«Non saprei cos'altro...».

«Questo», disse Keats, facendogli segno di guardare nel microscopio.

«Okay», rispose lui, ignorando cosa stesse guardando.

Il medico legale caricò una foto sullo schermo del computer.

Penn alzò gli occhi al cielo. «Perché non mi hai fatto vedere subito l'immagine ingrandita? Ancora non so cosa sto guardando, ma...».

«Stai guardando il contenuto dello stomaco di...».

«Tyler Short. Lo so», fece Penn, felice di avere avuto almeno un'occasione di essere lui a interromperlo.

Keats lo fissò da sopra la montatura dorata degli occhiali. «È il contenuto dello stomaco di Samantha Brown. Ed è identico».

Penn guardò nel microscopio, poi di nuovo lo schermo.

«Quindi, se il tuo capo ha bisogno di altre prove per confermare che i casi sono collegati, puoi dirle che l'ultimo pasto di Tyler Short è stato a base di riso e fagioli».

Capitolo 31

Callum Towney non era come se l'era aspettato Kim.
La foto che le aveva mandato Stacey mostrava un ragazzo di aspetto piuttosto gradevole, con la pelle abbronzata e una folta chioma bionda spettinata. Il ragazzo che stava radunando i carrelli nel parcheggio dell'Asda, invece, si era rasato la testa e aveva aggiunto un paio di piercing al viso.
«Hai un minuto?», gli chiese, mostrando il tesserino.
«Certo», fece lui senza cambiare espressione.
Nell'esperienza di Kim, la maggior parte delle persone sperimentava un cambiamento emotivo, anche se minimo, quando veniva avvicinata da un agente di polizia. Spesso le capitava di vedere timore, attesa, senso di colpa, irritazione, superiorità, ma era molto raro che non ci fosse alcuna reazione. Per lei era un indicatore del fatto che aveva davanti una persona che non aveva fatto niente di male o alla quale non importava se veniva presa. Doveva solo scoprire in quale categoria ricadeva Callum Towney.
«Vorremmo parlare con lei di Samantha Brown», spiegò.
Un'espressione consapevole gli passò sul volto. «Sì, me lo aspettavo».
Il nome di Samantha campeggiava su tutti i giornali, quindi sapeva che era morta. Kim non colse alcun segno di tristezza, pentimento, nulla.
«Come mai?».
Lui aprì le braccia, come se la risposta fosse ovvia. «Perché ero l'amore della sua vita, dico bene?».

Ah, *dico bene*. Un'espressione che lei detestava.

«A quanto pare», provò lei, ma si stava già chiedendo cosa diavolo potesse aver trovato in lui Sammy.

«Vi frequentavate al college?»

«Frequentavamo?», rise lui, come se Kim avesse usato chissà quale parola desueta. «Non facevamo altro che sc...».

«Credo che la risposta sia sì», intervenne Bryant.

Callum annuì.

«E lei cosa studiava al Dudley College?», domandò Kim, guardando intensamente i carrelli mentre lui li sospingeva in fila verso uno abbandonato accanto a una Ford Fiesta.

«Non molto», fece lui. «Ci andavo solo perché altrimenti i miei mi avrebbero buttato fuori di casa. Questo?», aggiunse, fissando i carrelli. «Lo faccio solo per tenermi a galla. Prendo il sussidio di disoccupazione con un indirizzo diverso per avere abbastanza soldi fino a quando non riuscirò a trovare degli investitori per una mia idea».

Kim notò con quanto orgoglio aveva descritto il suo modo di truffare lo Stato. Si chiese se per caso si fosse dimenticata di mostrargli il tesserino.

«Fantastico», commentò. Il suo grande progetto però non le interessava tanto quanto l'ammissione del raggiro per avere l'indennità. Più tardi avrebbe fatto uno squillo all'ufficio che si occupava del sostegno al reddito per risolvere la questione.

«Callum, ci preme molto di più sapere della tua relazione con Sammy Brown».

Lui guardò i carrelli e fece loro segno di seguirlo. Li lasciò lì, dove bloccavano una fila di sei automobili.

«Ehm... non dovrebbe...».

«Nah, Bert uscirà tra un attimo. Li sposterà lui».

Si fermò accanto all'edificio e prese un borsellino dalla tasca della giacca.

«Be', tanto per cominciare era una ragazza fantastica, allegra e sexy come una... insomma, ci siamo capiti. Ci divertivamo un sacco, ma poi è diventata molto seria. Ha cominciato a mettere il broncio se mi dimenticavo di andare agli appuntamenti con lei o se cambiavo idea. E le altre ragazze...».

«È corretto dire che avevate un concetto diverso di come stava andando la vostra relazione?», domandò Kim con tutta la gentilezza che le riuscì. Quel piccolo roditore l'aveva usata per il sesso, illudendola e basta.

«Sì, certo. Non mi andava di perderci tempo, così ho chiuso. Non ci ho quasi più parlato».

«E conosceva anche un ragazzo di nome Tyler Short?».

Il giovane aggrottò la fronte e aprì il borsellino. «No, non avevo nessun compare con questo nome».

Kim prese il cellulare e cercò la foto.

Notò un sorrisetto quando il ragazzo vide la propria immagine.

«Questo qui», gli disse, indicando sullo schermo.

Lui guardò meglio. L'espressione perplessa svanì quando lo riconobbe.

«Ah, lui, lo conosceva il mio amico Spuddy. Se l'è portato dietro un paio di volte, non sapevo come si chiamasse».

O non ti importava, pensò Kim, mentre Callum apriva il borsello e tirava fuori uno spinello.

«Ti rendi conto che siamo poliziotti?», gli domandò, tanto per essere sicura. Aveva già confessato il reato di frodo sulle prestazioni assistenziali, e adesso stava per fumare dell'erba davanti ai loro occhi.

«Mi sa che siamo proprio nella merda, se non avete pesci più grossi di me da prendere, dico bene? Che volete fare?», chiese lui, accendendo lo spinello.

Kim non riuscì a trattenersi. Glielo strappò dalle labbra e lo gettò a terra, calpestandolo. Lo schiacciò per bene sull'asfalto, in modo che il ragazzo non potesse provare a recuperarlo.

«Te lo dico subito cosa vogliamo fare: trascineremo le tue chiappe alla centrale per chiarire in modo più dettagliato i tuoi rapporti con queste due persone». Fece una pausa. «Dico bene?».

Lui guardava la scarpa di Kim con gli occhi sgranati, e lei la trascinò avanti e indietro un altro paio di volte per chiudere la questione.

Callum la guardò. «Aspettate un attimo. Mi state dicendo che anche quel tizio è morto?».

Kim non gli rispose.

«Allora, i tuoi ricordi sono più chiari, adesso?», gli domandò.

A quanto pareva la memoria gli era tornata. Callum alzò gli occhi al cielo. «Sì, quel ragazzino mi tempestava di domande su Sammy. Era patetico. Lei non ne voleva sapere, però».

«Perché era più piccolo di lei?», chiese Kim. Tra i due c'era solo un anno di differenza.

«Nah, perché non riusciva a smettere di pensare a me».

«Certo», fece Kim. Ovvio.

«Era presissimo, poveretto, non riusciva a staccarle gli occhi di dosso». Scosse la testa, deridendolo. «Quel coglione l'avrebbe seguita dappertutto».

Capitolo 32

«Secondo te facevano tutti e due parte di quella setta?», chiese Bryant quando Kim ebbe finito di parlare con Penn. Il dettaglio che entrambe le vittime avessero lo stesso cibo nello stomaco non le era mai capitato prima in un'indagine, a meno che non avessero condiviso l'ultimo pasto; cosa impossibile per Sammy e Tyler, dato che il ragazzo era morto settimane prima.

«L'incredulità che sento nella tua voce riguarda il fatto che fossero entrambi membri della stessa setta, o che esista davvero una setta a Wolverley?»

«Tutte e due le cose, ma forse più la seconda», rispose lui con sincerità.

Kim non poteva certo dargli torto.

Wolverley era un paese che si trovava poco più di tre chilometri a nord di Kidderminster e sorgeva lungo il fiume Stour. Con una popolazione di circa duemila persone, era un luogo pacifico, con un basso tasso di criminalità, fatta eccezione per un terrificante omicidio avvenuto negli anni Novanta. Kim sapeva che la zona vantava tredici edifici storici e grotte scavate nelle rocce di arenaria alle spalle di alcune abitazioni. A circondare il paese sonnolento c'erano grandi campi e zone boscose, oltre a un luogo denominato Unity Farm, come avevano appena scoperto.

«Ha fatto una faccia memorabile», disse Bryant uscendo da Wordsley.

«Eh?»

«Callum, quando gli hai strappato lo spinello dalla bocca. Tipico.

All'ufficio amministrativo per il sostegno al reddito sono stati molto felici di ricevere la mia telefonata».

«È stata una bella giornata per quel ragazzo», convenne lei. Mentre Bryant si occupava di denunciare Callum alle autorità competenti, lei aveva cercato di richiamare Woody per aggiornarlo sul ritrovamento della scarpa al lago. Il fatto che non le avesse risposto perché era impegnato in una riunione quadrimestrale sul bilancio non prometteva niente di buono per la richiesta che gli avrebbe fatto non appena fosse tornata alla stazione di polizia.

«È proprio uno stronzo, vero? Sarà interessante sapere cosa si inventerà per spiegare dove si trovava quando Sammy è stata assassinata».

«Se esagera a fumare quella roba, farà fatica a ricordare cos'ha fatto un'ora fa», rispose lei.

«Che idea ti sei fatta?».

Kim si strinse nelle spalle. «Non l'ho ancora escluso. Credo che la sua personalità sia ben diversa da quel che appare. Forse è un tipo irascibile. Quindi lo teniamo nel radar, per il momento».

«Il navigatore dice che siamo a quattrocento metri dalla destinazione», disse Bryant quando i campi ai due lati della strada si allargarono intorno a loro.

«Okay, rallenta e...».

«Ah, l'ironia di sentirmi dire proprio da te di rallentare».

Lei ridacchiò. Di solito lo esortava ad accelerare.

«Eccolo», indicò Kim quando superarono un cancello aperto con una piccola targa d'ottone agganciata alla sommità.

Bryant sterzò subito sulla strada a una sola corsia, che divenne un viottolo sterrato lungo una curva che costeggiava una piccola zona alberata.

«Lo senti?», le chiese abbassando il finestrino e procedendo lentamente.

«Non sento nulla».

«Esatto», fece lui.

Più si allontanavano dalla strada, più il silenzio aumentava. Era una situazione che metteva sempre in allarme Kim. Lei amava il rumore, l'attività, l'impazienza e l'infelicità delle persone che correvano da una parte all'altra. La pace la turbava.

Bryant si fermò su uno spiazzo ghiaioso davanti a un capanno con un'insegna dipinta a mano che diceva "Prodotti tipici".

«Molto ambizioso, eh, capo?», le chiese, spegnendo il motore.

Non poteva dargli torto. La piccola rivendita era un casotto da giardino con davanti un tavolo. C'era una scodella piena di uova in mezzo a qualche mazzo di carote e una catasta di patate deformi.

La ragazza seduta al tavolo si alzò, l'espressione illuminata dalla prospettiva di vendere qualcosa. Non c'era da sorprendersi, visto che era molto distante dalla strada principale.

«Bryant, compra qualche carota», mormorò Kim mentre si avvicinavano.

«E le chiami c...».

«Fallo e basta», ringhiò lei, incollandosi un sorriso al volto mentre lui sceglieva il mazzo meno floscio.

«Due sterline», disse la ragazza tendendo la mano.

Kim sentì Bryant sospirare, ma il collega si frugò comunque in tasca.

Non era il momento per arrestare una ragazzina con l'accusa di estorsione.

«Ciao», disse Kim mostrandole il tesserino. «Possiamo parlare con il responsabile?».

La felicità della ragazza si trasformò subito in paura.

«Non c'è motivo di preoccuparsi», la rassicurò Kim. «Siamo venuti per una ragazza, Samantha Brown. La conoscevi?».

Un rossore si diffuse sulle sue guance mentre arretrava nel capanno bofonchiando che dovevano aspettare un attimo.

Kim si spostò di lato e la vide prendere un cellulare voltando loro le spalle.

Diede una rapida occhiata in giro e si rese conto che l'unico modo per accedere alla proprietà era passare attraverso il capanno. Il negozio sorgeva in mezzo a una recinzione metallica che si allungava in entrambe le direzioni fino a dove lo sguardo si perdeva all'orizzonte.

Era una rivendita o la postazione di un custode?, si domandò, chiedendosi anche dove si trovasse la via di accesso per i veicoli.

Stava proprio per chiederlo quando la ragazza finì di parlare al telefono.

«Jake sta arrivando», dichiarò, torcendosi le mani e guardandosi intorno.

Kim colse in lei ansia e trepidazione. «Se ci fai vedere da dove possiamo passare con la macchina, possiamo...».

«Ci vorrà solo un minuto», ribatté lei, tagliando corto.

Kim ebbe la sensazione che l'unico modo per oltrepassare quel capanno fosse gettarla a terra e procedere con la forza.

«Allora, conoscevi Samantha?», chiese ancora Kim.

Lei annuì lentamente. «Però adesso non c'è più».

Kim non capì se si riferisse al fatto che era andata via o alla sua morte. In ogni caso, si stava mordendo il labbro.

«Per caso ha avuto qualche problema con...».

«Ah, ecco Jake», disse lei, voltandosi quando il rumore di un motore risuonò alle spalle del capanno.

Un uomo sulla cinquantina apparve dietro di lei. Aveva i capelli completamente bianchi, ma folti e ben curati, le spalle larghe sotto una camicia azzurra con il colletto aperto, la pelle liscia abbastanza colorita da far pensare a un buono stato di salute. I suoi occhi erano dell'azzurro più puro che avesse mai visto. Una volta incrociato il suo sguardo, si dimenticava il resto del volto.

«Detective ispettore Stone», disse Kim, mostrando il tesserino. «Vorremmo parlare con lei di Samantha Brown».

L'uomo si avvicinò alla ragazza e tese la mano nella direzione di Kim.

«Jake Black. Sammy sta bene?».

Ah, perfetto. Non sapevano nemmeno che fosse morta.

«Signor Black, è fondamentale che ci spostiamo da qualche parte per parlare».

Lui si mosse verso il tavolo. «Certo, venite di qua».

«Se potesse mostrarci dove far passare la macchina...».

«Non ce n'è bisogno. Prego, da questa parte», disse indicando l'apertura che aveva creato.

Kim esitò, ma lo seguì. Doveva andare dall'altra parte del capanno. Bryant entrò dopo di lei e Jake chiuse l'apertura. Controllò il tavolo e strinse la spalla della ragazza.

«Brava, Maisie, continua così».

Kim non poté trattenere un brivido per il disagio che le diede quel contatto fisico. Maisie aveva senz'altro più di diciotto anni, ma c'era qualcosa di strano.

La ragazza era arrossita ancora di più e aveva stretto le mani l'una all'altra, come se temesse di esplodere. Una persona sospettosa avrebbe potuto pensare che fosse proprio quella la reazione che l'uomo desiderava ottenere. Per fortuna in genere era Bryant il sospettoso tra i due.

Seguì Jake Black oltre il capanno e vide il cart da golf su cui era arrivato. Alla sua sinistra c'erano dei campi, a destra un sentiero che spariva oltre una zona boscosa.

«Saltate su e...».

«Signor Black, preferirei...».

«Insisto, sarei felice di mostrarvi la casa».

Kim salì al suo fianco e Bryant si sedette dietro. Dopotutto, non era una cattiva idea andare a fondo della storia della setta una volta per tutte e conoscere la verità su Sammy Brown.

«Allora, è tutto a posto con Sammy? E vi prego, chiamatemi Jake»

«Grazie... Jake, e no, temo che non sia tutto a posto». Possibile che non avesse visto i telegiornali?, si chiese. Poi cominciò a domandarsi se quel veicolo non potesse andare un po' più veloce. Aveva una riunione con Woody, quel giorno.

«Devo procurarmi uno di questi cosi», commentò Bryant.

Non c'era da sorprendersi, considerata la velocità a cui andava di solito.

«Ci manca», riprese Jake, e Kim colse un sentimento sincero nella sua voce.

«Anche ai suoi genitori, adesso, perché purtroppo Sammy Brown è morta».

Il cart si fermò di colpo proprio nel momento in cui apparve una casa.

La proprietà sembrava una vecchia fattoria che era stata ampliata in ogni direzione.

«La prego, mi dica cos'è successo», esclamò voltandosi verso di lei.

«Sammy è stata assassinata da qualcuno che conosceva e che ha fatto entrare nel suo appartamento».

«Aveva un appartamento?», domandò riavviando il cart. C'era una nota nella sua voce che Kim si sforzò di individuare.

«Sì, di recente era andata a vivere da sola». Anche se era difficile definire "casa" l'ambiente freddo e impersonale in cui viveva.

Kim decise di tenere per sé le informazioni su Tyler Short, per il momento, perché voleva verificare la reazione emotiva dell'uomo di fronte alla morte di Sammy.

E in quel momento, osservando la linea tesa della mascella incastonata in quel bel viso, le sembrò di cogliere una forte emozione.

Capitolo 33

«Ma è possibile?», disse Stacey a voce alta fissando gli appunti scarabocchiati durante l'ultima conversazione con il capo. Solo dopo che avrai verificato tutti gli amici di Samantha e di Tyler, le aveva detto Kim. Be', ovviamente. Ma dagli altri amici di Sammy non aveva ottenuto niente di più di ciò che aveva saputo da Cassie, mentre alcuni messaggi inviati ai contatti su Facebook di Tyler avevano avuto risposte del tipo "Tyler chi?".

«Immagino di doverti ringraziare», disse Stacey a Penn quando lo vide entrare.

«Forse, ma non lo ammetterò se non mi fornisci altri dettagli. Di cosa stiamo parlando?», le chiese, prendendo una bandana blu dal primo cassetto della sua scrivania.

«Uomo grande e grosso vestito di nero alla guida di una Range Rover bianca, è questo che ha detto il vicino, giusto?», scattò lei.

«Sì, ma come dicevo non so se sia attendibile ciò che...».

«Be', indovina chi è che deve cercare di rintracciarlo?», gli rispose, concludendo con un gran sospiro.

«Va tutto bene?», le domandò, effettuando il login nella postazione di lavoro.

«Alla grande», disse lei. «Come diavolo faccio a scoprire chi è questo tizio?»

«Cerca su Internet», fece lui e si strinse nelle spalle.

«Penn, hai proprio deciso di farmi incazzare?»

«Santo cielo, Stace, perché non mangi qualcosa? La fame ti fa sragionare».

Lei inspirò a fondo. «Non c'entra niente. Ho mangiato una banana un'ora fa. Sono incazzata perché è una ricerca impossibile».
«Non è vero».
Stacey si appoggiò alla sedia e fissò il soffitto. Accidenti a lui, il suo stomaco le stava mandando segnali di tutti i tipi, ma aveva resistito quasi tutto il giorno e non voleva cedere. Aveva un'insalata di pollo che l'aspettava una volta a casa.
«Fidati di Google», le disse, prendendo il contenitore Tupperware al centro delle loro scrivanie.
Lei si protese in avanti. «Cosa?»
«Fai una ricerca assurda. Io lo faccio sempre. Mettiamo il caso che abbia bisogno di una ricetta facile da seguire per Jasper. I testi troppo lunghi lo mettono in crisi, così inserisco una richiesta come "ricetta per il tiramisù semplice con meno di dieci passaggi". Dico a Google esattamente ciò che voglio. Ama le sfide».
Stacey non poté fare a meno di sorridere all'idea di lui che aiutava il fratello a fare ciò che amava.
«Penn, sei un idiota, ma voglio tentare», disse, e scrisse le parole che le aveva detto Stone.

Uomo grande e grosso vestito di nero alla guida di una Range Rover bianca.

Nessun risultato conteneva tutte le parole che aveva digitato, ma li passò comunque in rassegna, annotandosi quelle che Google aveva barrato per indicare che non c'erano.
Tre risultati portavano a una pagina nella quale mancavano "grande" e "grosso", ma tutto il resto c'era. Era un articolo apparso su «The Dudley Star», risalente a tre settimane prima.
«Penn, sei un genio».
Lui scrollò le spalle. «Idiota, genio, per me è lo stesso».
Lesse il pezzo, scritto nientemeno che da Tracy Frost.
Si concentrò sulle parti evidenziate, che coincidevano con i suoi criteri di ricerca.

La polizia chiede l'aiuto di un *uomo vestito di nero alla guida di una Range Rover bianca* che è stato visto a pochi metri dal luogo del furto avvenuto a Cavendish Road ieri sera...

«A quanto pare il tuo testimone inaffidabile in realtà era affidabilissimo», disse Stacey, inserendo una ricerca su Google Earth.

Cavendish Road era la traversa accanto a quella in cui abitava Samantha Brown.

Capitolo 34

Jake fermò il cart lungo il lato ovest della casa. Come si era aspettata vedendo la parte davanti della proprietà, Kim scorse una serie di fienili riconvertiti, eretti tutto intorno a un cortile pavimentato su cui si trovavano tavoli da pic-nic, panchine, vasi colorati e cestini appesi. Alcuni tavoli erano occupati da gruppi di uomini e donne che si godevano la debole luce del sole di inizio settembre. Tutti coloro con cui incrociò lo sguardo salutarono con la mano, sorridendo.

Kim seguì Jake nel corridoio, passando accanto a una serie di stanze. Sembrava che la fattoria fosse stata ristrutturata eliminando tutte le pareti che era stato possibile togliere. Alla sua sinistra c'era una sala da pranzo già apparecchiata per almeno cinquanta persone. A destra c'era un ampio spazio pieno di divani e poltrone, poggiapiedi, coperte di lana, librerie e un enorme camino.

Superarono delle bacheche su cui erano elencate alcune attività, come meditazione, cristalloterapia, massaggi, reiki e un paio di cose il cui nome non sapeva pronunciare.

Eppure in quel luogo c'era una sorta di immobilità che la incuriosiva. Quando incrociavano le persone nel corridoio, i saluti consistevano in un sorriso e un cenno del capo. Non si scambiavano parole. Non sentì il suono di televisori o radio, né risate. Tutto era calmo, placido.

Faceva più rumore lei a casa da sola con il suo cane.

«Prego, entrate», disse lui aprendo una pesante porta in legno di quercia con la scritta "Privato".

Quella stanza non era enorme. Poteva avere le dimensioni del suo soggiorno con angolo cottura, ma era arredata in modo impeccabile. Delle librerie a parete intera occupavano quasi tutti i muri, con una scaletta mobile che scorreva davanti a esse. Un'antica scrivania di quercia era posizionata davanti alla finestra, e un divano lussuoso con sopra una coperta scozzese occupava un lato intero della stanza, con davanti due poltrone di pelle dallo schienale alto. In mezzo c'era una scacchiera d'antiquariato posizionata su un tavolinetto. Un'altra poltrona con poggiapiedi si trovava di fronte al caminetto ben fornito di legna. Qualche tavolino con lampade da lettura completava l'ambiente.

«Carino», mormorò Bryant, e lei capì cosa intendeva.

«Ci piace considerarla casa nostra», disse Jake, chiudendo la porta.

L'unico oggetto che mancava era un computer, si rese conto Kim mentre si accomodava sul divano.

Jake si sedette di fronte a lei.

«Questa proprietà è tutta sua?», domandò Kim, senza scusarsi per essere stata così diretta.

«È nostra», rispose lui. «La casa, i fienili e i sette ettari circostanti».

Lei fischiò. «Bello. E chi siete voi?»

«All'inizio eravamo in dodici a immettere capitali e...».

«In quote identiche?», domandò lei.

«...condividevamo una visione», proseguì lui, come se Kim non avesse parlato. «Siamo stati molto fortunati, perché grazie agli omicidi abbiamo potuto prendere...».

«Come, prego?», fece lei, socchiudendo gli occhi.

Un sorrisetto divertito gli incurvò le labbra. «Chiedo scusa per la pessima scelta delle parole, ispettore. La casa e il terreno sono stati venduti a un costo molto inferiore a quello di mercato perché all'inizio degli anni Novanta qui è stata sterminata una famiglia. Un nipote ha assassinato gli zii e le loro due figlie, poi ha cercato di far credere che fosse stato un tentativo di furto finito male. Nessuno voleva comprare la proprietà, dopo ciò che era accaduto».

115

Jake Black non era certo tipo da guardare tanto per il sottile, dedusse Kim.

«E quante persone vivono qui, adesso?»

«Centouno», rispose lui senza indugio.

«E tutti hanno investito capitali nella fattoria?», azzardò Kim.

«Ogni persona qui contribuisce in qualche modo, ispettore», ribatté lui senza accusare il colpo. «Dobbiamo pur sopravvivere».

«La morte di Sammy era su tutti i giornali», proseguì lei, affrontando l'argomento che l'aveva portata lì; ancora non riusciva a credere che lui non lo sapesse.

L'uomo le sorrise, mostrando denti bianchi e regolari. «Qui non seguiamo molto i telegiornali. Raramente danno notizie positive».

«Cosa fate di preciso, qui, e perché Sammy è rimasta due anni e mezzo prima di andarsene?»

«Siamo un rifugio, un luogo spirituale sicuro, per così dire. Le persone si uniscono a noi per i motivi più svariati».

«Per esempio?», domandò lei, diretta.

«Come ho detto, i motivi possono essere molti», ribatté lui imperterrito. «Ma direi che in tanti lo fanno perché sono rimasti delusi dal mondo e dal posto che vi occupavano».

«Quindi sono fuggiaschi?»

«O persone che scelgono un percorso diverso», rispose. «Chi viene qui cerca molte cose, ma soprattutto cerca sé stesso. E no, le sue domande non mi offendono, ispettore», aggiunse con un sorrisetto malizioso.

«Bene, e anche Tyler Short è venuto qui a cercare sé stesso?», gli chiese, ripensando a quel giovane triste e solitario. Nominarlo all'improvviso era stata una mossa calcolata. Voleva cogliere la sua reazione immediata.

«No, Tyler è venuto a cercare l'amore», rispose in tutta tranquillità, come se lei gli avesse mandato in anticipo l'elenco delle domande che gli avrebbe fatto.

«In che senso?», fece Kim, che non voleva lasciargli intendere che sapeva dei sentimenti di Tyler per Sammy.

«Tyler si è unito a noi per stare vicino a Samantha. Lo stile di vita che si conduce qui però non è adatto a tutti; se non si è disposti a vivere in modo più pulito e libero, non è possibile resistere. A lui non interessavano le nostre filosofie, specialmente una».

«E cioè?»

«Non sono ammessi rapporti intimi tra i membri della famiglia».

«Famiglia?».

Annuì. «Certo. È ciò che siamo, e i rapporti fisici aggiungono troppe emozioni negative e troppe complicazioni».

«Ma suppongo sia possibile controllarli», disse Kim. In qualsiasi gruppo di persone prima o poi si sarebbe innescata della tensione sessuale.

«Non è questione di controllo. Le persone che vivono qui vogliono seguire il nostro stile di vita. Molti sono stati feriti in modo irreparabile da relazioni abusive».

«Anche Samantha?», chiese Kim, poco convinta che governare e imbrigliare i sentimenti fosse tanto semplice da potersi trasformare in una semplice regola da seguire.

«Da quel che so, Samantha era stata ferita da qualcuno, poco tempo prima di unirsi a noi».

«E questo l'ha convinta ad abbandonare del tutto una vita completa?», domandò Kim. «Un'unica relazione finita male?»

«Ispettore, alcune persone non si rendono conto di quel che manca dalle loro vite finché non lo trovano. Sammy è arrivata qui distrutta. Era senza speranze, depressa, ed era stata abbandonata da tutti i suoi amici. Nemmeno i genitori si rendevano conto di quanto profondo fosse il dolore che provava. Con il nostro aiuto è sbocciata, trasformandosi in una ragazza gioiosa, gentile, entusiasta…».

«Ma per quanto abbiate fatto un buon lavoro nel rimettere insieme i pezzi e ricucire il suo cuore spezzato, trattenendola qui le chiedevate di rinunciare a ogni possibilità di trovare l'amore», affermò Kim.

«Aspetti un attimo», disse lui, sollevando le mani e appoggiandosi allo schienale. «Tanto per cominciare, chiunque si unisca a noi non è costretto a trattenersi oltre il tempo che ritiene necessario. Unity Farm non è un carcere, e tutti sono liberi di andarsene in qualsiasi momento. Samantha ha trovato qui qualcosa che in quel momento era giusto per lei. Non significa che non potesse cambiare idea, prima o poi, quando avesse sentito...»

«Però l'ha fatto», lo interruppe Kim, confusa. «Ha cambiato idea e ha lasciato questo posto qualche mese fa».

Jake la fissò per un attimo. «Lasci che le spieghi una cosa, ispettore. Samantha si era trasformata in una persona diversa da quella che era quando era giunta qui. Una vita più semplice, senza alcune delle pressioni del mondo esterno, l'ha aiutata ad aprirsi e a scoprire chi era davvero. Col tempo ha iniziato a farsi coinvolgere in molti aspetti della vita della fattoria. Le piaceva passare il tempo nell'orto, in cucina, e aveva convinto altri membri ad avviare un corso di arte. Voleva insegnare. Ma soprattutto, la sua migliore amica qui doveva sottoporsi a un intervento chirurgico il giorno dopo la scomparsa di Sammy, e lei avrebbe dovuto accompagnarla».

«Che cosa sta cercando di dire?», chiese Kim, per chiarire.

«Che Samantha non desiderava affatto andarsene. È stata costretta con la forza, ne sono sicuro».

Capitolo 35

«E non ha detto altro?», chiese Woody quando Kim gli riferì la sua conversazione con Jake Black.

Lei annuì. «Non ha spiegato da chi sarebbe stata costretta, né perché ne fosse tanto certo. Ha detto solo che Sammy non se ne sarebbe mai andata di sua volontà. A dirla tutta, dopo ha quasi smesso di parlare e si è offerto di riaccompagnarci alla macchina».

«Che impressione ti ha fatto Unity Farm?», le domandò.

«Il luogo è abbastanza bello, tutte le persone che ho visto sembravano felici, era un po' silenzioso ma tranquillo. Sono stati investiti tanti soldi in quel posto. Non so di preciso a chi appartenessero, visto che ha evitato con una certa abilità le domande sullo stato finanziario».

«Sospetti per gli omicidi?».

Kim scosse la testa.

«Allora per il momento lascia perdere. Non possiamo infastidire un gruppo di persone che hanno scelto uno stile di vita alternativo».

Ecco perché il capo era lui, si disse Kim.

«Dovrò parlare di nuovo con Myles Brown, signore, e potrei avere bisogno di essere un po' più decisa. So che non mi sta dicendo tutto».

«Okay, ma senza esagerare», l'ammonì. «E voglio che Bryant sia sempre presente».

Bryant l'aveva lasciata all'ingresso ed era corso via, e anche il resto della squadra aspettava il permesso per tornare a casa. Decise di non informarlo di questo.

Riprese: «Myles Brown sostiene che Samantha è andata via da Unity Farm di sua volontà, mentre Jake Black afferma il contrario». Scosse la testa. «Ma non è per questo che ho chiesto di vederla».
Lui la fissò con sospetto.
Kim fece un respiro profondo. «Signore, abbiamo bisogno di dragare il lago di Himley Park».
«Con quale motivazione?»
«La scarpa».
«E?»
«Solo la scarpa, signore».
«Oh, Stone, e io che pensavo mi stessi facendo una domanda seria».
Pessima risposta. Irritazione, incredulità e scetticismo erano reazioni con cui poteva fare i conti, ma un rifiuto immediato era molto più complicato da affrontare.
«È una domanda seria».
«Le mie giornate non finiscono quasi mai bene grazie a te, Stone», disse e si alzò, prendendo la valigetta. «Oggi, però...».
«Dobbiamo controllare se c'è un altro corpo», insisté, continuando a perorare la sua causa mentre lui infilava cartelline nella valigetta. Era pronta a seguirlo fino alla macchina, se necessario, a blaterargli nelle orecchie finché non fosse partito.
«Hai altro, a parte una scarpa scompagnata sepolta nel fango? Altri vestiti?»
«No».
«Una persona scomparsa che sospetti possa essere lì?»
«No».
Woody si fermò. «Allora sai già la risposta».
Kim capiva benissimo le enormi implicazioni di un lavoro del genere nel lago. E bisognava considerare anche le spese e il fastidio arrecato ai proprietari del complesso. Sapeva che Woody aveva passato il pomeriggio a una riunione sul bilancio, ma in cuor suo era un poliziotto, non un passacarte, e questo lo rendeva un capo eccezionalmente bravo. Tranne quando le diceva di no.
«Signore, questo caso è...».

«Stone, qualsiasi altra parola sull'argomento è uno spreco di fiato per te e di tempo per me. La risposta è no».

Kim ringhiò dentro di sé. Avrebbe potuto seguirlo fino a casa, sedersi sul tavolino mentre Woody beveva una cioccolata calda, ma lui non avrebbe mai cambiato idea, a meno che lei non fosse riuscita a dargli qualcosa di più.

Solo che non sapeva cosa.

Capitolo 36

Bryant era consapevole di agire contro i suoi stessi interessi, ma aveva bisogno di vedere con i propri occhi.

Aveva aspettato per tutto il giorno un messaggio o una telefonata che gli dicesse che avevano cambiato idea, che si erano resi conto di aver fatto un errore enorme e che alla fine Peter Drake non sarebbe stato scarcerato.

Dopo aver lasciato il capo alla centrale, si era lanciato nel traffico del tardo pomeriggio ed era arrivato con una manciata di minuti di anticipo. Non era rimasto sorpreso quando aveva visto anche l'auto di Richard Harrison parcheggiata lì. Si era fermato, lasciando un posteggio libero tra loro.

«Sta per succedere davvero, eh?», chiese Richard, appoggiandosi allo sportello posteriore di Bryant. «Da un momento all'altro quel bastardo sarà libero».

Lui non rispose, ma osservò l'uomo che sembrava ancor più scheletrico del giorno prima. Quando si erano visti aveva indosso un abito pulito, una camicia stirata e i capelli erano ben pettinati. Quel giorno, invece, i vestiti erano stropicciati, i capelli unti e aveva ombre scure sotto gli occhi. Bryant ne dedusse che non aveva avuto un attimo di pace da quando era stata presa la decisione. Si stava lasciando andare, e non c'era nulla che lui potesse fare per impedirlo.

«Sai che lo farà di nuovo, vero?», chiese Richard.

Bryant sentì la sua voce incrinarsi e pensò a ciò che Kim aveva detto parlando di *Minority Report* e dell'impossibilità di prevedere i crimini futuri. Ma, accidenti, anche lui provava la stessa identica sensazione.

«Un'altra ragazza dovrà soffrire come Wendy», disse mentre le porte cominciavano ad aprirsi.

Richard raddrizzò la schiena e si allontanò dall'auto.

Poi, all'improvviso, lui apparve.

Peter Drake era dal lato sbagliato delle porte del carcere per la prima volta dopo più di venticinque anni.

Richard si appoggiò alla portiera della macchina, le gambe improvvisamente indebolite alla vista dell'uomo che con tanta ferocia aveva tolto la vita a sua figlia.

La guardia carceraria che stava accanto a Drake finì di parlare e gli tese la mano. Quel gesto disturbò Bryant in modo particolare. Non riusciva a capacitarsi di come fosse possibile stringere la mano di quella persona. Ma era anche vero che Peter Drake aveva vissuto un'altra vita intera dietro quei muri.

La guardia rientrò nella prigione, lasciando Drake solo. Bryant avvertì la tensione di Richard, mentre entrambi fissavano la scena in silenzio.

Questo Peter Drake somigliava ben poco all'uomo magro e dai capelli neri che Bryant aveva visto arrestare tanti anni prima.

Il suo viso era cadente, i capelli e la barba ingrigiti. La pancia traboccava dalla vita dei jeans blu scuro. Aveva il collo più spesso, le mani ingrossate, notò Bryant mentre Drake tirava fuori una sigaretta rollata e l'accendeva.

Continuarono a osservarlo guardarsi intorno, come se stesse cercando di dare un senso a ciò che vedeva. Il suo sguardo passò su di loro, ma senza soffermarsi, senza riconoscerli.

Bryant immaginò che anche loro dovevano essere cambiati molto, negli anni trascorsi.

Un taxi entrò nel parcheggio e si avvicinò lentamente all'ingresso. Peter Drake prese una gran boccata dalla sigaretta prima che la vettura si fermasse davanti a lui.

«Una parte di me avrebbe voluto che morisse lì dentro», ammise Bryant all'unico uomo cui potesse confidarlo.

«Non ancora», rispose Richard. «Non può ancora morire».
Si voltò a guardare Richard.
Quell'uomo aveva perso tutto, odiava Drake per ciò che aveva fatto a sua figlia, eppure non desiderava ancora vederlo morto.
Richard lo guardò negli occhi, ma Bryant ebbe la sensazione che il suo sguardo lo attraversasse, senza vederlo. «Se c'è qualcosa dopo la morte e lui ci arriva prima di me, come farò a proteggerla? Sarà sola, e io non posso deluderla un'altra volta. Non sbaglierò di nuovo».
Bryant percepì la sua disperazione e aprì la bocca per tentare di rassicurarlo, quando sentì una richiesta di rinforzi urgente provenire dalla ricetrasmittente che non aveva mai smesso di portare con sé.
Ascoltò con più attenzione. Le autopattuglie stavano correndo sulla scena di un tentato omicidio. A un indirizzo che riconobbe subito.

Capitolo 37

Kim bussò piano ed entrò. Stacey la seguì con blocco e penna e chiuse la porta della sala interrogatori 1.

Myles Brown era arrivato dieci minuti prima, il che doveva avergli dato abbastanza tempo per notare l'austerità del luogo e contemplare l'idea di raccontare tutta la verità.

Parve quasi sollevato di vederla.

Lei non sorrise e si sedette di fronte a lui.

«Ho fatto qualcosa di male, ispettore?», chiese, guardando prima lei poi la collega.

«Signor Brown, credo...».

«Myles, la prego», la interruppe, sperando di poter riportare il dialogo al tono informale usato a casa sua.

Era una conversazione molto diversa, però, e Kim doveva fare in modo che ne fosse ben consapevole.

«Signor Brown, so che ha appena subìto un tragico lutto, ma ho la sensazione che non sia stato del tutto sincero a proposito delle circostanze che hanno accompagnato la morte di sua figlia, e questo non ci aiuta a trovare il responsabile».

«Siete stati a Unity Farm? Avete interrogato qualcuno, laggiù?».

Kim annuì. «Ci sono stata proprio oggi e devo dire che la sua descrizione di una setta mi è sembrata un po' forzata e inverosimile».

«Sì, e Jonestown era solo un paesino del Sud America», ribatté lui.

«Come, scusi?»

«Quando Jim Jones ha spostato la sua setta religiosa nella Guyana, non l'ha fatto perché lì il clima era migliore, ma per sottrarre a occhi indiscreti le pratiche del Tempio del Popolo. E guardate cos'è successo ai suoi seguaci».

«Il gruppo non fu visitato da un governatore americano?», chiese Stacey.

«Leo Ryan, un membro del Congresso che andò a indagare per violazioni dei diritti umani. Lui e i suoi accompagnatori furono assassinati a colpi di pistola mentre si stavano imbarcando sull'aereo per rientrare a casa. Eppure era solo una chiesa che professava l'amore e la pace», aggiunse in tono sarcastico.

«Abbiamo conosciuto Jake Black», riprese Kim. «Ci ha fatto una buona impressione…».

«Be', questo è ovvio. In pochi sarebbero pronti a seguire uno che somiglia all'Uomo elefante».

«Sta dicendo che le persone vanno a vivere a Unity Farm solo perché il capo è di aspetto gradevole?», chiese incredula.

Lui scosse il capo. «Non è una questione di aspetto. Basta guardare Charles Manson per saperlo, anche se la bellezza non ha certo danneggiato David Koresh. È il carisma. Ogni leader di un gruppo deve possedere quel carisma, qualcosa che induca a credere a ogni sua parola e convinca le persone a seguirlo ovunque».

Kim non aveva idea di cosa la sua collega stesse annotando, perché ai suoi occhi Myles non aveva ancora detto nulla di interessante.

«Signor Brown, lei sta facendo riferimento a casi molto noti e ben documentati di lavaggio del cervello e controllo mentale avvenuti a migliaia di chilometri da qui. Qui siamo a Black Country, nelle West Midlands. Nulla di simile…».

«Ispettore, quante famiglie di vittime di un crimine ha conosciuto che erano convinte che una cosa del genere non potesse mai accadere proprio a loro? Che le sparatorie, o perfino gli accoltellamenti, fossero eventi molto lontani?».

Il silenzio di Kim fu un'ammissione del fatto che non aveva tutti i torti. Eppure, continuava a non credergli.

«Mi spiace, ma non ci troviamo davanti a una setta assassina».

«Ne ha la certezza?».

Lei annuì. Ne era quasi sicura.

«Per quanto tempo è stata a Unity Farm?»

«Un'ora circa».

L'uomo si protese in avanti, poggiando gli avambracci sul tavolo. «E pensa di aver potuto vedere qualcosa che Jake Black non voleva mostrarvi, in quel lasso di tempo?».

Aveva visto il suo ufficio e un cart da golf.

«Il vostro lavoro non sarebbe molto più semplice se gli assassini avessero tutti l'aspetto di mostri, se avessero le corna e non somigliassero alle persone normali? Le sette non sembrano quasi mai delle sette, ispettore. Si travestono sempre da qualcos'altro».

«Continui», disse lei. Non gli credeva, ma era curiosa di sapere come si fosse autoconvinto.

«Si presentano come gruppi religiosi, politici, razziali, psicoterapeutici, perfino alieni. Quelli che hanno i tassi di crescita più veloci ruotano intorno al pensiero New Age e al miglioramento personale, come Unity Farm».

«Quindi sta dicendo che Sammy è stata attirata in quel luogo malefico e ha subìto una sorta di lavaggio del cervello perché stava attraversando un brutto periodo dopo essere stata lasciata dal fidanzato?».

Lui scosse il capo, frustrato. «Non crede a una sola parola, vero?»

«È difficile, Myles», rispose, pensando alla ragazza che vendeva verdure nel capanno. Non le era sembrata condizionata, forse era un po' spaventata, ma di sicuro non plagiata. «Ascolti, stiamo divagando. Jake ci ha detto qualcosa che non collima con ciò che lei ha riferito a proposito di sua figlia. Sostiene che Sammy non abbia lasciato Unity Farm di sua spontanea volontà, ma che sia stata portata via con la forza. È vero?».

L'espressione dell'uomo si fece disperata, e Kim capì che Jake aveva detto la verità.

«Perché, Myles? Perché le avete fatto questo?».

Lui la guardò con gli occhi lucidi, ma trattenne le lacrime. Era al limite. Kim capì che desiderava liberarsi di quel fardello.

«Ho bisogno della verità, Myles. Di tutta la verità».

Capitolo 38

Bryant raggiunse la casa di Crossley a tempo di record. Kim sarebbe stata orgogliosa di lui.

All'esterno trovò un'ambulanza, due autopattuglie e un gruppo di persone illuminate dai lampeggianti blu.

Si fece largo tra la folla e mostrò il tesserino alla porta.

Scorse il sergente Teagen della centrale.

«Ti hanno assegnato al caso?», gli chiese l'uomo, dubbioso. Stava aspettando qualcuno dal dipartimento, senza dubbio, ma pensava di veder arrivare un ispettore.

Bryant scosse la testa. «Conosco queste persone».

Teagen lo guardò con sospetto mentre cercava di capire cosa stesse succedendo all'interno della casa. Vedeva la sedia a rotelle di Tina in salotto, il suo corpo che sembrava accasciato in avanti. Era circondata da poliziotti.

«Cosa le è...».

«Sta bene. L'aggressore è lei. La vittima è lì dentro», aggiunse con un cenno del capo verso la prima camera da letto.

Bryant cercò di dare un senso alla scena. Quella stessa mattina aveva parlato con entrambi, e anche se non erano la coppia più felice che avesse mai visto, non si sarebbe mai aspettato niente del genere.

«Posso?», chiese, indicando la porta.

Lo sguardo che ricevette in risposta gli fu chiarissimo. Significava che non doveva fare nulla per intralciare.

Bryant scivolò nella stanza, e in quel momento Damon Crossley urlò di dolore.

Due paramedici stavano curando una ferita che aveva al fianco destro. A terra, accanto al letto, c'era un panno zuppo di sangue, ma sembrava che l'emorragia si fosse arrestata.

«Che cazzo vuoi?», chiese lui appena lo vide, dimenticando per un attimo la sofferenza.

Bryant ignorò la sua collera e un paramedico gli disse: «Amico, fai in fretta, dobbiamo portarlo in ospedale in osservazione».

Dunque non era in pericolo di vita.

«Che diavolo è successo?», domandò.

«È colpa tua», lo accusò Damon, sussultando. «Quella maledetta stronza non ha più voluto parlare dopo che te ne sei andato. Guardava fuori dalla finestra e basta. Quando ti ha visto, ha rivissuto tutto».

«Damon, non ho mai...».

«Le ho fatto la cena come tutte le sere, che cazzo. Non l'ha toccata. Non ha nemmeno voluto guardarla. Sono anni che mi prendo cura di lei, porca puttana». Era furioso. «Ho dedicato la vita a lei, e adesso guarda che cazzo di ringraziamento ricevo».

«Ma come ha... cioè...».

Quella donna era costretta su una sedia a rotelle.

«Sono andato a prendere il suo piatto, e non mi sono reso conto che aveva il coltello in mano. Mi sono chinato su di lei e mi ha colpito. Sembra impazzita. Quella stronza ha cercato di ammazzarmi, dopo tutto quel che ho fatto per lei», gridò, sputando goccioline di saliva per la furia.

«Ehi, amico, calmati», lo ammonì un paramedico vedendo apparire una macchia di sangue sulla garza appena applicata. Si voltò e lanciò a Bryant uno sguardo d'avvertimento. «Basta così», disse alzandosi.

Damon si alzò a sua volta, lo sguardo fisso su Bryant.

«Se stavolta vuoi fare il tuo lavoro come si deve, porta via quella puttana da qui. Perché sporgerò denuncia contro quella maledetta pazza, quindi le conviene non farsi trovare quando tornerò».

Capitolo 39

«Okay, parli», disse Kim mentre Stacey prendeva bibite per tutti da un vassoio. «E stavolta voglio la verità, Myles, tutta la verità».

Lui annuì. «È vero che Sammy aveva il cuore a pezzi dopo la separazione da Callum. A essere sincero non ci ho badato più di tanto. È una cosa che può succedere quando si è giovani, e se devo essere sincero per me è stato un sollievo. Quel ragazzo non mi piaceva per niente».

Dopo averlo conosciuto, Kim capiva perfettamente.

«Così non ho badato granché al suo stato d'animo, lasciando le tazze di tè e la compassione a mia moglie, in attesa che passasse. Solo che non passava mai, anzi, la situazione sembrava peggiorare. Sammy si era allontanata dalle amicizie, aveva smesso di uscire. Non si faceva nemmeno più la doccia, non si prendeva cura di sé».

«E il college?», chiese Kim.

«Ci andava ogni tanto, però c'era anche Callum e questo non l'aiutava. Ma dovevamo fare qualcosa».

«Cioè?».

Parve a disagio nel dover raccontare ciò che stava per dire. «Abbiamo cercato di scuoterla. Le facevamo la doccia, la vestivamo e io l'accompagnavo alla prima lezione del giorno all'università. Ero sicuro che quando fosse tornata in mezzo ai suoi amici e agli studi, tutto si sarebbe sistemato. In fondo si erano solo lasciati, santo cielo».

Kim avvertì una reazione negativa del suo stomaco di fronte al modo in cui quell'uomo aveva trattato la figlia, ma non era lì per giudicare il suo stile educativo. Aveva cercato di farla tornare in sé. Eppure una parte di lei sentiva che doveva esserci un altro modo.

«È stato il peggior errore che potessi fare», disse lui, lo sguardo puntato nel bicchiere. «Anche se allora non lo sapevo».

«Cos'è successo?»

«È tornata a casa sorridendo. Si è comunque chiusa nella sua stanza ed è rimasta lì dentro, ma c'era stato un sorriso. Era un trionfo. La mattina dopo è andata al college di sua spontanea volontà. Non ho fatto domande, ero sollevato perché sembrava tornata quella di prima, almeno un po'».

«Allora di cosa si pente?», chiese Kim, domandandosi come fossero passati da quella fase al punto in cui erano finiti.

«Perché ciò che non sapevo, ma che adesso so, è che quello è stato il giorno in cui tutto è cambiato». Fece una pausa. «Il giorno in cui ha conosciuto Britney».

«Chi diamine è Britney?», chiese Kim.

«Una reclutatrice di Unity Farm».

«Mi prende in giro?».

L'uomo scosse il capo. «Ne mandano dappertutto: all'università, nei rifugi per senzatetto, perfino alle riunioni degli Alcolisti Anonimi. Ovunque possano trovare persone vulnerabili, pronte ad accogliere la proposta».

«Continui», disse Kim. Anche Tyler Short aveva frequentato il Dudley College.

«Una setta ha due obiettivi: reclutare e fare soldi».

«Samantha aveva denaro?», chiese lei. Forse c'era un fondo fiduciario di cui era all'oscuro.

Myles scosse il capo. «No, avevamo dei risparmi, ma non voglio arrivare subito a questo. Prima dovete capire come funziona. Sammy non è stata trascinata in una stanza buia e indottrinata con l'ideologia del gruppo. Non è stata un'iniezione con effetto istantaneo, ma qualcosa di molto più graduale. Ha cominciato a nominare quella ragazza ogni tanto. Ci dispiaceva che non si fosse riavvicinata a Cassie o a qualcun altro della sua vecchia cerchia di amicizie, ma eravamo comunque felici che passasse del tempo con qualcuno.

«Poi ha cominciato ad andare a dormire da Britney, ed è stato allora che abbiamo notato alcuni piccoli cambiamenti. Tutto è iniziato con piccole critiche al nostro stile di vita: gli sprechi, l'avidità, la mancanza di una visione più ampia. Ha cominciato a meditare e passava ore nella sua stanza in silenzio. Poi mia moglie si è accorta che le mancavano dei soldi dalla borsa. All'inizio non ci ha fatto troppo caso, ma quando ha cominciato a tenere traccia degli ammanchi, ha capito che si trattava di cifre sempre più alte. All'inizio cinque, dieci, venti sterline, finché non ha visto sparire tutto ciò che c'era». Fece una pausa. «E poi è arrivato l'estratto conto».

«Quale estratto conto?»

«Della carta di credito. Aveva fatto richiesta di una nuova carta a nome mio e ha accumulato un debito di quasi diecimila dollari in un solo mese».

Kim non riuscì a nascondere la sorpresa per il cambiamento mostrato dalla ragazza.

«Le abbiamo chiesto spiegazioni e c'è stata una grossa lite. Non provava il minimo rimorso. Aveva trovato una causa meritevole cui poteva elargire le nostre oscene ricchezze, come le definiva lei».

A Kim sembrava una visione estrema. I signori Brown avevano una bella casa e delle belle automobili, e sembrava che avessero lavorato sodo per ottenerle, ma non era nulla di ostentato né di osceno.

«E quella è stata l'ultima notte che Sammy ha passato sotto il nostro tetto. Si è trasferita a Unity Farm ed è tornata a casa solo una volta».

«Perché?», chiese Kim.

«Per prendere le sue cose. Io ero via, avevo una riunione a Glasgow. È arrivata con due tizi e un furgone, ha detto a sua madre che era venuta per portare via tutto ciò che aveva. Kate mi ha chiamata in lacrime, non sapeva come reagire. Le ho detto di lasciarli fare. Dopotutto, erano cose che appartenevano a lei. E hanno preso ogni cosa. I mobili, i vestiti, i gioielli, insomma, tutto ciò che non era inchiodato alle pareti. Eppure non è stata quella la cosa peggiore. Quando sono rientrato, ore dopo, Kate era ancora in preda a un pianto isterico. Sammy era stata fredda e distaccata, come se fossero due sconosciute. Non aveva quasi detto una parola fino al momento di restituire le chiavi di casa, quando le ha detto che un giorno si sarebbe resa conto di che razza di zombie era».

«Zombie?», ripeté Stacey.

Lui annuì, bevve un sorso e spinse via il bicchiere.

«È il modo in cui definiscono i non illuminati. Nel senso che non siamo vivi, esistiamo e basta».

«Continui», insisté Kim. Erano ancora solo a metà della storia.

«Ho provato a chiamarla, ovviamente, ma aveva il telefono spento. Per quel che ne so, non l'ha mai più riacceso. Ci siamo rivolti alla polizia, ma...».

«Era un'adulta in grado di prendere decisioni».

L'uomo assentì. «Così ho cominciato a fare ricerche, ho scoperto tutto ciò che potevo su questa setta e sui vari culti in generale. Ho letto libri, articoli, siti Internet, sono entrato nelle chat sull'argomento. Ero fuori di me. Mi sentivo impotente. Ho cercato di andare a trovarla, ma non mi hanno fatto entrare. Quando avevo ormai perso le speranze, ho ricevuto una telefonata da un uomo di nome Kane Devlin».

«Grande e grosso, vestito di nero?», domandò Kim, tirando a indovinare. E così non era un ufficiale giudiziario.

Myles annuì ancora, e lei aggrottò la fronte.

«Si è messo in contatto con voi?»

«Sì».

«Come faceva a sapere che avevate bisogno di aiuto?»

«Non lo so e non mi interessa. Forse si nasconde in qualche chat di gruppo per vedere chi può avere bisogno di lui, poi lo avvicina. È molto discreto sulla sua attività. Non pubblicizza il suo lavoro su un sito Internet».

«E quale sarebbe il suo lavoro, di preciso?», domandò Kim, sperando che Myles lo definisse in modo inequivocabile.

«Ci ha aiutati a eseguire l'intervento. La sua squadra ha sorvegliato il complesso per settimane, ha individuato i movimenti di Sammy e l'ha riportata a casa».

«Con la forza?».

La sua espressione si fece stupefatta. «Certo, era l'unico modo».

Kim rifletté su come aveva costretto la ragazza a farsi la doccia. Era evidente che, a suo avviso, il fine giustificava i mezzi.

«Sapevamo che ci sarebbe bastato allontanarla dal gruppo per riuscire a farla tornare in sé. A mostrarle che persone sono davvero. Kane e la sua squadra seguono un programma. La prima settimana, il decongelamento, è stata un inferno. Non avevamo il permesso di vedere…».

«Come, scusi?», chiese Kim. «Decongelamento?».

Lui sospirò, come se si fosse reso conto di quanto Kim fosse ignorante in materia.

«La riconquista del controllo della propria mente comprende tre fasi: il decongelamento, il cambiamento e il ricongelamento. È lo stesso processo che si segue per far entrare qualcuno in una setta. Il primo passo è distruggere il sistema di valori. Si ottiene attraverso la privazione del sonno, il disorientamento, la mancanza di privacy e l'idea martellante che i tuoi valori e le tue relazioni siano completamente sbagliati. Poi c'è il cambiamento. Vengono trasmesse nuove credenze, nuovi ideali, in modo ripetuto, incoraggiando ad accettarli senza riserve, e poi si passa al ricongelamento».

«Che sarebbe?»

«Una ricostruzione, fianco a fianco con i membri più anziani del gruppo, per rinforzare i nuovi ideali. Kane mi ha spiegato che è come fare una doccia. Ti spogliano, ti lavano, poi ti mettono abiti diversi».

Kim apprezzava la semplificazione di quell'analogia, ma non era una questione di pulizia: in gioco c'era la mente umana.

«Quindi sta dicendo che questo Kane in un certo senso l'ha deprogrammata?»

«Ha avviato il processo, e quando l'abbiamo riavuta a casa noi abbiamo proseguito».

«E lei come stava?»

«All'inizio non reagiva. Non ci rivolgeva quasi la parola, se non per imprecare e insultarci. Ci odiava per ciò che avevamo fatto, ma quando è tornata in contatto con il mondo reale ha cominciato a riprendersi. Alla fine ha detto che aveva bisogno di uno spazio suo e abbiamo voluto credere che non sarebbe tornata indietro. Le abbiamo trovato quell'appartamento, dove potevamo tenerla d'occhio, e anche Kane andava a vedere come stava». Scosse il capo. «Ancora non riesco a credere che qualcuno potesse volerla uccidere».

«E pensa che il responsabile sia qualcuno di Unity Farm?».
«Non so chi altro potrebbe essere. Lei non aveva nemici».
«Ma era andata via da mesi. Perché aspettare tanto?».
Lui scrollò le spalle. «Forse sono furiosi perché se n'è andata. Forse lei sapeva qualcosa di qualcuno, non lo so», rispose, sopraffatto dal dolore. Mentre parlava dei meccanismi del gruppo, la sua mente era impegnata; ora, invece, il dolore era tornato in primo piano.

Kim spinse indietro la sedia. «Okay, Myles, per il momento è tutto. Se avessimo bisogno di qualcosa...».

«Che cosa pensate di fare con la setta?».

Aveva le mani giunte davanti a sé sul tavolo. La posa sembrava rilassata, ma Kim notò che aveva le nocche bianche.

Un tremito le percorse la spina dorsale. La tensione che continuava a sgorgare dal suo corpo, nonostante le ammissioni, la tormentava. Quell'uomo continuava a non essere del tutto sincero.

«Myles, giuro su Dio che sto pensando di incriminarla per intralcio...».

Si interruppe perché le squillò il cellulare. Era Jack, della reception.

«Stone», rispose.

«Qui c'è una donna che sostiene di doverti parlare subito», disse lui.

«Sono un tantino occupata, al momento», ribatté dando un'occhiata a Myles, che si stava massaggiando la nuca. «Chiama qualcun altro per...».

«Dice che suo marito è qui e che sta mentendo, anche se non so di cosa parli».

Kim diede un'occhiata all'uomo tormentato che aveva davanti, e che per chissà quale motivo continuava a non essere del tutto sincero sulla morte della figlia.

«Portala qui, Jack», disse e attaccò.

Stacey e Myles le lanciarono sguardi interrogativi mentre, in silenzio, beveva un sorso dal suo bicchiere. La bevanda era gelida, e la allontanò da sé. Proprio in quel momento bussarono alla porta.

«Avanti», rispose Kim, osservando la reazione di Myles quando la porta si aprì e sua moglie apparve alle spalle dell'agente.

L'espressione dell'uomo divenne un misto di tenerezza e paura.

«Kate, che cosa...».

«Mi dispiace, Myles, ma non ce la faccio più», disse lei, superando il poliziotto ed entrando nella saletta.

«Si sieda, prego», la invitò Kim.

«Kate, eravamo d'accordo che...».

«No, Myles», ribatté lei. «Tu hai deciso e io non mi sono opposta, ma non credo che stiamo facendo la cosa giusta. Secondo me, lei deve sapere».

Kim si protese in avanti. «Signora Brown, che diavolo sta succedendo qui?».

Kate guardò il marito. «Vi ha detto tutto di Kane e di ciò che ha fatto per noi?».

Kim annuì.

La donna guardò di nuovo il marito e parve rabbonirsi vedendo la sua espressione angosciata.

«Vi prego di capire che ha agito solo per quello che ritenevamo essere il meglio. Non voleva ingannarvi o intralciare le indagini, evitando di dire tutto. Avevamo paura», disse prendendo la mano del marito.

Lui la strinse forte e una lacrima gli solcò una guancia.

Kim guardò i due, chiedendosi cosa diavolo potessero avere ancora da perdere.

Kate inspirò a fondo. «Vedete, abbiamo ancora bisogno dell'aiuto di Kane».

Il puzzle cominciò a comporsi. Il loro modo di fare sfuggente, la continua avversione per Unity Farm, il legame tra Sammy e Sophie, l'assenza della figlia minore.

«Oh, no», esclamò Kim, mentre la coppia si abbracciava forte.

Kate annuì e, quando parlò, le parole le uscirono in poco più di un sussurro. «Sì, nostra figlia minore, Sophie, è ancora là dentro».

Capitolo 40

Penn tornò a sedersi alla sua postazione alle 22:15.
Gli avevano comunicato che poteva tornare a casa quando il capo e Stacey erano andate di sotto per interrogare Myles Brown, ma c'era qualcosa che Kim aveva detto, subito dopo l'incontro con Woody, che continuava a tormentarlo.
L'idea gli si era piantata nella testa mentre, insieme a Jasper, stava facendo visita alla loro madre nella casa di cura, e da quel momento non lo aveva più abbandonato.
Una parte di lui era felice che suo fratello dovesse passare la notte per la prima volta a casa di Billy. Era stata una visita difficile, dura da affrontare per tutti. La consapevolezza che il cancro ai polmoni stava avendo la meglio era ormai evidente. Sua madre non aveva quasi aperto bocca, ma il silenzio era stato riempito da Jasper che aveva raccontato nei dettagli la sua giornata, facendo affiorare un breve sorriso sulle labbra della donna in un paio di occasioni.
Penn a volte si domandava se Jasper fosse in grado di comprendere del tutto la gravità della sua malattia e il fatto che non sarebbe mai tornata a casa.
Ricacciò indietro l'ondata di emozione che gli serrava la gola e ripensò a come la bocca di suo fratello si fosse chiusa di colpo nel momento in cui erano tornati in macchina. Aveva detto qualcosa, ma sembrava non vedere l'ora di scendere per entrare in casa di Billy.
Lo capiva.
Accese il computer e prese il cellulare, cercò in rubrica e selezionò il nome di suo fratello.

«Ehi, tutto okay?», chiese quando Jasper rispose.
Un breve silenzio.
«Sì, io e Billy stiamo giocando con l'Xbox. È la partita decisiva».
«Okay, ma non fate troppo tardi, d'accordo?»
«*Vaaaa* bene», fece lui.
«Sicuro di stare bene, amico?», gli domandò di nuovo.
«Ehm... sì. Adesso sto per spaccare di nuovo il c... sedere a Billy».
Penn non riuscì a trattenere un sorrisetto. Con o senza la sindrome di Down, era pur sempre un adolescente.
«Okay, ti voglio bene».
«Sì, *ooookay*», ribatté Jasper, senza ricambiare l'espressione d'affetto davanti al suo amico. Eh già, era proprio un adolescente.
«Buonanotte», disse Penn e chiuse la chiamata.
Fece il login nella rete e in quel momento gli arrivò un messaggio. Lo aprì e fece una gran risata. Veniva da suo fratello e diceva solo:

TVB anch'io, Ozzy.

Seguiva un'emoji con una linguaccia.
Era un bravo adolescente, pensò stupito, e mise via il telefono.
Prese un pezzo di carta dal cassetto e scrisse l'unica informazione in suo possesso.
La scarpa trovata in riva al lago era da donna, di pelle, di marca Bergen.
Woody aveva detto al capo che non avevano idee o sospetti su chi potesse essere la persona cui apparteneva.
Be', lui aveva un'idea che forse poteva aiutarli a restringere il campo.
Aprì Amazon e scrisse il nome del produttore. Le scarpe che rispondevano alla descrizione e alla foto erano delle ballerine, e a giudicare dal numero di recensioni si trattava di un articolo piuttosto popolare. Diede un rapido sguardo alle opinioni degli utenti, ma non era quella l'informazione che stava cercando. Non gli interessava se il tacco era un pochino più basso di come appariva in

foto. Non gli importava se le cuciture irritavano la pelle del mignolo di una signora.

Scorse verso il fondo, cercando la sezione "spesso comprati insieme", che conteneva gli acquisti fatti dalle persone che avevano comprato quell'oggetto. Cominciò a stilare un elenco di oggetti simili che ricorrevano più di una volta.

Cinque minuti dopo esaminò la lista.

Pantaloni a vita alta
Crema da notte
Panciera
Vestiti modellanti
Calzini
Correttore
Adesivo per il corpo

Okay, pensò, se stava ricostruendo il profilo di chi poteva aver comprato quel modello di scarpe in particolare, avrebbe detto che si trattava di una donna non più giovanissima ma che ancora curava il proprio aspetto. Poteva avere un'età compresa tra i quarantacinque e i sessant'anni.

Aveva trovato un punto d'inizio.

Entrò nel suo account di COMPACT, il database delle persone scomparse.

Inserì le poche informazioni che aveva, ma esitò di fronte ai parametri di data ed età.

Si concentrò su donne per cui fosse stata presentata una denuncia di scomparsa negli ultimi tre anni, di un'età compresa tra i quaranta e i sessantacinque anni. Dopo un paio di secondi, il motore di ricerca gli mostrò quattordici risultati. Di quei quattordici vide che sette erano stati chiusi entro quarantotto ore; altri quattro entro il mese successivo alla denuncia.

Restavano tre casi ancora aperti per il profilo impostato negli ultimi tre anni.

Selezionò il primo. Si trattava di una donna senza fissa dimora di Dudley, la cui scomparsa sera stata segnalata da una persona che lavorava in un rifugio, preoccupata perché non la vedeva da un po'. Penn non la prese in considerazione. Era molto probabile che Lola Bedola, senza dubbio un nome fittizio, si fosse spostata altrove.

Lesse con maggior interesse la seconda scheda, fino a quando non arrivò alle note in fondo, che dichiaravano che Jeanie Riches era fuggita decine di volte, in passato, e sarebbe tornata quando si fosse sentita pronta.

La terza lo colpì all'istante.

Sheila Thorpe, cinquantacinque anni, era sparita da casa sua diciotto mesi prima, come denunciato dalla figlia di ventinove anni, sposata, Josie Finch, che sosteneva che la madre non aveva mai fatto niente del genere e che era ancora sconvolta dalla recente morte improvvisa del marito.

Seguiva la segnalazione di come gli agenti fossero stati informati del fatto che il conto corrente di Sheila era stato svuotato. Ulteriori ricerche avevano dimostrato che era stata Sheila stessa a prelevare il denaro, dimostrando di essere ancora viva e vegeta, una donna adulta in grado di prendere decisioni per sé. Non c'era molto che si potesse fare, ma era successo un anno prima, e da allora la donna non si era più fatta vedere.

Aprì una scheda per consultare i social e parlò alla stanza vuota. «Okay, Josie Finch, vediamo cosa ci racconti».

Capitolo 41

Era quasi mezzanotte quando Kim sganciò il guinzaglio dal collare di Barney dopo la loro passeggiata serale.

Anche se nella socializzazione era migliorato molto da quando lo aveva salvato, quando erano fuori casa Barney non aveva ancora reazioni ottimali di fronte agli sconosciuti, e soprattutto con gli altri cani. Aveva un ottimo legame con Charlie, che viveva in fondo alla strada e andava a prenderlo per fargli fare qualche passeggiata e coccolarlo un po' mentre Kim era al lavoro, e rispondeva bene a Dawn, la toelettatrice, oltre che a quasi tutte le persone che passavano da casa sua, ammesso che gli portassero un regalo.

Come sempre si sistemò in cucina, la coda che spazzava il pavimento, i grandi occhi marroni che la fissavano ansiosi.

«Okay, ma pensi che non conosca i tuoi trucchetti, ragazzino?», gli disse lei, andando prendere la ricompensa postpasseggiata. Lui afferrò la carota e se ne tornò sul tappeto in salotto, il posto in cui amava andare a sgranocchiare i suoi premi.

Kim ripensò a ciò che le aveva detto il veterinario quando Barney aveva fatto le ultime iniezioni. Gli scienziati avevano scoperto che i cani avevano sviluppato un muscolo aggiuntivo sopra gli occhi che non serviva a nulla dal punto di vista fisico, ma aveva l'unico scopo di permettere all'animale di rivolgere ai proprietari il tipico sguardo da cucciolone.

Per questo motivo non si sentiva più tanto in colpa quando cedeva a quasi tutte le sue richieste.

Non poteva certo mettersi contro la scienza.

Si versò un caffè dal bricco che aveva lasciato in infusione prima della camminata sperando che l'aiutasse a schiarirsi le idee. Non era successo, e Kim era convinta che non l'attendesse una notte di riposo.

Continuava a pensare a Myles e Kate Brown. Aveva provato sentimenti contrastanti quando li aveva visti uscire dalla sala interrogatori stringendosi uno all'altra in cerca di sostegno. Una parte di lei era in collera perché non avevano detto subito tutta la verità, ma d'altro canto comprendeva il loro bisogno di tentare di proteggere l'unica figlia che gli era rimasta.

La spiegazione di Myles, secondo cui quella settimana era previsto un intervento per portare via Sophie da Unity Farm, spiegava il motivo per cui Kate stava preparando la camera da letto per il suo arrivo.

Kim non poté fare a meno di chiedersi se Sammy sarebbe stata ancora viva, se l'avessero lasciata stare. Era un'adulta, ed era suo diritto decidere per sé stessa. In fondo, a chi faceva del male? La stessa domanda valeva per Sophie. Aveva seguito sua sorella all'interno di Unity Farm, ma non quando ne era uscita. Non significava che lì era felice? Considerando che anche Sophie era un'adulta, Kim non aveva certo il potere di portarla via dalla fattoria, se non desiderava andarsene, eppure i suoi genitori avevano chiesto a Kane di rapirla, proprio come aveva fatto con Sammy. "E se lei non volesse tornare a casa?", chiese una vocina nella sua testa. Di sicuro non veniva trattenuta con la forza e poteva andarsene in qualsiasi momento. All'improvviso Kim si ricordò che Myles le aveva nominato una ragazza che aveva reclutato Sammy, facendola entrare nel gruppo. Forse lei conosceva Sophie e poteva offrire una garanzia sul suo stato mentale e sulla sua felicità. Decise che avrebbe cercato quella ragazza per saperne di più. Possibile che i servizi di Kane fossero davvero necessari anche con Sophie?

Considerando che quel Kane era stato visto a casa di Sammy sia da un vicino che da un giornalista, Kim aveva chiesto a Myles di organizzare un incontro con lui, dopo che si era rifiutato categoricamente di fornirle il numero di telefono. Le aveva assicurato che avrebbe parlato con Kane Devlin e che l'avrebbe richiamata il giorno seguente.

In quel momento, la morte di Tyler restava un vero mistero. Sembrava che il ragazzo avesse seguito Sammy a Unity Farm, dove aveva continuato a essere invisibile per tutti. Jake Black aveva fatto fatica a ricordarne il nome. Il pensiero di quel giovane le dava una profonda tristezza. Era stato così importante per sua nonna, e lo sarebbe stato anche per loro. Avrebbero trovato il responsabile della sua morte.

Aveva la certezza assoluta di doverne sapere di più su Unity Farm. Non solo perché non credeva a tutto ciò che le aveva detto Myles, ma anche perché non credeva nemmeno a tutto ciò che le aveva detto Jake Black. Se fosse tornata lì, di sicuro le avrebbero fatto fare solo un altro giro turistico. Non essendoci un collegamento diretto con la morte di Sammy, visto che se n'era andata da mesi, Kim sapeva già di non poter ottenere un mandato di perquisizione. Allora come diavolo avrebbe fatto a saperne di più su quel posto?

Si sentiva come un ratto chiuso nel labirinto di un laboratorio. Continuava a muoversi, ma ogni angolo la portava a un punto morto, e il fatto che Woody si rifiutasse di prendere in considerazione l'idea di dragare il fiume non aiutava affatto.

Kim sapeva bene che il costo dell'operazione non valeva le scarse possibilità di trovare qualcosa, avendo solo una maledetta scarpa come appiglio. Ma, e se là sotto ci fosse stata un'altra vittima? E se...

Il flusso dei suoi pensieri fu interrotto dal telefono.

Era Penn. Ebbe un tuffo al cuore. Sua madre.

«Penn?», rispose subito.

«Forse ci siamo, capo», disse lui, senza fiato.

«Come, scusa?»

«La scarpa trovata a Himley. Penso che stiamo cercando una donna di nome Sheila Thorpe, e che la troveremo in fondo al lago».

Capitolo 42

«Okay, ragazzi, grazie all'ottimo lavoro di Penn di ieri sera, Woody sta organizzando le operazioni per dragare il lago di Himley Park».

Woody aveva detto loro che se non gli fornivano almeno l'identità di una persona scomparsa, aveva le mani legate. Le ricerche notturne di Penn però gliele avevano slegate, e la squadra aveva ottenuto il via libera.

Stacey fece l'occhiolino al collega, e Bryant commentò con un sincero «Ben fatto». L'assenza di competizione nella sua squadra lasciava Kim senza parole. Se uno di loro aveva successo, era un successo per tutti.

Penn distolse lo sguardo, imbarazzato. Non amava essere lodato in pubblico.

Kim però era rimasta molto colpita quando le aveva spiegato il modo in cui aveva creato un profilo base su Amazon da usare sul database delle persone scomparse, che l'aveva portato a Facebook e a una foto di Sheila Thorpe nel giorno del trentesimo anniversario di matrimonio, due anni prima. Ma sapeva che gli erano sempre piaciuti i rompicapo, si disse, ricordando come fosse riuscito a salvare la vita di Stacey proprio risolvendo un gioco di parole.

«Allora, mentre aspettiamo che i sommozzatori arrivino da Nottingham dobbiamo continuare a portare avanti l'indagine. Myles Brown ha molte cose da dire su Unity Farm e la gran parte è dettata dalla collera, ma considerando che la figlia minore si trova ancora là dentro penso che la sua mente razionale sia abbagliata, per così dire. È convinto che anche Sophie abbia subìto il lavaggio del cervello e che venga trattenuta contro la sua volontà, soprattutto da quando è stata portata via Sammy. Entrambi i genitori sostengono di volere che Kane Devlin ripeta l'intervento eseguito con Samantha». Si rivolse a Stacey. «Voglio sapere tutto su Unity Farm e tutto ciò che riesci a trovare su Jake Black. E quando avrai finito, inizia una ricerca anche su Kane Devlin».

Stacey annuì.

«Penn, tu vai a trovare la figlia di Sheila Thorpe senza darle nessuna informazione. Inventati qualcosa, abbiamo bisogno di saperne di più sulla sua scomparsa».

«Capito, capo», rispose lui, togliendosi la bandana dalla testa e tirando fuori dal suo cassetto la crema magica che usava per domare i riccioli quando svolgeva operazioni sul campo.

Bryant si appoggiò allo schienale e intrecciò le dita dietro la testa. «Sembra che non ci sia altro da fare, quindi io mi riposerò».

«Ti piacerebbe», rise lei afferrando la giacca. «Io e te torniamo al college, mio caro».

Capitolo 43

«Prendine un po', Stace», disse Penn spingendo il contenitore Tupperware in avanti, sulla fessura che separava le loro due scrivanie. «Li ha fatti ieri sera prima di andare da Billy».

Lei osservò con desiderio i brownie al cioccolato preparati da Jasper. Non aveva idea di come facesse quel ragazzo, ma erano i più buoni del mondo.

«Non ho il coraggio», rispose, spingendoli di nuovo verso di lui. «Tuo fratello cucina così bene che poi non riuscirei a fermarmi».

Penn sorrise e li tolse dalla vista. «Che non si dica che non sono un amico solidale», commentò. «Anche se sono convinto che stai bene così come sei».

«Grazie, Penn», gli rispose mentre lui prendeva la giacca.

Quando se ne fu andato, emise un verso frustrato. Era bastata la vista di quei piccoli riquadri perfetti per mandare in tilt le sue papille gustative. Le sembrava di sentire il loro sapore dolce e vellutato sulla lingua, e si disse che, se fosse riuscita a sopravvivere tutto il giorno senza sbocconcellarli dietro la scrivania di Penn, allora poteva resistere a tutto. Dio, come cucinava quel ragazzino.

Scacciò la tentazione e digitò "Unity Farm" in un motore di ricerca.

I risultati erano meno numerosi di quel che pensava. Il luogo usciva solo se citato nelle cronache locali. Gran parte degli articoli ripercorrevano l'omicidio di cui aveva parlato il capo, e il posto veniva descritto con frasi che suonavano più o meno: "Oggi noto come". Ma sembrava che non esistessero riferimenti diretti. Il capo aveva detto che vendevano prodotti coltivati da loro, ma non avevano un sito Internet o una pagina Facebook. Sembrava che tutti i loro affari si basassero sul passaparola.

Continuò a scorrere i risultati, e ne mancava solo un paio per arrivare in fondo alla pagina quando un articolo di giornale richiamò la sua attenzione.

Un'adolescente cade dalla finestra del terzo piano.

Aggrottò la fronte e cliccò.
Che diavolo c'entrava Unity Farm?

Capitolo 44

«È lei», disse Kim, facendo un cenno col capo verso il cartellone con la mappa del college in fondo al parcheggio.

Il Dudley College of Technology era stato fondato nel 1862 e riceveva regolarmente riconoscimenti per la "qualità straordinaria" dell'offerta formativa. Negli anni aveva spiccato il volo, aggiungendo sei o sette edifici a quelli preesistenti e includendo un campo da calcio utilizzabile in tutte le stagioni per l'università e per la comunità in generale.

Ma era vicino all'edificio principale, The Broadway, che le era stato detto che avrebbe trovato Britney Murray, e la ragazza rispondeva nei minimi dettagli alla descrizione di Myles: un metro e sessanta, magra, con lunghi riccioli rossi che ricordavano quelli di un personaggio dei cartoni animati di cui non le veniva in mente il nome. Kim immaginò che avesse sui venticinque anni, ma quando sorrideva sembrava più giovane, e lo faceva a chiunque le passasse accanto.

Tendeva la mano destra, porgendo un volantino.

Quasi tutti la superavano senza neanche guardarla.

Kim ebbe la sensazione che fossero abituati a vederla lì.

«È un'entusiasta», notò, restando un attimo a osservarla.

«E ha una bella resistenza», aggiunse Bryant, vedendo come tutti continuassero a rifiutare il suo sorriso aperto e amichevole. «Hai presente quei tizi che ti saltano davanti quando sei in giro per negozi e cercano di spacciarti una nuova tariffa telefonica o l'abbonamento a una tivù satellitare?»

«Già», rispose lei. In quel momento uno studente prese un volantino e lo gettò subito via.

«Mi sono sempre chiesto perché lo facciano, dato che non ho mai visto nessuno tornare con loro al chiosco o al negozio. Eppure deve per forza essere un'attività redditizia, altrimenti non continuerebbero».

«E quindi?»

«Be', se Britney lo fa da quando Sammy si è unita al gruppo, stiamo parlando di almeno tre anni, se non di più».

«Ti stai chiedendo quanta gente sia riuscita a reclutare in questo periodo di tempo?»

«Sto dicendo solo che deve ottenere qualche risultato, o non sarebbe ancora qui».

«Sono circa quindicimila studenti l'anno, moltiplicati per tre anni, quindi parliamo di quarantacinquemila in totale. Se vuoi chiamare Stacey e chiederle di verificare dove si trovino ora, accomodati pure», disse Kim, avviandosi verso il loro obiettivo.

«Mi ritieni un po' troppo coraggioso, capo», mormorò lui mentre si avvicinavano.

La ragazza si voltò e sorrise, ma un attimo dopo sul suo viso comparve un'espressione leggermente perplessa. Non erano il genere di persone che si aspettava di vedere.

«Britney Murray?», chiese Kim, per sicurezza.

Lei annuì lentamente. «Ho il permesso di stare nel parcheggio. Devo solo evitare di oltrepassare...».

«Non siamo del college», disse lei mostrandole il tesserino.

«Oddio», esclamò la giovane, portandosi una mano alla bocca. «È tutto a posto? La fattoria...».

«Sono sicura che è come l'hai lasciata. Vogliamo parlare con te di Samantha Brown».

Il panico le attraversò lo sguardo, ma subito dopo scosse il capo. «Non conosco nessuno di nome...».

«Sammy Brown, ventun anni. L'hai conosciuta proprio qui», precisò Kim. Britney non poteva essersi dimenticata di lei così in fretta. Aveva lasciato Unity Farm solo pochi mesi prima.

«Mi spiace, ma vedo molte persone», disse, indicando i gruppi che continuavano ad apparire via via che gli autobus si fermavano per scaricarli.

«Be', hai fatto molto più che vederla, Britney. L'hai portata alla fattoria e...».

«Ah, ma io accompagno molta gente agli incontri di meditazione o alle lezioni di reiki», ribatté lei, sollevata. «Solo che non ricordo i nomi di tutti».

Kim incrociò lo sguardo di Bryant e per fortuna lo vide sgomento quanto lei. Non riusciva a capire per quale motivo Britney dovesse negare di aver conosciuto Samantha.

«Sammy non ha partecipato a una lezione, Britney, è rimasta lì per più di due anni».

«Mi dispiace, non la conoscevo, è un posto molto grande. Potremmo non esserci...».

«Ci vive solo un centinaio di persone, quindi non mi spiego come tu possa non averla incontrata, soprattutto considerato che sei stata proprio tu a farle conoscere la fattoria».

Le sue guance cominciarono a colorirsi, ma lei continuò a scuotere la testa, risoluta. «No, continuo a non...».

«Sua sorella Sophie è ancora lì?»

«Non esistono par... cioè, non conosco nessuno che abbia parentele di sangue alla fattoria».

Kim trovò un po' strana l'espressione "parentele di sangue", ma lasciò perdere.

«Intendo dire che Unity Farm è come una grande famiglia». Il sorriso era ricomparso sul suo volto. «Vivono tutti in armonia».

«Ma ci sono anche degli aspetti negativi», disse Kim. «So che non potete avere un ragazzo... o una ragazza, a Unity Farm».

Un'ombra le passò sul viso, poi la giovane ridacchiò. «Non voglio nessuno dei due, grazie. Sono felice di potermi concentrare solo su me stessa. Per tutti noi l'amicizia ha un valore molto più grande».

«E come mai allora non riesci a ricordare il nome di uno dei membri della vostra famiglia?», osservò Kim, riportando la tensione sul volto della ragazza. «In fondo, sono d'accordo con te, comunque», aggiunse, cambiando di nuovo argomento. «Le storie d'amore e l'attrazione sessuale non fanno altro che intorbidire le acque, ma immagino che tenere segreti sentimenti del genere possa essere molto...».

«Non ho sentimenti per nessuno», protestò lei, e le sue guance avvamparono di nuovo. La carnagione di Britney non le era affatto di aiuto.

«Sammy aveva una relazione?»

«Sammy chi?»

«Britney, non so perché tu ci stia mentendo», disse Kim. Le sue labbra potevano dire ciò che voleva, ma era impossibile controllare quelle guance.

«Giuro... non...».

«Vogliamo solo qualche informazione sul periodo che Sammy ha trascorso alla fattoria».

«Ma io non la conoscevo».

«Era felice?», insisté Kim.

«Alla fattoria sono tutti felici».

«Ha dato fastidio a qualcuno?», riprese Kim, sparando una raffica di domande solo per innervosirla.

«Non lo sapevo, ma...».

«Hai detto che non la conoscevi, giusto?», disse Bryant, facendo un passo avanti.

Britney non rispose.

«Hai detto "non la conoscevo", usando l'imperfetto, e questo significa che sai che Samantha ha lasciato la fattoria, oppure che sai che è morta, ma in ogni caso sai benissimo di chi stiamo parlando».

Per un attimo, la giovane sembrò scossa.

«Britney, perché non vuoi parlarci di Sammy?».

Lei abbassò lo sguardo a terra e mormorò: «Mi dispiace, mi hanno detto che non posso».

«Chi lo ha detto?».

La ragazza si limitò a scuotere la testa.

«Sai, Britney, possiamo sempre proseguire questa chiacchierata alla centrale», minacciò Kim. «Forse lì ti ricorderai qualcosa della tua vecchia amica Sammy».

Lei sollevò il capo e la guardò negli occhi con espressione risoluta. «Potete dire quello che volete, ma non parlerò e non ho paura di voi».

Era vero, capì Kim. Era qualcun altro a farle paura.

Capitolo 45

Penn si lisciò i capelli un'ultima volta prima di bussare alla porta di Josie Finch, la figlia di Sheila Thorpe.

La villetta bifamiliare sorgeva lungo la curva di una strada senza uscita a Coseley di cui Penn non conosceva nemmeno l'esistenza.

Il capo gli aveva detto di mentire fino a quando non avessero avuto in mano qualcosa di più solido, ma era deciso a restare il più possibile vicino alla verità.

Si schiarì la gola quando la porta cominciò ad aprirsi.

Riconobbe il caschetto biondo dalle foto su Facebook. Era meno truccata e indossava un paio di jeans e una maglietta.

«Josie Finch?», chiese.

Lei annuì, osservandolo. Di sicuro si stava chiedendo chi diamine fosse. Gli succedeva di continuo.

«Sergente Penn», dichiarò, mostrando il tesserino.

Sul viso della donna comparve la tipica espressione allarmata.

«Non è successo niente», la rassicurò subito, prima che facesse un rapido inventario mentale dei membri della famiglia e di dove si trovavano. «Se non le dispiace, vorrei scambiare quattro chiacchiere su sua madre».

Notò un moto di collera, ma la donna si fece da parte e gli indicò la stanza sulla destra.

Penn entrò in un soggiorno accogliente, dove il televisore mostrava le immagini di Holly & Phillip.

«È morta?», chiese Josie, come se si stesse preparando al peggio.

«Perché me lo chiede?», fece lui, circospetto, mettendosi a sedere.

«Perché non mi sembra che finora vi sia interessato granché».

Penn ebbe l'impressione che le sue parole non fossero cariche di tutta la collera che la donna avrebbe voluto imprimervi, come se fosse consapevole che non potevano fare di più, ma ne fosse comunque infastidita.

«Signora Finch, sono appena entrato a far parte della mia squadra attuale e ho esaminato l'elenco delle persone che al momento risultano scomparse. Mi è stato chiesto di rivedere i casi e verificare eventuali sviluppi».

Era stato abbastanza sincero, in fondo. Non era molto bravo a mentire in modo spudorato. Anche perché, se i loro sospetti sul lago Himley erano corretti, a breve quella donna avrebbe ricevuto una pessima notizia.

«Visto che ho appena cominciato a occuparmi del caso, potrebbe raccontarmi tutto dall'inizio?».

Sapeva per esperienza che poteva capitare di lasciarsi sfuggire oppure omettere dei dettagli nelle dichiarazioni, soprattutto se a prendere appunti era stato un detective che sapeva già di poter fare ben poco per aiutare.

«Tre anni fa, mio padre è morto improvvisamente. Ha avuto un grave infarto mentre era in auto, diretto al lavoro. Aveva cinquantasei anni. Mia madre era devastata. Mio padre aveva sempre lavorato fino a tardi, e lei spesso scherzava dicendo che non vedeva l'ora che andasse in pensione, così avrebbero passato più tempo insieme. Be', non hanno mai avuto quel tempo. Lei non aveva molti amici, erano una di quelle coppie che sembrano vivere in una bolla tutta loro. Non avevano bisogno di nessuno, e a volte avevo la sensazione che non ne avessero nemmeno di me, ma non mi importava, perché insieme erano felici. Quando papà è morto, mia madre si è chiusa in sé stessa. Non mangiava né beveva più, non cucinava, non puliva la casa né si lavava. Non sapevo cosa fare per aiutarla. Il suo unico scopo per anni era stato occuparsi di mio padre. Cucinava per lui, teneva in ordine la casa, non permetteva che lui alzasse un dito, mai. Circa due mesi dopo la sua morte sono passata a casa sua, e lei era uscita. Mi ha detto di aver incontrato una vecchia amica, anche lei rimasta vedova da poco. Mi sono sentita sollevata. Sembrava più in sé, più allegra, e potevo smettere di preoccuparmi, almeno così pensavo. Fino a quando non è arrivata all'estremo opposto: non c'era mai. Trovava sempre una scusa, finché mi sono resa conto che non la vedevo da quasi tre mesi. L'ho chiamata e ci siamo date appuntamento per prendere un caffè. Lei non si è presentata, e da quel momento in poi il suo telefono è rimasto spento».

«E lei cos'ha fatto?», chiese Penn, trovando un'enorme somiglianza con il graduale allontanamento di Sammy Brown dalla sua famiglia.

«Sono passata a casa sua e sono entrata. Sembrava tutto a posto. C'erano cose che forse avrei dovuto notare, ma in quel momento ero solo preoccupata per lei. Ho chiesto ai vicini, che non la vedevano da mesi. Quel giorno ho sporto denuncia per la sua scomparsa, è stato il giorno dopo l'ultima chiamata che le ho fatto e a cui non ha risposto».

«I verbali dicono che la squadra non si è messa in contatto con lei».

Josie scosse il capo. «Hanno fatto poco più di ciò che ho fatto io. L'hanno chiamata, hanno parlato con un paio di vicini. Non hanno trovato nulla, fino a due settimane dopo, quando la polizia mi ha informata di essere in possesso del filmato di una telecamera di sorveglianza in cui si vedeva lei mentre svuotava il suo conto corrente. Per me è stato un sollievo sapere che alla fine era stata vista da qualche parte. Ho pensato che fosse l'inizio del percorso che l'avrebbe riportata indietro, che la polizia avrebbe potuto usare quel filmato per capire con chi era, dove andava».

Penn comprendeva la sua delusione, ma quel video doveva avere avuto il solo effetto di convincerli che la donna era viva, stava bene ed era in grado di decidere per sé. Nessuno avrebbe mai impegnato ore di forza lavoro per raccogliere e visionare filmati allo scopo di seguire i suoi movimenti una volta uscita dalla banca. Era una donna sulla cinquantina, senza precedenti di malattie mentali, apparentemente in grado di intendere e di volere.

«Una parte di me la rivorrebbe indietro, per poterle dire chiaro e tondo quel che penso, che non la voglio più vedere. So quanto possa...».

«Lo capisco. Per lei è...».

«No, non può capirlo, a meno che sua madre non l'abbia abbandonata».

Lui non rispose. Sua madre stava per lasciarlo, ma in un modo completamente diverso.

«Voglio dire, com'è possibile che lei non senta la mia mancanza, mentre io sento la sua? Lei però ha il potere di tornare indietro, sa dove trovarmi. Da quando è andata via ho avuto un aborto e il mio matrimonio è andato a rotoli, e non credo di poterla mai perdonare per questo». Si asciugò una lacrima. «Avevo bisogno di lei».

Solo il giorno prima Penn aveva sperato che la scarpa appartenesse a Sheila Thorpe. Ora pregava che non fosse così.

Se quella donna era viva, c'era una speranza che il loro rapporto si salvasse.

Da ciò che ricordava del verbale, le condizioni non erano cambiate e non c'era nulla di nuovo che dovesse annotare.

Si alzò in piedi. «Grazie per aver...».

«Non è l'unico motivo per cui ce l'ho con lei», aggiunse Jodie, la mascella rigida.

«Mi scusi?», le chiese, fermandosi.

«È sparito tutto».

Penn si rimise a sedere.

Lei proseguì: «Qualche settimana dopo il video della banca, sono passata a casa sua. Non ricordo bene perché, ma era stata una giornata molto pesante. Credo che una parte di me abbia sperato di trovarla lì, per un qualche miracolo, magari mentre cucinava o si occupava delle piante. Un'altra parte di me aveva solo bisogno di sentirsi a casa. Di immaginare mia madre e mio padre lì, dove erano sempre stati».

«E?»

«La mia chiave non funzionava più. Ho guardato dentro. Per

fortuna non c'era nessuno. La casa e tutto il suo contenuto erano già stati venduti».

Penn si appoggiò allo schienale, sorpreso. «Ovunque sia andata, si è portata via tutto».

Quell'informazione sul verbale non c'era.

Capitolo 46

Kim si avvicinò al lago di Himley Park e subito percepì il cambiamento nell'aria rispetto al giorno precedente.

La tenda era stata rimossa dal luogo del ritrovamento del corpo di Tyler, ma la zona restava isolata da un cordone. C'erano ancora una decina di operatori in tuta bianca lungo il perimetro del lago e altri cinque nel punto in cui era stata rinvenuta la scarpa.

A destra c'era la squadra di sommozzatori, in tutto nove persone.

«Lo senti?», chiese Bryant quando si avvicinarono al team.

C'era un'energia, un fermento, come se l'arrivo dei sommozzatori avesse galvanizzato tutti.

«È stato un voltafaccia veloce», commentò Mitch, arrivando da sinistra. «Avevo appena saputo che il tuo capo aveva rifiutato la richiesta di dragare il fiume».

«La mia squadra è molto creativa», rispose lei.

Se non fosse stato per Penn, non sarebbe mai potuto accadere. Era evidente che i tecnici della scientifica non avevano ancora trovato nulla che aiutasse le indagini.

Mitch fece un cenno verso i subacquei. «Il capo, che si chiama Guy, dice che dovrebbero essere pronti a immergersi tra una decina di minuti».

«Grazie, Mitch», gli rispose, e lui tornò alle sue occupazioni.

Kim osservò per un attimo i nuovi arrivati che si preparavano a svolgere la missione, lontani da tutti gli altri, come un meccanismo ben oliato. Quegli uomini facevano affidamento gli uni sugli altri per la loro sopravvivenza.

Sapeva per esperienza che i sommozzatori in genere venivano convocati per il recupero di cadaveri, veicoli o prove. Non era un compito invidiabile, per non parlare della fatica fisica e mentale che richiedeva. A volte c'erano cose disgustose, là sotto.

I sub passavano in rassegna il fondo di uno specchio d'acqua a mano, muovendosi avanti e indietro in linea retta, come se stessero falciando un prato. Lavorando in coppia, setacciavano limo, fango, immondizia e foglie tenendosi aggrappati insieme a una corda.

Se fossero stati convocati il giorno precedente, prima che il tizio in barca trascinasse a riva Tyler Short, il corpo sarebbe stato sistemato in un sacco per cadaveri direttamente sott'acqua, per conservare le prove, ma anche per impedire che i familiari o i giornalisti potessero vederlo mentre veniva estratto dalle acque.

Kim si avvicinò all'uomo che le era stato indicato. Era già pronto, con la muta stagna, che a differenza della muta subacquea era progettata per impedire all'acqua di entrare in contatto con la pelle, così da proteggerla da elementi inquinanti.

Altri tre si stavano sistemando le bombole d'ossigeno sulle spalle. Cinque sommozzatori, invece, non indossavano l'attrezzatura. Per una questione di sicurezza, un numero maggiore di persone restava fuori dall'acqua, in caso si presentassero problemi.

«Grazie per essere arrivati così in fretta», disse Kim.

Lui le sorrise. «Be', basterà una giornata di ricerca, per noi non c'è problema», le rispose, agganciando una corda gialla di sicurezza a uno dei suoi uomini.

Kim sapeva che quelle persone dovevano superare un corso di addestramento intensivo di otto settimane, seguito da aggiornamenti regolari per potersi immergere in acque gelide e con zero visibilità, tutto per avere il privilegio di far parte della squadra di sommozzatori della polizia. Non era un lavoro adatto ai claustrofobici o ai deboli di cuore.

«Prima faremo un giro veloce sulla barca con il sonar, poi faremo entrare i ragazzi».

Il sonar sfruttava la propagazione del suono per individuare oggetti sott'acqua, solo dopo i sub sarebbero entrati in azione esplorando più a fondo.

«Siete davvero sicuri che ci sia un cadavere, là sotto?», le chiese, mentre un membro della sua squadra lo chiamava perché raggiungesse il gommone sulla riva.

Kim annuì. «Sì», rispose, e in quel momento in lontananza si sentì un suono familiare.

Guy andò dai suoi colleghi, e Bryant la raggiunse.

Entrambi guardarono verso il cielo.

«Accidenti, avevamo chiesto a quel ragazzino...».

«Non è il suo», disse Bryant schermandosi gli occhi.

Kim seguì il suo sguardo e notò subito che il drone era più grande. Anche tutti gli altri guardarono in su quando il velivolo si fermò sopra di loro. Doveva appartenere a una troupe televisiva.

«Che cazzo», disse a Bryant, che lo osservava pensieroso.

Se avesse avuto una pistola, avrebbe abbattuto quel coso maledetto.

«Torno subito», le disse il collega.

«Bryant, questo deve avere una portata di segnale molto più ampia. Non hai speranze di trovare...».

«Sì, sì», fece lui, continuando ad allontanarsi velocemente.

Che diamine, possibile che nessuno le desse più retta?

Mentre prendeva il telefono notò che tutti, intorno a lei, erano tornati alle loro attività.

Il suo capo rispose al secondo squillo.

«Signore, abbiamo un drone sopra la testa e i sommozzatori stanno per entrare».

«Maledizione. Okay, ci penso io».

Era stata una delle telefonate più brevi che avessero mai avuto, e Kim non nutriva grandi speranze di successo. Anche se fosse stato tanto fortunato da scoprire a quale testata giornalistica apparteneva, Woody doveva comunque convincerli a portarlo via.

Forse la vana ricerca di Bryant avrebbe avuto più successo.

Stava per tornare da Mitch quando il cellulare le squillò nella tasca. Aveva già registrato il numero di Myles Brown.

«Ispettore?»

«Dica», rispose, osservando il drone che si spostava verso ovest e si fermava sopra i sommozzatori.

«Kane ha acconsentito a un incontro».

Che gentile, pensò lei, ben sapendo che avrebbe benissimo potuto fare a modo suo e convocarlo alla centrale, considerando che era stato visto aggirarsi intorno alla casa della vittima.

«Quando?»

«A mezzogiorno, al Rosie's café di Brierley Hill. È disponibile a parlare in modo informale con una sola persona, o non parlerà affatto».

«Sul serio?», chiese, domandandosi come potesse pensare di dettare condizioni per un incontro con la polizia.

«Mi spiace, ma se verrà più di una persona lui se ne andrà».

Nonostante l'irritazione cocente, Kim accettò. Quell'uomo era coinvolto nella vita della famiglia Brown e aveva in programma un altro rapimento. Doveva saperne di più su di lui e su ciò che era successo.

Per il primo incontro accettava le sue richieste, ma se fosse stato necessario un secondo, sarebbe stata lei a dettare le regole.

Confermò che era d'accordo e chiuse la chiamata mentre intorno a lei succedevano due cose: si sentì il suono di un secondo drone in lontananza e Bryant arrivò al parcheggio con l'auto.

Che diavolo stava succedendo?, si chiese, e intanto sia il secondo drone che Bryant si avvicinarono a lei.

Osservò l'oggetto volante, che si fermò sopra il lago, si voltò, scartò di lato e si abbassò. Poi si fermò di nuovo a mezz'aria, come se stesse cercando il più grande. L'altro drone, invece, non si curava affatto di lui mentre volteggiava disegnando dei cerchi sull'area sopra la squadra dei sommozzatori.

Bryant arrivò al suo fianco mentre il drone più piccolo si spostava a est, verso l'altro. Prese velocità e salì fino alla sua altezza, poi accelerò ancora e puntò dritto verso di esso. Sembrò innescarsi una lotta a mezz'aria, quindi le eliche si incrociarono ed entrambi caddero a terra.

Tutti quelli che si erano fermati esultarono.

Kim si voltò verso il collega sorridendo.

«Sai, Bryant, se non avessi ucciso Betty, in questo momento la vedresti spiccare il volo verso la tua scrivania».

«Buono a sapersi», fece lui, guardandosi intorno con aria distratta.

«Spero tu abbia promesso qualcosa di interessante a quel ragazzino».

«Oh, sì. Appena arrivo a casa mi metto subito in cerca su Amazon».

Era il momento di dargli la cattiva notizia: non l'avrebbe gradita affatto. Decise di comunicargliela con tutto il tatto possibile.

«Senti, Bryant, ho un appuntamento con Kane, ma tu non puoi venire», disse, andando verso la macchina. Nella sua mente le era sembrato un discorso molto più diplomatico.

A Bryant non piaceva granché essere lasciato fuori dalle conversazioni, ma Kim aveva davvero bisogno di parlare con quel tizio.

«Nessun problema, capo. A me va benissimo».

Anche se gli era grata per essere stato così comprensivo, non era affatto la risposta che si aspettava.

Capitolo 47

Stone si era avviata verso la caffetteria un po' in anticipo, dicendo che voleva arrivare per prima.
In genere Bryant non era affatto contento di restare escluso da un incontro riguardante il caso a cui stava lavorando, ma questa volta si sentiva sollevato. Aveva bisogno di un po' di tempo per sé.
Prese il cellulare e rilesse il messaggio. Richard aveva provato a chiamarlo due volte e lui aveva ignorato le telefonate di proposito. Sapeva che doveva smettere di pensare a quella storia. Dopo essere stato a casa di Tina e Damon Crossley, si era sforzato di non farsi coinvolgere. Comprendeva la collera e la frustrazione che si erano accumulate in Tina dopo il rilascio di Peter Drake, e che non avesse nessun altro con cui prendersela. Bryant però aveva deciso di stare lontano da quel caso. C'era una squadra a occuparsi dell'indagine, e anche se Damon voleva che Tina fosse punita con la massima severità, sarebbe stato il dipartimento di Polizia investigativa a decidere di quali accuse doveva rispondere.
Pur avendo ignorato le sue chiamate, Richard gli aveva mandato un messaggio. Solo due parole:

Ha saputo?

Compose il suo numero mentre guardava il capo sedersi a un tavolo libero.
L'uomo rispose al secondo squillo. Stava già urlando. «Porca puttana, Bryant, si può sapere dov'era finito? Che cazzo succede?»
«Richard, rallenti. Di che cosa sta parlando? Sto lavorando».

Nonostante tutto, non gli era capitato quasi mai di sentire Harrison imprecare. Aveva fatto fatica a riconoscerne la voce.

Silenzio. «Non ha saputo?»

«Saputo cosa?», sbottò. Non aveva voglia di perdere tempo con gli indovinelli.

«Ne parlano dappertutto, che cazzo! Quello che temevamo. L'ha fatto di nuovo».

Capitolo 48

Kim vide il suo collega impegnato in una conversazione telefonica molto animata. Controllò il cellulare. Non aveva chiamate perse né messaggi. Se fosse stata una questione legata all'indagine, di sicuro gliel'avrebbe detto.

Bevve un sorso di latte macchiato e in quel momento si aprì la porta.

Era impossibile non riconoscere l'uomo che stava entrando. Vestito di nero da capo a piedi, i pantaloni cargo e la maglietta semplice che indossava non riuscivano a nascondere il fisico muscoloso. Kim pensò subito che doveva essere un ex militare, probabilmente dell'esercito.

Alzò una mano per fargli capire che era la persona che stava cercando. Lui non fece cenni in risposta, ma si avvicinò e ordinò qualcosa al bancone. La barista lo osservò ammirata, poi gli disse di andare a sedersi.

L'uomo si rivolse a Kim annuendo e si sedette di fronte a lei.

«Ispettore?»

«Piacere di conoscerla, Kane», rispose lei. Nessuno dei due tese la mano. «Sa perché sono qui?»

«Per parlare di Samantha Brown», rispose.

Kim si accorse che il suo bel viso dai lineamenti tenebrosi restava sempre impassibile. Non lasciava trasparire perplessità o contentezza.

«Lei è stato visto aggirarsi nei pressi dell'abitazione», disse senza preamboli.

«Certo, ma non mi aggiravo e non mi nascondevo. Posso fornirle date e orari precisi, se può essere d'aiuto».

Kim non pensava che avrebbe ammesso con tanta facilità la propria presenza a casa di Sammy.

«Perché andava da lei?»

«Perché sapevo che non era pronta».

«Per cosa?»

«Per essere lasciata sola. Aveva bisogno di stare più a lungo con i suoi genitori, riabituandosi alla vita normale prima di trasferirsi in una casa sua. Il semplice fatto di aver capito di essere finita in una setta non significava che volesse tornare indietro».

«Ma deprogrammare i membri delle sette non è il suo lavoro?», chiese Kim.

«Ho avviato il procedimento, ispettore. Il resto spetta alla famiglia».

«A proposito del procedimento, mi piacerebbe saperne di più della sua attività».

«Perché?».

Le piaceva parlare con persone che non sprecavano tempo. «Perché mi dicono che sta per farlo di nuovo, questa settimana».

«A dire il vero, non comunichiamo alla famiglia quando agiremo».

«Be', a me sembra che siano convinti che Sophie tornerà presto a casa».

Lui scrollò le spalle, senza reazioni emotive. «Hanno un'indicazione generica, ma non forniamo date e orari precisi. Non sappiamo quando saranno pronti».

«Per il rapimento?», chiese lei, confusa.

L'uomo rimase in silenzio mentre la cameriera gli poggiava davanti una tazza di caffè nero. La ringraziò senza guardarla, e lei parve delusa.

«Prenderli è la parte facile. Non è questa la nostra attività. I Brown avrebbero potuto farlo da soli».

«E perché non l'hanno fatto?»

«Perché sapevano che non appena Samantha avesse visto una porta aperta, sarebbe tornata subito a Unity Farm».

«Allora cos'è che fate, di preciso?»

«Tiriamo fuori la persona dalla setta, e poi la setta dalla persona».

«È lo slogan aziendale?», non riuscì a evitare di chiedere Kim. Se lo immaginava stampato su volantini plastificati.

«No, è il nostro lavoro», ribatté lui senza la minima allegria.

«Quindi mi sta dicendo che rapite le persone e le trattenete fino a quando non ritenete che siano pronte per tornare a casa?»

Annuì. «Altrimenti non ha senso. Qual è il suo piatto preferito?», le chiese, a sorpresa, e Kim decise di stare al gioco. Anche se non aveva un piatto preferito, le piaceva mangiare una pizza di tanto in tanto. Fu quello che rispose.

«Se la portassi via da una pizzeria e le dicessi che non potrà mangiarne mai più, lei mi ignorerebbe e se ne andrebbe a comprarne una. Se invece avessi modo di mostrarle quanti grassi e additivi contiene e le spiegassi quali sono gli effetti di quel cibo sul suo organismo, potrebbe anche pensarci su. Non è semplice come portarla via da una pizzeria, perché non è un cambio di mentalità. Sono pochissime le persone che vengono trattenute nelle sette contro la loro volontà. Vogliono farne parte, sono state plagiate».

«E lei le dissuade?».

Kane bevve un sorso di caffè. «Esiste una tecnica sfruttata dalle sette chiamata "congelamento"...».

«Sì, scongelamento e ricongelamento. Me ne ha parlato Myles».

«In effetti, sfruttiamo la stessa tecnica per annullare i danni».

Kim immaginò un pezzo di carne. «Ma una volta scongelato, non è possibile ricongelare. Non è sicuro».

«Lo è, se viene modificata la composizione strutturale. Prendiamo del pollo congelato: si può scongelare, cucinare e ricongelare. Perché è cambiato».

«Ma è sempre lo stesso pollo», disse Kim, chiedendosi quante volte fosse possibile far subire quel processo alla mente.

Lui la guardò negli occhi, in silenzio.

«E lei è un esperto?»

«Sì», rispose soltanto.

«Perché?»

«Perché sì».
«Quanto dura il procedimento?»
«Dipende».
«Durata minima e massima?», gli domandò.
«Cinque giorni è il minimo, tredici il massimo».
«Sammy Brown?»
«Tredici».
Dunque era stata la sfida più complicata.
«Vediamo se ho capito bene. Lei è in grado di annullare l'effetto di mesi di lavaggio del cervello in meno di due settimane?»
«Tanto per cominciare, le sette non fanno il lavaggio del cervello: è una definizione che si usa quando la vittima sa di essere nelle mani dei nemici. La riforma del pensiero è un tipo di influenza e persuasione che somiglia al prendere peso. Succede in modo graduale e, proprio come il peso, più lento è il processo, più è difficile tornare indietro».
«Riforma del pensiero?», chiese lei. Non conosceva quel termine.
Lui la osservò a lungo, poi trangugiò tutto il caffè.
«Myles mi ha detto che lei è una che capisce in fretta, ma se devo insegnarle così tante cose dovrà offrirmi qualcos'altro da bere».

Capitolo 49

Dall'articolo e dalla ricerca che ne era seguita, Stacey aveva scoperto due cose. La ragazza, che nell'indagine appariva con il nome di Helen Deere, aveva passato sette mesi a Unity Farm e non era caduta dalla finestra della villetta dei suoi genitori. Aveva rotto la finestra e si era buttata di sotto. Il caso era stato archiviato come suicidio.

Stacey si appoggiò allo schienale e rifletté un attimo. Due omicidi, cui si aggiungeva anche un suicidio, tutti collegati a Unity Farm. L'indagine aveva confermato che nel momento in cui Helen Deere si era tolta la vita, in casa era presente solo la madre della ragazza, quindi la sua morte non aveva niente a che vedere con l'assassino. Ma allora perché Unity Farm veniva nominata? Perché quel luogo era incluso nel racconto del suicidio?

Le bastò fare un paio di ricerche veloci per trovare il numero di rete fissa dei genitori di Helen Deere.

Risposero al secondo squillo.

«Signora Deere?», chiese Stacey.

«Chi parla?».

Controlla prima di confermare. Stacey apprezzò. Si presentò e descrisse il proprio ruolo. La donna non reagì, ma aspettò di conoscere lo scopo della chiamata.

«Signora Deere, posso farle un paio di domande su sua figlia, Helen?»

«Conosco il nome di mia figlia, agente, e immagino sappia già che è morta, quindi che senso ha?».

Il tono della donna si poteva definire gelido, con il rischio di passare all'ostilità aperta, se Stacey avesse detto qualcosa di sbagliato o avesse perso troppo tempo.

«Stiamo facendo delle verifiche su Unity Farm, e so che prima di morire su figlia vi ha trascorso del tempo».

«Mia figlia era una normale sedicenne prima di conoscere quella gente. L'hanno cambiata. Le hanno fatto il lavaggio del cervello, al punto che non riconoscevo più la mia bambina. Quel posto è il male, è distruttivo, e mi hanno portato via mia figlia», ribatté lei.

«Pensa che Unity Farm sia in qualche modo legata al suicidio di sua figlia?».

Non rispose subito. «Se ha bisogno di chiederlo, è evidente che non conosce quel posto come dovrebbe».

«Le chiedo scusa, non volevo...».

«Non fa niente. Lei è un'agente di polizia. Se non vede con i suoi occhi un'aggressione in corso, non le interessa. Ma esistono anche altri crimini».

Stacey non aveva idea di cosa stesse dicendo, ma si sentì in dovere di chiarire. «Signora Deere, stiamo solo cercando di saperne di più su quel posto».

La donna rise. «Be', buona fortuna».

Stacey voleva assicurarle che erano decisi a scoprire tutto ciò che potevano. «Siamo stati a Unity...».

«Potete andarci tutte le volte che volete, ma vedrete solo la facciata e non scoprirete mai cosa succede davvero là dentro», concluse la donna e riattaccò.

Capitolo 50

«Dunque», riprese Kane. «Nella "riforma del pensiero" non vengono usate droghe misteriose o pozioni. Non c'è violenza ed è una cosa a cui siamo tutti soggetti in modi diversi, ogni giorno, attraverso la pubblicità e il marketing. Ma esistono anche altri sistemi che vengono utilizzati dalle sette».

Kim aprì la bocca per parlare, ma lui alzò una mano.

«La prego, ispettore, se non le resta altro da questo incontro, accetti l'idea che una setta non ha mai l'aspetto di una setta. Si mostra sempre come qualcosa di diverso».

«Okay, continui pure», disse lei. Visto che non poteva tornare laggiù per scoprire cosa vi succedeva, decise che avrebbe tratto tutte le informazioni che poteva da quell'uomo. Almeno per il momento.

«È la parola, non la forza fisica, la chiave per la manipolazione delle menti. La prima cosa che fanno è destabilizzare la percezione di sé. Si reinterpreta in modo drastico la storia della loro vita e si modifica il loro punto di vista. Sammy è stata convinta di aver subito dei traumi psicologici da bambina, perché da piccola sua sorella minore era incline ad avere problemi di salute. Sophie era diventata la figlia preferita e Sammy aveva ricevuto meno amore. I suoi genitori l'avevano sminuita, ignorando i suoi bisogni.

Il passo successivo è sviluppare una dipendenza dalla setta. All'inizio la vittima viene tenuta all'oscuro di ciò che succede e del cambiamento in atto. Prendono il controllo del suo tempo e del suo ambiente. Non la lasciano mai sola, le assegnano delle mansioni per rinforzare i cambiamenti. Alla fine, la setta introduce una filosofia basata sul "noi e loro", che divide la persona da chiunque non faccia parte del gruppo. Agli esterni viene assegnata un'identità».

«Gli zombie?», chiese Kim, ripensando a come Sammy aveva definito i propri genitori.

Lui annuì. «Sono tattiche simili a quelle usate nell'esercito: dare un nome al nemico. Alla fine la setta crea un senso di impotenza, paura e dipendenza».

Kim ripensò alla ragazza che vendeva verdura, alla sua angoscia e alla felicità quando era comparso Jake.

«Sopprimono gran parte del loro precedente modo di fare e della loro mentalità, instillandone di nuovi. Infine, offrono un sistema chiuso basato su una logica che non ammette spunti diversi o critiche. Per le nuove reclute, la stima e l'affetto dei pari sono fondamentali. All'inizio un nuovo membro viene riempito di lodi e affetto, in modo che si senta al sicuro e amato. Col tempo avvengono i cambiamenti. I nuovi adepti vengono allontanati dalle famiglie e dagli amici, e vengono riempiti di attenzioni».

Kim inarcò un sopracciglio.

«Lusinghe, complimenti, e sono sempre insieme a un membro esperto che si mostra affettuoso. Vengono tenuti impegnati in modo da non lasciare spazio a dubbi. A volte li tengono svegli a lungo per creare una condizione di privazione del sonno, i loro telefoni vengono rotti per prevenire ogni contatto. Una volta che l'ambiente di una persona è stato modificato fino a quel punto, si è già a metà strada». Rifletté per un attimo. «È mai stata ricoverata, ispettore?».

Lei scosse la testa.

«Ha partecipato a un corso di team building per qualche giorno?». Annuì.

«Le poche persone che ha intorno assumono maggiore importanza. Una volta che si è tagliati fuori da tutto ciò che si conosce, si genera una nuova realtà. Si diventa dipendenti. Una setta fa leva su tutti i sentimenti irrisolti, sfruttandoli, e alla fine le uniche persone per cui il nuovo adepto proverà interesse saranno quelle del gruppo. La sua nuova famiglia».

A Kim tornò in mente il riferimento alla famiglia che aveva fatto Britney.

«È questo che vogliono i nuovi adepti?»

«Tutti provano un desiderio di appartenenza: a una squadra, a un gruppo. Togli la famiglia a qualcuno, e sarà subito pronto a entrare a far parte di un'altra. Deve ricordare che quei gruppi sono molto coesi. Sono controllati da un sistema di credenze condiviso».

«Prendono di mira le persone vulnerabili?».

Lui bevve un sorso e annuì. «Nella maggior parte dei casi, sì. I bersagli principali sono le persone con un'instabilità emotiva – sono più facili da convincere – ma quasi tutti sono sensibili alle lodi e al sentirsi dire ciò che desiderano».

«E quando li riportate indietro, usate le stesse tecniche?»

«Non parliamo di questo», disse lui, finendo di bere. «Ma posso dirle che le persone che non vengono tirate fuori nel modo giusto rischiano di non riprendersi mai da quell'esperienza».

«Perché?», chiese Kim. L'influenza del gruppo doveva essere come una droga. Se non se ne assumeva più, prima o poi doveva svanire.

«Ripensi all'esempio della pizza. Non basta a portar via la persona dalla setta. Bisogna anche…».

«Eliminare la setta dalla persona», concluse al suo posto.

Kim si rese conto che l'incontro stava giungendo al termine, ma c'era dell'altro che voleva sapere.

«È stata Sammy a far entrare Sophie nel gruppo?».

Lui scosse il capo e guardò l'orologio con aria eloquente.

«Se ho ben compreso le loro dinamiche, Sophie desiderava tutto ciò che aveva sua sorella, ed è entrata nella setta di sua spontanea volontà. Da bambine erano molto unite, e Sophie adorava la sorella. Negli studi non era brillante come lei. Doveva sforzarsi molto per ottenere buoni voti, ma Sammy non l'ha mai presa in giro e l'aiutava a ripassare per test ed esami. Sophie ha un temperamento più artistico, è una sognatrice, stando a ciò che hanno detto i suoi genitori».

«Ma perché Sophie avrebbe seguito sua sorella nella…».

«Per quel che ne so», disse lui interrompendola e guardando di nuovo l'ora, «quando Sammy se n'è andata ha interrotto i contatti con tutti, perfino con Sophie. Myles e Kate pensano che l'abbia seguita per tentare di recuperare un legame con lei. In pratica, le mancava sua sorella».

Era il momento di dirgli ciò che voleva prima che finisse il tempo. Quell'uomo aveva un tassametro nell'orologio o nel cervello.

«Ascolti, comprendo i desideri dei signori Brown per ciò che riguarda la figlia minore, ma devo chiederle di sospendere qualsiasi piano per rapirla mentre sono in corso le indagini per appurare che ruolo possa avere Unity Farm nell'omicidio di Samantha».

«Non è lei a pagarmi», rispose lui, scostando la sedia dal tavolo.

«No, ma posso farla finire col culo dietro le sbarre».

Per la prima volta scorse l'ombra di un cambiamento nell'espressione dell'uomo, ma svanì in un attimo.

«Mi piacerebbe conoscere le accuse contro di me».

«Be', se non ne troviamo ce le inventiamo», ribatté lei, secca. «Soprattutto se rischia di intralciare un'indagine per omicidio portando via un'altra ragazza».

Passandole accanto, Kane si chinò su di lei e le sussurrò all'orecchio: «Come fa a sapere che non l'abbiamo già presa?».

Capitolo 51

Kim aspettò un attimo prima di spingere indietro la sedia e cercò di analizzare come si sentiva dopo l'incontro con quell'uomo. Per qualche strano motivo, per tutto il tempo lei aveva mantenuto un atteggiamento neutrale.

Non aveva il minimo dubbio che fosse bene informato in materia di sette e di controllo mentale, eppure faceva ancora fatica ad applicare ciò che le aveva raccontato su Unity Farm. Maledizione, doveva tornare laggiù. Tutto in lui era controllato e calibrato, la sua espressione facciale aveva avuto cambiamenti minimi, come il tono di voce, che era rimasto freddo, calmo. Lo aveva osservato con attenzione, cercando eventuali scatti o elementi che le indicassero che stava mentendo, ma non aveva trovato nulla, nemmeno quando gli aveva chiesto per quale motivo si recava a casa di Sammy.

Le ultime parole a proposito di Sophie l'avevano quasi convinta a corrergli dietro, ammanettarlo e trascinarlo alla centrale, ma l'idea di dover affrontare la collera di Woody le aveva attraversato la mente ancor prima che Kane chiudesse la porta della caffetteria.

Sophie Brown è maggiorenne?
Sì.
Sophie Brown è una persona scomparsa?
No.
I suoi genitori ti hanno chiesto di occupartene?
No.
Hai prove fisiche che dimostrino che Sophie Brown è in pericolo?
No.

Sospirò. In quel momento ogni pista sembrava svanire davanti ai suoi occhi. Doveva tornare alla stazione di polizia e decidere come proseguire.

Quando si alzò, le suonò il cellulare. Vedere il nome di Travis la sorprese, e rispose subito.

«Ehi».

«Che cazzo succede, Stone?»

«Prego?», rispose, cercando di farsi venire in mente un qualsiasi elemento dell'indagine che potesse ledere la giurisdizione della West Mercia. Non trovò nulla, a parte il loro passato fatto di luci e ombre, ma conoscendo molto bene il suo vecchio partner capì che era davvero infuriato.

«Perché Bryant mi ha chiamato facendomi il terzo grado?».

Kim voltò le spalle alla vetrina della caffetteria, confusa. «Su cosa?»

«Su una scena del crimine particolarmente cruenta per cui mi hanno chiamato stamattina».

«Travis, ho bisogno di qualche informazione in più».

«Una ragazzina, massacrata e stuprata».

Kim capì. Peter Drake era stato rilasciato il giorno prima.

«Non gradisco che un agente di un altro distretto si comporti come l'Inquisizione spagnola, cazzo».

Lei sentì la propria collera fare il paio con quella di Travis. Come diavolo era saltato in mente a Bryant di immischiarsi in un'indagine che non lo riguardava senza dirle niente? Le sembrava che la sua squadra avesse deciso di ammutinarsi.

Bryant l'aveva fatta davvero grossa. Era poco professionale e poco etico cercare di infilarsi nel lavoro di un altro distretto. Travis aveva tutte le ragioni per essere incazzato. Fosse successo a lei, non si sarebbe accontentata di rivolgersi al diretto superiore dell'agente in questione: sarebbe andata più in alto, e Travis stava facendo un gran favore a Bryant parlando con lei. Kim avrebbe chiuso quella faccenda all'istante.

Aprì la bocca per parlare e si voltò verso la vetrina.

Il suo collega guardava dritto davanti a sé, l'espressione tesa. Tamburellava sul volante con le dita.

Kim si rese conto che negli anni Bryant aveva sostenuto ogni decisione che lei avesse preso, come collega e come amico, anche quando non era d'accordo. Le aveva sempre concesso il beneficio del dubbio.

Ripensò alla loro conversazione in cucina. Lei gli aveva detto di lasciar perdere e non era più tornata sull'argomento. Sentì la morsa della vergogna chiuderle lo stomaco. Possibile che la loro amicizia fosse a senso unico?

«Stone, si può sapere che...».

«Travis, più tardi ti spiegherò meglio perché ci sono delle cose che non puoi sapere. Ma fammi un enorme favore, solo per questa volta, okay?», disse, andando verso la porta.

«Dimmi».

«Dai a Bryant tutto ciò che ti chiede».

Capitolo 52

Quando Kim e i colleghi uscirono dall'ufficio, Bryant non sapeva cosa pensare. Il capo aveva invitato tutti a pranzo.

«Tu no, però», gli aveva detto posandogli una mano sulla spalla per farlo tornare a sedere. «Fai un pisolino, qualche telefonata, quello che ti pare. Ti porto io qualcosa da mangiare».

Cercò di raccapezzarsi. Non era Penn, ma perfino lui era in grado di capire che era successo qualcosa di cui non era al corrente.

Diamine, di sicuro Travis l'aveva chiamata. Non c'era altra spiegazione. Avrebbe dovuto ricevere una bella lavata di capo nella Conca, lontano da orecchi indiscreti, invece gli erano stati concessi privacy e tempo a disposizione.

La sua bocca si incurvò in un sorriso. Quando il capo parlava, nulla di ciò che diceva era casuale.

Fai qualche telefonata, aveva detto.

Prese il cellulare e compose un numero. Gli era stata data l'opportunità di riparare al danno fatto.

Il detective ispettore rispose al terzo squillo.

«Ehi, Travis, senti, volevo solo chiederti scusa per...».

«Non fa niente», disse lui. «Ho ricontrollato i vecchi fascicoli su Peter Drake. Non sapevo che fossi stato tu di guardia a quella povera ragazza».

La comprensione dimostrata da Travis lo fece sentire ancora peggio per aver chiamato pretendendo di ottenere informazioni sulla scena di un crimine che non aveva assolutamente nulla a che fare con lui.

«Ascolta», riprese Travis, «la scientifica è al lavoro e nel pomeriggio ci sarà l'autopsia. La riunione informativa è prevista per le sette, se ce la fai».

Bryant era senza parole. Che diavolo gli aveva detto il capo? In ogni caso, gliene era grato. Sapeva che non avrebbe comunque potuto dare a Richard Harrison i dettagli della riunione, ma sperava di potergli assicurare che stavano facendo il possibile. Quell'uomo aveva bisogno di qualcosa a cui aggrapparsi. Era evidente che stava crollando.

«Non lo faccio per bontà», riprese Travis. «Potresti esserci d'aiuto, tutto qui».

«Grazie, Travis. Ci sarò».

Calò il silenzio sulla linea.

«Avanti, chiedi», disse Travis.

Aveva già esaminato i dossier su Wendy Harrison e Tina Crossley, quindi doveva conoscere la risposta.

«È identico?».

Ci fu una breve pausa prima che arrivasse la risposta.

«Sì, Bryant, è identico».

Capitolo 53

Kim si diresse verso un tavolo vicino alla finestra e posò il vassoio. Non aveva nemmeno guardato il tramezzino che aveva preso per sé, ma ne aveva scelto uno triplo ai gamberi per il collega rimasto in ufficio. Penn aveva optato per un piatto di patatine con la salsa, mentre Stacey era l'orgogliosa proprietaria di un'insalata con le uova. Aveva opposto un valoroso rifiuto di fronte al muffin che le era stato mostrato da dietro il bancone, anche se a Kim era sembrato che stesse per scoppiare in lacrime.

«Okay, Penn, continua», disse. Aveva cominciato a parlare di Josie Finch mentre facevano la fila alla mensa.

«Quindi, secondo Josie, chiunque sia la persona con cui era Sheila, le ha portato via tutto. Ha prelevato fino all'ultimo centesimo e ha anche venduto la casa. Ha liquidato il mutuo, quindi parliamo di centocinquantamila sterline finite chissà dove».

«Okay, cerca l'agente immobiliare e il notaio che hanno seguito la vendita e vedi dove sono andati a finire i soldi».

«Pensi che fosse andata a Unity Farm?», chiese Penn, pulendosi una chiazza di salsa dal mento.

Kim si strinse nelle spalle. Quell'ipotesi era un bel salto, basata solo sul ritrovamento di una scarpa che poteva anche non appartenere alla donna scomparsa, ma doveva per forza essere stato qualcosa di più di una storia passeggera con qualche truffatore a convincerla a sparire in quel modo dalla vita della figlia.

Guardò Stacey, che sembrava impegnata a mangiare l'insalata evitando la lattuga. Penn incrociò il suo sguardo e scosse la testa.

Kim era d'accordo con lui. Stava per sposare l'amore della sua vita, eppure non era mai stata tanto infelice.

«Stace, tu hai scoperto qualcosa?».

Lei posò per un attimo la forchetta. «Per il momento non ho trovato nessun riferimento a un tizio di nome Kane Devlin. Ho ancora qualche altra ricerca da fare, ma ho trovato dei cenni a Unity Farm su Facebook, in un gruppo privato. Ho cercato di iscrivermi ma hanno rifiutato subito la mia richiesta, quindi stavo per creare un profilo falso e ritentare».

«Ah, come siamo subdoli, Stace, passi troppo tempo con me».

«Ho anche parlato con la madre di una ragazza di nome Helen Deere, che si è buttata dalla finestra dopo aver passato un periodo a Unity Farm. Nessun altro è stato coinvolto nella sua morte, quindi non ci sono collegamenti diretti, ma secondo la madre le avevano fatto il lavaggio del cervello».

«Accidenti, Stace, ottimo lavoro. Ha detto altro?»

«Solo che non riusciremo mai a scoprire cosa succede davvero là dentro».

Sì, era proprio ciò che Kim iniziava a sospettare.

«Com'è andato l'incontro con Kane?», chiese Stacey, allontanando da sé la scodella. Aveva mangiato solo l'uovo.

«Una buona fonte di informazioni sulla cultura delle sette in generale, ma non molto su Unity Farm. È davvero frustrante, maledizione. Se non abbiamo un collegamento preciso tra le vittime e quel posto, non possiamo procurarci un mandato di perquisizione ed entrare per controllare come si deve».

Già, perché Sammy ci aveva vissuto, ma erano passati mesi. Nessun giudice avrebbe firmato un mandato che garantisse loro pieno accesso alla struttura. In quel momento non potevano nemmeno dimostrare che Tyler avesse abitato lì, e non avevano la certezza che Sheila Thorpe fosse morta.

«Aaah», gemette Kim, prendendosi la testa tra le mani.

Stacey tamburellava con le dita sul tavolo mentre Penn finiva di mangiare.

«Ci serve...», cominciò Stacey.

«Qualcuno lì dentro», concluse Kim.
«Che abbia un aspetto innocente...».
«Ma sveglio», disse Kim.
I loro sguardi si incontrarono proprio nel momento in cui Penn infilzava l'ultima patatina e la usava per raccogliere la salsa rimasta.
«Pensi quello che penso io?», domandò Kim all'agente.
Stacey sorrise. «Sì, direi proprio di sì, capo».

Capitolo 54

«Ehilà, squadra!», gridò Tiffany dalla soglia.
«Entra pure, Trilli», disse Kim dall'ufficio.
Tiffany Moore era un'agente di polizia di ventiquattro anni, molto intelligente, che sembrava parecchio più giovane della sua età. Era stata chiamata per aiutare Stacey nelle ricerche durante l'ultimo caso importante, in un periodo in cui Penn era stato riassegnato temporaneamente alla West Mercia.
Kim l'aveva soprannominata Trilli non solo perché aveva i capelli biondi raccolti in uno chignon, ma anche perché sembrava appena uscita da un libro di fiabe. Non si sarebbe sorpresa se avesse visto farfalle e coniglietti seguirla fin dentro la sala operativa.
«Chiudi la porta», le ordinò.
La ragazza eseguì e vi si fermò davanti.
«Siediti», riprese Kim. «Allora, cosa ti ha detto Wood... cioè, il detective ispettore capo Woodward?».
Lei si sedette e si strinse nelle spalle. «Mi ha chiesto se mi sarebbe piaciuto usare il pomeriggio del mio permesso annuale per venire quassù a darvi una mano in qualcosa». Alzò gli occhi al cielo. «Ho risposto: "Ehm... sì"».
Kim nascose un sorriso. Sulla carta, quella ragazza avrebbe dovuto darle un fastidio terribile. Era allegra, chiacchierona, piena di brio, innocente, e quando si concentrava non faceva che fischiettare sigle di programmi televisivi. Eppure non la considerava irritante, perché non aveva permesso né alla vita né alla polizia di annientare la sua gioia di vivere.

«Okay, ci servi per un'operazione sotto copertura, e sappi che suona molto più emozionante di quanto non sia in realtà».

Lei batté le mani. «Forte».

Per poco Kim non aggiunse che non era previsto anche un viaggio a Disneyland, ma si morse la lingua. Contavano proprio sulla sua apparente ingenuità.

Quando era corsa di sopra per andare a parlare con Woody direttamente dalla caffetteria, sapeva già quale sarebbe stata la sua risposta.

Per organizzare un'operazione sotto copertura ci volevano settimane di preparazione, anche mesi. Gli agenti venivano valutati e analizzati. Ordini operativi e valutazione dei rischi dovevano essere formulati da esperti e verificati più volte per coprire le spalle di tutti. Era una procedura per cui non avevano tempo. Con due cadaveri in due giorni, serviva creatività.

«Okay, Trilli, la questione è questa. C'è un posto chiamato Unity Farm che è collegato a due omicidi. Bryant e io siamo stati lì per una breve visita e abbiamo fatto un giro limitatissimo, potremmo definirlo turistico, insomma. Abbiamo bisogno di qualcuno che non sia un agente di polizia che vi entri per qualche ora e che riesca a osservare meglio, cercando di capire cosa succede davvero tra quelle mura e se è un luogo innocuo come sembra. Mi segui?».

Lei annuì, gli occhi sgranati.

«Sembra che abbiano una preferenza per i ragazzi giovani e vulnerabili che si trovano in uno stato di confusione emotiva, che siano turbati da qualcosa». Si accigliò. «Insomma, anche a te capita di essere turbata, no?», chiese per sicurezza.

«Be', non spesso, ma sono sicura di poterci provare».

«Proviamo, allora», disse Kim, incrociando le braccia e pregando che, a scuola, Tiffany fosse tra i ragazzini scelti per le recite scolastiche.

La giovane gettò indietro la testa e cominciò a gemere. Aveva gli occhi serrati, il viso distorto in una sorta di smorfia stitica.

Kim spalancò la bocca. Bryant distolse lo sguardo. Penn si coprì gli occhi, scuotendo la testa, mentre Stacey emise un gemito.

La perplessità di Kim fu interrotta dal suono del cellulare.
Era Mitch, dal lago.
Mentre la performance di Tiffany arrivava al culmine, si rese conto che i guai stavano arrivando da tutte le parti.

Capitolo 55

Kim controllò di nuovo l'orologio mentre Bryant parcheggiava alle spalle dell'edificio del college.

«Pronta, Trilli?», chiese, voltandosi sul sedile.

Tiff annuì.

Era stata informata in modo completo sugli omicidi, sui nomi, sulla struttura del luogo e le erano state date istruzioni rigorose su come andarsene da quel posto.

«Allora, stasera alle dieci ci sarà una macchina ad aspettarti sulla strada principale. Chiamami nell'istante in cui sei fuori, capito?»

«Sì, capo, capito», rispose lei, scendendo dall'auto.

Kim aveva la sensazione di dover aggiungere qualcos'altro, ma non sapeva cosa.

«Ci sentiamo dopo», disse Tiff, dirigendosi dall'altra parte della strada.

La osservò in silenzio seguire un gruppetto di quattro ragazzi. Con indosso jeans e scarpe da ginnastica e uno zainetto preso in prestito da un collega, non sembrava affatto fuori posto.

«Tutto okay, capo?», domandò Bryant seguendo il suo sguardo.

«Sì, sì, è perfetta», rispose lei, mentre la giovane agente spariva alla vista.

Da quando aveva assistito alla dimostrazione di pianto di Tiff, una morsa d'ansia le aveva attanagliato lo stomaco. Quella che all'inizio le era sembrata una buona idea stava perdendo velocemente ogni attrattiva. Aveva pensato che fosse semplice: doveva solo entrare, curiosare un po' e andarsene, ma via via che la istruivano, Kim si era resa conto che non sapevano affatto con che razza di persone avevano a che fare. E Tiffany non aveva mai lavorato sotto copertura. Gli agenti si sottoponevano a lunghi addestramenti prima di imbarcarsi in quel genere di operazioni.

«Andrà tutto bene», disse Bryant avviando il motore. «Si tratta solo di poche ore».

«Avevo dimenticato quanto diavolo fosse giovane e ingenua...».

«Capo, Trilli è molte cose, tra cui anche un'agente di polizia ben preparata».

Kim annuì. A volte era facile dimenticarlo.

«È solo per qualche ora. Tornerà, e nel frattempo dobbiamo assolutamente andare al lago».

«Sì, hai ragione», rispose lei, e si immisero nella strada.

Kim diede un ultimo sguardo al punto in cui Tiffany era sparita tra la folla e si rese conto di cosa avrebbe voluto aggiungere poco prima. Avrebbe voluto dire alla giovane agente di fare attenzione.

Capitolo 56

Tiffany individuò Britney nel momento in cui svoltò l'angolo.
Stava parlando in modo concitato con tre ragazze che fumavano; sembravano annoiate e pronte ad andarsene.
Tiff si guardò intorno e individuò un punto perfetto su un muretto non troppo lontano dalla ragazza dai capelli rossi.
Il capo le aveva detto di non piangere, ma di mostrarsi turbata. Non aveva grande esperienza nel pianto, perché non era una cosa che potesse fare a comando. Non ci era mai riuscita.
Il capo le aveva suggerito anche una storia di copertura a proposito di un ragazzo con cui aveva rotto, ma alla fine aveva scelto di usarne una tutta sua. Sapeva di non essere brava a mentire spudoratamente: il suo cervello non funzionava così. Il piano era restare il più possibile vicina alla verità.
Chinò il capo e ripensò alla conversazione che aveva avuto con sua madre prima di andare al lavoro.
Tiff sapeva che vivere ancora con i genitori, alla sua età, era insolito. Era un'agente di polizia e si sarebbe potuta permettere senza problemi un piccolo appartamento tutto suo. Ma non era per motivi economici che restava.
Essendo la più giovane di cinque figli, Tiff era nata quando i suoi quattro fratelli avevano tutti più bisogno di attenzioni di lei. Inoltre, tre settimane dopo il suo quarto compleanno, suo padre era rimasto ucciso in un incidente stradale, e le attenzioni erano diminuite ancora di più.
Ampiamente ignorata dai fratelli, si era inventata un mondo suo

in cui tutti erano felici, e si era convinta che prima o poi sarebbe giunto anche il suo momento. Uno dopo l'altro i fratelli erano andati via di casa per cominciare le loro vite indipendenti e finalmente era arrivato il giorno in cui lei aveva potuto avere la madre tutta per sé.

Ma non si era rivelato il quadro che aveva sognato. Sua madre continuava a passare quasi tutto il tempo a correre dietro ai "suoi ragazzi"; andava a casa loro a fare le pulizie, a ricevere pacchi in arrivo, ritirava la spesa, curava i loro giardini. Faceva di tutto per rendere le loro vite più semplici. Un anno prima, aveva deciso di trasferirsi in una casetta a schiera con tre camere, perfetta per loro due, o almeno così Tiff aveva pensato fino a quella mattina.

«Ryan torna a casa», le aveva detto sua madre.

Non ne era stupita. Aveva sentito le loro conversazioni: sua moglie aveva scoperto che lui la tradiva e l'aveva buttato fuori.

«Quindi dovrai spostarti nello stanzino», aveva proseguito.

«Perché mi devo spostare?», le aveva chiesto Tiff, sicura che essendo l'unica figlia che ancora abitava lì avesse il diritto di restare al suo posto. Ryan aveva passato un paio di notti in un hotel sperando che Sasha cambiasse idea, ma non era andata così, ed era evidente che le comodità di casa cominciavano a mancargli.

«Perché i ragazzi hanno bisogno di più spazio», era stata la spiegazione.

Il suo ragionamento l'aveva rimandata dritta all'infanzia.

Alzati, così i ragazzi si possono sedere. Perché ti lamenti? È solo una bambola. Non lo toccare, è per i ragazzi.

«Ehi, tutto okay?», le chiese una voce sopra di lei. Tiffany era così immersa nei suoi pensieri da aver quasi dimenticato perché era lì. E il motivo le stava proprio di fronte. Da vicino, Tiff notò una spruzzata di lentiggini su un naso, proprio sotto un paio di occhi verdi amichevoli che in quel momento avevano un'espressione preoccupata. Non era truccata e non portava gioielli, a parte una collana con una farfalla che pendeva proprio sull'incavo della gola.

«Sì, sto bene, grazie», rispose. «Ho solo avuto una brutta lite con mia madre, stamattina».

Non era del tutto vero. Aveva accolto la notizia come faceva sempre: in silenzio.

«Oh, no», disse Britney, sedendosi accanto a lei. «A volte le famiglie sono complicate, vero?».

Tiff annuì. «Ci siamo dette un bel po' di cattiverie».

Britney assentì. «Succede a tutti, quando siamo in collera».

Tiff confermò con un altro cenno del capo e si asciugò gli occhi già asciutti.

«A proposito, mi chiamo Britney», disse la giovane, porgendole la mano con un sorriso gentile.

«Tiffany... Tiff», rispose lei, come faceva sempre.

«Allora, come mai avete litigato?»

«Per mio fratello», rispose, e le fece un rapido sunto.

«Ah, non mi sembra per niente giusto», commentò Britney.

«Sono sicura che si risolverà tutto. Ci serve solo un po' di tempo per sbollire. Solo che non ho voglia di vederla, in questo momento, ma non ho soldi né un posto dove andare», aggiunse stringendosi nelle spalle.

Britney le toccò un braccio con aria rassicurante. «Non preoccuparti. Conosco io un posto».

Capitolo 57

Quando Bryant raggiunse il lago di Himley Park erano quasi le quattro.

«Cazzo», disse Kim mentre Bryant parcheggiava accanto al furgone di Keats. Doveva essere stato la seconda persona che aveva chiamato Mitch.

Corse subito al centro delle operazioni.

Quando arrivò, si guardò intorno. «Allora? Dov'è?», chiese, non vedendo alcun corpo.

«Incastrato», rispose Keats; in quel momento una testa sbucò dall'acqua e lui gridò delle istruzioni ai colleghi sulla barca.

«Cosa sappiamo?», domandò Kim, rivolgendosi a Mitch.

Lui scrollò le spalle. «C'è una massa non identificata attaccata a del fogliame nell'acqua».

«Ma sono sicuri che sia un cadavere?».

Mitch inarcò un sopracciglio. «Sono abbastanza sicuro che non ci avrebbero detto di chiamare tutti se fosse solo un carrello della spesa».

«Mitch, tu passi troppo tempo con Keats», rispose.

L'ispettore Plant si avvicinò. «Stone, alla direttrice di questo posto scoppieranno le coronarie se non le diamo qualche informazione al più presto. Vede arrivare veicoli di tutti i tipi, e la sua ansia è ormai oltre i livelli di guardia. Ha un bisogno disperato di sapere quando potrà riprendere possesso della struttura».

Kim aprì la bocca per rispondere. Le dispiaceva che Plant fosse costretto a placare i dipendenti, ma soprattutto che dovesse tenerli fuori dai piedi.

Non ebbe il tempo di dire niente, però, perché qualcuno lanciò un grido dalla barca.

L'uomo che si trovava in acqua stava facendo il segno del pollice alzato alla squadra in attesa, e lei vide la parte inferiore di un sacco per cadaveri emergere in superficie.

Si rivolse a Plant. «Dille che ci vorrà ancora un po'».

Non aspettò risposta e tornò verso la riva per osservare meglio.

«Alla fine pare che Penn ci avesse visto giusto», commentò Bryant accanto a lei.

Forse, pensò Kim, lo sguardo fisso sulla barca.

Si avvicinò alla sponda quando il gommone rientrò.

«Vi aiuto», disse Keats facendo due passi nell'acqua.

I sommozzatori non dissero nulla quando il medico legale li aiutò a tirar fuori il sacco dall'imbarcazione.

Kim allungò la testa per osservare meglio mentre veniva trasportato con delicatezza a riva e poggiato sulla barella di Keats, lì pronta.

«Torniamo giù», disse Guy passandole accanto.

«Perché?», chiese Kim.

«Mancano una mano e un piede».

Kim guardò Mitch.

«Tutto nella norma».

Keats fermò la barella accanto a lei. «Pronta?».

Lei annuì, e il medico cominciò ad aprire la chiusura lampo.

«Porca miseria», esclamò Kim, coprendosi il naso quando il tanfo di morte, mescolato con quello dell'acqua sporca, le riempì le narici.

Ciò che vedeva si poteva descrivere solo come uno scheletro avvolto in sacchetti di carta marrone bagnati.

«Non sembra affatto gonfio e cereo», notò rivolta a Mitch, ripensando all'aspetto di Tyler.

«È per la temperatura dell'acqua», rispose lui. «Se fosse stata più elevata quando il corpo si è immerso, l'adipocera non avrebbe cominciato a formarsi».

«Pensi che questo sia rimasto sommerso più a lungo di Tyler Short?».

Keats e Mitch annuirono entrambi, ma fu Keats a rispondere. «Al momento è difficile stabilire da quanto tempo».

Poi continuò ad aprire la zip.

Kim seguì il movimento continuando a osservare il corpo, ma non riuscì a capire se si trattasse o meno di Sheila fino a quando il suo sguardo non raggiunse il piede rimasto attaccato al corpo.

Sentì Bryant trattenere il fiato e capì che avevano notato la stessa cosa.

Quella povera anima indossava una grande scarpa da ginnastica, di una misura da uomo, ed era escluso che si trattasse di Sheila Thorpe.

Capitolo 58

Tiff era perplessa. Il taxi le aveva lasciate lungo la strada principale. Ridendo, Britney l'aveva aiutata a scavalcare una recinzione, spiegandole che avevano preso la strada panoramica.

Non era il luogo che le aveva mostrato Stacey su Google Earth, e non era il posto in cui l'avrebbe aspettata la macchina alle dieci.

Camminando accanto a Britney superò due campi, passò accanto a un boschetto e risalì una collina ripida. Non era un percorso che le sarebbe piaciuto affrontare al buio.

«Eccoci», dichiarò Britney senza fiato, quando raggiunsero la sommità.

Tiff si costrinse a ricordare che la ragazza le aveva detto ben poco sul luogo in cui erano dirette, spiegando solo che l'avrebbe adorato.

«È casa tua?», domandò, osservando Unity Farm.

«Ah, mi piacerebbe! Però ci vivo».

«Che cos'è?», chiese ancora, seguendo con lo sguardo la piccola vallata.

«Un rifugio», spiegò lei in poche parole. «E ti accoglieranno a braccia aperte».

Tiff cercò di notare ogni dettaglio da quella posizione privilegiata.

A sinistra c'era una fattoria, un edificio in pietra che si ergeva di fronte a una serie di fienili rimodernati. Alle spalle dell'ultimo fienile c'erano delle lastre di cemento che sembravano le fondamenta di nuovi edifici. Proprio ai piedi della collina c'erano delle serre a tunnel in polietilene e zone coltivate protette da recinti.

Tiff fece un passo avanti, ma Britney le sfiorò il braccio.

«Aspetta un momento».

Tiffany si chiese perché se ne stessero in cima alla collina, mentre la luce del giorno cominciava a diminuire.

Britney guardò l'orologio e sollevò una mano. «Manca pochissimo...».

Non ebbe il tempo di finire la frase, perché tutta l'area sotto di loro all'improvviso prese vita: luci incastonate nel terreno si accesero e avvolsero gli edifici di un chiarore color arancio, che faceva risaltare la bellezza delle strutture in pietra.

Delicate luminarie adornavano le grondaie dei fienili e gli alberi tutto intorno. Lampade alte fino alla cintola rischiaravano i sentieri che conducevano agli edifici. Con la coda dell'occhio, Tiff vide un ramo muoversi e le parve di notare una luce nella zona boscosa.

«Non ci si stanca mai», disse Britney, mettendosi in marcia per discendere la collina.

Tiffany si guardò di nuovo intorno con attenzione e seguì Britney, ma si rese conto che non poteva proprio darle torto.

Non aveva mai visto niente di tanto bello in vita sua.

Capitolo 59

Stacey posò il telefono e tornò al suo falso profilo. Stone stava rientrando, e sperava di poterle mostrare qualcosa al suo arrivo. Le era stato detto di concentrarsi su Jake Black e Unity Farm, ma per il momento aveva avuto ben poca fortuna su entrambi i fronti.

Le ricerche sul capo della setta le avevano fatto scoprire che era figlio unico, nato in una famiglia di ricchi ereditieri dal lato del bisnonno paterno, che si era arricchito acquistando appezzamenti di terreno a poco prezzo e rivendendoli ai costruttori al momento giusto per la realizzazione di abitazioni ed espansione edilizia.

Il nonno di Jake era riuscito a sperperare gran parte del patrimonio di famiglia con investimenti sospetti oltreoceano, lasciando quel tanto che bastava per garantire al nipote un'istruzione privata nelle migliori scuole del Paese.

Quando Jake si era laureato a Cambridge, non potendo più permettersi uno stile di vita sfarzoso, i suoi genitori avevano venduto le proprietà di famiglia ed erano emigrati in Australia, lasciando il figlio, abituato a vivere in un certo agio, nella necessità di mantenersi da solo.

Per il momento Stacey non era riuscita a scoprire altro delle sue attività e sapeva che nulla di ciò che aveva trovato fino a quel momento sarebbe stato utile al suo capo; ma l'elemento che le era sembrato più interessante, dopo aver parlato con la madre di Helen Deere, era il manto di segretezza che sembrava circondare Unity Farm, ed era su questo che aveva deciso di puntare tutta l'attenzione.

Il falso profilo di Janey Taylor aveva un'aria un tantino sospetta perfino ai suoi occhi.

Aveva fatto tutto ciò che poteva per farlo sembrare vero: aveva postato foto rubate, o prese in prestito, da altri profili, e aveva condiviso post su Scientology, meditazione e yoga. Sperava che il moderatore del gruppo non avrebbe controllato con troppa attenzione prima di farla entrare.

Ci era voluto più tempo del previsto, e Penn si era offerto di occuparsi delle ricerche sulle finanze di Sheila Thorpe.

«Okay, vediamo come va», disse Stacey cliccando sulla richiesta di iscrizione.

Si appoggiò allo schienale. Non poteva fare altro che aspettare.

«Già, anch'io sono qui in attesa», disse Penn. «Gli agenti immobiliari non hanno nessuna intenzione di darmi informazioni, a parte il nome dei legali dell'acquirente. Mi hanno dato anche quelli dei legali di Sheila, che al momento stanno decidendo se sia il caso di dirmi qualcosa o no. Devono consultarsi per qualsiasi cosa, maledizione».

«E sei sicuro che i soldi della vendita della casa non siano finiti nel conto di Sheila?».

Penn scosse la testa. Quelli della banca erano stati quasi gli unici a collaborare, confermando che, dopo che Sheila aveva svuotato il proprio conto, non vi aveva versato più nulla.

Stacey notò la sua espressione assorta.

«Vorresti poter dire qualcosa a Josie Finch, vero?».

Lui annuì. «Eppure non so come possa aiutarla quel che ho scoperto. O ha perso sua madre, o ha perso sua madre».

Stacey colse la tristezza che gli passò sul volto. Sapeva che il momento della madre di Penn si stava avvicinando, ma lui non ne parlava, perciò nemmeno lei lo faceva.

«Senti, Penn, se dovessi avere...».

«Ti è arrivata una notifica?», le chiese, dando un'occhiata verso il telefono di Stacey.

Non ne era certa, ma il messaggio da parte del collega le parve forte e chiaro.

Prese il cellulare e trovò un messaggio nella posta in entrata del profilo falso.

Prima di aprirlo, però, si accorse di non avere notifiche che le segnalavano che era stata ammessa nel gruppo.

Non appena lo lesse, le fu chiaro che il mittente era furioso. Diceva:

Eric Leland, se sei di nuovo tu che cerchi di entrare con un falso profilo, vaffanculo.

Stacey rilesse il messaggio, inviato da qualcuno di nome Penny Hicks.

Be', non era riuscita a entrare nel gruppo, ma aveva ottenuto due nomi al prezzo di uno.

Capitolo 60

Quando arrivarono in fondo alla collina, due minibus si fermarono accanto alla fattoria.

«Chi sono?», chiese Tiff, vedendo uomini e donne scendere chiacchierando animatamente tra loro.

Tutti sorrisero e fecero loro cenni di saluto.

«Persone che tornano dal lavoro. Qui tutti contribuiscono in qualche modo».

Tiff notò che i veicoli potevano avere al massimo un paio d'anni. Si chiese chi avesse contribuito a comprarli.

«Vieni, voglio presentarti una persona», disse Britney prendendola per mano e stringendogliela forte. All'improvviso Tiff si sentì come se fosse tornata alle medie, pronta a correre al parco giochi con la sua nuova migliore amica.

Tiffany cercò di imprimersi nella mente la direzione presa, ma la fattoria era molto più grande di quel che si era aspettata ed era piena di gente che andava e veniva.

Si rese conto che procedevano verso il profumo più delizioso che potesse immaginare.

Il suo stomaco brontolò in apprezzamento. Quando era stata convocata nell'ufficio di Kim Stone stava proprio per andare a pranzo.

«Ah, eccoti qui», disse Britney, quando un piacente uomo dai capelli bianchi andò loro incontro. Fu subito colpita dai suoi occhi azzurri che puntavano dritto su di lei. Non ne era sicura, ma le parve di notare un velo di sospetto in quello sguardo; poi però la sua espressione lasciò spazio a un ampio sorriso e lui le tese la mano.

«Jake Black, piacere di conoscerti».

«Tiffany... Tiff», rispose lei, senza riuscire a staccare lo sguardo da lui.

«Non è solo Jake Black», aggiunse Britney. «È il fondatore di questo luogo e ci ha accolti tutti affinché potessimo condividerlo».

Jack sorrise con affetto e posò una mano sulla spalla di Britney, che lo guardò con evidente ammirazione.

L'uomo si chinò e parlò in modo confidenziale all'orecchio della ragazza. «Se fai veloce, terrò un posto al mio tavolo per voi due».

La ragazza arrossì e la prese di nuovo per mano mentre Jake si allontanava.

«Primo turno, e proprio al tavolo di Jake! Andiamo», disse, tornando fuori dalla porta d'ingresso.

Le fece strada nel cortile illuminato in modo meraviglioso, portandola al primo fienile.

«Questo è il mio», disse, prendendo la seconda porta a sinistra.

Era una camera piccola, semplice, non spiacevole. Un letto singolo, una toeletta e un comodino erano gli unici elementi di arredo.

«Lascia qui lo zaino, prima che il cibo si freddi».

Tiffany infilò la mano nella tasca laterale e prese il cellulare.

Britney scosse il capo. «Devi lasciarlo qui. Anzi, in realtà va spento. Qui non usiamo telefoni».

Con riluttanza, Tiffany obbedì e rimise il cellulare nello zaino. Poteva vivere senza, mentre mangiava. Lo avrebbe recuperato dopo.

Era giunto il momento di passare all'azione.

«Come mai hai parlato di turni?», chiese a Britney seguendola fuori dalla porta.

«Siamo circa cento persone e la sala da pranzo ne contiene solo cinquanta, quindi ci sono due turni per ogni pasto. Il primo è sempre migliore: il cibo è più caldo e hai la prima scelta. Il secondo è tiepido, e tutte le cose più buone non ci sono più».

A Tiffany non sembrava molto equo. La mensa della polizia a Halesowen non era fantastica, ma era sempre identica, che ci si trovasse in fila per primi o per ultimi.

«E come funziona, prima gli anziani, i giovani o...».

Britney rise mentre rientravano nella fattoria. «No, ci si basa sulle prestazioni. Il turno è assegnato a seconda del contributo che si dà».

Tiffany notò le locandine motivazionali incorniciate, che sembravano tappezzare tutte le pareti. Sassolini, sole che sorge, spiagge, prati, foreste e slogan come "pace", "appagamento" e "motivazione".

«E come si...».

«Shhh, qui si mangia in silenzio, apprezzando il cibo», disse Britney entrando nella sala da pranzo.

Alla sua sinistra c'erano tavoli su cui erano sistemati dei vassoi riscaldati, con dietro tre donne che servivano le porzioni alla gente in fila. Il resto dell'ambiente era occupato da cinque tavoli che potevano ospitare dieci persone ciascuno. Jake Black era già seduto a quello principale, con due posti liberi alla sua sinistra.

La fila avanzò in fretta, e all'improvviso Tiffany si ritrovò davanti alla fonte del profumo delizioso che aveva sentito poco prima.

«Mmm, il mio piatto preferito: braciole di maiale in salsa di cipolle con purè di patate».

Tiffany si sentì delusa. L'odore prometteva molto di meglio che delle semplici braciole con il purè.

«Aspetta e vedrai», mormorò Britney con un sorriso.

La seguì tra i tavoli fino al luogo in cui era seduto Jake Black. Tutti coloro cui passò accanto sorrisero e le salutarono con cenni del capo.

Senza parlare, Jake indicò a Tiffany di sedersi accanto a lui. Tiff notò l'espressione di dispiacere che passò rapida sul volto di Britney un attimo prima che si accomodasse sull'altra sedia.

Tiff si sedette, sforzandosi di non lasciarsi innervosire dalla mancanza di qualsiasi rumore a parte quello delle posate sui piatti. Era una differenza netta dal modo in cui si svolgevano i pasti a casa sua. Con quattro fratelli, somigliava all'ora della distribuzione del cibo allo zoo: sua madre cucinava cose diverse per i suoi fratelli, che cambiavano sempre idea e volevano uno il piatto dell'altro; c'erano crisi di nervi, lamentele, lanci di cibo. Sì, in effetti il silenzio a tavola non era così male.

Tagliò un pezzo di maiale e vi aggiunse un po' di purè. Il sapore che sentì fu paradisiaco. La carne era morbida e saporita, condita con qualcosa che non aveva mai assaggiato in vita sua. Le cipolle erano tagliate a fettine sottilissime che accentuavano il gusto del maiale. Al purè erano stati aggiunti pezzetti di burro vero, aglio, formaggio cremoso ed erba cipollina.

Lanciò uno sguardo a Britney, che le rivolse un sorriso d'intesa, come a dire "te l'avevo detto". In effetti aveva proprio ragione, dovette ammettere Tiff, prendendo un altro boccone. Il suo stomaco ruggì per la gioia, e se qualcuno se ne accorse, non ne diede segno. Prese un'altra forchettata giurando a sé stessa che avrebbe ripulito il piatto.

Jake finì di mangiare, lasciando solo una strisciolina di grasso di maiale da un lato.

Puntò lo sguardo verso la porta e il suono di flauti di Pan filtrò nella sala.

Il silenzio svanì, perché tutti cominciarono a parlare tra loro mentre mangiavano.

E così Jake Black amava mangiare in silenzio, sospettò Tiff, infilzando un altro pezzetto di maiale.

«Allora, Tiffany, cosa ti porta a Unity Farm?», chiese lui, guardandola.

Lei masticò la carne che aveva in bocca mentre Jake attendeva la risposta.

«Britney mi ha offerto un posto dove stare per qualche ora. Non avevo voglia di tornare a casa».

Aveva detto la verità.

«Perché no?», le domandò, protendendosi verso di lei dato che il volume delle chiacchiere al loro tavolo stava aumentando.

Di malavoglia, Tiff posò forchetta e coltello. Non poteva continuare a mangiare quando quell'uomo desiderava conversare con lei.

«Ho litigato con mia madre».

Lui annuì, comprensivo. «Le famiglie sono complicate. Ci aspettiamo sempre che le persone che hanno legami di sangue con noi facciano la cosa giusta».

Sì, se sua madre avesse detto a Ryan che poteva dormire nello stanzino, avrebbe fatto la cosa giusta.

«Spesso ci deludono, ma sai perché succede?».

All'improvviso Tiffany ebbe la sensazione che fossero soli in quella sala. Quando lui riprese a parlare, non riuscì più a sentire le voci degli altri.

«Ci si aspetta che i membri della famiglia amino gli altri allo stesso modo, invece non è così. I genitori hanno delle preferenze: magari un figlio è più carino, più simpatico o più intelligente. Vengono favoriti, ed è dura per i fratelli che restano disparte. La sensazione di essere inadeguati per i propri genitori può condurre a un'esistenza infelice. I bambini che non hanno ricevuto amore cercano l'approvazione degli altri per tutta la vita».

Tiff lo ascoltava con attenzione. Aveva ragione. Lei stessa continuava a cercare approvazione.

Le sfiorò la mano. «Arriva un momento in cui è necessario prendere il controllo della situazione, decidere che basta così e che l'approvazione non è più importante». Fece una pausa e inclinò il capo, con un lieve sorriso sulle labbra. «Se i tuoi non riescono a capire quanto sei speciale sono solo degli sciocchi, e sono loro a perderci, non tu».

Tiffany sentì la commozione raccogliersi in fondo alla gola.

Jake le strinse ancora una volta la mano prima di alzarsi.

«Amici, ascoltate», disse a gran voce. Si voltarono tutti. «Questa è Tiffany, o Tiff. Vi prego di accoglierla e di farla sentire a casa. È un'amica speciale di Britney».

Tutti annuirono e sorrisero. Jake le rivolse un ultimo sorriso, lasciando il tavolo e allontanandosi.

Tiff sarebbe stata felice di sentirlo parlare ancora per un po'.

«Gli piaci», disse Britney finendo il cibo nel piatto. Tiff guardò il suo con tristezza, perché si era freddato.

Nel preciso istante in cui Jake sparì alla vista, le tre donne portarono via le teglie.

«Dove vanno?», chiese Tiff. Il secondo turno doveva ancora mangiare.

«A prendere il resto del cibo».

«Ma ne era avanzato tantissimo», notò lei, vedendo portar via l'ultima parte di maiale e purè. Erano state tra gli ultimi della fila, e la terza teglia era ancora quasi piena.

«Non ci pensare», rispose Britney, alzandosi. «Voglio farti fare un giro».

Tiffany la seguì fuori dalla sala mentre le donne portavano dentro due enormi casseruole e le posavano sul tavolo. Non avevano il coperchio.

Tiff notò che erano piene di riso e fagioli.

Capitolo 61

«Okay, ragazzi, un rapido aggiornamento», disse Kim di ritorno dalla riunione con Woody. Era molto agitato all'idea che il corpo rinvenuto non fosse la persona che stavano cercando, ma aveva dovuto concedere che i sommozzatori si trattenessero un altro giorno.

«Non riesco a credere che non fosse Sheila», fece Penn, passandosi una mano tra i riccioli scompigliati.

«Ehi, il tuo lavoro ci ha permesso di avviare le ricerche nel lago e ci ha fatto trovare un corpo che non ci aspettavamo. A proposito, è un uomo», precisò Kim. Aveva ricevuto un messaggio da Keats mentre andava a parlare con Woody.

«Mi domando se si chiami Eric Leland», aggiunse Stacey.

«Perché?», chiese Kim, incrociando le braccia. Quel nome non le diceva nulla.

Stacey le spiegò del gruppo Facebook e dei due nomi che aveva ottenuto.

«Domattina mettitici subito», le ordinò Kim. «Trovato qualcosa su Jake Black e Kane Devlin?».

Kim vide la sua espressione insoddisfatta. Ormai la conosceva abbastanza bene da sapere che faceva quella faccia quando aveva la sensazione di non essersi guadagnata la pagnotta.

«Jake Black proviene da una famiglia molto ricca sulla carta, ma in realtà molto povera. I suoi genitori hanno venduto le loro proprietà per fargli avere una buona istruzione e poi se la sono squagliata in Australia, per cominciare una nuova vita. Jake è rimasto, ma da quel momento le informazioni su di lui si fermano, mentre sembra che Kane Devlin non esista nemmeno», disse allargando le braccia.

«Ti succede spesso?», le chiese. In genere Stacey era capace di trovare il passato di chiunque.

Lei si strinse nelle spalle. «Alcune persone sono in grado di vivere completamente offline, soprattutto se si impegnano molto. Per farlo bisogna stare alla larga dai guai e dai social media».

Kim non riusciva a immaginare Kane come il genere di persona che posta le foto della cena su Instagram.

«Certo, potrebbe usare un nome falso», riprese Stacey. «In fondo non credo abbia dovuto mostrare i documenti alla famiglia Brown, e loro sono l'unico collegamento che abbiamo».

«Continua a cercare, Stace. Non mi piace usare Myles Brown come intermediario».

Lei annuì.

Kim si rivolse a Penn. «Novità dal lato finanziario?»

«Sono ancora in attesa, capo. Tutela dei dati sensibili».

Kim lo capiva. A volte nelle indagini si sbatteva contro un muro, perché quasi tutti si nascondevano dietro quella legge.

«Riprendi domani, adesso è ora di andare a casa».

Erano quasi le sette, e avevano sulle spalle un turno di dodici ore.

«Capo...», disse Stacey, con un cenno della testa verso la scrivania vuota. «Bryant sta bene?».

Aveva notato lo sguardo incuriosito di Penn correre dietro di lei quando Bryant non l'aveva seguita nella stanza.

«Tutto a posto, ha solo una piccola questione da risolvere su una vecchia indagine».

Notò il sollievo sui loro visi e capì.

Per molti versi, Bryant era il loro collante. Era solido, affidabile, non era soggetto a sbalzi d'umore e il suo comportamento metteva le persone a loro agio. In un modo o nell'altro, tutti contavano su di lui.

«Okay, per oggi basta così. Fuori».

Kim aveva appena il tempo per tornare a casa, prendere Barney, dargli da mangiare e fargli fare una passeggiata prima di...

«Capo», disse Stacey. «Ho richiesto una macchina. Aspetterà Tiff al...».
«Annullala», le rispose prendendo la giacca.
«Ma capo... le abbiamo detto...».
«Stace, è tutto a posto. Annulla l'auto e basta», ribatté, uscendo.
Aveva deciso di andare a prendere Tiffany di persona.

Capitolo 62

Non erano nemmeno le sette e Tiff era già sfinita.
Britney le aveva fatto fare un giro vorticoso di tutta la struttura. Era entrata e uscita da ogni edificio, tranne il piccolo fienile in fondo, che a quanto pareva non era ancora stato terminato. Aveva visto la sala yoga, la sala meditazione, la sala per la cristalloterapia, la sala massaggi, la sala lettura, la sala per l'introspezione, la sala per la cromoterapia e quella del reiki.
«C'è una sala tivù?», chiese Tiff.
Dopo un lungo turno da agente di polizia, spesso tornava a casa e si rilassava con un paio d'ore di programmi senza pretese.
«Parli proprio come una zombie», commentò Britney affondandole le dita nelle costole.
Tiff rise: non le sembrava possibile di conoscere quella ragazza solo da poche ore. «Chi sono gli zombie?», si ricordò di chiedere.
Trovava sempre più difficile tenere a mente che in teoria non doveva sapere nulla di quel luogo.
«La gente là fuori», rispose lei, muovendo il capo per farle capire che dovevano uscire. «Sai che i televisori hanno ucciso la conversazione? Perché starsene seduti a guardare altre persone fare delle cose, quando potresti farle tu stessa?»
«Stai dicendo che qui non esistono televisori?».
Lei scosse la testa. «Niente computer, niente smartphone, niente tablet né...».
«E come fate a sopravvivere?»

Britney la guardò ridendo. «Pensi davvero di aver bisogno del 3G per restare in vita?»

«Be', ora c'è il 5G», la corresse Tiff. «E non intendevo sopravvivere dal punto di vista fisico, ma solo fare le cose».

«Il tuo cellulare di quando è?», chiese Britney, mettendosi seduta tra le luminarie in cortile.

Tiff la imitò. «Ce l'ho da circa un anno», rispose.

«E per cosa lo usi?»

«Per i social, scatto foto e le carico su Insta...».

«Foto di cosa?»

«A dire il vero, un po' di tutto».

«Perché?»

«Forse mi piace condividere».

«Quanti anni avevi quando hai avuto il tuo primo telefono?»

«Undici, mi sembra».

Era il vecchio Nokia di Ryan, che ne aveva ricevuto uno nuovo dalla mamma.

«E prima di averlo non eri morta».

«Tutti i miei amici lo avevano già...».

«Ah, e siccome loro lo avevano, ne volevi uno anche tu?»

«Credo di sì», rispose Tiff, cui quella conversazione non dispiaceva affatto.

Il tono di Britney non era giudicante o aggressivo, solo divertito.

«Interessante. Okay, e cos'altro ci fai?»

«Mando messaggi, uso il navigatore per orientarmi, ordino cose su Amazon, faccio ricerche per i progetti per l'università», aggiunse, per sicurezza. «Ci faccio di tutto, direi».

«Ma che cos'è?», chiese Britney, inclinando il capo.

«Che cosa intendi? È un telefono».

«Eppure non hai detto che lo usi per telefonare».

Tiff aprì la bocca per rispondere, ma la richiuse. Era vero: non ricordava nemmeno quando fosse stata l'ultima volta in cui l'aveva usato per chiamare qualcuno, anche se lo teneva acceso ventiquattro ore al giorno.

«Ho un'altra domanda, però», riprese la giovane. «Quasi tre ore fa ti ho chiesto di spegnerlo e di lasciarlo nella mia stanza. Così hai fatto, e da quel momento quanto ci hai pensato?».

Oddio, sul serio erano passate tre ore? Con sua grande sorpresa, non aveva pensato al telefono nemmeno una volta. In genere lo guardava ogni dieci, quindici minuti.

«Voglio chiederti una cosa, ma devi rispondere di getto. Di' la prima parola che ti viene in mente, okay?».

Tiff annuì.

«Come ti sei sentita nelle ultime ore?»

«Rilassata», rispose senza riflettere. Ed era vero. Senza cellulare, era stata consapevole del fatto che nessuno poteva raggiungerla, assolutamente nessuno. Era sola e indipendente. Non controllava quel che facevano gli amici né rispondeva ai commenti e ai post in cui era taggata. Era sicura che le notifiche si stavano accumulando, ma non le importava. Le avrebbe guardate più tardi, quando si fosse sentita a suo agio e pronta.

«Ti rendi conto di esserne diventata schiava?».

Tiff annuì. Se si allontanava dal cellulare per più di mezz'ora, entrava nel panico. Perché?

Non aveva una risposta.

«Fai un bel respiro», le consigliò Britney. «Guarda ciò che hai davanti agli occhi e goditelo».

Tiffany emise un lungo sospiro e si guardò intorno. Lo scintillio delle luminarie era ipnotico, ammaliante.

«È bellissimo, davvero», disse, osservando le luci danzare sopra la testa di Britney.

«Questo è il mio posto preferito», convenne lei. Un sorriso si allargò sul suo volto e in quel momento si avvicinò una ragazza esile che aveva in mano un golf verde pesante. Sorrise a Tiff e consegnò l'indumento a Britney.

«Grazie, Brit. Oggi al negozio mi ha tenuta al caldo».

Lei non provò a prenderlo. «Anche domani sei alla vendita di verdure, Maisie?».

La ragazza annuì.

«Allora tienilo ancora, va bene?»

Maisie si chinò e diede un bacio sulla guancia alla ragazza dai capelli rossi. «Grazie, Brit. Sei la migliore».

Britney arrossì per il complimento e alzò gli occhi al cielo mentre Maisie si allontanava.

«Allora, come hai trovato questo posto?», chiese Tiff, sentendosi abbastanza sicura da fare quella domanda.

«È stato lui a trovare me», rispose lei, lo sguardo fisso sulle luminarie ipnotiche. «Lorna, una ragazza che vive qui, mi ha trovata mentre mi preparavo a dormire sulla soglia di un panificio, in città. Ha rischiato di inciamparmi addosso mentre apriva due scatoloni».

Quelle parole gettarono un velo di tristezza su Tiffany, stupita non solo di come fosse arrivata a un punto del genere, ma anche della tranquillità con cui lo raccontava. Cercò di immaginare Britney affamata e stanca, da sola in una notte fredda e buia, che cercava di dormire in mezzo ai predatori. All'improvviso, lo stanzino di casa sua non le parve poi tanto male.

«Lorna non era come gli altri buonisti che cercavano di parlarmi», riprese. «Non mi ha messa alla prova, non mi ha chiesto come fossi finita in quella situazione e mi ha offerto un letto per la notte».

«E da allora non sei mai andata via?», chiese Tiff.

Britney sorrise e si strinse nelle spalle. «Perché avrei dovuto? Lorna mi ha trovata nel momento peggiore della mia vita. Non avevo una famiglia, avevo derubato tutti i miei amici. Avevo preso delle pessime decisioni. Non possedevo nulla, a parte gli abiti che avevo indosso, e non sapevo quando sarei riuscita a procurarmi da mangiare. La fattoria mi ha dato tutto ciò di cui avevo bisogno e ha cambiato per sempre la mia vita».

Tiffany aveva una gran voglia di farle tante altre domande su come fosse arrivata a quella condizione, ma sulle labbra della ragazza era comparso un sorriso cospiratorio.

«Ehi, vogliamo ripassare dalla mia stanza, preparare una cioccolata calda, prendere una coperta e tornare qui a guardare le stelle?».

L'emozione di Britney per quel piacere tanto semplice era contagiosa e Tiff non poté fare a meno di accettare.

Tornarono in camera, dove Britney tirò fuori un bollitore da viaggio e un paio di piccole tazze. Dal comodino prese due bustine.

«Sono le ultime due», disse, aprendo la confezione con i denti.

Tiffany provò uno strano senso di commozione all'idea che usasse le ultime bustine rimaste. Mentre la ragazza versava l'acqua, Tiff colse l'occasione per controllare i messaggi sul cellulare.

Infilò una mano nella tasca laterale dello zaino. Era vuota.

Era pronta a giurare di averlo messo lì, ma erano uscite così di fretta dopo essere passate in camera, prima, che poteva essersi sbagliata. Controllò dentro la zip e poi nello scomparto principale. Due volte.

No, non c'erano dubbi.

Il suo cellulare era sparito.

Capitolo 63

Bryant parcheggiò all'interno di Hindlip Hall, una struttura imponente che ospitava il distretto di polizia della West Marcia dal 1967.

Mentre avanzava verso l'edificio, non poté fare a meno di paragonare la facciata color biscotto con le finestre a ghigliottina con la sua stazione di polizia, di cemento grigio, nel centro della città di Halesowen.

Dopo essere stata ricostruita in seguito a un incendio, nel 1820, la proprietà era stata una casa di famiglia, una scuola femminile, e durante la seconda guerra mondiale era stata occupata dal ministero del Lavoro; ora ospitava sia il quartier generale della polizia, sia i vigili del fuoco di Hereford e Worcester.

Ricordava qual era la strada per la sala operativa perché le due squadre avevano lavorato insieme a un'indagine per crimini di odio. Una persona della sua aveva quasi rischiato di morire, ma si era salvata grazie a un'intuizione di Penn. Eppure, mesi dopo, avevano davvero perso un collega.

C'erano ancora giorni in cui Bryant si aspettava di vedere il vecchio compagno seduto alla scrivania più vicina alla porta, e a dire il vero gli mancava il modo di fare impertinente e arrogante del detective; ma se era proprio necessario che qualcuno occupasse il posto di Dawson, era felice che fosse Penn.

Si mise al collo il pass temporaneo che gli era stato consegnato all'ingresso e aspettò che lo lasciassero entrare nel corpo principale dell'edificio. Si fidavano abbastanza di lui da lasciarlo girare per la struttura, ma non da permettergli di entrare e uscire in autonomia.

Raggiunse il terzo piano e bussò prima di entrare. La porta della sua sala operativa non era quasi mai chiusa, ma quando entrò capì subito perché questa volta lo era.

Fece un cenno di saluto a Travis, che era in fondo alla stanza, accanto a una serie di foto della vittima.

Distolse per un attimo lo sguardo e osservò in giro.

Lynne era l'unica agente che riconobbe. Lei lo salutò agitando appena la mano, poi riportò l'attenzione su Travis.

«Per chi di voi non lo sa, lui è il detective sergente Bryant della squadra di West Mids, che ha lavorato all'indagine per stupro e omicidio di Wendy Harrison più di venticinque anni fa».

Alcuni si voltarono e fecero cenno di aver recepito, ma la gran parte degli agenti voleva solo chiudere quell'ultima riunione prima di andare a casa.

Li capiva. Il primo giorno di qualsiasi indagine per omicidio era il più straziante. Venivano esaminate le ferite nel dettaglio, e a volte si trattava di elementi brutali, terrificanti, che dovevano essere osservati, considerati, analizzati. La mente doveva assorbire minuziosamente le informazioni e cercare indizi. Bisognava informare i familiari, mostrare loro empatia, interrogarli nel momento più terribile della loro vita. Ed era evidente che quella squadra era appena passata dal tritacarne.

«Okay, da una prima analisi sappiamo che l'aggressione è identica a quella di Wendy Harrison. La nostra vittima si chiama Alice Lennox. Aveva ventidue anni, una lavoratrice notturna. Era molto riservata, ma le altre hanno confermato che è andata a comprare un pacchetto di sigarette e non è più tornata. Il suo corpo mutilato è stato trovato a Spinners Corner, alle nove di questa mattina. I punti di contatto con l'altra aggressione non sono casuali, sono identici», aggiunse Travis, indicando la lavagna. «Oltre allo stupro, sono stati fatti dei tagli nella parte interna delle gambe di Alice, e sono uguali a quelli inferti a Wendy».

Bryant si costrinse a guardare i tagli che partivano dall'inguine e scendevano fino alla caviglia, come se si fosse aperta la cucitura della pelle.

Vide le croci incise nei punti in cui quel bastardo l'aveva torturata facendole altri tagli più piccoli. Notò anche le chiazze di sangue sulle gambe. Il sangue era colato dalla ferita sulla gamba sinistra, dall'alto verso il basso. Sulla destra, aveva rallentato all'altezza del ginocchio. Ciò significava che quella poveretta era stata viva per gran parte del tempo durante le incisioni e che doveva essere morta dissanguata.

Cercò di ricacciare indietro la collera che sentiva aumentare sempre di più. Scarcerare Peter Drake era stato un errore enorme, e quella povera ragazza ne aveva pagato il prezzo.

«L'autopsia completa è domattina alle nove. Nel frattempo andate tutti a casa e...».

«Non lo arrestate stasera?», intervenne Bryant.

Travis lo fulminò con lo sguardo e lui si morse la lingua mentre la squadra usciva dalla stanza.

Passandogli accanto, Lynne gli strinse un braccio.

«Travis, che diavolo succede?»

«Calmati, Bryant», rispose lui, chiudendo la porta.

«Ma sapete già chi è. Praticamente ha lasciato una firma. Il delitto non potrebbe essere più simile».

Bryant era sicuro che, se non l'avessero sbattuto dentro all'istante, un'altra notte avrebbe significato un'altra morte.

«Lo stiamo sorvegliando. Se esce dal centro di recupero lo sapremo subito, solo che al momento abbiamo un piccolo problema».

«E sarebbe?»

«Stavolta non l'ha violentata con il pene. Ha usato qualcosa, ma non una parte del suo corpo».

Bryant chiuse gli occhi: sapeva già cosa stava per dire Travis.

«Quindi al momento non abbiamo nessuna prova che lo colleghi al caso».

Capitolo 64

Kim controllò l'orologio per quella che doveva essere la centesima volta. Mancavano due minuti alle dieci. Aveva parcheggiato lungo la strada, tenendosi pronta, alle 21:35.

«Arriverà da un momento all'altro, capo», disse Stacey al suo fianco.

Appena le aveva detto che sarebbe andata di persona a prendere Tiff, Stacey le aveva chiesto se poteva accompagnarla.

«Prova a chiamarla, Stace», disse Kim. Per essere lì alle dieci, ormai doveva essersi allontanata dall'edificio. Era una passeggiata di qualche minuto lungo il sentiero sterrato.

«Spento, capo», fece Stacey, cercando di mantenere un tono di voce tranquillo.

Mancava un minuto.

«La uccido, lo giuro», dichiarò Kim, controllando nello specchietto retrovisore.

«Si sarà dimenticata di riaccenderlo, capo. Non voleva che qualcuno la chiamasse, tradendo la copertura».

«È per questo che esiste l'impostazione senza suoneria, Stace», disse Kim. Non esistevano scuse per aver eliminato l'unico canale di comunicazione che avevano.

Guardò di nuovo l'orologio.

Erano le dieci in punto.

«Dov'è, Stace?», chiese Kim, tamburellando sul volante.

«Riprovo a chiamare», fece lei.

Kim aspettò.

«Niente», disse Stacey.

Kim mise in moto. Decise che avrebbe imboccato il vialetto, acceso i fari e controllato se Tiff fosse in arrivo.

«Dio santo, capo», esclamò Stacey quando fece inversione al centro della strada.

Sperava di vedere la sagoma di una persona che camminava accanto all'erba, diretta verso di lei.

Avanzò lenta verso lo sterrato e vi svoltò.

I fari illuminarono la strada irregolare fino a dove era visibile, prima di entrare nella zona boscosa. Tiff non c'era.

«Maledizione», disse. «Dove diamine è finita?»

«Che facciamo, capo?», chiese Stacey senza riuscire più a nascondere l'ansia, cosa che non aiutò affatto Kim a convincersi che stesse esagerando. Qualcosa doveva essere andato storto. Come diavolo le era venuto in mente di mandare quella ragazza là dentro da sola?

«Okay, Stace, se preferisci puoi scendere, ma ho intenzione di puntare verso quel maledetto capanno con la macchina e tirarlo giù a...».

Lo squillo del suo cellulare la interruppe.

Il display diceva che era un numero sconosciuto.

Rispose, mettendo il vivavoce.

«Ciao, mamma, sono Tiff», disse la sua voce allegra all'altro capo della linea.

Kim fu invasa dal sollievo.

Mamma?

«Tiffany, dove diavolo...».

«Scusa se non ho chiamato prima, mamma, ma ho perso il telefono. Senti, scusami per le cose che ho detto prima. Non volevo, e poi non avevo voglia di tornare a casa subito, ho pensato fosse meglio aspettare che ci fossimo calmate tutte e due».

«Tiff, stai bene?», chiese Kim.

«Tutto bene, mamma. Sono con un'amica... No, non la conosci. Si chiama Britney Murray, siamo in un rifugio, e prima che tu me lo chieda sì, ho mangiato. Siamo state così fortunate da sederci al primo turno e senti qua... Ah, non posso trattenermi a lungo, volevo solo farti sapere che sono con tante persone gentili che si stanno prendendo cura di me».

«Tiff, sei sicura di stare bene?», insisté lei, il piede ancora sospeso sul pedale dell'acceleratore.

Tiff rise. «Giuro, tutto okay. Non devi preoccuparti. Domani ne parliamo con calma».

«Domani?», chiese Kim, guardando Stacey.

«Sì, mamma. Queste persone adorabili mi hanno invitata a dormire qui».

Capitolo 65

Kim non aveva fatto che pensare a Tiffany per tutta la notte e lo stava facendo anche in quel momento, mentre si preparava per la riunione del mattino. Non si era allontanata dalla fattoria fino a quando Stacey non le aveva confermato che Tiff sembrava stare benissimo e non parlava come se l'avessero costretta a fare quella chiamata.

Una parte di lei avrebbe voluto abbattere quel capanno e tirar fuori Tiffany nonostante la telefonata, ma dopo aver esaminato più volte la conversazione nella sua mente, era stata costretta ad ammettere che l'agente sapeva quel che faceva.

Ripercorrere le parole che si erano scambiate l'aveva aiutata a convincersi che Tiff non stava inviando una richiesta di aiuto. Stava bene, e la sua voce lo confermava.

L'unico elemento preoccupante riguardava il suo cellulare. Come aveva fatto a perdere la loro unica fonte di comunicazione?

Anche Woody era preoccupato, e Kim doveva escogitare qualcosa da mettere in atto nel corso della giornata.

«Okay, allora, Stacey vi ha aggiornati sulla situazione di Tiffany. Qualcuno ha idee?»

«A parte che avremmo dovuto tirarla fuori di lì comunque?», disse Bryant.

«Certo, ma come hai detto tu stesso ieri, dobbiamo confidare nel fatto che è una donna di ventiquattro anni che recita la parte di una ragazzina, e che sa cosa sta facendo».

L'istinto paterno di Bryant era in allerta, considerato che aveva una figlia più o meno di quell'età.

«Sapeva di avere poco tempo a disposizione per parlarti, quindi ogni sua parola deve avere avuto un significato preciso», osservò Penn.

«Ci ha dato nome e cognome di Britney e ha sottolineato più volte che stava bene e che si stavano prendendo cura di lei», disse Kim.

«E stavo riflettendo su ciò che ha detto a proposito del cibo», aggiunse Stacey. «Era strano sottolineare che si erano sedute al primo turno».

«Forse il primo è diverso dal secondo», provò Penn.

Bryant era pensieroso. «Sapete, quando ero bambino...».

«Il cibo che mangiavi era sempre crudo perché il fuoco non era ancora stato inventato?», scherzò Stacey.

Lui sorrise. «Ehi, Stace, hai mangiato del cibo vero a colazione? Sei di un umore...».

«Continua, Bryant», intimò Kim, mentre la detective gli faceva la linguaccia.

«Be', mio padre lavorava in fonderia fino a tardi. Mia madre gli preparava la cena tutte le sere e non ci era permesso toccare il cibo fino a quando lui non si era riempito il piatto».

«Quindi stai dicendo...».

«Che potrebbe esserci una gerarchia per il cibo. Chi lavora meglio mangia per primo».

«Niente di sconvolgente, no?», chiese Kim.

«Lo stomaco di Tyler era pieno di riso e fagioli», le ricordò Penn.

Kim continuava a essere impassibile.

«È una sottigliezza, capo», riprese lui. «Ma il controllo dell'alimentazione è uno strumento molto potente. Parliamo di un bisogno primario che...».

«Okay, okay, per ora basta così su questa storia. Dobbiamo metterci in moto. Stace, hai un indirizzo di Eric Leland?».

Era molto curiosa di sapere perché fosse una persona non gradita nel gruppo Facebook.

«Sì, ho già mandato tutto sul telefono di Bryant. Ha ventisette anni e ha precedenti per droga e atti violenti. L'ultimo arresto risale a quattro anni fa. Da allora, nessuna notizia».

«Okay, oggi partiremo da qui. Stace, voglio saperne di più su Kane Devlin e Britney Murray. Lavorerai solo a questo».

«Capito, capo».

«Penn, so quanto ami le autopsie ben fatte, quindi sappi che Keats sta per eseguire quella del nostro terzo cadavere. Subito dopo le nove. Dopo, devi rimetterti sulla questione dei soldi. Centocinquantamila sterline sono un po' troppe per sparire nel nulla. Voglio sapere dove sono andate a finire».

«Sarà fatto, capo».

Kim andò nella Conca a recuperare la giacca e si fermò.

Nonostante la spavalderia che aveva dimostrato e tutte le giustificazioni per il fatto che Tiffany si trovasse ancora a Unity Farm, continuava a pensare che sarebbe dovuta entrare là dentro e portarla via.

Capitolo 66

Tiffany si svegliò sentendosi scuotere con delicatezza per un braccio.
«Forza, dormigliona, o ci perderemo la colazione»
Britney la guardava con un ampio sorriso contagioso.
Per un qualche miracolo, quando la sera prima erano rientrate nella camera di Brit, avevano scoperto che vi era stato sistemato un altro letto.
Sul letto c'erano un pigiama morbido nuovo di zecca, una vestaglia, delle pantofole e una confezione chiusa di biancheria intima nuova sotto un sacchettino che conteneva degli articoli da toeletta.
Ricordava di essere crollata sul letto e di essersi addormentata all'istante.
Non aveva idea di che ore fossero, ma non si era svegliata una sola volta.
«E se per caso te lo stai chiedendo, russi», aggiunse Brit mentre Tiff si alzava.
«Non è vero».
«Invece sì: non russate molto sonore, ma delicate, da piccola lady», fece lei e cominciò a imitarla.
Tiff scoppiò a ridere.
«Be', visto che non fai più in tempo per la doccia, vestiti al volo e corriamo a mangiare qualcosa».
Tiff fece per prendere il cellulare, ma si ricordò che era scomparso. Britney l'aveva aiutata a frugare tra le sue cose, poi era andata a informare Jake e una certa Lorna che era stato smarrito un

telefono. Era convinta che le fosse caduto dallo zaino e che qualcuno l'avrebbe trovato e riconsegnato.

Tiff sapeva che in quel momento non poteva farci nulla.

Non correva rischi, e con sua grande sorpresa si rese conto di avere una fame da lupi. Se il servizio prevedeva gli avanzi della carne con il purè della sera prima, non avrebbe battuto ciglio.

Si vestì di corsa, mentre Britney si voltava per preparare il suo zaino».

«Ah, Brit, possiamo controllare se il mio telefono...».

«Sì, chiederemo a Jake mentre usciamo», rispose lei, avvicinandosi alla porta. «Vieni, ci aspetta una giornata intensa».

Tiff si infilò la seconda scarpa da ginnastica e le corse dietro.

Britney controllò l'elenco appeso al muro e sorrise. «Primo turno».

Grazie al cielo, pensò Tiffany. Era come se le sue viscere avessero deciso di masticarsi da sole.

Un rapido sguardo le confermò che Jake era di nuovo al tavolo principale, che era pieno. Britney fece finta di non accorgersene, ma l'espressione delusa che le passò sul viso fu cancellata quando batté le mani di fronte al buffet per la colazione. Dai cenni di saluto e dai sorrisi delle persone già sedute, Tiff notò che erano quasi tutte le stesse della sera precedente, con qualche differenza.

Un altro elemento diverso rispetto alla cena era un tavolo aggiunto in fondo alla fila, su cui erano disposte alte pile di panini confezionati.

«Cosa sono quelli?», mormorò, perché tutti mangiavano in silenzio.

«Pranzi pronti per i lavoratori», sussurrò Brit di rimando, prendendo il piatto colmo di salsicce, bacon, uova, fagioli, crocchette di patate e pane tostato. Tiff fece cenno alla donna dai capelli scuri che avrebbe preso lo stesso. Sentì l'acquolina in bocca mentre le riempivano il piatto.

Seguì Britney agli ultimi due posti del tavolo in fondo.

A dire la verità, non le interessava dov'era seduta: voleva solo mangiare.

Il silenzio non la disturbò nemmeno stavolta. Le dava l'opportunità di concentrarsi e assaporare quel cibo delizioso.

Quando si sentì toccare una spalla, si rese conto che non aveva mai alzato gli occhi dal piatto.

Sollevò lo sguardo e si trovò davanti i freddi occhi azzurri di Jake Black, che le sorrideva.

Oh no, non di nuovo.

«Tiffany, so che oggi tornerai a casa, ma ho riflettuto a lungo sulla nostra conversazione di ieri sera e mi piacerebbe molto poter parlare ancora con te. Penso di poterti aiutare, quindi se tornerai con Britney sarò felice di riprendere la chiacchierata».

Lei annuì, Jake le sorrise e si allontanò.

La musica dei flauti di Pan cominciò a filtrare nella sala e le persone cominciarono a parlare tra loro.

Si domandò cosa mai volesse dirle Jake.

Ci avrebbe pensato più tardi.

In quel momento, voleva solo mangiare.

Capitolo 67

«Niente male», disse Kim quando Bryant parcheggiò di fronte a una casa indipendente nei sobborghi di Kingswinford.

Se quella era la casa di Eric Leland, non si poteva dire che le eventuali attività criminali su cui stavano indagando fossero il risultato di un'infanzia difficile.

Sulla ghiaia del vialetto d'accesso c'era una Lexus color argento.

Kim bussò alla porta e le fu aperto all'istante.

La donna che si trovò davanti aveva quasi cinquant'anni, i capelli tagliati in un caschetto con la frangia. Il viso era ben truccato, e indossava un tailleur con la gonna color rosa cipria. I tacchi su cui camminava erano del tipo che Kim non avrebbe mai indossato.

«Signora Leland?», domandò.

«Sì», rispose lei, prendendo una borsa oversize.

«Eric è in casa?»

«No, mi spiace. Chi lo cerca?».

Entrambi le mostrarono il tesserino.

«Possiamo entrare?», riprese Kim.

«Certo, ma Eric ora non c'è».

«Quando dovrebbe tornare?»

«Agente, mio figlio ha ventisette anni. Non mi informa sui suoi spostamenti».

«Be', potremmo parlare un momento con lei? Magari nel frattempo rientrerà».

«No, è... uhm... aspettate, faccio una telefonata. Ho una riunione molto presto».

«Grazie», disse Kim, entrando nella stanza che lei le aveva indicato mentre si allontanava con il telefono in mano.

Kim si sentì subito a disagio in quell'ambiente, arredato nelle più diverse sfumature di bianco. Ogni cosa puntava o richiamava il pianoforte accanto alla finestra.

Le foto di un bell'uomo, della signora Leland e di un ragazzino nelle varie fasi di crescita sembravano osservarla.

«Okay, riunione spostata», dichiarò la signora Leland raggiungendoli. «È proprio vero che a tutti piace pensare di essere indispensabili».

Kim non rispose, e la donna seguì il suo sguardo.

«Henry, il mio defunto marito, era un pianista».

«Le mie condoglianze, signora Leland», disse Bryant.

«Mi chiami pure Martha. E sono passati sei mesi, ormai, ma grazie lo stesso».

«Posso chiederle come...».

«Un infarto. È morto sul colpo, senza soffrire, grazie al cielo. Ora, come posso aiutarvi?», chiese, e si sistemò la gonna sotto le gambe sedendosi.

«In teoria vorremmo parlare con Eric».

«Purtroppo non è possibile, quindi dovrete accontentarvi di me».

Il suo tono non era sgradevole, ma non ammetteva repliche.

«Signora Leland, ha mai sentito parlare di un posto chiamato Unity Farm?».

Impallidì, lo sguardo più duro.

«Sì, ne ho sentito parlare. Quei maledetti mi hanno praticamente rovinato la vita».

«Per favore, può spiegarsi meglio?», insisté Kim.

«Con piacere. Si sono presi mio figlio e non volevano lasciarlo andare. Non mi fraintendete, all'inizio ero felice di quei nuovi amici: ricevevo meno telefonate dai vostri colleghi. Ma non è durata molto».

«Continui».

«Okay, prima devo spiegarvi che Eric non è stato un bambino semplice. Abbiamo provato ogni metodo educativo, ma non funzionava nulla. Era estremamente esigente, e non era mai felice se non era sempre al centro dell'attenzione. È stato espulso da tre scuole diverse e nessuno dei suoi amici è mai venuto a trovarlo una seconda volta. Era un bullo, che amava più le attenzioni negative di quelle positive. Abbiamo tentato di tutto: nessuna limitazione, tolleranza e amore, fermezza. Abbiamo chiesto aiuto a due consulenti diversi, e una si è rifiutata di rivederlo dopo che l'ha toccata in modo inappropriato. Abbiamo fallito come genitori e abbiamo sperato che con la crescita sarebbe cambiato. Il suo atteggiamento però è proseguito oltre i vent'anni, e a dire il vero è perfino peggiorato. Poi ha conosciuto un uomo di nome Jake». Fece una pausa per respirare e scosse il capo. «Quell'uomo è diventato una specie di dio ai suoi occhi, e dopo aver visto com'era cambiato, lo è stato anche per noi, per qualche tempo. Era come se avessimo il figlio che avevamo sempre desiderato. Non c'erano più episodi di violenza, le provocazioni erano sparite, e quando lo vedevamo non ci insultava più».

Kim si chiese quanto fosse stato difficile vivere con Eric.

«Dopo circa un anno e mezzo, Eric ha cominciato a chiedere soldi. All'inizio piccole cifre. Sapevamo che non li spendeva in droga, così all'inizio glieli abbiamo dati. Immagino sia stato il sollievo o il senso di colpa per non essere stati in grado di produrre noi quel cambiamento. Col tempo, poi, le richieste sono aumentate sempre di più e sono diventate più frequenti, finché suo padre non gli ha detto che bastava così, che non gli avrebbe dato più un centesimo se non poteva sapere cosa ne faceva. Quando ci siamo seduti e abbiamo fatto i conti, abbiamo scoperto che aveva fatto sparire quasi ventimila sterline».

«E come ha reagito al rifiuto?», chiese Kim.

«Male. Una notte ci siamo svegliati e lo abbiamo trovato che cercava di portare via di casa i nostri oggetti. Henry ha cercato di fermarlo, ma il furgone che lo aspettava fuori era già pieno per metà».

Marta fece un respiro profondo.

«Eric ha picchiato suo padre, lo ha chiamato "zombie" – è il soprannome che amano dare a chi non fa parte della setta – e gli ha detto che alla fattoria avevano più bisogno di noi di quelle cose. Mio marito non si è mai ripreso del tutto da quell'aggressione, né dal punto di vista fisico né da quello mentale. Quella notte Eric ha compiuto un gesto che ha cambiato la sua vita per sempre».

«Che cosa ha fatto?»

«Gli ha pestato le mani, più volte. Gli ha fratturato diciassette ossa, e Henry non è più stato in grado di suonare il piano da professionista».

Kim cercò di nascondere lo sgomento, ma non ci riuscì. Quel figlio aveva dimostrato una crudeltà che la diceva lunga sul suo stato mentale.

«Proprio così. È stato allora che abbiamo capito che gli avevano fatto il lavaggio del cervello. Il vecchio Eric, per quanto male potesse comportarsi, non avrebbe mai fatto niente di tanto crudele».

Kim era talmente presa dal racconto che non sarebbe riuscita a smettere di ascoltarla neanche volendo.

«Pensavamo che portarlo via da Unity Farm sarebbe stata la parte più difficile. Ci hanno offerto l'occasione di farlo e l'abbiamo colta, ma i nostri problemi sono solo aumentati. Eravamo convinti che, se fossimo riusciti ad allontanarlo da Jake, saremmo stati capaci di farlo tornare in sé, invece è solo peggiorato. Ha resistito a ogni tentativo di fargli comprendere come fosse stato attirato con l'inganno in una setta. La sua fedeltà alla fattoria e alla gente che ci vive è addirittura aumentata quando ne è stato allontanato con la forza. Ha cominciato a minacciare di ucciderci, che quando fosse tornato a casa dalla sua famiglia avrebbe organizzato una spedizione notturna per assassinarci entrambi. Era come avere a che fare con uno sconosciuto, un violento pieno d'odio e imprevedibile, capace di ammazzarci nel sonno. Temevamo davvero per la nostra vita».

«E cosa avete fatto?», chiese Kim.

«L'unica cosa possibile».

«Cioè?», riprovò Kim, che non riusciva a capire.

«Per salvare nostro figlio e noi stessi avevamo una sola scelta». Fece una pausa e inspirò a fondo. «Lo abbiamo fatto internare».

Capitolo 68

Il capo le aveva ordinato di scavare nel passato di Kane Devlin e Britney Murray. Dopo una rapida ricerca, Stacey aveva deciso di cominciare dalla parte più semplice.

Per quanto fosse triste, la storia di Britney Murray non era insolita. Nata da una madre ancora adolescente alla fine degli anni Novanta, era stata iscritta nel registro dei minori "a rischio" nel momento in cui il padre, ignoto, se n'era andato quando lei aveva cinque anni. I vicini di casa avevano allertato i servizi sociali per abbandono, temendo che la bambina venisse lasciata sola per lunghi periodi di tempo. Nonostante tutti gli sforzi fatti per tenere insieme la famiglia, lei era stata spostata in una struttura di accoglienza a sette anni. Poi c'era stata una serie di case famiglia, fino a quando non aveva abbandonato gli studi e il sistema assistenziale appena compiuti i sedici anni.

La sua fedina penale era pulita, e Stacey non poté fare a meno di domandarsi come fosse stata la vita di quella ragazza negli anni precedenti a Unity Farm.

Una parte di lei sperava che quel luogo non fosse sospetto come cominciava a sembrarle e che Britney avesse trovato la felicità, all'interno della famiglia che non aveva mai avuto.

A giudicare dal rapido aggiornamento ricevuto dal capo, anche Eric Leland era stato felice là dentro.

Eppure il gruppo privato su Facebook non lo voleva tra i suoi membri. Lui era ancora devoto a Jake: significava che chi faceva parte del gruppo non lo era?

Il capo le aveva raccomandato di non discostarsi dal suo incarico, e non voleva farlo. Be', almeno non a lungo.

Cercò di nuovo il gruppo. Nessun risultato. Provò ancora.

Niente. Maledizione, dovevano averlo impostato come "segreto", oppure lo avevano chiuso del tutto.

Fece il login nel falso profilo che aveva creato il giorno prima e aprì i messaggi. La risposta concisa di Penny Hicks continuava a mandare al diavolo lei, o Eric Leland.

Stacey fissò lo schermo e si massaggiò il mento.

Aveva tentato di infiltrarsi nel gruppo con ogni tecnica che le veniva in mente, per conoscere meglio Unity Farm, tranne una. La verità.

Cliccò sulla barra in fondo alla risposta di Penny e digitò un messaggio.

Posso dirti chi sono davvero?

Stacey vide apparire un circoletto azzurro con una spunta all'interno. Messaggio consegnato.

Nel cerchietto apparve la foto di un cielo azzurro. Messaggio letto.

Tre puntini. Le stava rispondendo.

Stacey si preparò a sentirsi dire di togliersi di torno. Arrivò la risposta:

Sì.

Sono un'agente di polizia e sto indagando sull'omicidio di due persone collegate a Unity Farm.

Tre puntini.

Nomi?

Stacey esitò.

Samantha Brown e Tyler Short.

Tyler è morto?

231

Stacey subito domandò:

Lo conosci?

Sì.

Siete stati a Unity Farm nello stesso periodo?

Sì.

Tyler aveva seguito Sammy nella setta?

Sì.

Perché era innamorato di lei?

Sì.

È andato via perché lei non era più lì?

Non subito.

Perché no?

Perché si era fatto dei nuovi amici.

Stava con un'altra?

Non è permesso.

Chi era...

Adesso devo andare.

Penny non le aveva dato il tempo di finire la domanda. Cancellò quella rimasta a metà e ne scrisse un'altra.

Tu sei andata via da Unity Farm?

Sì.

Per quanto tempo ci sei stata?

Dodici anni.

Di cosa hai paura?

Jake.

Perché?

Odia quelli che se ne vanno. Li ha sempre odiati.

Che cosa fa se li trova?

Stacey sentiva l'ansia montare nello stomaco.
Messaggio consegnato.
Messaggio letto.
Nessuna risposta.
Si chiese se le si fosse bloccato il computer. Fino a quel momento le risposte erano state brevi ma immediate. Ricaricò la pagina e tornò alla cartella della messaggistica.

Il messaggio era ancora lì, ma il profilo era diventato grigio e aveva cambiato nome in "Utente Facebook".

Tornò alla barra di ricerca e digitò il nome, ma era già troppo tardi.

Il profilo di Penny Hicks era sparito.

Capitolo 69

«Allora, chi erano gli altri sull'autobus?», chiese Tiff quando le lasciarono in una zona residenziale appena fuori Neherton.

«Sam, Frankie ed Enya lavorano full time al supermercato Tesco, mentre gli altri chiedono donazioni».

«Vuoi dire che chiedono l'elemosina per la strada?», domandò lei, sorpresa. In un certo senso Unity Farm le dava tutt'altra idea.

«A Jake non piace definirlo così. Ogni membro della famiglia deve contribuire in qualche modo. Alcuni non sono istruiti e non sono in grado di svolgere nemmeno le mansioni di base. A volte Jerry prende perfino in prestito un cane da un vecchio amico, perché i mendicanti con un cane guadagnano di più. Fa breccia nella coscienza sociale e negli amanti degli animali», spiegò Britney, addentrandosi nella proprietà.

«Dove stiamo andando?»

«Lo vedrai», disse, svoltando un angolo. «Conoscerai una delle mie persone preferite, Hilda. È un bel personaggio»

Britney aprì il cancello di un'anonima bifamiliare con un portico verandato. Vi entrò e prese la chiave sotto un vaso che conteneva una pianta artificiale impolverata.

Girò la chiave nella serratura e aprì la porta.

Hilda parve sorpresa per un attimo, ma poi vide chi era arrivato. Fece un gran sorriso alla ragazza dai capelli rossi, e quando si accorse che non era da sola puntò la stessa espressione anche su Tiffany.

«Lei è Tiff, la mia nuova amica. Vedrai, è adorabile».

Il viso della donna s'increspò ancora di più quando prese la mano di Britney, stringendola. «Se ti somiglia anche solo un po', ne sono sicura».

Britney arrossì. «Liz è andata via da tanto?»

«No, non molto. Tornerà più tardi».

«Liz è la sua domestica», disse Britney, prendendo il cuscino dietro la schiena di Hilda. «Viene due volte al giorno per aiutarla ad alzarsi e per rimetterla a letto, e le prepara dei pasti semplici per la giornata. Ma non basta», disse Brit, sprimacciando il cuscino e risistemandolo dietro la donna.

Si spostò di fronte all'anziana.

«Cosa ti porto oggi, Hilda?».

Lei prese la borsa, che teneva incastrata tra la coscia e la sedia.

Sul tavolo, dall'altra parte, c'era una breve lista.

Britney la lesse. «"Prosciutto cotto, un pomodoro e un pacchetto di Lurpak"».

Hilda annuì e le porse la borsa.

Lei l'aprì e prese una banconota da cinque sterline. «Per oggi ci basta questo, Hilda».

La donna assentì di nuovo e rimise la borsa accanto alla gamba.

Britney mise la lista nello zainetto.

«Ti va di fare compagnia a Hilda e preparare un tè per tutte?», chiese a Tiff.

«Certo», rispose lei, e Brit uscì di casa.

Si spostò davanti all'anziana signora. «Come gradisce il tè, Hilda?»

«Forte, con due cucchiaini di zucchero», rispose lei sorridendo. «Usa le vere tazze da tè, non quelle grandi».

Tiff andò in cucina e riempì il bollitore. Prese tre tazze e aprì dei barattoli senza etichetta. Il primo era colmo di bustine di tè triangolari. Il secondo non conteneva né caffè né zucchero, ma un fascio di banconote arrotolato.

Sorrise e lo ritappò. Anche sua nonna teneva una busta con dei soldi dietro il portapane. Alcune persone non si fidavano delle banche e degli istituti di credito. Nel terzo barattolo c'era lo zucchero.

Tornò nel soggiorno, felice di aver accompagnato Britney. Sapere che aiutava quella signora le scaldava il cuore. Si costrinse a tenere a mente qual era la sua missione.

«Hilda, quanto spesso viene a trovarla Britney?», domandò, mettendosi a sedere.

«Un paio di volte a settimana. È un vero angelo. Mi porta tutto ciò che voglio. Liz non ha tempo di farlo».

«Non ha figli?», chiese. Se esistevano, non avrebbero dovuto permettere che fossero degli sconosciuti a occuparsi di lei.

Scosse il capo. «Il destino non ha voluto, ma Ernest mi è bastato», rispose tirando su col naso per l'emozione. «Sono felice quando lei viene a trovarmi, è sempre sorridente. È una brava ragazza».

Sì, Tiff cominciava a notarlo.

«Qualche volta porta degli amici, ma in genere è da sola».

«Come vi siete conosciute?», domandò Tiff, sedendosi.

«Un giorno si è presentata dicendo che stava facendo volontariato in zona e mi ha chiesto se avevo bisogno che facesse la spesa per me».

«E quando è stato?»

«Be', Ernest era morto da un paio di settimane, quindi direi circa quattro mesi fa». Si protese in avanti e le fece l'occhiolino. «Credo che una volta abbia portato il suo ragazzo. Non ho detto niente, ma l'ho capito da come lo guardava».

Le brillavano gli occhi, e Tiffany ridacchiò. Eppure, la donna doveva essersi sbagliata: il capo aveva detto che era vietato creare legami romantici.

Lasciò Hilda qualche minuto per finire di preparare il tè.

Quando tornò con un vassoio, Britney stava rientrando.

«Ah, meraviglioso», disse scorgendo le tazze fumanti.

Britney tese la mano sulla borsa di Hilda e vi fece cadere il resto.

«Vado a mettere queste cose in frigo, così più tardi potrai prepararti quei tuoi buonissimi sandwich».

Hilda sorrise, come se Britney conoscesse ogni suo segreto.

«Sì. Il frigo fa uno strano ronzio. Secondo me ha un piede nella fossa», le disse. «Un po' come me».

«Non dire sciocchezze, Hilda», protestò Britney tornando da

loro. «Sei ancora una ragazzina». Si sedette e bevve un sorso di tè.
«Te l'ho detto tante volte, devi vendere la casa e venire a vivere con me. Mi prenderei io cura di te».
Hilda le sorrise con affetto. «Lo so, cara».
«A proposito, hai bisogno di sistemare i piedi? Posso tagliarti le unghie e metterti la crema».
«Sono a posto, cara. Magari la prossima volta».
Britney finì il tè e Tiff la imitò.
«Okay, Hilda, ora dobbiamo andare».
Tiff prese le loro due tazze e le portò in cucina, le lavò, le asciugò e le rimise al loro posto.
Si voltò e, prima di andarsene, esitò.
Spinta da un'intuizione, allungò una mano e controllò il barattolo al centro.
Con sua sorpresa, lo trovò vuoto.

Capitolo 70

Quando Bryant raggiunse il Russells Hall Hospital, Kim non sapeva ancora cosa pensare dell'ammissione della signora Leland.

Proseguendo la conversazione, la donna aveva rivelato che sette mesi prima Eric era stato portato via con la forza dalla setta grazie al servizio nientemeno che di Kane Devlin. Di quei sette mesi, sei e mezzo li aveva trascorsi all'ospedale psichiatrico Bushey Fields. Kane aveva spiegato alla donna che suo figlio era stato indottrinato in modo così profondo che temeva potesse cercare di ucciderla, e doveva lasciare che facesse ritorno alla fattoria o assicurarsi che non fosse in condizioni di fare del male a lei o a qualcun altro finché non avesse ricevuto un trattamento professionale.

Da un lato, Kim comprendeva che il timore continuo che tuo figlio potesse venire a ucciderti di notte poteva essere terrificante. Ma era plausibile? E se anche lo fosse stato, farlo internare era davvero l'unica soluzione?

Bushey Fields era il reparto psichiatrico di Dudley, costruito per rimediare alla chiusura dei servizi per la salute mentale nella vicina Burton Road. Era annesso all'ospedale ed era diviso in cinque reparti: tre per le urgenze (reparto uomini, reparto donne e reparto ammissioni) e due riservati agli anziani.

«Ecco», disse Kim, indicando l'edificio che ospitava il reparto Clent.

Ogni reparto era all'interno di un edificio a un solo piano che somigliava a un enorme bungalow, ed Eric Leland era stato inserito nella categoria "Urgenze - Uomini".

Kim entrò nell'atrio e bussò al vetro di una finestrella.

L'uomo seduto dietro il vetro lo aprì facendolo scorrere.

«Posso aiutarla?»

«Possiamo parlare con Eric Leland, per favore?»

«E lei sarebbe?».

Kim guardò Bryant, che sollevò il tesserino.

«Un attimo», fece l'uomo, chiudendo la finestra.

Si voltò e parlò con tre colleghi, che diedero loro un'occhiata prima di rispondergli.

Continuando a voltare le spalle, lui chiamò qualcuno al telefono.

Kim si rivolse al collega. «Non hai coperto la parola "polizia" col pollice, vero?»

«La priorità è *lui*, non noi», ribatté in tutta tranquillità.

«Ma è un'indagine per omicidio», scattò Kim. Doveva avere la precedenza su tutto.

«Sì, e sono sicuro che sanno che il colpevole non è Eric».

«Sai, Bryant, a volte hai una tale...».

«Ragione», fece lui, spostandosi verso la porta interna. «A volte ho ragione».

«Che stai facendo?», gli chiese, decidendo di lasciar perdere.

«Compilo il registro degli ospiti. Immagino che ci chiederanno di farlo, che siamo poliziotti o meno».

Lei lo imitò e finì di firmare proprio quando la porta interna si aprì.

Una donna con una ciocca di capelli biondi e un trucco appena accennato tese la mano.

«Susan Robinson, dirigente medico. Come posso aiutarvi?».

Anche se era sicura che le avessero già riferito il motivo della loro presenza, Kim ripeté la richiesta.

«Potrei sapere il motivo? Chiedo scusa, ma Eric non riceve molte visite, quindi devo domandarlo».

«Crediamo che possa aiutarci nell'indagine di cui ci stiamo occupando al momento».

La donna aggrottò la fronte e non fece cenno di lasciarli passare.

«È qui da diverso tempo, non saprei come possa essere coinvolto in...».

«Non ho parlato di un coinvolgimento, signora Robinson. Ho detto che potrebbe aiutarci, e poiché siamo agenti di polizia al lavoro su un'indagine per omicidio tendiamo a non perdere troppo tempo a parlare con persone che secondo noi non ci sarebbero d'aiuto».

«C'entra per caso sua madre?», domandò lei, circospetta.

Kim scosse il capo.

«Perché l'ultima volta che è venuta a trovarlo, Eric ha danneggiato tre tavoli e due sedie, ed è stato necessario ricorrere a una forte sedazione e a metodi di contenimento per ventisette ore».

«E a parte questo?», domandò Kim, mentre lei li faceva entrare nel reparto.

«Seguitemi», disse loro, passando attraverso una spaziosa area comune. «E per rispondere alla sua domanda, Eric non dà alcun problema. A dire il vero, lo vediamo molto di rado. Non ama la televisione, che è un passatempo popolare per quasi tutti gli ospiti. Non l'ha mai guardata da quando è arrivato qui. Esce dalla sua stanza per i pasti e vi fa subito ritorno. Passa le ore meditando e ascolta musica tranquilla con l'iPod».

«Telefono?».

Lei scosse la testa. «Ha solo l'iPod».

«Prende molti farmaci?»

«Non molti. Gli diamo dei leggeri antidepressivi e di solito le sue crisi d'ansia passano con una breve passeggiata in giardino. Risponde bene alla pace e alla tranquillità che trova là fuori».

Kim smise di camminare quando stavano per entrare nella sala da pranzo.

«È davvero necessario che resti qui?».

Non ci fu alcuna esitazione: la direttrice annuì subito. «Finché la terapia funziona, temo proprio di sì. Okay, attendete qui. Vado a chiedere a Eric se vuole incontrarvi, ma se dirà di no dovremo rispettare i suoi desideri».

Attese un momento per accertarsi che avessero capito.

Non appena fu uscita dalla stanza, Bryant si voltò a guardarla.

«Sai, capo...».

«Sì, okay, Bryant. Avevi ragione, ma gongolare non ti si addice».

«D'accordo, ma in realtà volevo dire che ho la sensazione che Eric Leland qui occupi un posto che qualcun altro potrebbe sfruttare molto meglio».

Era proprio ciò che pensava lei.

«Suppongo ci dedicherà il tempo...».

Bryant si interruppe: Eric Leland stava entrando nella stanza. Indossava dei jeans e una maglietta con una tasca a sinistra. Ci aveva infilato degli auricolari, con un filo che sbucava per poi andare a finire nella tasca posteriore dei pantaloni.

«Non vi ha mandati lei, vero?», chiese prima di sedersi.

Kim non ebbe bisogno di una lunga riflessione per capire chi fosse "lei".

Scosse il capo. «Siamo venuti per parlare di Unity Farm».

L'uomo si accomodò e con un'occhiata fece capire a Susan che sarebbe rimasto.

«Aspetto qui fuori», disse lei.

Kim si chiese perché quella donna sentisse il bisogno di restare in zona.

«Ci siete stati?», domandò Eric, accavallando le gambe. «Avete visto Jake?».

Lei annuì. «Sembra un posto molto bello, ma siamo qui per parlare di lei e del periodo che ha trascorso a Unity Farm. È d'accordo?»

«Certo», fece lui, con aria rilassata.

Kim stava facendo una gran fatica a riconoscere l'uomo che aveva di fronte nel quadro dipinto dalla madre. Sembrava calmo, placido e pronto a collaborare. I suoi lineamenti erano distesi, i capelli lunghi fermati dietro le orecchie.

«Eric, conosceva una ragazza di nome Samantha Brown?».

Scrollò le spalle. «È difficile conoscere tutti».

«Tyler Short?».

Lui ripeté il gesto. «Non saprei».

«E che mi dice di She...».

«Guardi, non ne ricorderò nessuno. Non parliamo dei membri della famiglia con gli zom... con chi non vive alla fattoria».

«Lei però non ci vive più».

Sorrise. «Ma ci tornerò. Appena potrò. Tornerò nel luogo a cui appartengo».

Kim era sconcertata. Stando alle parole della madre, Eric aveva passato quasi tre anni alla fattoria, ma era stato allontanato da Jake e dalla sua influenza da mesi. Che diavolo succedeva in quel posto?

«La fattoria l'ha aiutata in qualche modo, Eric?», chiese.

«Ehm... sì. È casa mia. Jake e gli altri mi hanno aiutato a capire che non ero strano, che non mi sbagliavo».

«A proposito di cosa?»

«Dei miei genitori. Sapete, non mi sono mai piaciuti. Perfino da bambino non avevo voglia di stare con loro. Il senso di colpa che provavo per quei sentimenti mi divorava e mi portava a odiarli ancora di più. Jake mi ha spiegato che era normale». Sorrise. «La definiva transfamiglia. Mi ha spiegato che ero soltanto nato nella famiglia sbagliata, e non era colpa mia, perché non potevo farci niente. È stato come se mi avessero tolto un macigno dalle spalle. Mi ha detto che era arrivato il momento di spezzare le catene, di essere me stesso e di cominciare a prendermi cura di me. Mi ha insegnato a meditare. Parlavamo ogni sera».

«Eric, chi vive alla fattoria ha mai voglia di andarsene? Di tornare alla vita precedente?».

Rise. «Mai. Perché dovrebbe?».

«E se...».

«Non succede mai. È una famiglia. Nessuno abbandona la sua famiglia».

«Jake le ha chiesto di derubare i suoi genitori?».

La domanda non lo offese. Scosse il capo.

«No, ma bisogna vederla in questo modo: se una coppia divorzia, tutti i beni vengono divisi. Ciascuna parte riceve qualcosa di suo. Decidono di andare via di casa e portare via con sé oggetti accumulati durante il matrimonio. Che cosa riceve un figlio che decide di andare via di casa? Niente. Le sembra giusto? Anche lui faceva parte della famiglia, merita di avere qualcosa».

Kim si domandò chi avesse piantato quel seme nella sua mente per poi lasciarlo crescere.

Non voleva controbattere che ciascun genitore, al momento del divorzio, con tutta probabilità aveva contribuito dal punto di vista economico al matrimonio. Il ragionamento di Eric non aveva niente a che fare con i soldi.

«E cos'è il gruppo Facebook in cui ha cercato di entrare?».

Lui alzò gli occhi al cielo. «Sono solo degli hater, dal primo all'ultimo. Non hanno capito niente di quel posto».

«Quindi ha cercato di entrarci per offendere?»

«Per raddrizzarli. Insultano casa mia».

«E non ha apprezzato il fatto che sua madre abbia chiesto a Kane Devlin di riportarla a casa?», domandò.

«La mia casa è la fattoria, e quel tizio è un idiota».

Nel suo tono di voce non c'era collera, né aggressività o astio: sembrava una semplice osservazione, fatta per diletto.

«Non è riuscito a cambiare la sua opinione a proposito della fattoria o di Jake?».

Eric scoppiò in una gran risata. «Quel coglione dovrebbe aggiornare le procedure. Sapevo già tutto ciò che avrebbe detto e fatto. Parliamo di quella merda, a casa. Non era in grado di arrivare a me, in nessun modo».

Per tutta la conversazione Kim si era chiesta con quali motivazioni quell'uomo fosse trattenuto nella struttura. A parte la fissazione nel mostrarsi devoto alla fattoria sembrava del tutto equilibrato, razionale e senz'altro in grado di condurre una vita normale. Pareva che non facesse il minimo tentativo di riappropriarsi della sua vita precedente. Una parte di lei si chiedeva se in lui ci fosse il bisogno di sentirsi parte di una struttura: forse era attratto dall'ordine, o dalla routine.

«E quando uscirà di qui tornerà subito a Unity Farm, da Jack?».

Lui scosse il capo.

243

«No, prima tornerò alla mia altra casa».
Kim ne fu sorpresa.
«Da sua madre?».
Il suo viso s'indurì e Kim riuscì a scorgere la persona descritta dalla signora Leland. «Oh, sì, andrò a tagliare la gola di quella vecchia stronza».

Capitolo 71

Entrambi presero il cellulare mentre tornavano alla macchina.
Bryant aveva sentito il suo vibrare per tre volte durante l'incontro con Eric. Un incontro che lo aveva disorientato come non mai.
Con sua sorpresa scoprì che era stato Travis a cercarlo. Indicò al capo che doveva fare una telefonata, e lei annuì: stava già parlando con qualcuno.
Provò a richiamare Travis, che non rispose. Ritentò subito. Travis voleva dirgli qualcosa.
Ancora niente. Si rimise in tasca il telefono. Avrebbe riprovato più tardi.
«Spero tu abbia avuto più fortuna di me», disse quando il capo finì la telefonata.
«È ancora da vedere», fece lei, salendo in macchina. «Ho chiesto a Myles di organizzare un altro appuntamento. Kane Devlin ha troppi tentacoli nella nostra indagine. Tu?»
«Era Travis, ma non mi ha...».
Lo squillo del cellulare lo interruppe.
«Ah, parli del diavolo...», disse, rispondendo.
«Era ora, Bryant, che diamine», fece Travis in tono allegro.
Bryant sentì del frastuono in sottofondo. «Che sta succedendo?»
«Stiamo festeggiando, e volevo essere io a darti la buona notizia».
«Dimmi», lo incalzò Bryant, sentendo la tensione annodargli lo stomaco.
«Lo abbiamo preso. La scientifica ha raccolto tutte le sigarette in un raggio di venti metri, e indovina un po'?»

«Gesù», esclamò, sentendo scorrere dentro di sé un turbine di emozioni contrastanti. Sollievo, disgusto, ancora sollievo.

«Passa pure quando vuoi, più tardi. Stiamo andando a prenderlo, a quanto pare avevi ragione tu».

Bryant chiuse la telefonata, e ripensando alla ragazza che aveva appena perso la vita non provò la benché minima felicità per aver avuto ragione.

Capitolo 72

Kim scorse Britney prima di vedere Tiff. Erano entrambe impegnate a distribuire volantini nel parcheggio del college.

Avvicinandosi, fece attenzione a non lanciare nemmeno uno sguardo nella direzione dell'agente di polizia. Restò concentrata solo sulla ragazza dai capelli rossi.

«Ehi, Britney, come va?».

La giovane parve sorpresa di vederla, ma non era lei il vero motivo per cui si trovavano lì. «Volevo solo farti un altro paio di... oh, scusami», aggiunse vedendo arrivare Tiffany, che aveva un'aria preoccupata.

«Lei è la mia amica Tiff», disse Britney con un ampio sorriso. «È una nuova amica, quindi non avrebbe senso fare domande a lei. Non conosce nessuno».

Kim si disinteressò della presenza della nuova arrivata con uno sguardo che non poté sfuggire a Britney.

«Mi stavo solo chiedendo se ti sei più ricordata qualcosa a proposito di Sammy Brown o Tyler Short. Ah, e abbiamo un altro nome da sottoporti: che mi dici di Eric Leland?»

«È morto?», chiese lei, senza riuscire a trattenersi.

«Ah, quindi ti ricordi di Eric?», domandò Kim, facendo un passo avanti.

C'era da dire che Tiff aveva assunto un'ottima espressione sgomenta, spostando lo sguardo da una all'altra.

«Il nome mi dice qualcosa», disse Britney, facendo marcia indietro.

Kim inclinò il capo. «Sai, Britney, non riesco proprio a capire come mai non ricordi i nomi dei membri della tua famiglia. Sembrerebbe proprio che non siate uniti come pensi».

«Invece sì», protestò lei, arrossendo. «Mettiamo tutti la famiglia al primo posto. Ci prendiamo cura l'uno dell'altro. Siamo fedeli a...».

«E se qualcuno decide di andarsene?», chiese Kim. «Restate fedeli anche allora?»

«Be', certo che no, ma nessuno desidera andarsene, in realtà».

Già, Kim l'aveva sentito dire molte altre volte.

«Lo dici tu. Okay, Britney, è stato un piacere parlare di nuovo con te. Ci risentiamo».

Si voltò per andar via senza degnare Tiff di uno sguardo.

Sperava solo che Bryant fosse riuscito ad attirare l'attenzione dell'agente mentre lei distraeva Britney.

Capitolo 73

Tiff provò sentimenti contrastanti quando il capo e Bryant si allontanarono.
Una parte di lei aveva una gran voglia di andar via con loro, ma la sua amica era rimasta molto scossa dall'incontro.
Doveva stare al gioco, almeno per qualche altro minuto.
«Ehi, Brit, non lasciarti condizionare. Sai bene com'è la vita alla fattoria, cosa ti importa della sua opinione? E poi quella là ha proprio l'aria della stronza antipatica».
Brit sorrise.
«Tu l'hai capito, vero, Tiff? Ti sei accorta di quanto è bello? Di quanto siamo fortunati ad avere una famiglia meravigliosa? Gli esterni non possono comprendere il nostro legame. Se fai male a uno di noi, fai male a tutti». Sospirò. «È proprio quello che manca qui fuori. Non c'è amore, non c'è coesione. Tutti pensano sempre e solo a prendere, prendere, prendere».
Tiff non poté fare a meno di pensare al denaro sparito dal barattolo, ma scacciò il pensiero dalla mente.
«Sì, lo capisco, Brit. È davvero un posto speciale», disse, accarezzandole un braccio.
Il sorriso della ragazza si allargò; Brit prese la mano di Tiff e la strinse forte.
«Ne ero sicura, Tiff. Ho capito che eri speciale dal primo momento in cui ti ho vista, ieri».
Santo cielo, era davvero passato solo un giorno dal loro primo incontro? Le sembrava di conoscere Brit da anni.

«Certo, è così evidente», la placò Tiff, staccandosi da lei. «Adesso però devo andare un attimo al bagno, e visto che ci sono prenderò qualcosa da bere anche per te al distributore automatico».

«Vuoi che ti...».

«No, Brit, tu continua a diffondere il verbo».

Stavolta doveva proprio andare da sola.

Capitolo 74

«Cavoli, Trilli, ce ne hai messo di tempo».
«Era quasi in lacrime, capo», disse Tiff mentre si infilavano verso il fondo dei gabinetti.
Kim tirò fuori il cellulare più piccolo che fosse riuscita a trovare e lo mise nelle mani di Tiffany.
«Non mi interessa dove lo tieni, ma portalo con te in ogni momento. Se perdiamo di nuovo i contatti ti tiriamo fuori e basta, capito?»
«Capito, capo», rispose lei, infilandolo nella parte davanti dei jeans.
«Mandaci solo messaggi, okay?».
Annuì. «Ascoltate, non ho molto tempo, ma quel posto è pazzesco. Sembrano tutti felici, ma c'è un controllo sul cibo che sembra fungere sia da punizione che da premio. Jake Black è venerato come un dio da tutti. Vuole parlare con me quando rientreremo».
«Di cosa?»
«Della famiglia e roba del genere», tagliò corto lei. «Ma mandano all'esterno le persone a svolgere attività di tutti i tipi, e chi ha poche capacità chiede l'elemosina. Vengono lasciati e ripresi da minibus».
«Hai qualche nome?».
Tiff scosse il capo. «Non mi sono mai allontanata da Britney, e se fai troppe domande diventano sospettosi».
«Hai già incontrato Sophie?».
Ancora un cenno di diniego. «È per questo che voglio trattenermi

anche stasera. Spero di potermi staccare da Britney e parlare anche con qualcun altro».

«Okay, ma cerca...».

«Non è tutto. Credo che puntino gli anziani soli. Stamattina siamo andate a trovare una signora. Brit si è mostrata molto servizievole, le ha fatto la spesa e le ha proposto di farle un massaggio ai piedi. Si comportava in modo gentilissimo, ma credo le abbia anche sottratto dei soldi. Si dà enorme valore a ciò che si riesce a portare alla fattoria».

Tiff diede l'indirizzo e il nome della donna, e Bryant prese nota.

«Sentite, devo andare. Vi scriverò via via che scopro qualcosa».

«Tiff, tu stai bene?», chiese Kim. «Non ti stanno convincendo, vero?».

Una parte di lei voleva continuare a farla parlare il più a lungo possibile.

Lei rise. «Certo che no. So bene perché vado là dentro, e sto benissimo. Lo giuro».

Con un rapido cenno di saluto, uscì dalla porta.

Nonostante le parole con cui aveva cercato di rassicurarli, Kim non era affatto convinta.

Capitolo 75

Britney era davanti alle porte d'ingresso del college per due motivi: prima di tutto le era stato proibito di entrare, e poi aveva addosso una strana sensazione, come se qualcosa non andasse.

La visita di quella poliziotta l'aveva innervosita. Continuava a farle domande su persone che, un tempo, facevano parte della famiglia. Sembrava che non riuscisse proprio a capire che, una volta uscite dalla fattoria, per la famiglia erano morte, e nessuno le avrebbe più nominate. L'abbandono era la peggior forma di tradimento nei confronti di Jake e di tutto ciò che aveva fatto per loro.

Ma c'era anche qualcos'altro, una tensione che si era formata nel momento in cui Tiffany si era avvicinata. Sospettava che avessero in mente qualcosa. Volevano allontanare Tiffany da loro.

La vide riapparire e dirigersi verso il distributore automatico. Dieci secondi dopo la poliziotta uscì dai bagni e se ne andò, passando dall'altra porta.

Avevano parlato, là dentro. Britney ne era sicura.

Non aveva scelta, doveva avvisare Jake.

E lui non ne sarebbe stato affatto contento.

Capitolo 76

«Ti senti meglio, ora che l'hai vista?», chiese Bryant salendo in macchina.

Kim sapeva che Britney non avrebbe aperto bocca su Eric Leland o sulla sua permanenza alla fattoria. Era stato solo un trucco per poter dare il telefono a Tiff.

E a dire il vero sì, si sentiva molto meglio sapendo che la giovane agente aveva un cellulare e poteva essere contattata. Ma soprattutto, Tiffany poteva chiamarla se ne aveva bisogno.

Prese il telefono e chiamò Stacey. «Hai trovato qualcosa su Kane Devlin?».

Per il loro secondo incontro voleva prepararsi meglio.

«Capo, non c'è nulla di nulla. Nessun profilo sui social, nessun risultato, nessuna notizia sui giornali. Un cavolo di niente».

«Stace, direi che la cosa è sospetta. Com'è possibile che non appaia del tutto sui tuoi radar?»

«Non riesco a capirlo, capo, perfino cercando Bryant qualcosa esce».

«Grazie, Stace», disse il collega, che l'aveva sentita.

«Sto cominciando a pensare sul serio che non abbiamo il suo vero nome».

«Okay, Stace, ci penso io», disse, attaccando.

Il suo telefono squillò subito. «Myles, stavo per chiamarla».

«Kane ha acconsentito a un altro incontro. Stesso posto, alle quattro. Stesse condizioni».

«Sì, sì, vedremo, ma voglio sapere un'altra cosa. Com'è entrato in contatto con Kane, la prima volta?»

«Ah, pensavo di averglielo già detto. In realtà è stato lui a contattare me».

Capitolo 77

«Tutto bene, Brit?», chiese Tiff per la terza volta. Da quando il capo era andata via, era diventata silenziosa. Le domande su Eric Leland l'avevano innervosita?

«Sì, tutto bene», rispose lei senza guardarla. «Ho solo un po' di nausea, deve essere stato qualcosa che ho mangiato».

Tiff ne dubitava. Avevano mangiato la stessa cosa, dai portapranzo confezionati: un panino col prosciutto, un pacchetto di patatine e una barretta energetica.

«Non ti starai lasciando influenzare da quella piedipiatti?».

Britney scosse il capo. «Ma non mi piace quando mi fanno pensare alle persone che sono andate via, mi rende triste».

Tiff la capiva. Anche la sua famiglia la faceva ammattire, ma non c'era uno solo di loro che non avesse voglia di rivedere. Perfino Ryan.

Si guardò intorno. Niente faceva sorridere Brit più di un bel gruppo di studenti che potevano recepire il suo messaggio.

«Ehi, Brit, guarda quei...».

«Nah, non ora, Tiff. Non sono dell'umore. Adesso voglio solo tornare a casa».

Capitolo 78

«Ehi, Keats, questa la metto da parte per la prossima volta?», chiese Penn mostrandogli la tuta protettiva che aveva indossato per la seconda volta nel giro di due giorni.

«Già, sembra che ti sia trasferito da queste parti», rispose lui. «Anche se non sono sicuro al cento percento che oggi avessi il permesso di assistere».

Penn aveva pensato la stessa cosa durante l'autopsia della vittima recuperata nel lago il giorno prima.

La procedura era stata completamente diversa rispetto all'esame di Tyler Short: c'erano stati molti più elementi da esaminare nel ragazzo.

Keats non aveva rimosso e pesato organi, non aveva segato ossa per accedere alle parti più profonde del corpo. Non era stato esaminato il contenuto dello stomaco. Il patologo aveva lavorato in silenzio, con precisione, sulla pelle sottile come carta velina, cercando prove al di sotto di essa. L'aveva avvisato fin dal principio che, a causa delle condizioni del corpo, molti rilevamenti sarebbero stati solo approssimativi.

Tuttavia, questo non gli aveva impedito di esaminare ogni centimetro di ciò che aveva a disposizione per raccogliere dati.

«Ecco fatto», disse Keats, consultando la cartellina su cui li aveva annotati. «Abbiamo una vittima di sesso maschile di età compresa fra i venticinque e i cinquant'anni, che è rimasta completamente sommersa per un tempo compreso fra tre mesi e tre anni. Era di altezza inferiore alla media, un metro e sessantadue, con un'antica frattura al femore destro. Non ci sono altre fratture visibili, ossa spezzate o ferite gravi, e in assenza di tessuti molli non abbiamo una causa del decesso evidente». Fece una pausa e ricontrollò gli appunti. Aggrottò la fronte, e Penn fece un passo verso di lui. Si era perso qualcosa?

Keats scosse il capo. «No. Direi che è proprio tutto».

«Dunque la morte potrebbe essere stata accidentale?», chiarì Penn.

Keats annuì. «Oppure potrebbe aver ricevuto quaranta pugnalate, ma se la lama non ha colpito almeno un osso, non ho modo di saperlo. E quando il tuo capo farà la faccia che fa sempre quando i risultati non la soddisfano, ti prego di dirle che non avrà altre informazioni».

«Oh, sì, non mancherò di farlo presente», ribatté lui, serio.

«Non sto scherzando, Penn. Non c'è altro che possa dire su questo poveretto».

Penn annuì e prese la giacca. Lo capiva.

A volte la scena di un crimine forniva una moltitudine di prove e indizi, ma il contenuto di un sacchetto di ossa aveva davvero ben poco da dire.

«Be', grazie per...».

«Ah, Penn, cercavo proprio te», disse Mitch entrando nell'obitorio. «I sommozzatori hanno fatto un'ultima perlustrazione e hanno trovato questo».

Gli mostrò un sacchetto trasparente.

Penn lo prese e lo voltò tra le mani. Era una confezione regalo per gioielli di velluto bordeaux.

«Non so se significhi qualcosa».

A Penn tornò in mente una cosa che gli diceva sempre il suo capo quando si rinveniva un oggetto sulla scena di un crimine.

Tutto significa qualcosa.

Capitolo 79

«Vuoi che resti in macchina anche stavolta?», chiese Bryant parcheggiando di fronte alla caffetteria di Brierley Hill.
«No, tu vieni con me», rispose lei scendendo.
Quel giorno sarebbe stata lei a dettare le regole, e se Kane Devlin non gradiva la cosa poteva anche andarsene.
«A quanto pare ti ha battuta sul tempo», commentò Bryant avvicinandosi alla porta.
Kane sedeva nell'angolo più lontano. Solo un altro tavolo era occupato da una donna in sedia a rotelle. Kim notò che c'erano già due tazze davanti a lui.
«Le ho preso un latte macchiato», disse l'uomo in tono freddo, dando un'occhiata a Bryant. «Non sapevo che avremmo avuto compagnia».
«Non si preoccupi, non prendo niente», rispose Bryant mettendosi seduto.
Kim si accomodò di fronte alla tazza e bevve un sorso. «Grazie per aver accettato di incontrarci di nuovo. Possiamo cominciare con il suo vero nome?».
Come la volta precedente, l'uomo era imperturbabile.
«No», rispose, in tutta semplicità.
Kim sentì la frustrazione scorrere fino in fondo alle terminazioni nervose. «Si rende conto che siamo agenti di polizia?»
«E lei si rende conto del fatto che conosco i miei diritti e vi sto prestando tutta l'assistenza possibile, rispondendo alle domande

e con la massima collaborazione, e che potrei cambiare idea in qualsiasi momento?».

Ah, quanto le sarebbe piaciuto fare quella chiacchierata davanti a un tavolino di metallo con un registratore che ronzava in sottofondo. Ma senza uno straccio di prova che lo collegasse a un omicidio, la possibilità di arrestarlo era davvero troppo remota.

Aveva voluto comunque fare un tentativo, ed esistevano molti modi per ottenere una cosa. Non si era aspettata quella risposta, ma aveva voluto mettere bene in chiaro come potevano andare a finire le cose.

«Allora, cosa può dirmi di Eric Leland?»

«Che era l'individuo più indottrinato che abbia mai incontrato», rispose lui senza la minima esitazione.

Possibile che non esistesse una sola domanda o affermazione capace di far nascere in quell'uomo un briciolo di sorpresa?

«Le è stato chiesto di portarlo via dalla madre?»

«Lavoravamo per lei, sì».

«È un lavoro remunerativo?», chiese Kim. Entrambe le famiglie che aveva aiutato erano piuttosto agiate.

«Non deve interessarle».

«Bene».

Cominciava ad avere la sensazione che i poveri intrappolati in una setta fossero destinati a marcire là dentro.

«Torniamo a Eric. Per quanto tempo lo avete avuto in custodia?»

«Quasi un mese».

«Pensavo che fosse Samantha la persona che ha richiesto un tempo più lungo, non è così?»

«È così».

«Ma era una bugia. Eric è rimasto di più».

«Lei mi ha chiesto quale fosse stato il tempo massimo per spezzare le convinzioni di una persona. Con Eric non ci siamo mai riusciti, quindi non ho mentito».

Kim lottò contro l'irritazione per quei suoi giochetti. «Allora, una sua cliente è morta e un altro si trova in un istituto psichiatrico. Direi che i successi si sprecano».

«Sì, è proprio per questo che lo facciamo».

«Cioè per quale motivo?», domandò Kim, cercando di insistere il più possibile.

«Per i soldi», ribatté lui, inarcando le sopracciglia. Era una bugia: stava solo ripetendo le parole dette da lei.

«Cosa rendeva Eric una sfida tanto complessa?».

Lui si appoggiò allo schienale e incrociò le braccia. «Ha provato a fare delle ricerche sulle sette, dall'ultima volta che ci siamo visti?»

«Direi di no, Kane, sono stata un tantino impegnata».

Per un attimo le parve di scorgere una luce divertita nei suoi occhi.

«Allora provo a spiegarle alcune cose. Le persone diventano più vulnerabili all'influenza sociale quando vengono indotte a pensare, sentire e percepire le cose in modo diverso dal solito. L'affinità umana per i gruppi molto coesi è un tratto innato. Non ci rendiamo nemmeno conto di quanto desideriamo far parte di una realtà più grande di noi, ed è un elemento che è molto facile sfruttare. Un nuovo membro è in equilibrio tra il premio per l'appartenenza e la punizione per l'alienazione. Ogni minimo episodio di premio e punizione, di avvicinamento o allontanamento dal gruppo, è un'esperienza di apprendimento».

«È come addestrare un cane?», chiese Kim.

«Vedo che sta imparando, ispettore. Vede, esistono meccanismi comuni nell'influenza di gruppo. Tanto per cominciare, condividono un sistema di convinzioni che proviene dal loro leader. Mantengono un livello elevato di coesione sociale e attribuiscono conoscenze o un potere divino a un capo carismatico».

«Eric parla di Jake come se fosse un dio», confermò lei.

«Ed è una convinzione che non siamo riusciti a scrollargli di dosso, nonostante tutto ciò che gli abbiamo detto. Se Jake Black uccidesse un'intera classe di bambini, Eric sarebbe capace di pensare che se lo meritavano».

«Sembra che Eric non stimi nessuno, a parte Jake. Considera un nemico perfino sua madre», disse lei, ripensando alle ultime parole che le aveva detto l'uomo.

«I membri del gruppo sono estremamente attenti al benessere degli altri; la condivisione delle convinzioni rinforza il loro legame. Quando qualcuno si unisce a un gruppo come questo, abbandona la possibilità di prendere decisioni in modo indipendente. I nuovi membri vengono sempre accompagnati da qualcuno. È la loro persona speciale, e tra loro si forma un legame molto stretto senza che se ne rendano conto».

Kim pensò a Tiffany e Britney. Era sicura che Tiff avesse il buonsenso di capire cosa stava succedendo.

«Questi gruppi generano angoscia e poi offrono consolazione. Il mondo sta per finire, ma se ti unisci a noi non succederà. Il mondo è una merda, è troppo pericoloso, ma noi ci prenderemo cura di te. Quasi tutti i nuovi adepti vengono reclutati invitandoli a workshop o lezioni creative. Molti giovani sono in cerca di qualcosa. Il controllo mentale comprende abusi fisici minimi, o non evidenti. L'individuo viene ingannato e manipolato. Esiste un cerchio, che si basa su comportamento, pensieri ed emozioni. Se riesci a cambiare uno solo di quegli elementi, seguiranno anche gli altri».

«Non capisco», disse Kim.

«Okay, immagini di controllare il comportamento attraverso le condizioni ambientali: cibo, sonno, lavoro, orari. Dover chiedere il permesso per tutto. Mangi e lavori con le stesse persone. Ti assegnano un amico. Puoi ricevere punizioni: docce fredde, digiuno, essere costretto a restare sveglio tutta la notte. I leader non possono controllare i pensieri più intimi di una persona, ma sanno che se controllano il suo comportamento, anche il cuore e la mente si adatteranno.

Lo stesso discorso vale per il pensiero. Insegnano ai membri come rimuovere le informazioni che non sono fondamentali per il gruppo. Si allenano a bloccare le emozioni negative. Il canto e la meditazione hanno un ruolo importante in questo processo. Una volta preso il controllo dei pensieri, anche i sentimenti e il comportamento sono controllati, ma il controllo più crudele e difficile da sbloccare è quello emotivo.

Un capo possiede la capacità di manipolare tutta la gamma di sentimenti di una persona. I membri imparano a temere i nemici esterni e le punizioni. Restano sempre in bilico, vengono lodati, poi puniti. In alcuni è possibile indurre una reazione di panico al pensiero di andarsene. Esiste una mentalità elitaria. L'obbedienza è assoluta e le persone vengono influenzate sfruttando la paura e il senso di colpa».

«E cosa succede alle persone che decidono di andare via?».

Kane scosse la testa con convinzione. «Sono scoraggiate in modo energico, e intendo davvero energico. Chiunque abbandoni dimostra che il sistema ha una falla. Come possono essere infelici, e perché la cosa non è stata riferita alle persone più importanti, in modo che potessero gestirla?»

«Per questo nessuno vuole parlare di loro?», chiese Kim.

«Quando un membro si allontana, agli occhi del gruppo è morto. A nessuno è consentito rifletterci su o esaminare le motivazioni. Il rischio è che anche altri possano avere dubbi sull'intero movimento. Le loro stanze vengono ripulite e si elimina ogni traccia della loro presenza. Nulla deve ricordare il fallimento. Non dimentichi che una setta ha solo due obiettivi: reclutare persone e guadagnare soldi. Fine».

«Ma come fanno le persone a non rendersene conto?», chiese Kim, in preda alla frustrazione.

«In primo luogo, non vogliono. Lei vorrebbe che le spiegassi quanto poco è salutare una pizza, se ha un sapore tanto buono?», le domandò, facendo riferimento alla loro prima conversazione. «I gruppi attirano nuovi membri creando un'atmosfera di accettazione incondizionata. Poi erigono un muro tra loro e noi. Le norme di comportamento del gruppo regolano tutte le aree della vita dei membri: il lavoro, la sessualità, la socializzazione eccetera».

Kim pensò alla regola che proibiva le relazioni amorose alla fattoria.

«Tutto è volto a mantenere il controllo. Gli esterni vengono evitati, e tutte le attività si svolgono insieme ad altri membri. Vede, lo status di ognuno è definito da livelli di santità, in modo che un membro tenti continuamente di ottenere un livello di accettazione superiore, rispecchiando sempre più le aspettative del gruppo. Tutte le informazioni che arrivano all'interno sono organizzate, il controllo dei limiti è sempre presente e il sospetto nei confronti dei non-membri viene estremizzato».

«E tutto questo proviene da un solo uomo?», chiese Bryant.

«La personalità del leader è importante, perché la struttura delle sette si basa sull'autorità. Il carisma è meno fondamentale rispetto alla capacità di persuasione e all'abilità manipolativa. Quasi tutti i capi delle sette sono maschi e si sono autoproclamati nel loro ruolo. Sostengono di avere una missione speciale, o conoscenze speciali. Tutte le sette asseriscono che i membri sono scelti, eletti. Alla fine, il gruppo si aspetta che i membri dedichino sempre più tempo, energie e denaro alla causa. Decide cosa devono indossare e mangiare, dove e quando devono lavorare, quando possono dormire e lavarsi, e accade lo stesso con ciò che credono o pensano. Viene promosso uno stile di pensiero che vede solo bianco o nero. Tutto o niente. L'isolamento e il cibo sono gli elementi più comuni nel meccanismo di controllo e nella dipendenza forzata».

«Riso e fagioli?», chiese Kim.

«Le razioni più semplici sono riservate a chi non raggiunge gli obiettivi. È un messaggio chiaro, che colpisce i bisogni primari per la sopravvivenza».

«È ciò che abbiamo trovato nello stomaco di Sammy e Tyler».

Non parve sorpreso.

«Erano entrambi stati liberati da Unity Farm, quindi si erano autoinflitti una punizione?», domandò Kim, colta da quel pensiero. Nessuno li aveva costretti a ingerire quel cibo.

«Molto probabile. Anche se Sammy era sulla via della guarigione, era ancora divorata dal senso di colpa per non essere riuscita a tornare».

«Sammy e Tyler stavano entrambi passando un brutto periodo. Sono stati presi di mira per questo motivo?»

«Le ricerche dimostrano che circa due terzi delle persone che si uniscono a una setta provengono da famiglie funzionali. Solo dal cinque al sei percento presenta problemi psicologici seri. Deve comprendere che le sette offrono soluzioni immediate e semplicistiche ai problemi della vita. I giovani possono sentirsi sopraffatti dalle troppe decisioni che devono prendere. Sono produttivi, ma in genere non ricchi. Le persone che non hanno una relazione sono più sensibili alla persuasione. Il target sono gli studenti stranieri, soli, quelli con una bandierina sullo zaino; cercano anziani che hanno buone pensioni e soldi da parte. Le vedove di mezza età che sono proprietarie di case, automobili eccetera».

Kim pensò subito a Sheila Thorpe.

«Esistono migliaia di tecniche diverse, usate per fare breccia nella psicologia di ogni individuo, ma tutte ricadono all'interno di sei categorie».

«E sarebbero?»

«Essendo umani, amiamo la coerenza. Se prendiamo un impegno e non lo portiamo a termine, ci sentiamo in colpa. Se qualcuno ci dà qualcosa, cerchiamo di ripagarlo, quindi se accetti del cibo sai che devi dare qualcosa in cambio. Ci sforziamo di scoprire cosa gli altri pensano sia corretto. Vogliamo delle conferme sociali per poter imitare ciò che vediamo. Abbiamo un profondo senso del dovere che proviamo nei confronti delle figure autoritarie».

«Alcuni di noi, in effetti», intervenne Bryant.

«Dunque i membri accettano il leader come autorità. Tutti noi obbediamo alle persone che ci piacciono, e se sei oggetto di un'estrema manifestazione di affetto, senti di dover fare ciò che ti chiedono. Infine c'è la scarsità. Se desideriamo una cosa, possono indurci a temere che se aspetteremo troppo non la troveremo più, e allo stesso modo senza il gruppo perdiamo una vita priva di stress».

Kim pensò a Tiff e al fatto che si trovava con quelle persone ormai da oltre ventiquattro ore.

«Ma le persone con un buon equilibrio e dotate di buonsenso sono immuni a questi specchietti per le allodole, vero?», chiese, sentendosi invadere sempre più dalla nausea.

Kane fece un gran sospiro. «Se la pensa così dopo tutto ciò che le ho spiegato, non ha ascoltato una sola parola».

Capitolo 80

Tiff immaginò che per Britney, che sembrava ansiosa di tornare alla fattoria, non fosse consuetudine prendere un taxi. Cercò di scacciare l'angoscia che le serrava lo stomaco, temendo che potesse esserci un collegamento con la visita del suo capo, e cercò di convincersi che Britney si sentiva soltanto poco bene.

La ragazza dai capelli rossi disse al tassista di fermarsi davanti al cancello esterno come il giorno prima, ma stavolta non ci furono chiacchiere emozionate o soste in cima alla collina per osservare l'accensione delle luci. Peccato, pensò Tiff: le sarebbe piaciuto rivederle. Britney però non pareva nello stato mentale adatto per poterglielo chiedere.

Una parte di lei, d'altro canto, era sollevata nel vederla di malumore. Dopo tutti i sorrisi e l'allegra parlantina, era bello sapere che poteva spostarsi su altri piani dell'emotività. Sperava solo che quello stato d'animo non durasse troppo. Quella sera voleva cercare di fare conoscenza con altri membri della famiglia, e magari riuscire a trovare Sophie Brown.

Tiff seguì Britney nella fattoria e poi subito da Jake.

«Buonasera, signore, passato una buona giornata?», chiese loro sorridendo.

«Sì, tutto benissimo, Jake», rispose subito Britney. «Possiamo parlare un attimo prima...».

«Magari più tardi, Brit», le rispose lui posandole una mano su una spalla. «Mi sa che io e Tiff abbiamo un appuntamento per continuare la discussione di ieri sera».

«Ma...».

«Qualsiasi cosa sia può aspettare, Britney», le disse con maggiore fermezza.

Brit capì l'antifona, rivolse a Tiff un sorriso poco convinto e tese la mano, facendo un cenno verso il suo zaino.

Tiff se lo tolse e la ringraziò perché l'avrebbe portato nella loro stanza. Aveva ancora il cellulare che le aveva dato il capo infilato nel davanti dei pantaloni.

«Seguimi», disse Jake facendole strada su per le scale.

Dopo molti sorrisi e saluti, raggiunsero una porta con un cartello che diceva "Privato".

Tiff entrò e subito ebbe la sensazione di essere accolta in un grande abbraccio pieno di calore. Mobili scuri addolciti da plaid e coperte, pareti piene di volumi che sembravano delle prime edizioni.

«Accomodati pure», le disse, indicando il morbido divano. Lei si sedette di fronte a un caminetto acceso con delle candele profumate dalle fiammelle tremolanti poggiate sulla mensola.

Jake si sistemò sulla poltrona e posò i gomiti sulle ginocchia. Le maniche della camicia scivolarono verso il gomito, scoprendo un Rolex al polso sinistro.

«Spero non ti dispiaccia, ma Brit mi ha raccontato un po' della tua situazione a casa. Non è stato un pettegolezzo, sai, è che si è molto affezionata a te in pochissimo tempo».

Tiff scosse la testa. Non le dispiaceva affatto. Spesso si era domandata se la sua reazione di fronte ai favoritismi di sua madre non fosse esagerata, ed era felice di poter ascoltare il suo punto di vista.

La giovane sapeva bene qual era la sua missione, ma il motivo per cui il giorno prima si era infuriata era ancora molto reale. Non aveva più sentito sua madre e sperava che Ryan stesse comodo nella sua stanza.

«Ce l'hai con loro, vero?», le chiese con dolcezza Jake. La sua espressione era piena di calore e comprensione.

Non aveva mai parlato con nessuno di quel che provava per la sua famiglia. C'erano persone che avevano problemi molto più grandi dei suoi. Che importanza aveva se si sentiva di merda? Se la sarebbe fatta passare. Era una donna adulta.

«Hai sempre dato la colpa a loro per ciò che provavi, dalla prima ingiustizia che non sei riuscita a giustificare o spiegare per poterti sentire meglio. Ricordi qual è stata?»

«Il compleanno di Steven», non poté trattenersi dal dire. Poi si rese conto che era la verità.

«Raccontami», le disse, appoggiandosi allo schienale.

«Il mio compleanno è a giugno. Avevo nove anni, e ho ricevuto dei pattini. Li adoravo. Un mese dopo è stato il compleanno di Steven, e a lui hanno regalato una bici e dei dolci, e siamo andati a cena da McDonald's».

Una parte di lei si aspettava di vederlo ridere. Perfino a lei sembrava un racconto assurdo.

Lui però non rise.

«È stata la differenza di valore dei doni a colpirti?», le domandò, inclinando il capo in modo che la luce delle candele danzasse sul suo viso. Tiff rifletté sulla domanda. Aveva sempre pensato che fosse così: i suoi pattini contro una bici nuova di zecca. Eppure si accorse che non era stato quello a infastidirla.

«No, non penso sia stato il dono, ma l'occasione. Dal momento in cui si è svegliato, la giornata è stata dedicata a lui. Regali, palloncini, biglietti, una cena speciale, cosa molto rara. È stata la differenza nell'importanza data, la priorità».

«E così hai cominciato a chiederti perché tu non avessi ricevuto lo stesso livello di attenzioni. Che cosa avevi fatto di male? Perché non contavi abbastanza?».

Lei annuì e sentì le lacrime bruciarle gli occhi.

Jake si chinò e le sfiorò un polso con gentilezza. «Non essere turbata, Tiff, è l'ultima cosa che desidero, ma voglio aiutarti a capire. Posso andare avanti?».

Lei ricacciò indietro l'emozione e annuì.

«È difficile guardarsi indietro con uno sguardo oggettivo, senza emotività, ma in pratica hai cominciato a sentirti inadeguata prima dei dieci anni di età per colpa del comportamento di altre persone.

Scommetto che da quel momento in poi hai cominciato a cercare esempi, fatti che dimostrassero la tua teoria, elementi che corroborassero l'idea che in qualche modo potessi valere meno dei tuoi fratelli, che fossi meno importante, meno degna».

Lei assentì.

«E li hai trovati, vero?»

«Sì», mormorò, cercando di bloccare il flusso dei ricordi che rischiava di travolgerla.

«E sai perché hai trovato tanti rinforzi alle tue convinzioni?».

Scosse il capo. Jake stava per dirle ciò che aveva sempre detto a sé stessa. Avrebbe razionalizzato la sua infanzia, spiegandole che l'equilibrio c'era, così come c'erano stati elementi positivi, che c'erano stati momenti in cui lei aveva ricevuto più attenzioni dei ragazzi e che la mente si aggrappava al negativo più che al positivo. Stava per dirle che i suoi ricordi erano distorti e che l'amore era stato distribuito in modo equo.

«Tiffany, hai trovato così tanti esempi di favoritismo perché esistevano davvero. È evidente che tua madre ha trattato in modo diverso te e i tuoi fratelli, e questo fatto ti ha condizionata, influenzando tutta la tua vita. I tuoi sentimenti erano corretti, ed eri giustificata».

«Oh», disse lei, sorpresa.

«Ma ciò che rende i tuoi sentimenti più faticosi è il desiderio di cambiare la realtà. Tu desideri che tua madre si svegli una mattina e cominci a suddividere l'affetto in modo equo, ed è questo che ti trattiene. Stai ancora aspettando un cambiamento che non arriverà. Non puoi farlo arrivare». Fece una pausa. «Il fatto che siano tuoi parenti di sangue non ti obbliga a continuare a sforzarti, a lanciarti contro un muro, perché non funziona, e ogni volta che non funziona tu provi la stessa umiliazione e lo stesso dolore. Qui l'unica persona che soffre sei tu, e questo mi rende incredibilmente triste, non per te, ma per tutti loro».

Nella mente di Tiffany scorrevano pensieri di ogni genere.

«Sono triste perché penso che non riescano a capire quanto sei unica e speciale. Noi l'abbiamo capito subito. Sei intelligente, piena di energie, entusiasta, affettuosa. Per qualsiasi famiglia sarebbe una vera benedizione averti con sé. È un peccato che la tua famiglia di sangue non sia in grado di vedere ciò che vediamo noi». Scosse il capo. «Spero di non averti turbata, ma volevo farti capire che qui ci sono persone in grado di comprendere davvero. Sanno anche che il primo passo per guarire, per scoprire la vera te, è l'allontanamento. Devi darti la possibilità di provare meno interesse per la loro opinione, ma soprattutto per ciò che fanno. Ti sembra sensato?».

Tiff annuì. Lo capiva.

«Qui possiamo aiutarti, ma deve essere una tua scelta».

«Io non... io...».

«Non pensarci subito. Datti del tempo per ragionare e comprendere ciò di cui abbiamo parlato. Non c'è fretta», le disse sorridendo. «Ora va' pure in sala da pranzo, dove ti aspetta un buon pasto caldo».

Lo ringraziò e uscì dalla stanza. Era ancora confusa quando raggiunse la sala da pranzo: cercava di esaminare i sentimenti che le vorticavano nella testa come fuochi d'artificio. Si accorse dei sorrisi e dei cenni di saluto, che ricambiò, e che per quanto fossero gradevoli le sembravano strani senza Britney accanto. Aveva cominciato a pensare a loro due come a una specie di squadra.

Per la prima volta entrò nella sala al suono dei flauti di pan e delle chiacchiere generali delle persone che cenavano.

Era già il momento del secondo turno.

Oh, be', poco importava. Aveva una gran fame e in quel momento era pronta a mangiare qualsiasi cosa. Si mise in fila.

«Ciao, sei Tiffany, vero?», le chiese una voce dai tavoli.

Era la donna che le aveva servito il maiale e il purè la sera prima.

«Sì, sì, sono io».

Lei infilò una mano sotto il tavolo e tirò fuori un piatto coperto.

«Dal primo turno. Jake ha chiesto di metterti da parte un pasto. Attenta, il piatto scotta», aggiunse, spingendolo verso di lei.

«Grazie mille...», disse Tiff, sentendosi invadere da un senso di calore. Ma non sapeva nemmeno come si chiamasse quella donna.

«Di nulla, tesoro», fece lei con un sorriso. «E tanto perché tu lo sappia, io sono Sheila».

Capitolo 81

«È difficile uscire dalle sette perché le persone provano un senso di lealtà», riprese Kane, quando vennero portate altre bevande al tavolo. «C'è la pressione dei loro pari, e poi credono nel gruppo. Possono essere stanche e confuse, già separate dalla vita precedente. Cominciano a temere il mondo senza il gruppo. Mettendo insieme tutte questi elementi, si ottiene una forza molto potente. In qualità di consulenti per l'uscita abbiamo le nostre procedure, ma...».

«Non sempre funzionano», concluse Kim.

«Certo che no. Nel suo campo, ispettore, è possibile che qualcuno inventi una nuova serratura, e che un criminale esperto la espugni in poche ore. Lo stesso discorso vale per la protezione informatica. Nel momento in cui viene scritto un codice, c'è sempre qualche ragazzino capace di decifrarlo. Chi resiste al processo di uscita può sempre dire "sì, mi avevano avvisato che avresti detto così", quindi devi sempre tenere a mente che l'idea stessa di distaccarsi è terrificante per loro. Dopo l'abbandono le persone si sentono in colpa, provano vergogna, biasimano sé stesse, sono piene di paure e paranoie. Molti si sentono depressi, soli, hanno scarsa sicurezza in sé stessi e si convincono di non essere più in grado di fare scelte giuste».

«Per questo pensava che Sammy Brown non fosse pronta?».

Kane annuì. «Aveva vissuto là dentro per due anni, e in una setta corrisponde a metà di una vita intera. Non era pronta ad affrontare i problemi della vita quotidiana. Devono far fronte a turbamenti psicologici ed emotivi che possono causare sofferenze profonde, devono crearsi una nuova rete sociale e cercare di ricucire i vecchi rapporti. Possono volerci dai sei mesi ai due anni perché la loro vita torni a funzionare, e quando si rendono conto di ciò che hanno fatto provano una nuova ondata di senso di colpa nei confronti delle persone a cui hanno voltato le spalle. Hanno paura di ritorsioni da parte della setta e non sono più capaci di fidarsi. Sospettano di familiari e amici. Un ex membro di una setta può impiegare anche anni per venire a patti con la collera e con il risentimento, anche se la deprogrammazione ha funzionato».

«Come funziona la deprogrammazione?»

«Non esiste una formula o una pozione magica. Si tratta di indurre un membro a mettere in dubbio e riesaminare le proprie convinzioni. Mostrargli le somiglianze con altri gruppi. Leggergli libri e articoli in cui possano riconoscersi. Far vedere loro video sulle sette. Dimostrare che sono in trappola. Che non sono stati loro a scegliere di entrare in quella trappola.

«Ci concentriamo sul presente, non su ciò che hanno fatto ma su ciò che possono fare. Dobbiamo ricostruire una relazione positiva, la fiducia. Dobbiamo cercare di accedere alla loro identità precedente all'ingresso nella setta, farli tornare in contatto con le persone che erano prima. Dobbiamo indurli a visualizzare un futuro felice per sciogliere il terrore dato dall'indottrinamento. Dobbiamo presentare definizioni concrete di controllo della mente e le caratteristiche di un culto distruttivo. Dobbiamo essere pazienti e perseverare. Alcuni ex membri di sette descrivono l'esperienza dicendo che si sentivano come se si fossero innamorati profondamente, per poi scoprire di essere stati usati». Si appoggiò allo schienale. «Sapete già che alcune persone non si riprendono mai dall'esperienza di vita all'interno di una setta. Sono cambiate per sempre, e alcune preferirebbero morire piuttosto che cercare di riadattarsi a una vita normale».

«Quindi il suicidio è una minaccia molto reale?», chiese Kim, pensando a come la morte di Sammy avesse rischiato di essere classificata come tale.

«Sì, esatto», fece lui, guardando l'orologio. «E sono anche piuttosto sicuro che non ci sia molto altro che possa dirvi».
«Che ne dice del suo vero nome?», gli domandò.
«Non è rilevante».
Era valsa la pena di fare un tentativo.
«Grazie per il tempo che ci ha dedicato», disse Kim porgendogli la mano.
Lui la strinse. «Sapete, spero davvero che scoprirete chi è il responsabile degli omicidi».
«Oh, lo scopriremo», gli assicurò.
L'uomo annuì e andò verso la porta. Le due donne dietro il bancone lo osservarono uscire.
Kim aspettò cinque secondi, poi si alzò. «Torno subito», disse a Bryant da sopra una spalla.
Pensava davvero che fosse una sprovveduta?
Quando uscì, lo vide sparire dietro l'angolo dove si trovava un negozio di parrucchiere. C'era una piccola automobile parcheggiata cinquanta metri più avanti.
Gli restò dietro per una buona trentina di metri, lasciando che i passanti si frapponessero tra loro. L'altezza di Kane impediva che si mescolasse tra la folla. Non aveva voluto dire loro come si chiamava davvero, ma l'auto che guidava doveva essere registrata a nome di qualcuno, e da quell'informazione potevano risalire a qualche informazione. Era sorpresa che non ci avesse pensato lui stesso.
All'improvviso l'uomo svoltò in una stradina laterale che riportava sulla strada principale.
«Ma cosa...», fece lei, accelerando.
Raggiunse l'angolo appena in tempo per vederlo infilarsi in un taxi.
Maledizione. Allora ci aveva pensato.
"Che cazzo", pensò, rendendosi conto di averlo sottovalutato. Il gioco era sempre stato in mano sua.
Era furiosa. Decise che l'avrebbe trovato. Era più determinata che mai.
«Allora?», chiese Bryant quando Kim salì in macchina.

«Ha preso un taxi».
«Furbo. Adesso dove si va?».
Kim sollevò un dito: aveva ricevuto un messaggio da Tiff.
Lo lesse, poi guardò il suo collega. «Be', questa non me l'aspettavo».

Capitolo 82

Tiff entrò in camera da letto con le parole di Jake che ancora le giravano nella testa. Possibile che fosse tanto semplice abbandonare la speranza che potesse cambiare qualcosa? Sapere di avere il potere di diminuire l'effetto delle azioni degli altri su di lei semplicemente decidendo che non erano importanti le dava una sensazione esaltante.

«Avete fatto una bella chiacchierata?», chiese Britney, con un sorriso che ormai Tiff seppe riconoscere come forzato.

«A dire il vero sì. Jake mi ha dato molto su cui riflettere».

«Già, è il suo forte. Per questo tutti noi gli diamo ascolto. Conosce molto bene i meccanismi della mente».

Tiff sorrise vedendo un cambio di vestiti sistemato con cura accanto al suo letto. Indossava gli stessi jeans e la stessa felpa dal giorno prima.

«Oh, che meraviglia. Faccio una doccia veloce e mi cambio».

«Benissimo, stasera c'è la chiacchierata libera e mi piacerebbe tanto che venissi anche tu».

«Che cos'è?», le chiese.

«Chi vuole può andare nella sala principale e parlare di come procede la sua vita, di come si sente. È un'occasione fantastica per conoscere gli altri».

«Sembra bellissimo», disse Tiff prendendo i vestiti, e non si stupì di scoprire che erano della sua taglia.

«Non hai parlato con lei, vero?», domandò Brit piano.

Tiff si irrigidì. Non poteva parlare che di una persona.

«Chi?», chiese, voltandosi verso l'amica.

«Quella poliziotta».

Tiffany aggrottò la fronte. «C'eri anche tu. Non mi ha quasi degnata di uno sguardo; non mi ha nemmeno rivolto la parola, quella maleducata del cavolo e...».

«Intendo dopo, nei bagni».

Tiff continuò a fissarla.

«C'era anche lei, là dentro», proseguì Brit.

E così le aveva viste entrambe uscire dai gabinetti. Maledizione. La sua unica possibilità era mentire spudoratamente.

«Brit, non sapevo nemmeno che ci fosse, ma se anche ci avessi parlato, cosa potrei averle detto?».

Lei si strinse nelle spalle. «Non lo so, magari qualcosa di male su Jake e sulla...».

«Aspetta un attimo, pensi che potrei infamare un luogo e delle persone che mi hanno accolta quando ne avevo bisogno, mi hanno nutrita, vestita, e mi hanno spinta a credere in me stessa?».

Vide la tensione allentarsi sul suo viso e cercò di portare a casa il punto. «Se è in cerca di maldicenze, da me non ne avrà», concluse Tiff, dandole di gomito.

Britney rise e ricambiò la gomitata scherzosa. «Quindi non hai proprio parlato con lei?».

Tiff alzò gli occhi al cielo. «Brit, te lo giuro, non ho parlato con nessuno».

Britney le fece un sorrisone, e Tiff scacciò il senso di colpa per aver mentito alla sua amica.

Capitolo 83

«Okay, ragazzi, adesso sappiamo che Sheila Thorpe è viva e vegeta, e che cucina per un esercito a Unity Farm», disse Kim a due terzi della sua squadra; ma a giudicare dall'espressione corrucciata di Stacey, non aveva tutta l'attenzione di quel pubblico ridotto.

Bryant l'aveva lasciata alla porta, poi aveva proseguito per Worcester. L'aveva aggiornata sugli sviluppi della vicenda di Peter Drake, e per la sua salute mentale, Kim desiderava che andasse a vedere con i suoi occhi come sarebbe finita quella storia.

«Vi spiace se passo ad avvisare la figlia di Sheila?», chiese Penn.

Per un attimo Kim si domandò se la donna avrebbe provato sollievo o sgomento nel sapere che fine aveva fatto sua madre. Ma meritava di conoscere la verità.

«Sì, e se Stacey volesse unirsi alla conversazione...».

«Scusa, capo, ma stavo controllando un foglio catastale e ho trovato conferma del fatto che Unity Farm non è la prima setta di Jake Black».

«Che cosa?», fece Kim, sorpresa. Non ci aveva mai pensato.

«È per via di una cosa che mi ha scritto Penny Hicks. Ha detto di essere rimasta con Jake per dodici anni, ma sappiamo che Unity Farm esiste solo da dieci. Sembra che avesse fondato un gruppo quando aveva ventotto anni, ed era un gruppo religioso che contava una ventina di membri. Hanno fatto una colletta per acquistare una piccola tenuta nel Somerset. Tutto è andato bene finché un ragazzo di diciotto anni, di nome Graham Deavers, è morto in circostanze sospette, cadendo da un tetto mentre lo stava riparando. Le autorità non erano convinte, ma non hanno trovato prove che fosse un omicidio. Il coroner l'ha registrata come morte accidentale. Cinque mesi dopo è morta un'altra persona, un uomo di quasi trent'anni, Christopher Brook, che si è suicidato. Venti persone hanno dichiarato che era depresso e che aveva detto di voler mettere fine alla sua vita».

«E potrebbe anche essere vero», disse Kim, cercando di restare obiettiva.

Stacey annuì, ma sembrava dubbiosa. «Il secondo incidente ha diviso il gruppo, e la proprietà è stata venduta. A quel punto Jake Black è scomparso per qualche mese, fino alla nascita di Unity Farm».

«Porca miseria, Stace, bel lavoro. Domattina riparti da qui», le disse.

Quella nuova informazione innescò altre domande su Jake Black. Se la setta precedente era di stampo religioso, perché aveva scelto la salute e il benessere per Unity Farm? C'era qualcosa di cui gli importasse davvero quanto gli interessava essere venerato?

Kim impiegò alcuni minuti per aggiornarli sulla conversazione con Kane.

«Sembra sapere il fatto suo», notò Stacey. «Tutto ciò che ho scoperto negli ultimi due giorni conferma ciò che dice. Penny Hicks sembrava avere il terrore di parlare con me o di descrivere in modo preciso qualsiasi cosa riguardasse la fattoria, e quando ho cercato di insistere è scomparsa. E poi c'è quella ragazza che si è buttata dalla finestra».

Kim non era più tanto sconvolta da quegli avvenimenti, dopo ciò che aveva saputo da Kane. Si poteva dire che nessuno di loro avesse la minima cognizione degli effetti a lungo termine di luoghi come Unity Farm.

«Posso parlare liberamente, capo?», chiese Stacey.

Kim inarcò un sopracciglio. Stacey sapeva di avere il permesso di dire tutto ciò che voleva. Era il suo modo di avvisarla che forse ciò che stava per dirle non le sarebbe piaciuto.

«È per Tiff. Sono un po' preoccupata...».
«L'ho vista oggi, Stace, sta bene», la rassicurò. «Le scriverò più tardi, comunque, per stare tranquilli».
«Grazie, capo».
«Allora, domani ci sarà uno sforzo congiunto per l'identificazione dell'uomo nel lago, per scavare a fondo su Kane Devlin e approfondire la storia della setta precedente. Penn, voglio ancora sapere dove sono finiti quei soldi, ma per oggi basta così».
«Perfetto, capo», disse Penn spingendo indietro la sedia.
Stacey lo imitò.

Kim aspettò che Penn fosse uscito dalla stanza, poi si mise a braccia conserte.
«Allora, come va l'organizzazione del matrimonio, Stace?»
«Bene, capo», rispose lei senza entusiasmo, mettendo il cellulare nella tracolla.
Non sembrava una donna che si diverte a fare i preparativi per il giorno più felice della sua vita.
«E quanto peso hai perso nell'ultimo mese?», le domandò.
«Un chilo e mezzo», rispose lei cupa.
«Perché?»
«Non lo so. Non riesco proprio a...».
«No. Voglio sapere perché lo stai facendo».
«Voglio solo che sia tutto perfetto».
«Quanto pesavi quando Devon ti ha chiesto di sposarla?»
«Un chilo e mezzo di più», fece lei con un sorriso mesto.
«Il tuo peso non è un problema, Stace. Devon ti ama così come sei, e lo sai benissimo». Lanciò uno sguardo verso la scrivania di Penn, il posto un tempo occupato dal detective Kevin Dawson. «Sai, un tuo carissimo amico una volta mi ha detto che non ti saresti mai sentita all'altezza di Devon, e aveva ragione. Credo l'abbia detto anche a te».
Gli occhi di Stacey si arrossarono di colpo.
«Prova a pensare a cosa ti direbbe, se fosse qui in questo momento».

Stacey deglutì. «Mi direbbe che vado bene così, e che quella fortunata è Devon».

Kim distolse lo sguardo dalla scrivania e lo puntò sulla collega. «E per una volta, Stacey, avrebbe ragione lui».

Capitolo 84

Bryant entrò in una sala che rimbombava di chiacchiere entusiaste. Le scrivanie erano disseminate di bicchieri di plastica e sul tavolo principale c'era una bottiglia di vino da due soldi. Tre cartoni di pizza erano aperti, poggiati sulle postazioni di lavoro.

Travis gli venne incontro con una tazza di caffè in una mano e tendendogli l'altra.

«Entra, Bryant», disse in tono affabile. «Unisciti ai festeggiamenti».

Lynne sollevò una Diet Coke nella sua direzione, salutandolo.

«Che succede?»

«Ha confessato», rispose Travis, allentandosi la cravatta. «Peter Drake ci ha raccontato tutto».

«Stai scherzando?», fece lui.

Venticinque anni prima quell'uomo si era trincerato dietro un avvocato e non aveva detto una parola fino a quando non era entrato in tribunale.

«No. È bastato stuzzicarlo e ha ceduto completamente. Ora sta facendo una pausa, poi Lynne e io torneremo là dentro per concludere, ma posso dirti per certo che Peter Drake tornerà dritto dove deve stare».

«Porca miseria», esclamò Bryant, sentendo sciogliersi la tensione che si portava addosso da giorni.

«Tieni, prendine un po'», gli disse Travis versando il vino rimasto in un bicchiere.

Bryant rifiutò. La bottiglia e i bicchieri erano solo per fare scena e per chi non guidava. Bryant sapeva che erano pochissimi i poliziotti che bevevano anche solo una goccia di alcol, se poi dovevano mettersi al volante.

«Ti spiace se guardo la registrazione?», chiese.

L'espressione di Travis s'indurì. «Per la miseria, Bryant, hai avuto ciò che volevi».

Una ragazza di vent'anni era stata assassinata in modo orribile, brutale. Difficile dire che Bryant avesse avuto ciò che voleva.

«Ho bisogno di chiudere. Guarderò la confessione e poi potrò smettere di pensarci».

Notò quanto la richiesta l'avesse frustrato, ma non gli interessava. Se c'era una cosa che gli aveva insegnato il capo era che bisognava arrivare fino in fondo a una questione, per quanto dura fosse.

«Bob, carica la confessione», ordinò Travis a un agente magro come un chiodo che stava per prendere una fetta di pizza.

Bob guardò prima uno, poi l'altro, e poggiò la pizza per poi pulirsi le mani sui pantaloni. Si sedette, caricò il video, si alzò e fece segno a Bryant di prendere il suo posto.

Bryant lo ringraziò e lo osservò tornare alla fetta di pizza prescelta.

Si sedette e prese le cuffie collegate con il computer.

«Ehi, Bryant», disse Lynne, appoggiandosi alla scrivania.

«Hai fatto tu il primo interrogatorio?», le chiese.

Lei annuì. «Sono stata io ad arrestarlo, e devo dire che poche volte sono stata così contenta di arrestare qualcuno. Stanotte dormirò meglio, sapendo che quel pezzo di merda è dietro le sbarre».

«Vale lo stesso per me», fece lui, guardando lo schermo con aria eloquente.

«Sì, ti lascio fare. Volevo solo chiederti come sta Penn. So che a sua madre non manca molto...».

«Penn è Penn», le rispose con sincerità. Non era il tipo da portare i problemi personali al lavoro.

Bryant notò il modo in cui aveva abbassato lo sguardo quando aveva fatto il suo nome.

«Sai, credo che forse sarebbe meglio se glielo chiedessi tu. Sono sicuro che lo apprezzerebbe...».

«Ehi, Lynne, ricominciamo», la chiamò Travis dall'altra parte della stanza. Aveva di nuovo la cravatta ben stretta intorno al colletto, la giacca recuperata dallo schienale della sedia.

«Sì, forse...», disse lei, prendendo una cartellina dalla sua scrivania e seguendo il capo fuori dall'ufficio.

Bryant premette play e osservò lo schermo animarsi.

Travis e Lynne entrarono nella saletta, e Travis dichiarò davanti alla telecamera data e orario.

Travis: Signor Drake, conferma anche in questo momento di rinunciare al diritto di farsi assistere da un avvocato?
Drake annuisce.
Travis: La prego di rispondere.
Drake: Niente avvocati. Voglio una sigaretta.
Travis: È consapevole di essere stato arrestato per lo stupro e l'omicidio di Alice Lennox?
Drake: Sì.
Travis: Desidera dire qualcosa?
Drake: Sono stato io.
Travis: C... cosa?
Drake: Sono stato io. L'ho ammazzata. Mi avete beccato.

Dieci secondi di silenzio.

Travis: Signor Drake, sta confessando l'omicidio di Alice Lennox?
Drake: Certo. È quello che volete sentire, no?
Lynne: Sì, se è la verità.
Drake: Ma certo che è la verità, stupida puttana. Ho ammazzato...
Travis: Moderiamo il linguaggio, signor Drake. Desidera approfondire la confessione?

Travis sapeva fare bene il suo lavoro. Cercava dettagli da poter presentare in tribunale nel caso in cui Peter Drake avesse deciso di cambiare idea, dichiarandosi non colpevole.

Drake: Sentite, era una prostituta, non è una gran perdita. Sono andato da lei quando si è allontanata dalle altre. Mi ha seguito senza problemi pensando di guadagnarsi qualche sterlina.

Travis: L'ha seguita volontariamente?
Drake: Le ho offerto settanta sterline per un pompino, certo che mi ha seguito. L'ho portata a Spinners Corner e le ho tirato un bel colpo per metterla fuori gioco.
Travis: E l'ha stuprata?
Drake: Non con l'uccello. È una prostituta, chissà che malattie poteva attaccarmi. No, le ho infilato una bottiglia di birra...
Travis: E poi cos'ha fatto?
Drake: Ho tirato fuori il coltello e ho cominciato a tagliarla. All'inizio ho fatto dei tagli piccoli, solo per vedere il primo strato di pelle che si staccava, poi più forte, più in profondità. Più strillava e più spingevo. L'ho affettata e tagliuzzata come se mi stessi preparando il pranzo della domenica, cazzo. Sanguinava che era una meraviglia. Ha cominciato a perdere conoscenza, sveniva e rinveniva, così sono riuscito ad aprirla come si deve.
Travis: Potrebbe descrivere...
Drake: Tanto lo sapete già. L'avete vista. Sapete cosa mi piace fare. Ho preso la lama e l'ho aperta dall'interno della coscia fino alla caviglia, su tutti e due i lati.
Travis: E poi cos'ha fatto?
Drake: L'ho guardata morire. La seconda parte che preferisco.
Travis: E poi?
Drake: Me ne sono andato e l'ho lasciata lì, come la merda che era.

Altri dieci secondi di silenzio, poi Travis spense la telecamera e sospese l'interrogatorio.

Bryant allentò i pugni e si tolse le cuffie, ben sapendo che l'orrore della scena descritta da Drake gli sarebbe rimasto in testa per settimane.

Travis aveva ragione: quel bastardo perverso aveva confessato e lui aveva ciò che voleva. Ma dopo avere ascoltato quel che aveva fatto a quella ragazza, la vittoria aveva un sapore davvero amaro.

Capitolo 85

Kim uscì dalla centrale e si diresse verso la Ninja parcheggiata in fondo alla fila delle autopattuglie.

Ebbe un tuffo al cuore quando una sagoma sbucò dall'oscurità e le sbarrò la strada.

«Che diavolo», esclamò di fronte agli occhi arrossati di Kate Brown. Delle ciocche di capelli biondi sbucavano da sotto il berretto di lana che indossava e ricadevano sul bavero del lungo cappotto pesante. Era una sera fredda, ma le temperature non erano ancora precipitate al punto da richiedere un abbigliamento invernale.

«Mi scusi, ispettore. Avevo s-solo bisogno di parlarle da sola. Sono qui da un po'», disse, guardando verso le porte della stazione di polizia.

«Vuole entrare?», chiese Kim, confusa.

La donna scosse il capo e si guardò intorno. «No, no, ci vorrà solo un minuto».

Sembrava terrorizzata, anche se si trovava nel parcheggio di un commissariato. C'erano pochi posti più sicuri di quello.

Poi Kim capì. «Myles sa che è venuta qui?».

Lei esitò. «No, è un uomo cocciuto e continua a credere che dobbiamo affidare la sicurezza di Sophie nelle mani di Kane».

«E lei non lo pensa?», le chiese, facendola spostare di lato mentre due agenti uscivano dalla porta. A quanto pareva il cappotto pesante e il cappello erano una sorta di camuffamento.

Kate si fermò una ciocca di capelli dietro un orecchio. «Sono sempre più agitata, ogni ora che passa. Non riesco a smettere di pensare che qualcosa andrà storto».

«Kane ha confermato di averla presa?», chiese Kim.

«No, si rifiuta di darci risposte dirette ed è sempre più complicato contattarlo. Ogni minuto senza di lei mi fa diventare pazza. Ho sempre la sensazione di non avere più tempo, che non rivedrò mai più Sophie». Le si riempirono gli occhi di lacrime. «La prego, ispettore, mi aiuti, non posso perdere un'altra figlia».

Fino a quel momento non era riuscita a dedicare del tempo alla ricerca di Sophie Brown. Senza una denuncia di scomparsa e una chiara richiesta da parte dei genitori, non aveva alcun titolo per interferire nel caso di un'adulta che aveva deciso di non tornare a casa dai suoi.

«Signora Brown, è una richiesta formale di cercare sua figlia scomparsa?».

Kate non ebbe esitazioni. «Ispettore, la prego, riporti a casa mia figlia».

Erano le parole che Kim sperava di sentire.

Capitolo 86

Tiff seguì Britney nella sala da pranzo. I lunghi tavoli e le sedie erano stati spostati formando un grande quadrato, simile a un banchetto medievale, in modo che ognuno, sedendosi, potesse vedere tutti gli altri. Nel punto in cui di solito si trovavano i cibi tenuti in caldo erano stati preparati degli snack e delle bevande analcoliche.

«Solo donne?», chiese Tiff guardandosi intorno.

«Sì, il giovedì è la serata delle signore».

«Perché questa divisione?».

Brit la guidò verso due posti vicini. «Perché i problemi degli uomini sono diversi da quelli delle donne, e le persone devono poter parlare apertamente».

Tiff scorse Sheila che stava per sedersi dall'altra parte e le sorrise. La donna le rispose con un cenno della mano.

«Okay, signore, siamo pronte?», domandò a gran voce una donna, chiudendo la porta del salone.

«Lei è Lorna, è qui da nove anni. È stata lei a farmi entrare. È fantastica».

Tiff osservò con attenzione la donna, che indossava un paio di jeans chiari e una maglietta tie-dye. Aveva i lunghi capelli castani legati in una coda disordinata, che scopriva due orecchini di perle. Il suo viso era rilassato e gradevole. Tiff approfittò per dare uno sguardo anche alle altre. Sophie Brown non c'era.

Lorna fece un sorriso che si diffuse in tutta la stanza.

«Cominciamo dando il benvenuto nel gruppo a Tiffany. Ho saputo che le piace farsi chiamare Tiff».

Il sorriso fu puntato su di lei, mentre le altre la salutavano con la mano o le rivolgevano parole di benvenuto.

«Okay, qualcuno vuole cominciare o scelgo io? Non dimenticate: potete dire qualsiasi cosa e non uscirà di qui. Il nostro scopo è sostenerci e aiutarci».

Una mano incerta si alzò da una donna seduta al tavolo di fronte, tre posti più in là rispetto a Sheila.

A Tiff sembrò che avesse sui venticinque anni; aveva capelli biondi corti e una frangetta che le copriva quasi gli occhi.

«Prego, Maria», disse Lorna.

«Questa settimana ho fatto molta fatica», ammise guardandosi intorno. «Non è che non voglia stare qui, è solo che...».

«Parla pure, Maria. Ogni tua parola è al sicuro con noi», la incoraggiò Lorna.

«È che amo lavorare nell'orto e amo far parte della famiglia, ma questa settimana è il compleanno di mia mamma e...».

«Maria, non devi sentirti in colpa se ti manca tua madre. Nessuno ti giudica. Tutti comprendiamo, e a tutti capita di sentire la mancanza di qualcosa che si trova all'esterno».

Tiff notò che Sheila si guardava le unghie.

«Tutti abbiamo sacrificato qualcosa di fuori, decidendo di concentrarci su noi stessi. Sei un membro molto apprezzato di questa famiglia ormai da sette mesi. Sai qual è il tuo posto e qui tutti ti vogliono bene».

Lorna fece una pausa per dar modo alle altre di mormorare parole di consenso.

«A volte, dopo qualche tempo, è facile dimenticare ciò che ci ha fatti arrivare qui, le forze dolorose e tossiche che ci hanno fatto sentire impotenti e meno importanti di ciò che siamo. Anche solo un breve contatto con tali forze rischia di mandare all'aria tutto il lavoro che abbiamo fatto per ritrovare noi stessi».

Maria ascoltava con fervore ogni sua parola.

«Credo che tu sia più forte ora, Maria, ma non abbastanza da affrontare il ricordo di ciò che lei ti ha costretta a sopportare».

Tiff vide l'indecisione in Maria.

«Tutte noi qui riunite sosterremo la tua decisione, e se vorrai fare una telefonata a tua madre per augurarle buon compleanno non sarai giudicata, ma lascia che ti chieda una cosa: le è mai interessato ricevere i tuoi auguri quando perdeva i sensi ubriaca e tu avevi solo dieci anni?».

Tiff si rese conto di essere l'unica persona sconvolta dalle parole di Lorna. Era evidente che tutte conoscevano i trascorsi delle altre.

«E le è importato del tuo compleanno quando avevi diciotto anni e sei andata a trovarla in prigione? Le interessavano i compleanni quando prendeva tutti i tuoi stipendi della stazione di servizio e li spendeva per l'alcol?».

Quelle parole, per quanto dure, erano avvolte in un manto delicato di empatia e comprensione.

Maria l'aveva ascoltata scuotendo il capo per tutto il tempo.

Lorna si alzò e andò da lei. Le posò una mano su una spalla.

«Tesoro, se ti senti pronta a far rientrare nella tua vita questa relazione tossica, ti staremo accanto. Vogliamo solo che tu sia felice».

Maria cominciò a piangere, e le lacrime le rigarono le guance. Lorna la fece voltare e l'abbracciò forte, accarezzandole i capelli.

«Va tutto bene, tesoro. Butta fuori tutto. Sai che ti vogliamo bene».

Le altre donne si alzarono dai loro posti e si riunirono intorno a Maria. Una mano qui, un tocco lì.

Lorna si districò da quello che era diventato un abbraccio di gruppo e tornò al suo posto.

Poi l'abbraccio finì e Maria alzò di nuovo la mano.

Lorna incrociò il suo sguardo. «Vuoi che organizzi la telefonata?».

Maria scosse il capo con forza e convinzione, e cenni d'assenso si diffusero nella sala.

«Non è fantastica?», chiese Britney.

Tiff annuì, anche se avrebbe usato piuttosto la parola *persuasiva* per descriverla.

Continuò ad ascoltare le donne che raccontavano le loro preoccupazioni per gli aspetti delle vite precedenti di cui sentivano la mancanza, e ciascuna di loro fu depistata con perizia e subdolamente, sfruttando la sua storia contro di lei.

Dopo aver dissuaso una ragazza di nemmeno vent'anni dall'idea di andare a trovare la sorella incinta, Lorna controllò l'orologio.

«Okay, signore, facciamo una pausa, mangiamo e beviamo qualcosa; dopo voglio parlarvi di alcuni eventi entusiasmanti che abbiamo in programma per il mese prossimo».

Tutte si alzarono e andarono verso il tavolo.

«Torno subito», disse Britney, andando verso Lorna che era ancora seduta.

Raggiunta la coda, Tiff si trovò accanto a Sheila.

«Ehi, Tiff», le disse prendendo da bere.

«Ciao», rispose lei imitandola. «Wow, è stata un'esperienza forte ascoltare quelle storie», riprese, cercando di ottenere la sua attenzione.

Sheila si spostò di lato. «Può essere dura ascoltare, ma è proprio per questo che ci incontriamo: per dare occasione alle persone di essere sincere e aperte su come si sentono».

«Tu senti la mancanza di qualcuno?», le chiese Tiff, bevendo un sorso.

Un velo di tristezza le passò sul volto, ma si strinse nelle spalle. «A volte mi mancano le persone della mia vita di prima, ma adesso so qual è sempre stato il mio posto. Capisci cosa intendo?».

Tiff annuì, ma non era sicura che una risposta del genere avrebbe soddisfatto sua figlia.

«E tu, invece? Sei arrivata per problemi familiari?».

Tiff pensò al messaggio che aveva ricevuto poco prima dal capo. Era breve e conciso.

Trova Sophie.

Per il momento, nonostante avesse osservato i volti di tutte le persone che le erano passate accanto, non aveva ancora visto la sorella di Samantha.

Annuì. «E pensavo che potesse esserci anche una mia amica, qui. Magari la conosci, si chiama Sophie. Sophie Brown».

Il viso della donna s'irrigidì mentre si guardava intorno.

«Ti sbagli, credo. Qui non c'è nessuno di nome Sophie».

Tiff sentì un tremito alla mano. Negazione assoluta dell'esistenza di qualcuno.

Da ciò che aveva appreso, succedeva solo se quella persona se n'era andata o era morta.

Capitolo 87

«Okay, marito, che succede?», chiese Jenny, scrutandolo da sopra gli occhiali.
«Niente», rispose Bryant. «Sto bene».
«No, non è vero. Non hai detto quasi una parola da quando sei tornato a casa, gli energumeni vestiti di nero hanno fatto goal e non hai nemmeno...».
«Si chiama meta», rispose lui in automatico. E lei lo sapeva benissimo.
Jenny sorrise. «Be', vorresti provare a essere sincero con tua moglie sul motivo per cui fissi la foto di Laura da venti minuti invece di guardare la gara che ho registrato...».
«Partita», la corresse.
«Quello che è», fece lei, posando di lato il vassoio con il suo lavoro creativo. Aveva scoperto da poco una cosa chiamata *diamond painting*, che comprendeva una tela appiccicosa e centinaia di minuscole pietre scintillanti. Alcune di quelle maledette riuscivano a scappare e gli facevano continuamente l'occhiolino dalla moquette.
«Caffè?», chiese Jenny.
«Sì, grazie», rispose.
«No, volevo dire, ti va di prepararlo?»
«Sì, vado...».
«Oddio, deve essere proprio grave», replicò lei, togliendosi anche gli occhiali. «Non bevi mai niente dopo le dieci».
«Jenny, stai cercando di...».

«Sto cercando di capire quanto sei distratto. Ora so che non si tratta dell'indagine in corso, perché se avessi un dubbio tanto cocente saresti andato a discuterne con Kim. Quindi deve essere la questione di Peter Drake».

Aveva ragione, era così, ma ciò che davvero non riusciva a capire era perché continuasse a pensarci.

Quando lavorava a un'indagine col capo, sentiva una tensione nervosa montare nello stomaco. Oscillava fra trepidazione, eccitazione, ansia e speranza, e non era né piacevole né spiacevole. C'era e basta. Non aveva tratti sempre comuni, a parte uno: quando eseguivano un arresto, la sensazione spariva. Il suo stomaco si placava fino al crimine successivo. Con Peter Drake, però, non se n'era ancora andata.

«Okay, ho tre teorie», disse Jenny, piegando le gambe sotto di sé.

«Solo tre?», scherzò lui.

«La prima: è successo tutto così in fretta che stai ancora aspettando che le tue emozioni si fermino. Ah, credo proprio di avere quattro teorie».

Bryant fece una gran risata.

«La seconda è che stai facendo fatica ad accettare di avere avuto ragione su qualcosa».

«Jen».

«Okay, questa la scartiamo. La teoria successiva, che penso non ti piacerà, è che sei ancora aggrappato a questa indagine perché non sai come smettere di pensarci».

Quel giorno gli avevano già fatto quell'osservazione.

«E l'ultima?»

«È che non riesci a lasciar perdere per un motivo legittimo. Che l'istinto sta cercando di comunicare qualcosa al tuo cervello».

«E se dovessi scommettere?»

«Punterei tutto sull'ultima. Non conosco l'indagine, ma conosco te. Quindi tira fuori il computer, rivedi tutto ciò che sai e io vado a preparare il caffè».

Bryant la guardò allontanarsi. Era davvero l'uomo più fortunato della Terra, e anche abbastanza saggio da obbedire a sua moglie.

Capitolo 88

Tiff era distesa nel letto, le palpebre sempre più pesanti al suono del respiro profondo di Britney, nonostante la muta inquietudine che sentiva nello stomaco.

Non riusciva a credere di essere andata a trovare Hilda a casa sua solo quella mattina. Era stata una giornata pienissima, un susseguirsi di eventi.

Alla ripresa, l'incontro nella sala da pranzo era stato completamente diverso. L'atmosfera era carica di positività e Lorna le aveva aggiornate sui progressi nei lavori di costruzione e del progetto di una nuova piscina coperta, con vasca idromassaggio e sauna. Aveva descritto come fossero riusciti a prenotare delle sedute con un insegnante di yoga molto noto e con un maestro reiki. C'era anche in programma di inserire una selezione di animali da allevamento. Erano state richieste delle volontarie che si assumessero la responsabilità dei vari compiti e molte avevano alzato subito la mano.

Alla fine c'era stata la sezione clou, in cui a tutte era stato chiesto di scegliere il momento più positivo della settimana. Un breve applauso aveva seguito ogni dichiarazione. Tiff era rimasta sorpresa quando avevano chiesto anche a lei di dire il suo.

«L'incontro con Britney», aveva risposto di getto. Si era commossa vedendo le guance della ragazza arrossarsi mentre le sfiorava un braccio.

L'incontro si era concluso tra chiacchiere emozionate, risate ed entusiasmo. Tutta la tristezza era stata dimenticata: l'attenzione delle donne puntava solo verso il futuro. Era stata tutta una messinscena? Quegli incontri erano una seduta di osservazione, per controllare chi rischiava di abbandonare?

Solo in quel momento, mentre era a letto da sola con i suoi pensieri, trovò la lucidità necessaria per porsi quelle domande, mentre il suo unico desiderio, in realtà, era dormire.

Mentre si trovava tra le altre donne, mentre prendeva parte alle attività, ascoltava le loro storie, in un certo senso l'attrattiva della vita alla fattoria le era chiara. C'era una lealtà tra di loro che non aveva mai visto da nessun'altra parte.

Lei stessa ne percepiva il fascino. Sentiva di far parte di una routine. Di tanto in tanto, le era già capitato di dimenticare il vero motivo per cui si trovava lì. C'erano stati momenti in cui aveva avuto la sensazione di uscire da sé stessa, di abbandonare qualcosa, di lasciarselo alle spalle. Era al tempo stesso emozionante e angosciante.

Il pensiero di Ryan nella sua stanza non era più accompagnato dalla stessa collera. Il problema le sembrava già piccolo e distante.

Era tutta lì la questione, si rese conto, spalancando gli occhi.

Funzionava proprio così. Non c'era un evento particolare che cambiava la prospettiva, ma un graduale logoramento della persona. Non faceva male, non era doloroso. Era dolce, delicato, seducente, ma soprattutto pericoloso.

Tiff si voltò, girando le spalle a Britney. Capì che quella notte non sarebbe riuscita a dormire.

Aveva eseguito gli ordini ricevuti. Qualche ora prima, il capo le aveva scritto per sapere come stava e per chiederle di Sophie. Lei aveva risposto assicurandole che stava bene e aveva riferito che Sophie Brown non si trovava lì.

Ora non era più sicura di avere risposto con sincerità alla prima domanda.

Il giorno seguente, una volta arrivata all'università insieme a Brit, avrebbe inventato una scusa e se ne sarebbe andata.

Doveva farlo.

Capitolo 89

«Okay, ragazzi, che cosa abbiamo?», domandò Kim entrando nella sala operativa. La sua squadra aveva cominciato a lavorare mentre lei aggiornava Woody, che aveva confermato di condividere le sue valutazioni sul caso e la direzione presa. Con la chiara indicazione da parte di Kate Brown, e dopo la conferma che Sophie non si trovava più a Unity Farm, trovarla aveva la massima importanza. E subito.

«Eccolo qua», disse Stacey, prendendo un biscotto con le scaglie di cioccolato dal contenitore dei dolcetti di Penn.

«Dimmi».

«Il suo nome completo è Kane Drummond e vive a West Hagley»

«Stace, come hai…».

«Compagnie dei taxi. È stata Katrina, della settima società a cui ho telefonato, a prendere la prenotazione. Lo hanno portato in un parcheggio a Southbridge, che è privo di telecamere. Niente di cui sorprendersi. Ma la stazione di servizio sulla rotatoria le ha, e immagino avesse poca benzina. Ho trovato la targa e l'indirizzo completo».

«Ben fatto, Stace, ma continua a scavare. Ora che sappiamo il suo vero nome possiamo…».

«E qui c'è il suo vero numero di telefono», aggiunse Stacey spingendo un foglietto verso di lei. «Sai, Katrina li registra sempre».

«Anche meglio», disse Kim. Non ne poteva più di usare Myles Brown come intermediario.

«Sul fronte soldi ancora nulla, capo», disse Penn.

«Okay, Stace, la priorità è identificare la terza vittima e poi scoprire il passato di Kane Drummond e Jake Black. Voglio tutto ciò che riuscirai a trovare. Penn, concentrati sui soldi. Potremmo trovare un buon motivo per arrestare Jake Black, quindi bisogna scavare».

«Capito, capo».

«Adesso faccio una telefonata veloce al nostro supereroe, tanto per fargli capire che non è più tanto al sicuro».

Kim entrò nella Conca e fece il numero.

L'uomo rispose con un semplice: «Pronto».

«Signor Drummond», gli disse, usando il suo vero nome. «Detective Stone».

«Come ha fatto a...».

«Siamo la polizia, siamo bravi a fare questi giochetti. Credo che dovremmo fare un'altra chiacchierata. Sophie non si trova più a Unity Farm. Possiamo venire a casa sua per...».

«No», ribatté subito lui.

Era proprio la risposta che sperava di sentire.

L'uomo restò in silenzio per un momento. «Vediamoci al solito posto, alle dieci».

«Preferirei...».

«Alle dieci, ispettore, e capirà perché», le disse, poi attaccò.

Kim guardò l'orologio. Erano quasi le otto. Aveva tempo sufficiente per le altre cose che le era stato chiesto di fare.

Che cosa significava che avrebbe capito perché? Sembrava che l'attività di quel bar dipendesse da lui.

«Penn, cambio di programma. Manda una squadra all'indirizzo di Kane, aspetta che esca ed entrate. Avete motivo di temere per la sicurezza di Sophie Brown».

«Perfetto, capo», disse lui, pensieroso. «Non è troppo lontano dalla casa della figlia di Sheila», aggiunse, dando uno sguardo all'orologio.

La guardò con aria interrogativa.

Lei annuì. Quella donna aveva il diritto di sapere che fine avesse fatto sua madre.

Penn prese il cappotto e uscì.
Dopo aver assegnato incarichi a tutti, Kim si rivolse a Bryant.
«Pronto?»
Lui fece un respiro profondo.
«Più pronto che mai».

Capitolo 90

Tiff si incollò un sorriso in volto e seguì Britney nella sala della colazione. Si sentiva intontita per la mancanza di sonno. Dopo aver deciso che era giunto il momento di andarsene, la mattina non era arrivata abbastanza in fretta. Aveva perfino cominciato a chiedersi se avesse fatto bene ad accettare quell'incarico.

Al desiderio di andar via si mescolava la sensazione di aver deluso la squadra. Le avevano affidato la missione di entrare e rintracciare Sophie, ma non aveva né trovato la ragazza, né raccolto informazioni su di lei. Se la famiglia Brown avesse perso un'altra figlia, sarebbe stata tutta colpa sua. E sapendo di aver fallito miseramente, non se la sentiva proprio di affrontare il capo in quel momento.

Sapeva che la squadra non le avrebbe mai più chiesto aiuto.

«Tutto bene?», chiese Brit mentre erano in fila.

«Sì, solo che mi manca un po' casa mia».

«Vuoi andartene?», le domandò, allarmata.

«Oddio, no, adoro stare qui», ribatté lei in tutta fretta. Non voleva far agitare la sua amica, a meno che non fosse necessario. A dire il vero, non voleva farla agitare in generale. Nonostante tutti gli sforzi, sentiva di avere un legame con la ragazza dai capelli rossi, come non le capitava da un bel po' di tempo.

«Bene, perché ho una sorpresa per te, dopo colazione».

«Davvero?», chiese Tiff.

«Sì, ma prima mangiamo. Ho una fame terribile».

«Okay», fece lei seguendola al tavolo più vicino. Era rimasta sorpresa di non vedere Sheila alla distribuzione del pasto.

«Dov'è Sheila?», chiese a Brit mentre imburravano il pane tostato.

Tiff non aveva sentito lo stimolo della fame fino a quando non si era trovata il piatto di uova strapazzate e bacon sul vassoio, ma in quel momento le era venuta l'acquolina in bocca.

Godersi la colazione non era certo un peccato, e poi era l'ultimo pasto che avrebbe consumato lì. Appena finito di mangiare, avrebbe scritto al capo per avvisarla che era in uscita. Forse ci sarebbe stata una riunione per un resoconto, che sarebbe stata brevissima, considerando che non aveva scoperto nulla.

«Ah, è venerdì», spiegò Brit. «Sheila e una delle altre vanno a fare la spesa alimentare ogni venerdì mattina. Più tardi ci sarà torta alla panna per tutti», aggiunse, togliendo il grasso dalla sua fetta di bacon.

Tiff si gettò sulla colazione e mangiarono in silenzio.

«Be', ora sono pronta per affrontare la mattinata», disse Brit posando coltello e forchetta. A Tiffany mancava solo un boccone. «Forza, Tiff, andiamo: ci aspetta una giornata intensa».

Tiff andò verso il tavolo. Il pranzo pronto non le sarebbe servito, ma doveva mantenere le apparenze fino a quando fosse stata pronta a comunicare a Britney che voleva tornare a casa.

«Dove vai?», chiese la ragazza.

«A prendere il nostro pranzo».

Britney le fece un gran sorriso. «Ah, è proprio questa la sorpresa. Oggi restiamo qui».

Capitolo 91

«Sei pronto?», chiese il capo dal sedile del passeggero. «Vuoi...».
«No, resta qui. Farò il segnale».
Bryant scese dalla macchina e andò verso la porta d'ingresso. Si voltò e diede uno sguardo lungo la via mentre aspettava. Non sarebbe stata una conversazione semplice, per nessuno dei due.
Si girò e bussò di nuovo, stavolta con più forza. C'era la macchina parcheggiata sul vialetto.
Provò ancora prima di sbirciare dalle finestre senza tende. Il soggiorno sembrava pulito, in ordine.
Guardò il capo, che indicò il lato della casa.
Bryant si allontanò dalla porta e spinse il cancello laterale, che si aprì.
Dopo aver controllato, bussò sul retro. Non riusciva a vedere nulla attraverso la persiana abbassata. La porta posteriore era chiusa a chiave e un rapido sguardo gli disse che non c'erano finestre aperte.
Sentì il cuore cominciare a battere più in fretta. C'era qualcosa che non andava.
Tornò davanti alla casa.
Kim era già scesa dalla macchina e stava andando verso di lui.
«Non c'è nulla di aperto?», gli chiese.
Lui scosse il capo e bussò di nuovo.
Nessuna risposta.
Bryant si chinò e infilò le dita nell'apertura della buca delle lettere. Non c'erano spazzole o altro a oscurare la vista.
Subito dietro la porta c'era un tavolo su cui erano poggiati una

pianta morta, le chiavi della macchina e un paio di lettere non aperte. Sulle piastrelle del pavimento c'erano due paia di scarpe e uno di sneakers. Il suo sguardo proseguì verso le scale, risalendo il più possibile, e fu allora che li vide.

Sentì una stretta allo stomaco.

«Stai indietro», disse al capo in tono ansioso.

«Entriamo?», gli chiese.

«Oh, sì».

«Okay, tu sopra, io sotto».

«Uno, due, tre», contò lui.

Al tre Kim si gettò con tutto il peso contro la parte inferiore della porta, mentre lui concentrava le forze su quella superiore.

La porta si spalancò, andando a sbattere contro il muro, poi tornò verso di loro. Bryant allungò un braccio e la spinse di nuovo, aprendola del tutto.

«Oh, cazzo», esclamò il capo, vedendo ciò che lui aveva scorto dalla buca delle lettere.

Il corpo privo di vita di Richard Harrison era impiccato al lampadario. Un paio di scalette erano state spinte via di lato.

Lo fissarono entrambi. Non c'era dubbio, quell'uomo si era tolto la vita.

«Be', Bryant», disse il capo. «Una cosa è certa, non puoi fare ciò per cui sei venuto qui».

Era vero.

Perché era andato ad arrestarlo per omicidio.

Capitolo 92

Penn registrò il sorriso stupito sul viso di Josie Finch quando gli aprì la porta.

«Di nuovo lei?».

Non ci rimase male. Non c'era da sorprendersi. Quella donna aveva ricevuto scarse, se non inesistenti attenzioni da parte della polizia negli ultimi diciotto mesi, e adesso si presentavano lì due volte in due giorni.

«Posso entrare?», le chiese, sentendo un leggero odore di pane bruciato nell'aria.

«Il mio fidanzato ha cambiato di nuovo le impostazioni del tostapane», spiegò lei. «A lui piace ben tostato, a me appena appena caldo. Non so come sia possibile che... sto straparlando, eh?».

Le sorrise ma non disse nulla, e lei gli indicò di sedersi.

«Quando sono nervosa, tendo a blaterare troppo. Se è tornato lo ha fatto perché deve dirmi qualcosa, e non so come la prenderò, qualsiasi cosa sia».

«Signora...».

«Josie, la prego», insisté lei. «Ormai lei mi conosce molto meglio di quasi tutti i suoi colleghi. Vede, il problema è che le informazioni che sta per darmi richiederanno una reazione emotiva da parte mia, e non sono sicura di avere ancora qualcosa da dare in tal senso. Se vuole la verità, per quanto cruda e brutale possa essere, non so nemmeno cosa io speri di sentirmi dire».

Penn sospettava che fosse la collera a parlare, il risentimento nei confronti della madre per averla abbandonata, e la rabbia per non essersi potuta sfogare. Per non averle potuto rinfacciare tutto il suo dolore. Erano emozioni che continuavano a ribollire dentro di lei. Meritava di conoscere la verità.

«Josie, sua madre è viva».

Lei lo fissò, ma Penn notò che il suo corpo si rilassava, come se stesse lasciando uscire un gran respiro che tratteneva da un anno e mezzo.

«Si trova in un luogo chiamato Unity Farm».

«E sta bene, cioè, ha...?».

«Sta bene, per quel che ne sappiamo, e sappiamo anche che non è trattenuta contro la sua volontà».

Penn vide i suoi occhi arrossarsi, trattenendo le lacrime. Meritava di sapere tutto.

«Capisco», disse lei, la voce rotta. «È viva, ma non vuole vedermi».

Era un fatto incontrovertibile.

«Josie, se può aiutarla, più conosciamo quel luogo e più ci rendiamo conto di quanto siano persuasivi. Non usano minacce né violenza, ma seduzione e promesse. Fanno leva sulle debolezze delle persone, sulle loro vulnerabilità. Trovano uno spiraglio e lo allargano fino a renderlo sempre più grande. Hanno sfruttato il dolore che provava sua madre dopo la morte di suo padre. Hanno scoperto il suo punto debole e hanno spinto su quello...».

«Non aveva più nessuno di cui prendersi cura», disse all'improvviso Josie. «Sa, io all'epoca non ci ho fatto caso, ma ogni giorno, dopo che è morto papà, lei diceva che si sentiva persa senza potersi occupare di lui. Si offriva sempre di venire a pulire e cucinare e...».

«Cucinare?», le chiese.

Josie annuì. «Mio padre non ha mai preso un pasto da asporto, lei non ne voleva sapere. Adorava cucinare. Era... è una cuoca fantastica. I suoi piatti...».

«È quello che fa alla fattoria, Josie».

Fece un sorriso mesto. «Non mi sorprende. La mamma è sempre stata pronta a tutto pur di aiutare il prossimo. Ha un cuore enorme».

«Non tutto è perduto, Josie. Forse un giorno...».

«Non ci posso pensare. Se lo farò, comincerò a sperare e poi resterò solo delusa per l'ennesima volta. Una parte di me deve rimanere in collera con lei, è una questione di sopravvivenza».

Penn la capiva. «Voglio solo che sappia che non l'ha abbandonata di punto in bianco. Deve essere stata corteggiata, lusingata, riempita di complimenti e manipolata».

In quel momento Josie lasciò scivolare una lacrima. «Okay, cercherò di perdonarla, e forse allora riuscirò a perdonare me stessa»

«Per cosa?», chiese Penn.

«Purtroppo non le ho detto tutta la verità», rispose lei, abbassando la testa. «È colpa mia, sa. Le ho parlato dell'ultima volta in cui ci siamo viste, ma ho omesso di dire che abbiamo avuto una lite terribile. Sono stata egoista, e non vedevo al di là del mio dolore. Volevo che mia madre fosse com'era sempre stata – che fosse lì per me – ma la morte di mio padre l'aveva colpita con una tale forza che non era in grado di consolare nessuno, neanche me. Il dolore non ci ha unite. Ho permesso che ci allontanasse».

Penn sentì la vergogna nelle sue parole. «Questo però non la rende responsabile».

Lei sollevò lo sguardo, e le lacrime le rigarono le guance. «Le ho detto che non volevo più vederla. Avevo appena scoperto di essere incinta e il mio matrimonio stava andando a rotoli. Non ce la facevo più, e me la sono presa con lei. Il giorno dopo ha provato a chiamarmi, ma non le ho risposto. Non so nemmeno per cosa la stessi punendo; so solo che è stato il periodo più doloroso della vita di entrambe».

Penn provò pena per il tormento che quella donna aveva vissuto. Non era stata colpa sua se la madre era entrata in una setta di manipolatori, ma il loro allontanamento aveva senz'altro spianato la strada a Unity Farm. Sheila soffriva per la perdita del grande amore della sua vita, e la sua unica figlia l'aveva respinta.

«Quando la vicina mi ha raccontato dell'uomo che aveva visto aggirarsi a casa sua, l'emotività ha avuto il sopravvento...».

«Chi?», chiese lui confuso.

Non sapeva perché, ma era convinto che fosse stata reclutata da una donna.

«Quell'omone vestito di nero. Quello con una Range Rover enorme».

Capitolo 93

Stacey si stava dividendo tra il tentativo di scoprire qualcosa di più su Kane Drummond, Jake Black e l'identificazione della terza vittima.

Per il momento era riuscita a scoprire che Kane era il direttore di tre diverse società. Aveva mandato in stampa tutti i dettagli di ciascuna, e nel frattempo si era gettata a capofitto su una nuova serie di denunce di persone scomparse.

I parametri erano i più generici che avesse mai dovuto esaminare.

Maschio, un metro e sessantadue, età compresa fra i venticinque e i cinquantacinque, in acqua per un tempo compreso fra i tre mesi e i tre anni. Qualsiasi ulteriore descrizione fisica poteva essere solo un azzardo, a detta di Keats, dunque non c'era spazio per le speculazioni.

Un minimo di speculazione le avrebbe fatto comodo, si disse Stacey, soprattutto se fosse servito a restringere il campo trovando delle corrispondenze tra le denunce e i suoi criteri di ricerca.

Era una di quelle occasioni in cui avrebbe voluto che Penn fosse lì con lei, visto che la scheda successiva parlava di un uomo di nome Derek Noble, che aveva trentotto anni al momento della scomparsa, avvenuta undici mesi prima.

Stacey cominciò a leggere i dettagli del caso quando il suo telefono squillò.

«Ehi, per caso sai leggere nel pensiero?», chiese al collega.

«Scommetto che posso predire che nel tuo prossimo futuro c'è un altro biscotto».

Accidenti a lui, ci stava proprio pensando.

«Stai tornando. Ti prego, dimmi che è così», implorò.

«Tra pochissimo. Sono davanti all'ufficio dell'agente immobiliare che ha venduto la casa di Sheila Thorpe. Ho parlato con una signora che non ha voluto darmi informazioni precise, ma le sembrava di ricordare di aver sentito parlare del fatto che i soldi sarebbero stati trasferiti a una società che aveva un nome che sembrava legato a una birra. Hai trovato qualcosa che possa avere anche una minima attinenza con Stella, Budweiser, Carlsberg, oppure…».

«Charlsberg», rispose subito lei, voltandosi verso la stampante che era alle sue spalle.

«Mi sembra un'ottima possibilità, perché?», chiese Penn, con il terrore nella voce.

«È una delle società di Kane Drummond».

«Maledizione», disse Penn. «Ero certo che avresti risposto così».

Capitolo 94

«Allora, che cosa ha detto?», chiese Kim mentre si dirigevano in auto alla caffetteria e al terzo incontro con Kane. Bryant aveva chiamato Travis non appena avevano trovato il corpo di Richard. Una squadra era arrivata nel giro di dieci minuti, e più tardi Bryant sarebbe dovuto passare da Worcester per rilasciare una dichiarazione completa.

«Gli ho spiegato che ero andato lì per indurlo a confessare l'omicidio di Alice Lennox. Non mi è sembrato particolarmente felice. L'ho pregato di rivedere la confessione di Drake e di sforzarsi di capire che i dettagli riferiti erano su tutti i giornali, e che non ha aggiunto nulla che potesse sapere solo l'assassino. Gli ho fatto presente anche la questione della sigaretta».

Bryant le aveva spiegato quanto rilievo avesse quel fatto. Nel racconto dell'omicidio di Alice Lennox, Drake non aveva mai fatto cenno al fatto di essersi fermato per fumare una sigaretta. Aveva descritto tutti gli altri dettagli, ma nulla che fosse invece stato omesso dai giornali.

«È così che ho capito che Richard aveva pianificato tutto», disse Bryant. «Eravamo insieme quando lo abbiamo visto fumare una sigaretta davanti alla prigione. Io sono andato via prima di Richard, quindi lui deve essere andato a raccoglierla sapendo perfettamente cosa ne avrebbe fatto. Ma c'erano altri elementi che non mi convincevano. Drake non aveva mai usato oggetti per violentare le vittime, nonostante la giustificazione che ha fornito dicendo che si trattava di una prostituta, e non ha mai confessato con tanta facilità di aver commesso un crimine. Quando è stato interrogato per l'assassinio di Wendy e per il tentato omicidio di Tina Crossley, si è affidato a un avvocato e non ha detto una parola. L'unico elemento che corrispondeva erano le ferite inferte ad Alice, che erano identiche a quelle di Wendy, e che Richard conosceva molto bene».

«Ma perché non ha ucciso Drake e basta?», chiese Kim. «Era lui che odiava».

«Non poteva. Davanti al carcere, mi ha detto che aveva il terrore che Drake potesse trovare Wendy nell'aldilà e che lui non avrebbe potuto proteggerla, laggiù. Drake non poteva morire prima di lui. Non poteva deluderla ancora una volta».

Bryant le lanciò uno sguardo, come se si aspettasse di sentirla confutare o minimizzare quella teoria, ma lei non poté farlo, perché aveva pensieri molto simili a proposito di sua madre.

Kim non credeva nell'aldilà, ma viveva con il terrore che, se si fosse sbagliata, sua madre potesse avere l'occasione di torturare di nuovo suo fratello, e che lui sarebbe stato solo e incapace di difendersi.

Scacciò quei pensieri dalla mente.

«Allora, cos'ha detto Travis quando gli hai spiegato tutto questo?»

«Mi ha ringraziato per la mia teoria e ha detto che ci avrebbe riflettuto».

«Ah, non ci crede», osservò Kim.

«Non può ignorare le prove».

Kim non era sicura che a Travis fossero state presentate le prove. Aveva la sensazione che per Bryant la questione non fosse ancora conclusa.

«È già arrivato», disse Kim quando Bryant parcheggiò davanti al bar. Kane aveva preso un tavolo accanto alla vetrina, ma nonostante questo sedeva voltando le spalle all'esterno.

Kim non riuscì a non sorridere quando scorse tre tazze sul tavolo davanti a lui.

«Signor Drummond», lo salutò sedendosi.

«Cerchiamo di non darci delle arie, ispettore. Abbiamo già messo in chiaro che conoscete il mio vero nome, e penso che Kane andrà benissimo».

«C'è altro che desidera rivelarci su di lei?»

«No».

Lei si strinse nelle spalle. «Okay. La mia detective è molto abile, entro la fine della giornata saprà tutto, incluso il suo numero di scarpe e il suo colore preferito».

«Quarantacinque, nero», ribatté lui, senza la minima allegria.

«Fantastico. Le faremo risparmiare un po' di tempo».

Kim si chiese come fosse possibile che, nonostante fosse ormai il loro terzo incontro, da quell'uomo non le arrivassero vibrazioni positive o negative. Era diretto, conciso e insopportabile, ma erano caratteristiche che non bastavano a fare di lui un assassino, per fortuna. Eppure non aveva colto in lui nemmeno empatia. Quando parlava si atteneva ai fatti, come se descrivesse un elenco, senza mostrare la minima emozione.

«Ho una domanda per lei, Kane. Solo una, stavolta».

«Prego», le disse, dando uno sguardo alla sua sinistra. Due signore di mezza età stavano condividendo una teiera.

«Dove si trova Sophie Brown?».

Nessuna reazione. Scrollò le spalle. «Direi a Unity Farm».

«A quanto pare, no».

«E lei come fa a saperlo? Ci vive oltre un centinaio di persone».

«E una di loro è dei nostri», fece lei, bevendo un sorso.

Un'espressione sorpresa lasciò il posto a una incredula, per poi cedere il passo all'orrore e infine alla collera. Finalmente provava qualcosa. «Mi prende in giro? La prego, mi dica che è uno scherzo», disse, protendendosi in avanti. Attese una risposta puntandole addosso uno sguardo intenso.

Kim scosse il capo. «Era l'unico modo per...».

«Che cazzo», esclamò. «Almeno mi dica che questa persona ha esperienza con le sette e le loro pratiche; come minimo sarà stata informata come si deve dei pericoli di...».

«È un'agente di polizia, certo che è informata», scattò Kim, sulla difensiva. Nessuna emozione per giorni, poi era esploso all'improv-

311

viso sentendo parlare di un'agente sotto copertura. Si chiese che senso avesse.

«Peccato che non ne sapesse niente nemmeno lei. Non credeva nemmeno che fosse una setta».

«Siamo in contatto. Sta bene».

Kane scosse il capo. «Ha idea di quale pericolo stia...».

«Non è che per caso sta cercando di distrarci dalla domanda che le abbiamo fatto, vero?», gli chiese, infastidita dal suo tono. «Glielo richiedo, nel caso l'avesse dimenticato. Che cosa ne ha fatto di Sophie Brown?».

Kane abbassò di nuovo la saracinesca emotiva. «Cosa le fa pensare che ne abbia fatto qualcosa?»

«L'ha detto lei stesso l'altro giorno. Le ultime parole che mi ha rivolto davano a intendere che l'avesse già presa».

«E se ben ricordo le ho spiegato anche che, se l'avessi presa, le persone che mi pagano sarebbero state le prime a saperlo».

«Quanto la pagano, Kane? Ha fatto loro lo sconto, considerando le cazzate che ha fatto con...».

«L'errore non è stato mio, ispettore», disse, e un muscolo lungo lo zigomo guizzò. A quell'uomo non piaceva sentirsi dire che aveva sbagliato qualcosa.

Stava per provocarlo ancora quando il suo cellulare squillò. Era Penn, che sapeva benissimo dove si trovava e cosa stava facendo.

«Stone», rispose, consapevole che l'avrebbe disturbata solo per darle informazioni vitali. Lo lasciò parlare senza interromperlo, evitando di lasciar trapelare qualsiasi emozione.

Lo ringraziò, attaccò e si rivolse a Kane Drummond.

«Be', a quanto pare invece ho un'altra domanda per lei». Fece una pausa e guardò il suo collega prima di puntare di nuovo lo sguardo su Kane. «Perché Sheila Thorpe le ha dato tutti i suoi soldi?».

Capitolo 95

Finita la colazione, Britney l'aveva accompagnata a fare un giro degli spazi esterni e le aveva spiegato quali sarebbero state le posizioni della piscina e del bestiame. Ogni pochi minuti, Tiff aveva aperto la bocca per dire che voleva andare via, e ogni volta, di fronte all'emozione pura e alla felicità della sua amica, non era riuscita a trovare le parole.

Si maledisse per la propria debolezza mentre Britney l'accompagnava nella sala meditazione, nel fienile numero 3.

«L'hai mai fatto?».

Tiff scosse il capo.

«Oggi c'è la lezione per principianti. È perfetta per te, ma parteciperò comunque anch'io. Non ho più bisogno di ascoltare per entrare in profondità», disse con orgoglio.

Dopo la lezione glielo avrebbe detto. Lo promise a sé stessa.

Si sedette a terra e decise di sfruttare quel momento per riordinare i pensieri, per escogitare un nuovo piano, una strategia d'uscita che non ferisse i sentimenti dell'amica. Doveva solo chiudere gli occhi come gli altri e concentrarsi sui propri pensieri, invece di ciò che veniva detto.

Una donna, Mindy, che indossava un maxi abito e aveva al collo tantissime perline colorate, spiegò che stavano per svolgere una lezione per principianti e non dovevano preoccuparsi se la prima volta non riuscivano a concentrarsi.

«È meditando che si impara a meditare», spiegò. «Col tempo imparerete ad andare più a fondo, e i risultati saranno più appaganti del sesso, delle droghe e perfino del budino di riso di Sheila».

Le altre sette donne presenti ridacchiarono.

«Scegliete un mantra», disse loro Mindy. «Può essere qualsiasi cosa, una sola parola, una frase, ma deve essere qualcosa che dona una sensazione positiva alla vostra coscienza. Ne avete uno?».

Tiffany decise che avrebbe usato la parola *Evita*. Era il suo spettacolo teatrale preferito. L'aveva visto nove volte, e la storia di Eva Perón la commuoveva ogni volta.

«Adesso trovate una posizione comoda per sedervi e restate in silenzio, con gli occhi chiusi. Rilassate i muscoli del corpo. Cominciate dai piedi, poi passate ai polpacci e alle cosce. Scrollate le spalle, fate dondolare la testa sul collo. Ascoltate il vostro respiro, concentratevi sull'aria che entra ed esce. Non cercate di cambiarlo o rallentarlo, concentratevi e basta. Ascoltatelo. Avvertite il respiro che entra ed esce dal vostro corpo. Noterete che i pensieri arriveranno e andranno via senza sforzo. Permetteteli di scorrere dentro di voi. Lo faremo restando in silenzio per un minuto o due».

Tiffany si immerse nei suoi pensieri e si chiese a quale ora della giornata sarebbe stato meglio rivelare a Britney che se ne sarebbe andata. A dire la verità le era passato per la testa di cercare di convincere l'amica ad andarsene con lei, ma non credeva di avere abbastanza tempo per farle comprendere il motivo. Forse qualche giorno dopo sarebbe potuta andare a cercarla all'università e tentare di persuaderla...

«Okay, adesso ripetete in silenzio il vostro mantra nello stesso modo, semplice, spontaneo. Mentre lo ripetete, arriveranno dei pensieri, ma è tutto normale. Tornate con dolcezza al mantra e prestate attenzione a non cercare di meditare. Non forzate nulla. Proviamoci per qualche minuto».

Tiffany lasciò scorrere i pensieri. Forse era un metodo che avrebbe potuto sfruttare anche nella vita vera, per sottrarsi allo stress del lavoro e della vita a casa sua.

Evita.

Non voleva che Brit si sentisse tradita da lei.
Evita.
Ma sapeva che doveva andarsene di lì, per il bene della sua pace interiore.
Evita.
Forse Brit sarebbe stata disposta a...
Evita.
Se avesse affrontato...
Evita.
Evita.
Evita.

Capitolo 96

Kane volle a tutti i costi ordinare altro da bere prima di rispondere alla domanda.
Kim e Bryant, invece, declinarono.
«Okay», disse lui tornando a sedersi. «Sheila Thorpe lavora per me».
«Cosa?», dissero all'unisono Kim e Bryant.
«Sappiamo in che modo Unity Farm recluta i membri, soprattutto quelli più anziani. Leggono i necrologi di zona e puntano su chi ha pochi parenti, soprattutto le donne».
«Si spieghi meglio», pretese Kim.
«Sapete come funziona. "Ne danno il triste annuncio: le figlie, i figli, la moglie, il fratello, il padre eccetera". Vengono indicati quasi tutti i parenti. Più lunga è la lista, più l'obiettivo è difficile da raggiungere perché ci sono molte persone intorno. Meno sono i parenti elencati, più è facile spillare soldi. Il necrologio del marito di Sheila citava solo la moglie e la figlia. Era perfetta. Una preda facile, dato che aveva una famiglia poco numerosa».
«E immagino che l'allontanamento dalla figlia non avrebbe aiutato?», chiese Kim.
«Meno sono le persone che mantengono il legame di una persona con la sua vita normale, meglio è», rispose lui.
«Quindi, come funziona?», domandò Bryant. «Quali sono i veri meccanismi della manipolazione?»
«Uno dei membri va a bussare alla porta, offre di svolgere dei lavori, mette piede in casa e osserva i segni di debolezza che si possono sfruttare per manipolare la persona».

«E lei è riuscito ad arrivare a Sheila per primo?», chiese Kim.

Kane scosse il capo. «Non prima che avesse già consegnato quasi tutti i suoi risparmi. L'abbiamo fermata prima che vendesse la casa e tutto ciò che conteneva».

«Così li ha venduti e ha dato il denaro a lei, invece?».

Lui scosse di nuovo la testa. «È tutto al sicuro, pronto per quando se ne andrà. E se dovesse succederle qualcosa, la figlia erediterà tutto».

«Non capisco. Come avete fatto a strapparla alla setta?»

«Come facciamo con tutti gli altri. Sheila viveva ancora in casa sua, non si era trasferita a Unity Farm, ma ci andava quasi ogni giorno. Le abbiamo mostrato le prove del loro modo di agire, le abbiamo letto articoli sulle pratiche di reclutamento. Si è sentita sciocca, in colpa, e ha chiesto di aiutarci».

«Sapeva che Sheila aveva litigato con la figlia?», domandò ancora Kim, sentendo in bocca il disgusto per le sue tattiche.

«Sì».

«Ed è su questo che ha fatto leva? Sul suo buon carattere, sul suo desiderio di aiutare gli altri e sul fatto che le sembrava di non avere più nessuno al mondo?».

Annuì senza mostrare emozioni. «Ha acconsentito a proseguire il percorso nella setta in modo che avessimo qualcuno all'interno. La nostra organizzazione non è tracciabile. Non siamo presenti su Google, quindi i genitori non possono venire direttamente da noi; per questo l'abbiamo preparata, le abbiamo spiegato tutto ciò che avrebbero fatto per convincerla. Era pronta e istruita al meglio».

I pezzi del puzzle cominciarono ad andare al loro posto, e a Kim non piaceva affatto il quadro che stava prendendo forma.

«Dunque, Sheila identifica le persone all'interno della comunità che hanno genitori ricchi, poi lei li contatta e offre loro i suoi servizi in cambio di denaro?».

Santo cielo, *manipolazione* era proprio la parola d'ordine in tutta quella storia.

«Più o meno», disse lui. «Solo che i criteri di selezione di Sheila non si basano sulla ricchezza dei familiari, ma sulle persone che corrono rischi. Potrebbe essere qualcuno che non è più nelle grazie della comunità perché ha infranto le regole. Potrebbe essere qualcuno che subisce maltrattamenti costanti per chissà quale motivo. Potrebbe essere qualcuno che subisce pressioni affinché porti più denaro alla fattoria. Le ragioni sono tante».

«Parla di un pericolo fisico?».

Annuì. «Ma non è l'unico genere di rischio».

Kim ormai sapeva che si stava riferendo agli effetti a lungo termine dell'ingresso nella setta. «Quindi Sheila identifica le persone che a suo avviso sono a rischio, lo comunica a lei, lei le rapisce e le fa tornare in sé?».

Annuì ancora.

«E come fa a contattarla?». Tiffany le aveva già spiegato che nessuno poteva avere un cellulare personale, là dentro, e il suo le era stato sottratto.

«Un attimo e ve lo spiego», disse lui, bevendo un altro sorso.

Kim aspettò con pazienza, mentre le due donne che bevevano il tè si alzavano e uscivano dal locale.

Kane si avvicinò al loro tavolo e sollevò la tazza più vicina a lui. Kim e Bryant si guardarono quando recuperò un quadratino di carta piegata.

Lo sguardo di Kim corse verso la porta.

«Quella era Sheila Thorpe?». Non riusciva a credere che la donna che aveva cercato in fondo a un lago fosse stata proprio lì, a bere il tè dietro di lei.

L'uomo assentì. «Sta facendo la spesa settimanale, ma come potete vedere, non è mai sola».

«E quella è una lista di persone che pensa siano in pericolo alla fattoria?».

Kane annuì ancora e aprì il foglio. Si accigliò.

«Che c'è?», chiese Kim.

«Tre nomi, ma pochissime informazioni sull'ultimo. Sembra sia preoccupata per una persona di nome Tiff».

Capitolo 97

Tiff cercò di scacciare la fatica dagli occhi mentre si dirigeva verso la porta principale della fattoria. Era soltanto l'una, ma aveva una gran voglia di tornare in camera a riposare, e non perché avesse dovuto sostenere attività particolarmente faticose, anzi. Era fin troppo rilassata.

Dopo la seduta di meditazione, Britney l'aveva accompagnata al fienile numero 5, da una donna di nome Violet che stava imparando la tecnica di massaggio indiano della testa e aveva bisogno di esercitarsi. Violet le aveva massaggiato lo scalpo con dell'olio al sesamo, lavorando con decisione sui punti di pressione distribuiti su tutta la testa. Senza quasi riuscire a formulare un pensiero, Tiffany si era abbandonata al movimento ritmico volto ad allentare la tensione. Ma prima di cedere all'esperienza, aveva preso una decisione.

Alla prima occasione se ne sarebbe andata, e avrebbe spiegato il suo gesto a Britney in un altro momento.

Era tempo di agire, pensò, dirigendosi fuori. Aveva solo qualche minuto a disposizione, prima che Britney si rendesse conto che non aveva solo fatto un salto in bagno.

Aveva deciso di prendere la stessa via da cui erano arrivate. Immaginava che fosse un percorso più lungo per raggiungere la strada, ma almeno sarebbe riuscita a orientarsi. Una volta raggiunta la strada principale avrebbe chiamato il capo e le avrebbe detto che era uscita.

Il pensiero le provocò una stretta allo stomaco. In un certo senso, significava tornare a mani vuote, ma qualcosa dentro di lei le diceva che era molto più importante uscire di lì e basta.

Attraversò il cortile, diretta verso i piedi della collina.

Non c'era nessuno intorno e non sarebbe stato difficile scivolare via, ma un pensiero improvviso la fece rallentare.

Quando la prima sera lei e Britney erano arrivate, fermandosi in cima alla collina, aveva notato un luccichio nella zona boscosa. C'era un'altra struttura, laggiù? Un edificio? Possibile che Sophie Brown si trovasse lì?

Era indecisa sul da farsi. Da un lato aveva il bisogno sempre più pressante di tornare alla civiltà e alla solita vita, ma dall'altro sentiva di non dover lasciare quel luogo senza aver concluso nulla. La sua missione era saperne di più sulla setta e individuare Sophie Brown.

E se la giovane fosse sempre stata lì?

Presa dall'ansia, capì di non potersene andare senza almeno aver controllato.

Invece di puntare dritto verso la collina, svoltò a destra in direzione del boschetto.

Quando passò sotto l'intreccio dei rami che si piegavano ad arco sopra di lei, la luce del sole che filtrava dall'alto diminuì d'intensità. Il sentiero era costeggiato sui due lati da fitti cespugli di arbusti. Avanzò lentamente, pensando che quella situazione le ricordava certi momenti angosciosi di cui si leggeva nelle favole. Se avesse guardato la stessa scena alla televisione, sarebbe stata accompagnata da una melodia crescente inquietante e minacciosa, che le avrebbe intimato di non proseguire.

La teatralità di quei pensieri la fece sorride, ma l'agitazione non cessò. Mosse altri due passi, diretta verso l'oscurità.

Qualcosa la punse alla caviglia. Si chinò a massaggiarla, consapevole che era la cosa peggiore che potesse fare.

Si tirò su e scorse una struttura proprio davanti a sé.

Fece qualche altro passo avanti. Il rumore del suo battito accelerato e il rombo del sangue nelle orecchie erano amplificati dal silenzio.

Altri due passi.

Udì un rametto spezzarsi dietro di lei.

Si voltò e si trovò di fronte il petto di Jake Black, a pochi centimetri da lei.

Aveva il cuore in gola.

«Ehi, Tiff», le disse, scrutandola con aria interrogativa. «Che cosa ci fai da sola qui?».

Cercò di riordinare le idee in fretta e di nascondere il tremito di gambe e braccia. Il cuore le batteva all'impazzata.

«V-volevo solo prendere un po' d'aria», rispose.

Lui le posò una mano calda e sicura su una spalla e la fece voltare. «Credo sia meglio tornare dentro, non trovi?».

Capitolo 98

«Cosa vuoi che faccia?», chiese Penn sedendosi al suo posto.

Stacey fece un gran sospiro di sollievo: finalmente il collega era tornato. Aveva diverse schermate aperte sul computer e passava veloce da una all'altra.

«Potresti cercare tutto ciò che puoi su Jake Black? Credo di avere un possibile candidato per il nostro uomo del lago».

«Subito, capo», disse lui.

Stacey ridacchiò. Penn era più alto in grado rispetto a lei, ma per lui la gerarchia non significava nulla: lavorava in base alle necessità. A volte doveva concentrarsi sulle strade, altre volte sulla tastiera.

Stacey tornò a esaminare le informazioni su Derek Noble, l'uomo che le era apparso sullo schermo un attimo prima che Penn la chiamasse.

Era stato noto alle forze dell'ordine per quindici dei suoi trentotto anni. Dall'età di diciassette era stato arrestato più di venti volte per reati via via più gravi. Gli ultimi sette erano collegati con la droga ed erano culminati con un episodio di violenza nel quale un uomo aveva perso la vista. Derek Noble aveva scontato la pena più lunga nel 2012, sei anni, e da allora era rimasto fuori dai radar. Secondo i registri, era stato scarcerato alla fine del 2018. Possibile che fosse stato assassinato appena uscito di prigione? Era una questione legata in qualche modo ai crimini precedenti, forse una vendetta, e non aveva niente a che fare con gli omicidi su cui stavano lavorando? Forse la sua vita era stata tutto fuorché normale, e doveva essersi fatto diversi nemici nel corso del tempo.

Se quel tizio non c'entrava nulla con l'indagine, dovevano escluderlo subito. Per quel che ne sapeva lei, non era nemmeno la persona che stavano cercando. Forse perdeva solo tempo a consegnare la documentazione su di lui al capo. Alla fine, si decise: avrebbe passato quelle informazioni, ma avrebbe continuato a cercare.

Capitolo 99

«Notizie?», chiese Bryant andando verso Hayes Lane, all'indirizzo fornito da Stacey.

L'agente non era molto convinta che si trattasse del loro uomo, e Kim capiva bene perché. Nulla indicava che avesse un qualche collegamento con le altre vittime o con Unity Farm. Ma si trovavano nei pressi della zona industriale, quindi tanto valeva fare un tentativo, anche solo per escluderlo.

«Niente, dopo il primo messaggio», rispose lei dando uno sguardo al cellulare che aveva tenuto in mano da quando avevano lasciato Kane seduto nella caffetteria.

Aveva scritto subito a Tiff, dopo aver visto il suo nome su quel foglio. Un messaggio breve, per chiederle se stesse bene. Aveva aspettato la risposta con il cuore che le batteva all'impazzata.

Qualche minuto, e aveva ricevuto un messaggio che diceva:

Bene, ci sentiamo presto.

Kim le aveva risposto ancora chiedendole dove si trovasse, ma non l'aveva più sentita.

«Andrà tutto bene», disse Bryant. «Sa quello che fa. Se si sentirà in pericolo, ci avviserà».

«Spero tu abbia ragione», disse Kim mentre lui parcheggiava davanti all'officina Neeley, all'interno del Forge Trading Estate.

«Allora, il proprietario di questo posto ha denunciato la scomparsa del nostro uomo?», domandò Bryant scendendo dall'auto.

«Sì, George Neeley in persona», rispose Kim, aprendo una pesante porta di vetro per entrare in una piccola reception. Era uno spazio ordinato, con due sedie e una macchina da caffè self service. Un deodorante per ambienti elettrico non riusciva a nascondere l'odore di benzina, grasso e scarichi diesel, grazie al cielo. Era una commistione di odori che la faceva sentire a casa.

La reception era vuota, ma c'era un campanello sul bancone. Kim lo premette e lo sentì suonare nell'officina alle sue spalle.

Un uomo apparve da sotto una pedana e la guardò da dietro il vetro. Gridò qualcosa a un collega ed entrò nella reception, pulendosi le mani su uno straccio sporco. Da una radio a volume alto che risuonava da qualche parte nell'officina arrivò il frastuono delle notizie sul traffico.

«George Neeley?», chiese Kim mostrando il distintivo.

«Dipende. Se è nei guai ha preso il largo da mesi, altrimenti sono il vostro uomo».

Kim dovette fare uno sforzo per adattarsi al modo di parlare di quel tizio, che doveva essere il proprietario dell'impresa.

«Signor Neeley, siamo venuti per parlare di un certo Derek Noble».

Lui aggrottò la fronte e puntò lo sguardo verso sinistra, come se da lì potesse trovare qualche informazione.

«Ha denunciato lei la sua scomparsa».

«Ah, intende Nobbie?».

Okay, si disse lei. «Era un suo amico?».

Lui scosse il capo. «Dipendente. Gli ho dato un lavoro quando è uscito da dietro le sbarre. Ho fatto un favore alla comunità, e poi non era mica male».

«Mi spieghi», disse Kim.

«Gli ho fatto fare un po' di pulizie e facchinaggio per alleggerire i miei ragazzi. Lavoro duro, certo, ma per essere un piccoletto era bello forte, e lavorava sodo».

«Conosceva il suo passato?», chiese lei, cercando di sovrapporre le due immagini dello stesso uomo. Una vita precedente in prigione che non aveva niente a che fare con il quadro che le stava dipingendo George.

325

«Sì, sì, ma c'era un programma, ha presente? Non ho speso un soldo per assumerlo per sei mesi. Il governo pagava e io avevo lavoro gratis».

Kim cominciava a cambiare idea sulle motivazioni filantropiche di quell'uomo. «E così l'ha tenuto qui sei mesi?».

George scosse la testa. «No, quando è finito il programma, Nobbie valeva tanto oro quanto pesava. Portava i clienti al lavoro, apriva, chiudeva, teneva pulito, lavava i macchinari e parcheggiava le macchine prima della riconsegna. Non volevo certo farmelo scappare».

L'uomo recuperò qualche punto agli occhi di Kim.

«Senta, non è che io mi fidi tanto delle prigioni, ma Nobbie mi ha sorpreso. Voleva cambiare davvero. Era pentito di tutte le stronzate fatte e gli dispiaceva per la gente a cui aveva fatto del male. Cercava di rimediare».

Kim lo lasciò parlare.

«Anzi, l'ultimo giorno che è stato qui, doveva vedere una persona, una ragazzina che aveva ferito in passato. Non mi ha voluto dire niente, ma mi ha fatto vedere il regalo di scuse che le aveva comprato. Era bello. Una collana d'argento in una scatola di velluto rossa».

Capitolo 100

«Stacey, è il nostro uomo», disse Kim quando ripresero l'auto. «Trova tutto ciò che puoi su di lui. Stiamo rientrando», aggiunse prima di attaccare.

«Non c'è un collegamento evidente, o sbaglio?», chiese Bryant, dirigendosi verso il centro città.

«Qualcosa c'è, Bryant. È una coincidenza troppo strana che sia stato trovato nello stesso lago di Tyler Short. Doveva avere un legame con Unity Farm».

Riportò l'attenzione sul cellulare che aveva ancora in mano. Nessun nuovo messaggio da Tiff.

«Fermati qui», disse, slacciandosi la cintura di sicurezza.

Non aveva mentito a Stacey. Stavano rientrando, ma prima doveva fare un'ultima fermata.

Fece il giro dell'edificio e raggiunse il parcheggio principale del college.

Gli studenti sciamavano fuori dall'ingresso, chiudendo la settimana in anticipo, dato che era venerdì pomeriggio.

Si fermò lungo la parete, cercando di scorgere una rossa e una bionda.

Distolse l'attenzione dalle chiacchiere emozionate degli studenti in attesa del weekend e guardò in ogni direzione.

La folla cominciò a diradarsi, confermando i suoi sospetti.

Non solo non riceveva più aggiornamenti dalla sua agente sotto copertura. Non sapeva nemmeno più di preciso dove fosse finita Tiffany.

Capitolo 101

Tiff fece un respiro profondo e si sedette sul letto.
Tornando dal limitare del bosco, aveva parlato per tutto il tempo delle esperienze che aveva fatto lì, ma non aveva idea se gli sforzi per distrarlo dal sospetto che stesse cercando di andarsene avessero funzionato. Non sapeva nemmeno perché fosse tanto preoccupata all'idea che lui sapesse del suo desiderio di allontanarsi, eppure era così.
Jake le aveva detto di andare a passare un po' di tempo da sola nella sua stanza mentre lui cercava Britney.
Tiff si rassegnò al fatto che avrebbe dovuto comunicare al capo la sua intenzione di abbandonare il luogo. Sì, aveva fallito, ma in quel momento la priorità era andarsene da lì e tornare a una sorta di normalità.
Decise di cogliere l'occasione per mandare un messaggio, mentre aspettava il ritorno di Brit; più tardi avrebbe cenato, finto che andasse tutto bene, poi avrebbe trovato un modo per squagliarsela e raggiungere la collina.
E stavolta non si sarebbe fermata.
Cercò il telefono nella tasca posteriore. Il cardigan che indossava era più lungo, così era riuscita a spostarlo dalla parte davanti dei jeans.
Non c'era.
Controllò la tasca di sinistra, ma sapeva già che non lo avrebbe mai messo lì.
Si alzò e guardò sul letto. Forse le era caduto quando si era se-

duta. Spostò la trapunta e controllò sul pavimento, sentendosi avvampare.

Maledizione. Il suo unico collegamento con il mondo esterno. Sparito.

Camminò avanti e indietro per la stanza, ripercorrendo i suoi spostamenti dopo che aveva mandato quel veloce messaggio al capo.

Subito dopo il massaggio indiano era andata in bagno.

Oh, no, ricordò all'improvviso. L'aveva tirato fuori dalla tasca e l'aveva appoggiato sul cestino per i rifiuti sanitari in modo che non le cadesse quando si abbassava i jeans. Maledizione, se Brit l'aveva trovato, avrebbe scoperto tutto. Avrebbe saputo che Tiff le aveva sempre mentito. Invece, lei aveva deciso di raccontare tutta la verità all'amica, ma non prima di essersi messa in salvo, lontano da Unity Farm.

Uscì dalla stanza e andò veloce nei bagni, sorridendo e salutando le persone che incrociava. Doveva trovare il cellulare. Non aveva altro modo per far sapere al capo che se ne stava andando.

Aprì la porta. Per fortuna non c'era nessuno, perché tutti stavano andando in sala da pranzo. Puntò subito verso il gabinetto al centro. Il telefono non era sul cestino, dove l'aveva lasciato. Forse era caduto ed era stato calciato lungo il pavimento.

Entrò in tutti gli altri stalli, spostando cestini e controllando in giro.

Quando raggiunse l'ultimo, il cuore le martellava nel petto e aveva la fronte sudata.

Il cellulare non c'era più.

Il suo collegamento con l'esterno era sparito.

Capitolo 102

Kim diede un altro sguardo al telefono mentre aspettava che Bryant tornasse nella sala operativa. Ancora nessuna risposta da Tiffany, ma la spunta e l'orario le confermavano che i messaggi erano stati letti.

Perché diavolo non rispondeva?

Si prese un momento per versare del caffè mentre gli altri due digitavano furiosamente sulla tastiera.

Lanciò un'occhiata fuori, verso il parcheggio, dove la luce del sole cominciava a scemare. Osservò con più attenzione la sagoma che camminava agitando le braccia mentre parlava al telefono.

"Che cazzo sta succedendo, ora?", si chiese, anche se aveva il vago sospetto di saperlo già: in fondo era tutto il giorno che si aspettava che accadesse.

«Torno tra un attimo, ragazzi», disse, abbandonando momentaneamente il caffè.

Kim uscì nel momento in cui Bryant chiuse la telefonata.

«Lo hanno incriminato, porca puttana», le gridò contro. Aveva gli occhi in fiamme, il corpo teso, e continuava a camminare avanti e indietro.

Già, proprio come pensava.

«Sanno di avere l'uomo sbagliato. Non è stato lui, Kim. Stanno incriminando l'uomo sbagliato. Non possiamo permetterlo».

Kim ignorò l'uso del suo nome di battesimo in orario lavorativo. Era solo la dimostrazione di quanto fosse sconvolto dalla situazione di Peter Drake. Ci aveva pensato lei stessa per tutta la giornata.

«Bryant, non possiamo farci niente».

«Scherzi?», le disse, incredulo. «Proprio tu, la fervente sostenitrice della giustizia?».

Kim sapeva che non suonava convincente, soprattutto detto da lei. Bryant sapeva quanto credesse che fosse fondamentale punire le persone giuste per il crimine giusto, ma Travis non era lei, e non avrebbe mai dato ascolto a qualsiasi cosa avesse detto Bryant.

«Ascolta, da Harrison non hai ottenuto nulla. Che cosa ti aspetti che faccia Travis? Ha una vittima, una confessione e una prova fisica che li collega. Come può non unirli, quando l'uomo che sospetti tu adesso è morto?».

Ogni parola che le uscì dalla bocca le lasciò un sapore amaro, ma doveva agire nel modo più giusto per il suo amico. Bryant doveva lasciarsi alle spalle quella storia.

«Non mi credi?», le chiese.

Lei non ebbe esitazioni. «Certo che ti credo. Conosci quelle persone meglio di me e mi fido del tuo giudizio, ma non puoi portare in tribunale un uomo morto». Fece un respiro profondo. «Travis non ha scelta. Se si fida ciecamente di te, non avrà una condanna e dovrà lasciare libero Peter Drake. Ed è una prospettiva che non piace granché a nessuno».

«Ma la giustizia non è sempre semplice, capo», disse lui.

«E non è nemmeno sempre bianca o nera», ribatté lei, sedendosi sul muretto.

Bryant la imitò, sedendosi accanto a lei.

«Quell'uomo ha commesso crimini terrifici e ha rovinato innumerevoli vite. Sono in tanti a pensare che sia capace di rifarlo. Anche tu. Anche Travis».

«Ma non è stato...».

«Bryant, secondo te ha scontato una pena sufficiente per ciò che ha fatto?»

«Non esiste una pena sufficiente».

«Pensi che la comunità sia in pericolo con lui a piede libero?».

Bryant annuì.

«Allora qual è il prezzo della tua giustizia bianca o nera?», gli chiese. «Non è la situazione ideale, ma lui tornerà in prigione, dove deve stare, e non avrà mai più la possibilità di fare del male a qualcuno».

Scosse il capo. «Ma è così...».

«E poi stai dimenticando un elemento fondamentale, Bryant».

«Sarebbe?».

Grazie al cielo, finalmente la stava ascoltando.

«Ha confessato. Non si sa perché, ma Peter Drake ha confessato. O vuole tornare in carcere o sente che dovrebbe. In ogni caso, ci andrà prima di poter fare altri danni».

Bryant si massaggiò la testa, sforzandosi di cancellare i demoni che lo tormentavano.

«Okay, capo. Solo una domanda, se non ti spiace».

«Dimmi».

«Tu avresti fatto la stessa cosa che ha fatto Travis?».

Kim venne salvata dallo squillo del cellulare. Il suo primo pensiero andò a Tiffany.

«Stace, dimmi pure».

«Capo, scusami, ma abbiamo bisogno subito di te quassù».

«Arriviamo», rispose, chiudendo la chiamata.

Tornò con Bryant nella sala operativa in silenzio. Aveva una gran voglia di passare dal bagno per lavarsi la bocca col sapone.

Lui non insisté per avere una risposta alla sua domanda.

Perché la conosceva già.

Capitolo 103

«Credo che Tiff sia in pericolo», disse Stacey.
«Potrei sapere dove si trova Sophie», disse Penn in contemporanea.
Kim alzò le mani mentre Bryant si sedeva. Era stata via solo qualche minuto.
«Prima tu, Stacey», ordinò, bevendo un sorso di caffè freddo.
«La seconda persona che è morta nella setta di Jake Black, Christopher Brook, era un agente di polizia sotto copertura».
Kim restò di sasso, mentre un silenzio pesante scendeva su tutti loro.
«La notizia non è arrivata sui giornali fino al termine dell'inchiesta, che l'ha definito un suicidio basandosi sulla testimonianza dei membri della setta. L'indagine è finita nei telegiornali lo stesso giorno dell'approvazione del bilancio del governo, quindi è passata in secondo piano. La famiglia ha fatto causa per omicidio colposo alla polizia di Somerset e Avon, e la questione è stata risolta senza clamori al di fuori del tribunale».
«Grazie, Stace», disse Kim, mantenendo la calma. Un agente di polizia sotto copertura aveva già perso la vita mentre indagava su Jake Black, e lei ne aveva mandata un'altra dritta nell'occhio del ciclone.
«Penn?», chiese, controllando ancora il cellulare.
Niente. Maledizione.
«Charlsberg Holdings, di Kane Drummond, ha tre proprietà separate. Una sembra essere la casa di Kane, a West Hagley, la

seconda è un cottage nella periferia di Pershore e la terza è un magazzino a Kidderminster».

«Il cottage ha qualche fabbricato annesso?», domandò lei, immaginando un luogo quasi rurale, tranquillo.

Penn annuì e fece apparire il complesso sullo schermo. «A ovest del cottage c'è un piccolo fienile, più una specie di capanno degli attrezzi».

Kim si mise dietro di lui. Era perfetto per nascondere una persona mentre si decideva cosa farne. Non c'erano strade principali nel raggio di chilometri e l'unica via di accesso era una stradina di tre chilometri a una sola corsia.

«Fammi vedere il magazzino».

Penn cliccò su un altro tab aperto.

Il magazzino sorgeva sulla sommità di una cava abbandonata a circa settecento metri dal centro della città. Intorno c'erano proprietà più piccole e zone piene di automobili parcheggiate. Era molto più frequentato, con un rischio maggiore di essere visti.

«Okay, Penn, Stacey, dovete andare a scoprire se Kane Drummond tiene prigioniera Sophie Brown».

«Vuoi che andiamo al cottage?», chiese Stacey.

Scosse il capo. «Al magazzino».

I due agenti la guardarono dubbiosi,

«Il cottage è troppo lontano, Kane ha bisogno di poterlo raggiungere velocemente. Se è viva, deve essere vicina». Si voltò verso Bryant. «Prendi la giacca, noi andiamo dall'altra parte».

Non ne poteva più di perdere tempo. Era giunto il momento di recuperare la loro collega.

Capitolo 104

«Pensi davvero che sia in pericolo, capo, considerando quel che ha detto Stacey?», chiese Bryant mentre si dirigevano verso Wolverley.
«Mi sentirei meglio se rispondesse ai messaggi», replicò lei.
Ne aveva inviato un altro che era stato letto all'istante, ma non le aveva comunque risposto. Com'era possibile che potesse ancora leggerli ma non fosse in grado di mandarne uno, anche breve, per confermare che andava tutto bene?
«E se non fosse Tiff a leggerli?», chiese Bryant, affondando nelle sue paure più profonde. Soprattutto dopo le ultime scoperte di Tiff.
Per la centesima volta si pentì del momento in cui le era passato per la testa di spedire la giovane agente là dentro. Certo, era una poliziotta, non una bambina, ma stava comunque affrontando qualcosa di molto più grande di quel che tutti loro avessero immaginato.
Dopo la conversazione con Kane, si era resa conto di non aver preso abbastanza sul serio la minaccia rappresentata da una setta. E aveva mandato Tiffany laggiù da sola.
«Sai, Bryant, se dovesse succederle qualcosa...».
«Lo so, capo».
Kim si voltò a guardare fuori dal finestrino, lasciando che Bryant si concentrasse su come raggiungere la fattoria il prima possibile. Si maledisse ancora una volta per aver infilato Tiffany in una situazione per la quale nessuno di loro era preparato. Il suo stesso rifiuto

di riconoscere i rischi di un gruppo del genere poteva aver messo in pericolo di vita una sua giovane collega.

Se fosse successo qualcosa a Tiffany, non se lo sarebbe mai perdonato.

E la velocità con cui guidava Bryant le disse che era preoccupato quanto lei.

Capitolo 105

«Sai, Stace, non mi piace mettere in dubbio le parole del capo, ma...».
«Sì, anch'io mi sto chiedendo se siamo nel posto giusto», rispose lei mentre lasciavano la strada principale.
Anche se erano quasi le sette, nei pressi del magazzino c'erano ancora persone impegnate nella chiusura degli esercizi commerciali e che uscivano tardi dal lavoro il venerdì sera.
Stacey era sempre più dubbiosa che fosse il posto giusto.
Il magazzino sembrava delle dimensioni di un campo da calcio e aveva una grande saracinesca sul davanti, più una porta d'ingresso singola a vetri. Erano stati tolti adesivi e insegne, lasciando tracce di colla tutto intorno al vetro. Non c'era modo di capire per cosa fosse stato usato quel luogo in passato, ma in quel momento sembrava abbandonato.
«E adesso?», chiese Stacey.
Penn guardò il lucchetto attaccato alla saracinesca, poi corse verso il lato dell'edificio.
Stacey restò ferma, spostando il peso da un piede all'altro.
«Penso proprio di riuscire a entrare», fece lui sfregandosi le mani.
«E come, c'è un'apertura dietro l'angolo?», gli chiese lei.
Lui scosse il capo. «No, quella ha una chiusura doppia. È più facile con la saracinesca, l'ho visto fare una volta da un collega».
«Penn, siamo in piena vista», sibilò Stacey.
«Mettiti davanti a me e smettila con quell'aria colpevole».

«Ma ci stiamo introducendo senza permesso», ribatté lei mentre Penn si abbassava a terra.

«Siamo la polizia», le ricordò.

«Senza un cavolo di mandato», ribatté lei.

«Pensi che un magistrato ce ne darebbe uno, considerando ciò che abbiamo in mano?».

Stacey scosse la testa. I magistrati concedevano mandati basandosi su fatti ragionevoli, portati per dimostrare che si sospettava fosse stato commesso un reato. Loro non avevano niente.

«Allora stai ferma e non ti sporcare le mani».

Stacey alzò gli occhi al cielo. Potevano essere a pochi metri da un altro cadavere. Gli fece scudo meglio che poté, mentre lui emetteva una serie di sbuffi e lamenti frustrati.

Più se ne stava lì, però, più Stacey riusciva a comprendere il ragionamento del loro capo. Si stavano introducendo in un edificio e nessuno ci stava facendo caso: di sicuro l'andirivieni di un veicolo non avrebbe destato il minimo sospetto.

«Fatto», disse Penn, e Stacey sentì uno scatto metallico.

In pochi secondi la saracinesca cominciò a sollevarsi. Nessuno mostrò loro il minimo interesse.

Quando arrivò all'altezza della vita, vi passarono sotto entrambi e la tirarono di nuovo giù, ritrovandosi nell'oscurità più completa.

«Be', direi...». Stacey si interruppe perché un fascio di luce si accese, rischiarando la zona intorno a loro.

«Boyscout», spiegò Penn, puntandosi la torcia sotto il mento, creando un effetto simile a quello di una zucca di Halloween. «Bu».

«Smettila, Penn, mi fai paura», mormorò lei.

«Okay, cerca di starmi vicino, non sappiamo cosa ci sia qui dentro».

Stacey stava per ricordargli che lei non era Jasper, poi si rese conto che avevano una torcia sola. Prese il cellulare, puntò la luce verso i piedi di lui e lo seguì.

Penn fece scorrere il fascio di luce nello spazio enorme, che sembrava essere vuoto e privo di pericoli. Delle pareti in polistirolo espanso erano dipinte di bianco e si sentiva un leggero odore di detergente per le pulizie. Sentì un suono dal ritmo lento, uno sgocciolio, da qualche parte in lontananza.

Penn continuò a illuminare in giro fino a quando la luce non trovò il fondo dell'ambiente, nel punto più lontano.

«Cosa c'è laggiù?», chiese Stacey quando la torcia si fermò su qualcosa di compatto.

Lui mosse di nuovo il fascio di luce, addentrandosi con cautela nello spazio. «Una specie di container», le disse.

«È un tavolo, quello lì vicino?».

Penn continuò ad avanzare lentamente. Lei puntò il cellulare verso i suoi piedi e seguì la direzione della torcia.

Il container era di acciaio azzurro. Le ricordava i contenitori di carico, ma più piccolo. Ne aveva visti di simili nei cantieri.

Raggiunsero prima il tavolo, che era a non più di sei metri dal container.

Penn si fermò e lo illuminò.

«Che diavolo è?», chiese Stacey, mentre la luce della torcia vi passava sopra, rischiarando tre bottiglie d'acqua, una di Coca-Cola, due confezioni di panini e qualche pezzo di frutta.

«Una festa di merda», commentò Penn.

«Sì, ma per chi?», fece lei, dando uno sguardo verso la porta del container.

Lui puntò la luce verso la maniglia, e la fissarono insieme, fianco a fianco.

«Penn, pensi sia lì dentro?», domandò Stacey, cercando di sovrastare il battito del suo cuore.

«C'è solo un modo per scoprirlo», le rispose concentrandosi sul fascio di luce.

Stacey fece un passo avanti, la mano quasi sulla maniglia fredda di metallo, quando una voce bassa risuonò alle loro spalle.

«Che diavolo pensate di fare?».

Capitolo 106

Britney entrò nella stanza senza fiato per l'emozione. «Oddio, Tiff, non crederai mai a quel che è appena successo».
«Che cosa?»
«Jake vuole che andiamo a meditare con lui».
«Perché? Voglio dire...».
«Che importa?», le chiese, guardandola come se fosse impazzita.
Con un salto, Brit si sedette sul letto, accanto a lei.
«So che forse per te è ancora difficile capirlo, ma Jake è su un piano intellettuale e spirituale completamente diverso da tutti noi. Ha un posto speciale, all'interno della proprietà, dove sceglie di meditare da solo. Di tanto in tanto, e cioè molto di rado, invita un membro del gruppo di cui si fida in modo particolare per condividere con lui l'esperienza. Santo cielo, Lorna è qui da dieci anni ed è stata invitata solo una volta. È un onore e un privilegio, Tiff, quindi preparati subito. Non sarà felice se lo facciamo aspettare».
Tiffany sentì il terrore strisciarle addosso.
Solo poco prima quell'uomo l'aveva colta sul fatto mentre cercava di scappare e in qualche modo, da qualche parte, lei aveva perso un telefono che tradiva ogni sua intenzione.
Sentì il sudore cominciare a pizzicarle la pelle.
Lorna era lì da dieci anni, lei solo da due giorni. Perché aveva deciso in invitarla proprio adesso?
Si rese conto che l'occasione di scappare era sfumata nel momento in cui Britney aprì la porta della stanza.
Non ebbe altra scelta se non seguire l'amica.

Capitolo 107

Anche se non lo aveva mai incontrato, Stacey capì di avere di fronte Kane Drummond, che incombeva su entrambi. Aveva sul volto un'espressione indecifrabile, eppure le sembrava familiare. Alcuni elementi trovarono finalmente un senso, ma non era il momento giusto per pensarci. Erano lì per un motivo ben preciso.

«Sophie è là dentro, vero?», gli chiese, cercando di mantenere un tono di voce fermo.

Kane non rispose.

«La trattiene contro la sua volontà?», aggiunse Penn.

«Non è come pensate».

Penn si guardò intorno, osservando il magazzino desolato e la porta del container chiusa.

«Sul serio? Non mi sembra una sistemazione a cinque stelle».

Kane li fissò in silenzio per qualche secondo appena prima di chinarsi in avanti e aprire la porta del container. Non era chiusa a chiave.

Quando la porta si aprì, un fascio di luce li raggiunse. Stacey sbatté le palpebre quando il chiarore improvviso le investì gli occhi. Appena la vista si adattò, scorse la sagoma inconfondibile di Sophia Brown, seduta con la schiena dritta su una sedia. La seconda cosa che notò furono le lacrime che le rigavano le guance.

Stacey fece un passo avanti, cogliendo i bei lineamenti e i capelli biondi così simili a quelli della sorella maggiore.

Kane le toccò un braccio. «Stia a vedere».

All'interno del container c'era un altro tavolo, su cui erano posate altre bottiglie d'acqua e confezioni di cibo. C'erano anche tre pile di quelli che sembravano vestiti appena lavati e piegati. Un ventilatore era posizionato in un angolo, nell'altro c'era una stufetta elettrica. Lo sguardo di Stacey andò verso Sophie, che aveva gli avambracci rigidi sui braccioli della sedia; le era stato messo un cuscino dietro la schiena.

«C-chi c'è?», chiese la giovane, voltando la testa da una parte all'altra. Stacey voleva andare da lei, ma la mano di Kane era ancora sul suo braccio. «V-vi prego... chi c'è? Per favore, toglietemi la benda, così potrò vedervi».

Stacey spalancò la bocca.

Non era bendata. Sophie aveva gli occhi serrati.

«Slegami, bastardo!», gridò.

Non era legata. Poteva muovere braccia e gambe liberamente.

Stacey deglutì a forza e guardò Kane.

Che diavolo stava succedendo lì dentro?

Capitolo 108

La strada sterrata li condusse fino al capanno e a un'area recintata mentre gli ultimi raggi del sole sparivano dietro una collina. Stacey non era riuscita a individuare altre vie d'ingresso su Google Earth a causa della fitta boscaglia. Come aveva sottolineato Kim due giorni prima, la recinzione non aveva interruzioni ed era alta tre metri. Anche se l'avessero scalata, dovevano comunque percorrere circa settecento metri per raggiungere la fattoria.

«Bryant...?», disse guardando prima lui, poi il recinto.

«Ah, che diamine. Okay, tanto dovevo comunque comprare una macchina nuova».

Innestò la retromarcia e tornò indietro di una quindicina di metri. «Pronta?».

Lei annuì, Bryant mise la marcia avanti e premette sull'acceleratore.

Kim si preparò vedendo il luccichio della recinzione correre verso di loro. Il suono terrificante del metallo che sbatteva contro il metallo le rimbombò nelle orecchie, e vide delle scintille volare intorno a loro. L'auto incontrò resistenza solo per un attimo, poi il recinto fu strappato dai sostegni e volò davanti al cofano.

«Diamine, Bryant. Woody sarebbe orgogliosissimo del buon esempio che mi dai».

«A dire il vero mi preoccupa più doverlo spiegare a mia moglie», borbottò lui, portando la macchina sulla striscia di asfalto che conduceva verso la casa.

Proseguì rapido e si fermò proprio davanti alla porta d'ingresso.

Il rumore dell'auto in arrivo aveva fatto radunare un gruppetto di persone.

Kim riconobbe una donna in particolare e andò subito da lei. Tutti gli altri si fecero da parte.

«Sheila, dov'è Tiffany?»

«Chi? Non...».

«Non menta, per favore. Kane ci ha detto tutto. Dove si trova?». Non aveva tempo per spiegare.

«Sta meditando con Jake».

«Dove?».

La donna fece un cenno col capo verso la zona boschiva ai piedi della collina. «Un capanno, a circa quattrocento metri».

Kim ebbe solo un attimo di esitazione. «Per quel che vale, sua figlia sente molto la sua mancanza».

Non aspettò una risposta, ma le parole di Sheila le arrivarono alle spalle. «Restate sul sentiero, ci sono delle trappole...».

Kim sollevò una mano per dirle che aveva sentito.

«Che cosa dovrebbero prendere con le trappole?», chiese Bryant quando imboccarono il sentiero battuto, lasciandosi dietro le luci della fattoria.

«Shh», disse lei, perché nel silenzio le loro voci sarebbero state ben udibili.

Il sentiero che portava nel bosco era appena visibile ed era largo poco più di mezzo metro. Anche se era solo il tramonto, gli alberi maestosi bloccavano la tenue luce della fine del giorno.

«Resta dietro», ordinò al collega, che stava tirando fuori la torcia dalla tasca. «Troppo luminosa», gli disse, prendendo il cellulare. Un errore, e avrebbero illuminato tutta la zona, avvisando Jake della loro presenza. Voleva poter sfruttare l'elemento sorpresa.

«Aspetta, capo, cos'è quella cosa appesa?»

«Bryant, non fare deviaz...».

Non fece in tempo ad avvisarlo: sentì il tonfo del collega che cadeva a terra, tra scricchiolii di foglie secche.

«Merda...».

«Cazzo, Bryant, che cosa hai...».

Si interruppe quando lo vide illuminarsi i piedi con la torcia.

Maledizione, era incappato in una trappola per le gambe fatta con il filo di ferro. La corda che aveva legata alla gamba si allungava fino al grosso ramo di un albero a circa tre metri di distanza.

«Cazzo», fece lui, cercando di liberare le caviglie dalla corda. Ma più tirava, più quella si stringeva.

«Bryant, fermati», lo avvisò. Era un nodo complicato, e se continuava a strattonarlo si sarebbe bloccato la circolazione. Sul suo viso era già comparsa un'espressione sofferente. L'unico modo per liberarlo era usare un coltello.

Kim era indecisa. Un collega era ferito, l'altra...

«Vai», le sibilò Bryant, in un grido sussurrato. «Giuro che non mi muovo».

«Sicuro?».

Lui annuì e allontanò la mano dalla corda.

Kim puntò la torcia del telefono a terra, individuando con precisione la linea del sentiero.

Avrebbe affrontato Jake Black da sola.

Capitolo 109

Kane liberò il braccio di Stacey e avanzò lento verso Sophie.
Le toccò la pelle del polso con delicatezza.
«Non ci sono corde, Sophie», le disse in tono gentile. «Puoi muovere le braccia e aprire gli occhi in qualsiasi momento».
«Vaffanculo», mormorò lei. «Mi ha avvisata che l'avresti detto. Mi ha detto tutto ciò che avresti provato a fare per convincermi. Mi ha già spiegato tutto. Conosce i tuoi giochetti, lui sa tutto».
Kane continuò a massaggiarle la pelle scoperta del polso.
«Parliamo dello stesso uomo che ti ha detto che i tuoi genitori in realtà non ti volevano, che sei stata un incidente e che hanno sempre amato solo Sammy?», le domandò piano.
Una lacrima sgorgò dall'angolo del suo occhio. «Sì, ed era la verità. Li odio, tutti e due. Vogliono più bene a lei, e posso dimostrarlo. Jake me l'ha spiegato».
Un'ondata di tristezza invase Stacey osservando quella giovane donna così persa dentro sé stessa. Incrociò lo sguardo di Kane, che scosse il capo. Sophie non aveva idea che sua sorella fosse morta.
Kane tornò accanto a Stacey. «Sono quasi cinque giorni che si rifiuta di aprire gli occhi. Non posso costringerla, è proprio questo il punto. Devo aiutarla a capire e comprendere da sola che non l'ho legata».
«Come ha fatto a ridursi così?», sussurrò Stacey.
«Da quanto ho capito, Jake è riuscito a mettere le sorelle una contro l'altra. Sophie ha seguito Sammy nella setta perché la idolatrava, ma Jake ha spezzato il loro legame e ha forzato la separazione

quando Sammy è andata via. Ha fatto davvero un lavoro magistrale su di lei, ma se la costringessi ad aprire gli occhi non farei che confermare tutto ciò che le è stato detto».

«Non si fida di lei», disse piano Penn. «È contro di lei che Jake l'ha messa in guardia, e si aspettava tutto ciò che ha detto e fatto. Ogni volta che apre bocca dimostra le sue teorie, e il controllo sulla sua mente da parte di lui aumenta. Credo stia perfino peggiorando la situazione».

Kane annuì, dandogli ragione. «E non credo i suoi genitori potrebbero ottenere di più, considerando ciò che prova nei loro confronti al momento».

Stacey ricacciò indietro la commozione osservando la ragazza che si agitava sulla sedia, senza mai tentare di spezzare i legacci invisibili che la bloccavano.

Certo, tutto ciò che Jake aveva detto era vero, pensò. Se era riuscito a convincerla a proposito dei suoi genitori, era chiaro che Sophie gli avrebbe creduto su tutto.

«Posso parlarle io?», sussurrò.

Sophie inclinò il capo, sentendo il tono sconosciuto della sua voce femminile. Kane aveva detto qualcosa che forse Stacey poteva sfruttare.

«Non nomini Sammy. Non lo sopporterebbe, adesso».

Lei annuì e si avvicinò con cautela. «Ciao, Sophie, mi chiamo Stacey e sono un'amica dei tuoi genitori».

La sua espressione si indurì.

«Ascolta, non conosco Jake, ma credo che potrebbe sbagliarsi su di loro».

«Invece hanno dimostrato che ha ragione lui», ribatté lei.

«Perché hanno preso Sammy per prima?», le chiese.

Lei assentì.

Era chiaro: il maestro della manipolazione aveva sfruttato quell'informazione per avvelenare i suoi pensieri. Entrambe le ragazze erano nella setta, eppure avevano scelto di portare via Sammy, non lei.

«Ah, ma io so perché l'hanno fatto. Tua madre mi ha detto che eri la più forte tra voi due. Per questo hanno fatto uscire prima Sammy».

Sophie scosse la testa. «No, non è...».

«Sophie, non ho motivi per mentirti e sono sicura che Jake pensava di aiutarti, ma perfino tuo padre ha detto che eri più forte e che saresti riuscita a resistere meglio. Confidavano nella tua forza e hanno chiesto a Kane di prenderti il prima possibile. Sapevano che Sammy era più debole di te».

Stacey notò che le sue bugie facevano sentire Kane a disagio, ma l'incantesimo che la bloccava da giorni andava annullato, e l'unico modo era gettare anche solo l'ombra del dubbio sulle parole di Jake senza dargli apertamente del bugiardo, perché lei non avrebbe accettato una simile accusa. Su quello avrebbero lavorato più tardi, ma ora c'era bisogno di una via d'accesso, un modo per arrivare alla giovane.

«Sophie, adesso ti slego le caviglie e i polsi, okay?».

Sophie annuì.

Stacey si chinò e mosse le mani intorno alle sue caviglie, facendo in modo di toccarle la pelle. Ripeté il gesto anche con i polsi.

Si alzò e si chinò sulla giovane tremante, che non si era mossa di un millimetro.

«Adesso ti tolgo la benda». Sfiorò le guance della ragazza, poi fece finta di slegarla dietro la testa. «Okay, tesoro, adesso ho tolto tutto. Sei libera».

Col cuore in gola, Stacey le toccò la mano. «Forza, Sophie, guardami, per favore. Credimi, la benda non c'è più».

Alla fine, Sophie aprì gli occhi.

Capitolo 110

Kim capì di essere a pochi metri dal capanno. Il fascio di luce di una torcia e un leggero mormorio le dissero che si stava avvicinando.

Dover camminare lentamente e con circospezione le aveva dato modo di schiarirsi le idee. Per quanto si fosse sforzata, non era riuscita a trovare un collegamento con la morte di Derek Noble, la terza vittima. Non aveva alcun legame con il college o con una delle vittime. Eppure il fatto che il suo corpo fosse stato trovato nello stesso luogo di quello di Tyler doveva pur significare qualcosa. E adesso Kim sapeva cosa.

Restò perfettamente immobile non appena raggiunse gli alberi che circondavano il capanno. Due lampioni in stile vittoriano erano ai due lati della struttura in legno e illuminavano la piccola radura e le foglie già cadute dai rami sopra di essa. C'erano due sagome sedute su un tronco caduto. Il bagliore di qualcosa, alla luce del lampione, confermò i suoi sospetti.

Era abbastanza vicina da sentire ogni loro parola.

«Sono sicura che arriverà subito», disse la ragazza dai capelli rossi.

«Non è vero, giusto, Britney?», chiese Kim, uscendo dall'ombra.

Tiff e Britney si voltarono a guardarla, una con il sollievo dipinto in volto, l'altra piena di collera.

In meno di un secondo Britney si voltò di scatto, afferrò Tiff per i capelli e la gettò a terra.

«Allontanati», gridò. «Stai solo cercando di portarmela via».

Tiff lanciò un grido di dolore quando Britney strattonò sempre più forte i suoi capelli; poi la ragazza si portò una mano dietro la schiena e tirò fuori un coltello dalla tasca posteriore.

«Fai un passo e le taglio la gola».

«Come hai fatto con Sammy?», chiese Kim, senza muoversi di un millimetro. «Anche lei era la tua migliore amica?».

La nebbia nella sua mente si era dissolta, dopo che aveva lasciato Bryant.

Ripensò alle parole di Kane a proposito di come i nuovi adepti venivano lodati e riempiti di affetto. Quanto era forte il potere di quell'atteggiamento sull'individuo che riceveva attenzioni; ma al tempo stesso lo era anche per la persona che dimostrava affetto, soprattutto se era a sua volta vulnerabile.

«Hai reclutato tu Sammy al college, vero?».

Britney non rispose.

«Non aveva motivo per non farti entrare in casa sua. Si fidava di te, e tu l'hai uccisa».

«Mi aveva abbandonata», disse lei, come se fosse una giustificazione.

«E Tyler? Ti piaceva, vero? Anche se non era permesso trovare l'amore alla fattoria, ti eri innamorata di lui?»

«Anche lui mi amava», ringhiò, tirando più forte i capelli di Tiffany.

«Ma se n'è andato subito dopo Sammy, giusto? L'ha seguita nella setta e l'ha fatto di nuovo quando ne è uscita. Forse ti ha voluto bene, ma era ossessionato da lei, lo era da anni».

Britney cominciò a dare strattoni ai capelli di Tiff. La mano che reggeva il coltello si muoveva freneticamente.

«Non mi doveva lasciare», disse la ragazza, il viso contratto in un ghigno terrificante.

«Come ha fatto tuo padre?», chiese Kim, notando il ciondolo a forma di farfalla che portava al collo.

«Tutti mi abbandonano», replicò lei. «Anche Tiff voleva lasciarmi. Ho visto i messaggi che vi siete scambiate. Non le sono mai piaciuta, fin dal primo...».

«È questo che pensi?», chiese Kim, cercando di distogliere l'odio di Britney da Tiffany. Tentò di pensare in fretta e pregò che Tiff non le avesse detto nulla.

«Hai letto i messaggi, quindi sai perché Tiff era qui, ma hai guardato il registro delle chiamate?».

Sul viso di Brit apparve un'espressione incerta.

Grazie a Dio.

«Prima mi ha telefonato», riprese Kim, restando il più possibile vaga sull'orario. Non sapeva a che ora Britney si fosse impossessata del telefono. «Sì, mi ha chiamata. Mi ha detto che non voleva andarsene, che aveva conosciuto una nuova amica e voleva restare qui ancora per un po'. Ha detto che voleva stare con te».

«No, no, lei mi odia, come…».

«Britney, nessuno ti odia», la interruppe Kim, accorgendosi che doveva continuare a parlare. Doveva gettarle addosso più dubbi e incertezze possibile per spegnere la rabbia che provava nei confronti di Tiffany, prima che facesse qualcosa di avventato. «Nemmeno tuo padre ti odiava. Sì, se n'è andato quando eri piccola. Era ridotto male, ma è venuto a cercarti, no? Ti ha comprato quella collana. Ha raccontato a tutti i colleghi di te, di come…».

«Non ti credo», disse Brit, la voce di nuovo ferma.

Kim si rese conto di essere stata troppo teorica. Non aveva mai nemmeno conosciuto quell'uomo. Aveva cambiato rotta in modo troppo netto, ma aveva ancora un ultimo asso da giocare.

«Brit, nemmeno Sammy ti ha lasciata».

«Invece sì, l'ha fatto. Lei mi odiava…».

Perché diavolo quella ragazza era convinta che chiunque se ne fosse andato ce l'aveva con lei?

«È stata rapita», spiegò Kim. «Non è scappata. È stato organizzato tutto dai suoi genitori. Sammy non ha avuto scelta, non sapeva nemmeno che sarebbe successo». Fece una pausa. «Non ti odiava e non ti ha lasciata»

«No… no… no…», piangeva, scuotendo la testa. «Non è vero. Mi ha lasciata, come tutti. Anche Tiff stava per…».

«Non è vero, Brit, lo giuro», disse Tiff, cercando di muovere la testa seguendo le azioni imprevedibili di Britney. «Ha ragione lei, l'ho chiamata e le ho detto che volevo restare. Volevo imparare altre cose da te. Ci divertivamo tanto e adoro passare il tempo con te».

«Davvero?», chiese Brit, e nella sua voce c'era la speranza che fosse stato solo un malinteso e che tutto potesse tornare com'era prima.

La sua esitazione fu proprio ciò di cui aveva bisogno Tiffany per girarsi di centottanta gradi e dare una testata nello stomaco alla ragazza.

La mano di Britney si liberò dai capelli di Tiff quando lei cadde all'indietro.

Kim sfruttò l'occasione per lanciarsi in avanti e toglierle il coltello premendo forte sul polso.

Britney scalciava e si dimenava, ma Tiff era già seduta su di lei, in una posa che Kim stessa aveva usato una o due volte.

Kim sentì il coltello caderle di mano: una forte spinta da dietro l'aveva appena fatta crollare a terra.

Capitolo 111

Voltandosi, Kim vide Jake Black con il coltello in mano in piedi davanti a Tiffany e Britney.

«Lasciala andare», intimò l'uomo, sfiorando Tiff tra le spalle con la lama. La sua espressione era indecifrabile.

«D'accordo», disse Kim, mettendosi a sedere. Chi aveva il coltello aveva il potere.

Tiff si spostò di lato e Britney riuscì a sedersi, raddrizzando la schiena.

«Oh, Britney, che cosa hai fatto?», domandò Jake in tono gentile.

«Voleva lasciarmi, Jake. Come tutti gli altri. Dovevo fermarla», rispose lei, fissandolo. Sembrava aver dimenticato Tiff e Kim, perché aveva occhi solo per l'uomo che incombeva su di lei.

«Noi non facciamo del male alle persone, Brit», le disse piano.

Kim lo scrutò in volto. Le parole erano gentili, ma l'espressione degli occhi era dura. La mano destra stringeva il coltello con forza.

Un brivido le percorse il corpo. Jake Black non era lì per aiutare. Non aveva idea di cosa avesse in mente di fare con il coltello, e fino a quando non fosse riuscita a capirlo, Kim non poteva muoversi. Jake era troppo vicino a Britney, e Tiff era ancora a tiro.

«Ma hai detto che mi odiavano tutti, mi hai detto dove abitava Sammy e...».

«Te l'ho detto per farti sapere che era al sicuro. Sapevo quanto eravate legate. Volevo che sapessi che stava bene».

«M-ma... hai detto che dovevano essere puniti, che ci avevano abbandonati. Che erano degli ingrati e avrebbero detto cose orribili sulla fattoria... sulla famiglia».

«Non intendevo dire che *noi* dovevamo punirli, Britney», le rispose, affabile.

«Hai detto che mi odiavano, che non gli ero mai piaciuta».

Il cuore di Kim si spezzò per la bambina che scorgeva in Britney, e dalle cui parole emergeva fino a che punto fosse arrivata la manipolazione di Jake.

Lui scrollò le spalle. «Non sono rimasti per te, vero? Nessuno è rimasto qui per te».

Le lacrime cominciarono a rigare le guance di Britney.

Tiffany la guardò preoccupata, poi voltò la testa verso Kim.

Kim le fece cenno di no. Jake aveva ancora il coltello e nessuna di loro era abbastanza vicina da alzarsi e strapparglielo di mano senza che avesse il tempo di colpire.

«Ti ho detto tutto, di mio padre e...».

«Sì, mi hai detto che gli hai dato appuntamento al lago e l'hai ucciso. Ne abbiamo parlato. Ci è dispiaciuto per ciò che hai fatto. Come potevo sapere che saresti stata pronta a rifarlo?».

Kim capì che quell'uomo sapeva perfettamente quali tasti doveva premere per indurre la ragazza a obbedirgli. Il suo unico desiderio, il suo unico bisogno, era una famiglia; lui gliel'aveva data, e in cambio lei feriva tutti coloro che Jake pensava l'avessero tradito. Ogni cosa aveva un prezzo.

Jake sapeva benissimo che Sammy era stata rapita. Il suo problema era che non era tornata alla fattoria; anche se il processo era stato lento e costante, Sammy aveva cercato di riadattarsi a una vita normale. Sia i suoi genitori che Kane avevano confermato che si stava riprendendo.

Quell'uomo aveva distrutto un numero imprecisato di vite attraverso la manipolazione e la coercizione. Aveva distrutto anche quella ragazza, e stava continuando a farlo.

«E la tua fattoria precedente, Jake?», chiese Kim, per distoglierlo da Britney. «Anche lì sono morte delle persone, no?».

Lui si voltò, come se fosse sorpreso di trovarla ancora lì.

«Gli incidenti possono sempre accadere», disse lui, senza alcuna emozione.

«La caduta di Graham Deavers dal tetto è stata un incidente, e Christopher Brook si è suicidato davvero?», insisté lei.

«Così hanno concluso le indagini», le rispose con un compiacimento che si diffuse fino agli occhi. Era l'espressione di un uomo che sapeva di aver scampato un'accusa per omicidio. Non avrebbe mai ammesso ciò che aveva fatto.

«Sapevi che Christopher era un agente di polizia?».

Lui scrollò le spalle, cancellando ogni suo dubbio. «Le spie fanno sempre una brutta fine».

«Graham voleva lasciarti?», gli chiese. «Ha ferito il tuo orgoglio e il tuo ego?».

L'espressione di Jake divenne tetra.

«Non sei molto diverso da Britney. Costruisci una famiglia e le persone si allontanano. Britney ne è ferita per via del suo passato, invece tu vieni colpito nell'ego, non nei sentimenti: è la dimostrazione che hai fallito. Com'è possibile che qualcuno voglia abbandonare te e ciò che hai creato?».

Kim vide un muscolo guizzare nella guancia di Jake quando lui si voltò a guardarla.

«Sfrutti persone vulnerabili per vendicarti», riprese lei con disprezzo, sapendo che Britney avrebbe pagato molto care le proprie azioni, e tutto per colpa di Jake.

Se solo fosse riuscita a farlo allontanare di un paio di passi da Britney, avrebbe potuto correre il rischio di tentare di disarmarlo.

«Usi le persone per costruire il tuo impero. Vai a caccia dei deboli e prendi da loro tutto ciò che puoi: il loro denaro, le loro famiglie, il loro libero arbitrio, e tutto questo lo definisci "famiglia". Non è una famiglia», lo provocò. «È una dittatura, e tu stai per perdere tutto ciò che hai costruito».

Lui fece una gran risata e avanzò di un passo verso di lei. «Pensi che qualcuno crederà anche solo a una sua parola?», chiese, agitando il coltello nella direzione di Britney. «Ho cento persone là dentro che diranno...».

«Sì, cento persone che conoscevano anche Sammy e Tyler, e che hanno conosciuto anche Britney. Davvero pensi di poterle convincere tutte che non c'entri niente? Davvero pensi che la tua intelligenza sia superiore a quella di tutti coloro che abitano là, che nemmeno uno di loro dubiterà di te? Basta una sola persona, Jake, e il tuo castello di carte...».

Jake fece un altro passo verso di lei.

Britney balzò in piedi e gli strappò il coltello di mano. Si voltò e glielo piantò nell'addome.

«Nooo!», gridarono all'unisono Kim e Tiff, correndo verso di lei.

Nel suo stato di frenesia, la ragazza sferrò altri due colpi. Il sangue macchiò la camicia bianca di Jake, che fissava Britney sgomento.

«Deve morire», urlò lei, e in quel momento Jake cadde a terra.

Kim afferrò il coltello e lo gettò via, mentre Tiff trascinava lontano Britney.

«Mi ha usata. Doveva morire», gridava Britney, cercando di sottrarsi alla presa di Tiff.

«Oddio», disse Kim, osservando il disastro che aveva davanti agli occhi. Il sangue formava due pozze intorno al torace di Jake, che perdeva colore velocemente.

Gli aprì la camicia strappandola mentre lui rovesciava gli occhi. Delle tre ferite, sembrava che la maggior parte del sangue uscisse dalla prima e dall'ultima. Poggiò entrambe le mani sui tagli e cercò di fare pressione. Il sangue le filtrò tra le dita, che affondavano negli squarci come se ne fossero risucchiate.

«Maledizione», disse, cercando di muovere le mani per tentare di impedire al sangue di uscire dal corpo, ma le pozze erano sempre più larghe e più profonde intorno a lui.

«No», gridò, sentendo la vita scivolare via da lui. «Non ci provare», ringhiò, spostando di nuovo la presa. Sapeva che si poteva morire per dissanguamento nel giro di cinque minuti, o anche meno, se le ferite erano molto gravi, e quelle lo erano.

Jake aveva già perso i sensi.

Kim spostò di nuovo le mani, lasciando impronte calde e collose ovunque lo toccasse.

«Resta con me, Jake», mormorò, ma lui fece un sospiro e poi restò immobile.

«Cazzo», esclamò, inclinandogli la testa all'indietro.

«Capo, posso...».

«Resta dove sei, Tiff», le ordinò. Non potevano rischiare che Britney scappasse.

«Ferma, Brit», gridò Tiffany, e Kim sentì l'agitazione nella sua voce. Tiffany si era affezionata a quella ragazza più di quanto lei avesse immaginato, ma non c'era tempo per soffermarsi su quel dettaglio.

Kim intrecciò le dita e piantò il palmo della mano al centro del petto di Jake. Premette per trenta volte, poi gli soffiò aria nella bocca due volte.

Controllò il petto. Niente.

Ripeté il procedimento e controllò di nuovo.

Niente.

Una parte di lei sapeva che era morto, ma doveva continuare a provare.

Sheila e altre tre donne apparvero ai margini del boschetto, seguite dal suo collega zoppicante.

Le donne rimasero a guardare sconvolte, Bryant invece si avvicinò. Due gocce di sudore caddero sul petto inerte di Jake Black.

«È morto, capo», le disse, toccandole una spalla.

Kim si tirò indietro e lo guardò meglio, notando ciò che Bryant aveva visto subito. Il pallore di Jake era inequivocabile, e i cerchi di sangue che si erano formati intorno a lui somigliavano a pozzanghere lasciate da una tempesta. Nessuno poteva sopravvivere a un'emorragia del genere.

Stone si passò una mano sulla fronte e sentì il sangue appiccicoso sulla pelle.

«Che diavolo è successo qui?», chiese Bryant guardandosi intorno.

«Te lo spiego dopo», rispose lei alzandosi. «Non c'è niente da vedere, signore», aggiunse, mettendosi davanti a Britney e Tiff.

Bryant prese il controllo della situazione, allontanando le donne.

Britney aveva smesso di lottare non appena Kim aveva rinunciato a tentare di rianimare Jake, come se avesse capito che era tutto finito.

La ragazza guardò la donna che aveva pensato fosse sua amica, gli occhi pieni di dolore.

Kim si spostò di lato.

«Britney, io non ti odio», disse Tiff. «Nonostante tutto ciò che hai fatto, continuo a non odiarti. Tu mi hai accolta e ti sei presa cura di me, mi hai fatta sentire come se avessi conosciuto qualcuno di cui potevo fidarmi davvero. Volevo andare via, ma avrei lasciato questo posto, non te».

Kim sentì un singhiozzo giungere dalla ragazza a terra.

Era felice di aver catturato l'assassino, ma non ci sarebbero stati festeggiamenti nella sala operativa, quella sera.

Britney non era una killer irrazionale, spietata e brutale, ma una ragazzina vittima di abbandono. Alla fattoria aveva trovato una certa sicurezza, ma le sue debolezze e vulnerabilità erano state manipolate e sfruttate per vendicare il presunto tradimento subìto da qualcun altro.

Kim toccò la spalla di Tiffany.

L'agente la guardò con gli occhi arrossati.

«Okay, Trilli, adesso puoi farti da parte. Penso sia meglio se ora continuo io».

Capitolo 112

Erano quasi le undici quando Bryant scese dal taxi.

Il capo aveva insistito perché andasse all'ospedale per farsi visitare, ma lui aveva chiesto al tassista di fare una deviazione. Sentiva ancora la caviglia un po' rigida per la pressione della corda, ma dopo anni su un campo da rugby sapeva già di non essersi rotto nulla, e c'era una cosa che doveva ancora fare prima di smettere di pensare a Peter Drake e a tutta la settimana infernale appena trascorsa.

Damon Crossley aprì la porta alla seconda bussata. «Ma che cazzo...».

«Oh, Damon, sta' zitto e fammi entrare», rispose lui, che non aveva nessuna voglia di perdere tempo con quel suo modo di fare da vero duro. Aveva fame, era stanco morto, e ancora non aveva detto a Jenny della macchina.

Bryant aveva riflettuto a lungo su cosa avrebbe dovuto fare, soprattutto mentre era seduto da solo nel bosco con una trappola che gli bloccava la caviglia.

Sapeva che Richard Harrison aveva ucciso Alice Lennox e che Peter Drake era innocente per quel delitto, nonostante avesse confessato. Nella sua mente contorta, Richard non aveva capito che spezzando la vita di una giovane innocente aveva fatto proprio ciò che temeva potesse fare Peter Drake. Per lui esisteva solo il fatto che quell'uomo non aveva ancora scontato una pena abbastanza lunga per il terribile omicidio di Wendy. Che si fosse suicidato per il senso di colpa per ciò che aveva fatto o per raggiungere l'aldilà e poter proteggere la figlia, Bryant non poteva dirlo, ma sospettava che fosse un misto delle due cose.

Richard non si era mai liberato dall'orrore, la paura e il dolore che aveva subìto sua figlia. Lo aveva rivissuto ogni giorno, lasciando che la colpa divorasse la brava persona che era stato un tempo, anche se quella consapevolezza, agli occhi di Bryant, non lo assolveva certo dal brutale assassinio di Alice Lennox.

Non aveva prove, a parte il suo sesto senso, che non voleva saperne di tacere. Se avesse dato credito ai propri sospetti, e se avesse gridato abbastanza forte, c'era la possibilità che qualcuno lo ascoltasse. Non c'era nessuno da mandare a processo per quel delitto, perché l'autore era morto. La famiglia di Alice Lennox non avrebbe mai visto la fine di quella storia.

Peter Drake sarebbe tornato di nuovo in libertà e i Crossley non avrebbero più avuto un minuto di pace. Molte vite sarebbero state rovinate dalla sua ricerca di una giustizia tutta bianca o tutta nera.

Percorrendo un'altra via, solo lui avrebbe portato il fardello della verità.

Bryant guardò lo spazio vuoto in cui Tina era stata seduta prima di tentare di uccidere il marito, l'uomo che faceva il duro pur di proteggere la donna che amava.

«E così il bastardo ha colpito di nuovo, eh?», chiese Crossley, abbassando leggermente la guardia.

Fu allora che la decisione di Bryant divenne definitiva.

«Sì, Damon, Peter Drake ha colpito di nuovo. Ha confessato tutto».

Si preparò a sentire una filippica su quanto facesse schifo la polizia e quanto merdoso fosse il lavoro della commissione per la libertà vigilata prima di essere sbattuto fuori di casa.

Damon, invece, rimase in silenzio e fissò il punto che un tempo occupava Tina, ormai vuoto, accanto alla finestra.

«Damon, dovresti lasciar cadere le accuse e riportarla a casa», disse Bryant, stanco.

Lui non rispose.

«Ti sei fatto una bella ferita, amico. C'è voluto molto coraggio, ma non pensavi a te stesso quando hai cercato di riportarla nell'unico posto in cui si era sentita al sicuro dopo decenni. Sapevi che il solo pensiero che Drake fosse a piede libero l'avrebbe terrorizzata, ed era la sola cosa che potessi fare per farla sentire protetta».

Damon emise un gran respiro, poi si accasciò sul divano. «È sempre rimasta lì ad aspettare, sai», spiegò. «Ogni giorno sapeva che prima o poi sarebbe stato liberato. La paura ha plasmato tutta la sua vita».

«Be', adesso non deve più aver paura. Quell'uomo non rivedrà la luce del giorno».

«Grazie a Dio», mormorò Damon tra le mani con cui si copriva il viso.

«Preparati a una bella lavata di capo alla stazione di polizia, ma di' la verità. La stanno aspettando». Bryant guardò il punto accanto alla finestra. «Poi sarà il momento di riportare Tina a casa».

Damon Crossley si alzò e gli tese la mano. «Sei un brav'uomo», disse. «Non come gli altri bastardi».

Era davvero un gran complimento.

La decisione che aveva preso gli sarebbe rimasta addosso per sempre. Era entrato nella zona grigia della giustizia, e si consolò pensando che, per tutte le persone che gli stavano intorno, aveva fatto la cosa giusta.

Doveva farselo bastare.

Capitolo 113

Kim si era ritrovata a pensare a Britney molto tempo dopo averla arrestata per gli omicidi di suo padre, di Tyler Short, di Samantha Brown e di Jake Black.

Britney aveva rinunciato all'assistenza di un avvocato durante gli interrogatori, e Kim si era detta che forse sarebbe stato meglio insistere, ma non era compito suo. Aveva immaginato che la giovane non si sarebbe fidata di nessuno. Per lei erano tutti sconosciuti, zombie, e di loro non bisognava fidarsi. Mentre era seduta davanti a lei nella sala interrogatori, mentre raccontava i crimini commessi aggiungendo liberamente dettagli, le era sembrata molto più piccola della sua età.

Aveva spiegato come suo padre l'avesse contattata, e che solo quando l'aveva incontrato a Himley Park era stata sopraffatta dalla collera, lo aveva spinto in acqua e lo aveva tenuto sotto. Rivederlo le aveva fatto rivivere l'abbandono da parte di sua madre e di suo padre, la solitudine, la disperazione che aveva provato da bambina. Sentimenti che aveva sepolto per anni, sopravvivendo e basta. Kim aveva soppesato la sua furia e la corporatura esile dell'uomo, e si era resa conto che aveva potuto senza dubbio sopraffarlo fisicamente.

Britney poi aveva raccontato quanto fosse stato facile presentarsi da Samantha con un dono per la nuova casa. La sua amica di un tempo aveva finto di essere felice di vederla, ma lei aveva capito che era tutta una messinscena. Jake le aveva spiegato che Sammy era solo l'ennesima persona che l'aveva usata e poi abbandonata. Avevano parlato, riso, si erano raccontate gli ultimi avvenimenti, poi Britney aveva convinto Sammy a stendersi sul letto per un massaggio ai piedi, cosa che avevano fatto tante volte dopo le lunghe giornate passate a fare proselitismo nel parcheggio del college. Non appena Sammy aveva chiuso gli occhi, lei aveva tirato fuori il coltello e le aveva tagliato la gola.

Era stato abbastanza facile anche trovare Tyler. Dal tempo trascorso insieme, Britney sapeva che prima di seguire Sammy a Unity Farm il giovane di tanto in tanto andava a elemosinare un pasto gratuito fuori da una panineria di Dudley. Se n'era andato dalla fattoria senza un soldo e senza un posto in cui vivere. Le era bastato aspettare un paio di giorni per vederlo arrivare. Lo aveva convinto a incontrarla al lago per parlare. All'inizio aveva cercato di convincerlo a tornare, ma lui non aveva voluto saperne, segnando così il proprio destino. Britney aveva ammesso di aver preso in prestito le scarpe di Sheila, quel giorno, com'era usanza a Unity Farm, perché le sue si erano inzuppate a causa di un temporale il giorno prima.

Britney avrebbe passato il resto dei suoi giorni in una cella, anche se Kim non riusciva a smettere di pensare che avesse un gran bisogno di trascorrere del tempo con Kane. Come diavolo avrebbe fatto a sbrogliare quel disastro, da sola? Davvero era riuscita a vedere Jake per ciò che era, prima di ucciderlo? Se era così, come avrebbe fatto ad accettarlo? Era stato uno scoppio d'ira momentaneo di cui poi si sarebbe pentita, quando nella sua mente quell'uomo fosse tornato a essere una divinità? E quindi, come avrebbe fatto ad accettare di essere responsabile della morte del suo idolo?

Incriminarla non le aveva dato alcuna soddisfazione. Kim non provava nemmeno il senso di conquista che accompagnava di solito quella fase del suo lavoro. Sapeva solo di aver fatto il suo dovere. In un mondo ideale, avrebbe dovuto odiare tutti coloro che sbatteva in prigione; avrebbe dovuto disprezzarli, senza rivolgere loro più alcun pensiero.

Non era il caso di Britney Murray. Quella ragazza era stata ferita quando era molto piccola, e ciò l'aveva spinta a cercare un luogo in cui potesse sentirsi a casa, un gruppo di persone che non l'abbandonassero. E che invece l'avevano abbandonata. Jake Black l'aveva usata per punire le persone che, a suo avviso, gli avevano fatto un torto. Aveva fatto leva sulle sue insicurezze e sulle sue fragilità fino a vincere ogni resistenza e indurla a cedere ai suoi ordini indiretti. Lei gli aveva creduto, quando lui le aveva detto di non averle mai chiesto di uccidere qualcuno. Non era stato necessario, ma Kim non aveva il minimo dubbio che quell'uomo fosse tanto colpevole quanto lo era Britney. Tuttavia era morto, e non sarebbe mai stato possibile dimostrarlo. L'indagine portava a un procedimento penale, ma sperava che l'avvocato difensore avrebbe chiamato a testimoniare qualcuno come Kane Drummond.

Kim si guardò le mani. Dopo tre docce si sentiva ancora addosso il sangue caldo e vischioso di Jake Black.

Anche se aveva fatto di tutto per salvarlo, non provava il minimo dispiacere per la sua morte. Sapeva che sarebbe stato difficilissimo collegarlo ai delitti, e che il suo insegnamento avrebbe continuato a formare e distorcere giovani menti.

A Unity Farm ci sarebbero stati altri interrogatori, ma per quel che ne sapeva, al suo interno non erano stati commessi particolari reati da parte degli altri membri. Non le risultavano né complici né conniventi, e sembrava che nessuno fosse trattenuto laggiù con la forza. Hilda sarebbe stata informata delle vere intenzioni di Britney e avrebbero cercato di scoprire se ci fossero altri anziani coinvolti, facili prede della fattoria. Gli ultimi eventi avevano catapultato Unity Farm dall'anonimato ai radar della polizia. Da quel momento in poi, i loro movimenti sarebbero stati ben sorvegliati. Kim sapeva che Lorna aveva assunto la direzione delle attività quotidiane nella fase di riorganizzazione dopo i delitti di Britney e la morte di Jake.

Penn aveva ricevuto una telefonata da parte di Josie: sua madre era tornata sana e salva, e dopo le scuse commosse da entrambe le parti si erano solo abbracciate in lacrime. Forse i membri di Unity Farm, in fondo, avevano bisogno soltanto di questo: ricordare chi li amava. Se Kane voleva continuare a portare avanti la sua attività, doveva trovare un nuovo informatore interno.

Kim lo aveva chiamato la sera prima, tardi, dopo l'arresto di Britney, per aggiornarlo. Anche se Kane aveva parlato molto poco, lei aveva percepito la tristezza per quella ragazza che non era riuscita a trovare un posto nel mondo. Non aveva mostrato lo stesso sconforto per la dipartita di Jake Black, e lei aveva capito perché.

«Graham Deavers era tuo fratello, vero?», gli chiese in tono gentile.

Era stata Stacey a fare quel collegamento quando si era trovata faccia a faccia con Kane la prima volta nel magazzino.

«Fratellastro», rispose lui.

«Per questo conosci così bene le sette. Graham voleva uscirne?».

Capì che il silenzio era dovuto alla difficoltà di decidere se confidarsi con lei.

«Graham era uno dei mendicanti del gruppo», disse Kane, sorprendendola. «Ha abbandonato la scuola, e non aveva competenze, ma era comunque utile. Era un elemento poco costoso, che sopravviveva con riso e fagioli e veniva spedito ogni giorno ad accattare tutti i soldi che riusciva. Mentre studiavo il funzionamento delle sette, parlavo con lui quasi ogni giorno. Aveva cominciato a credermi».

«E poi cos'è successo?», chiese Kim, sentendo il respiro bloccarsi nel petto anche se conosceva già il finale della storia.

«Ha detto a Jake che voleva andarsene. Quel giorno, più tardi, gli è stato chiesto di riparare una parte di grondaia sul tetto».

«Kane, mi...».

«E Christopher Brook è stato mandato lì per colpa mia. Insistevo dicendo che là dentro succedeva qualcosa di strano. Ho continuato a tormentarli finché qualcuno non mi ha dato ascolto. Sono stato io a...».

«Per questo lavori da solo e non vuoi coinvolgere la polizia?», gli chiese. Finalmente aveva capito tutto, anche la reazione energica che aveva avuto quando aveva saputo che nella fattoria era stata infiltrata un'agente sotto copertura.

«Nessun altro si farà male per colpa mia».

Kim chiuse gli occhi e ringraziò il cielo di aver trovato Tiffany in tempo.

Comprendeva il suo dolore, ma ciò non le impedì di porgli la domanda che aveva in mente, e che era il vero motivo di quella telefonata.

«Sai una cosa, Kane, non puoi riportare indietro quell'agente di polizia, però puoi fare un favore a un altro, in questo momento».

Silenzio. «Ti ascolto».

Kim gli disse ciò che voleva da lui e riattaccò.

Durante le indagini avevano scoperto molte altre vittime, oltre a quelle che avevano perso la vita. Pensò a Eric Leland e a sua madre. L'odio che provava per quella donna sarebbe mai svanito? Il legame con la fattoria e la sua lealtà a un uomo ormai morto sarebbe diminuito abbastanza da portarlo a una sorta di vita normale?

Pensò a Sammy Brown e a Tyler Short; la prima con una famiglia amorevole, l'altro senza nessuno. Il mondo da cui venivano non aveva avuto alcuna importanza. Entrambi erano vulnerabili e avevano cercato di sentirsi parte di qualcosa più grande. I funerali di entrambi si sarebbero svolti la settimana seguente. Lei avrebbe partecipato a tutti e due, e anche Myles e Kate Brown, che avevano chiesto di poter assistere alla sepoltura di Tyler Short. Kim era stata commossa dal loro desiderio di omaggiare un giovane uomo solo la cui unica colpa era stata innamorarsi della loro figlia maggiore.

Pensò a Sophie Brown. Ripensò allo sgomento che aveva provato quando Stacey e Penn le avevano riferito quello che avevano visto nel magazzino. Il fatto che Jake avesse mantenuto un controllo assoluto su Sophie anche a distanza era al tempo stesso inquietante e terribile.

Sophie era tornata a casa e Kane aveva raccomandato una collega donna per aiutare la famiglia. L'uomo si era dovuto arrendere di fronte al fatto che Sophie non credeva a una sola parola che provenisse da lui. La povera ragazza era stata informata dell'omicidio di sua sorella e doveva cercare di orientarsi in un mondo completamente nuovo. Kim era sicura che i Brown sapevano che non sarebbe stato un percorso veloce. Potevano passare anni prima di rivedere la Sophie di un tempo, se mai ci fossero riusciti. L'intera famiglia doveva aspettarsi che dalla nebbia potesse emergere una Sophie molto diversa da quella che ricordavano, e al tempo stesso abituarsi a vivere senza Samantha. Kim dubitava che si sarebbero mai ripresi del tutto dal contatto con Unity Farm.

Se c'era una cosa che Kim aveva imparato era che il coinvolgimento in una setta lascia sempre un segno. Sophie aveva davanti a sé una lunga strada verso la guarigione. Col tempo avrebbe imparato a gestire pensieri tutti suoi, idee che appartenevano solo a lei. Avrebbe dovuto affrontare la fatica di prendere decisioni da sola, di vivere tra sconosciuti e di sopportare lo stress quotidiano.

Quei pensieri la portarono verso Peter Drake, e anche se non ne aveva parlato con Bryant sentiva che quello era il vero motivo per cui aveva confessato l'omicidio di Alice Lennox.

Dopo aver trascorso quasi ventisei anni in prigione, Peter Drake aveva la vita del carcere nel sangue. Aveva perso la libertà, ma era entrato a far parte di un mondo che comprendeva. Conosceva la routine, i detenuti, le guardie. Forse sapeva perfino cosa avrebbe mangiato a cena il secondo giovedì del mese. La sua cella limitava la sua libertà, ma segnava anche i confini della sua sicurezza. C'erano elementi di contatto tra i due casi.

Sapeva che Bryant avrebbe sentito il peso della decisione presa, ma lo avrebbe sostenuto comunque, qualsiasi strada avesse deciso di intraprendere.

Perché ora sapeva che gli amici servivano a questo.

Ormai le testimonianze erano state scritte, la squadra era stata mandata a casa a godersi ciò che restava del weekend e, nel caso di Bryant, a cercare una macchina nuova.

Le lavagne dell'ufficio erano state cancellate ed era rimasta una sola cosa da fare, pensò Kim, quando una sagoma apparve sulla soglia.

«Entra, Trilli, e mettiti seduta».

Tiffany obbedì con un sorriso incerto.

Kim aveva letto la sua dichiarazione diverse volte. Era precisa, basata sui fatti, priva di emotività. Tiffany era una professionista, e Kim rispettava la sua condotta.

«Allora, come ti senti?»

«Bene, capo, non vedo l'ora di rimettermi al lavoro».

Un po' troppo allegra e un po' troppo veloce.

«Sì, Trilli, grazie per la risposta che pensi io desideri sentire, ma adesso vorrei la verità».

«Sento di avervi delusi», disse di getto e distolse lo sguardo.

Non era ciò che Kim si aspettava.

«Sai una cosa, Trilli? Mi sento proprio come te».

Tiffany sgranò gli occhi. «Ma non ho scoperto nulla sulla setta. Non ho trovato niente di...».

«Trilli, sei stata accanto all'assassina per tutto il tempo e sono stata io a metterti lì», disse Kim.

Tiff aprì la bocca, ma lei sollevò una mano. «No, ascoltami. Ti ho permesso, anzi, ti ho convinta a entrare in una situazione che non conoscevo abbastanza bene. Ti ho gettata in mezzo al pericolo perché ero disinformata e ignorante del tipo di danni che posti del genere possono causare. Ti ho spedita là dentro, e per questo ti chiedo scusa».

«Ma io volevo aiutare. Era un onore per me che avesse chiesto proprio a me, e sto bene, non mi sono fatta niente, adesso posso tornare alla mia solita vita».

Non esattamente, pensò Kim, incrociando le braccia. «Allora, che cosa ti ha raccontato Jake?», le chiese.

«Bah, erano tutte stronzate», disse lei, guardando altrove.

«Tutte?», insisté Kim.

«Sì, sì, non gli ho dato ascolto...».

«Trilli, sono stata sincera con te e mi piacerebbe che mi riservassi lo stesso trattamento».

Tiffany fece un respiro profondo. «Mi ha detto che non è colpa mia se mia madre preferisce i miei fratelli a me. Che non è colpa mia se li ama di più».

«Ed è vero?»

«Be', al momento è Ryan a dormire nello stanzino, non io», rispose con un sorrisetto.

Non capendo a cosa si riferisse, Kim si accigliò. «È importante?»

«Sì, direi di sì».

«E così gli hai dato ascolto? Jake è riuscito a farti prendere in considerazione ogni sua parola?», domandò.

«Immagino di sì. Era come se sapesse...».

«Come se sapesse che colpire le relazioni familiari è il modo più rapido per raggiungere le debolezze emotive di una persona. Era il suo trucchetto preferito».

Tiff parve sorpresa.

«Ma come ha fatto ad attirarti, Trilli?»

«Ho la sensazione che dal momento in cui entri a far parte del loro mondo, cominci a sentirti importante. Ti fanno sentire amato, voluto. Ti fanno sentire come se ogni tua parola avesse valore, desiderano la tua presenza. Senti di contare davvero».

«Per noi conti molto, lo sai», le disse Kim con gentilezza.

Tiffany deglutì. «Lo so, e in un certo senso l'ho percepito. Mi ha aiutata a non cedere. Sapevo perché mi trovavo lì e penso sia stato questo a impedirmi di crollare. Sarebbe stato davvero facile».

Kim cercò di tenere a bada il senso di colpa che minacciava di invaderla. Senza volere aveva messo in serio pericolo quella ragazza, dal punto di vista fisico e psicologico. Il desiderio di Tiffany di rendersi utile l'aveva resa cieca rispetto ai rischi che correva.

Anche se era rimasta a Unity Farm solo un paio di giorni, l'impatto di ciò che aveva subìto poteva avere una portata che lei stessa non era in grado di comprendere.

E Kim non intendeva deluderla di nuovo.

L'ombra di Kane Drummond oscurò la porta.

«Trilli, c'è una persona che vorrei farti conoscere».

Una lettera da Angela

Per cominciare voglio ringraziare tutti voi di cuore per aver deciso di leggere *Una mente assassina*, l'undicesimo romanzo della serie dedicata a Kim Stone, e i tanti tra voi che seguono Kim e la sua squadra fin dall'inizio. Se volete restare aggiornati sulle mie ultime uscite, iscrivetevi al sito indicato dal link qui sotto:

www.bookouture.com/angela-marsons

La psicologia delle sette mi interessa da molti anni, e ho letto numerosi libri e storie personali sul tema. Come tante altre persone, ho sempre pensato che usassero un metodo aggressivo, fisico, per sottoporre al lavaggio del cervello individui innocenti, ingenui, e inculcare nelle loro menti una struttura di pensiero completamente diversa. Più leggevo, più imparavo, più comprendevo che l'abilità sta nella persuasione e nella manipolazione, e che tutti noi siamo sottoposti a simili tecniche subdole nella vita di tutti i giorni.

In *Una mente assassina* ho voluto esplorare gli strumenti utilizzati dalle sette per estrarre le persone dalle loro vite quotidiane, dagli amici e dalle famiglie, e verificare al tempo stesso quali siano le difficoltà che si incontrano per riportare quelle persone a essere ciò che erano prima.

La mia ricerca ha compreso molti dei culti e delle sette più noti, del passato e attuali, ma è diventato sempre più evidente che tali gruppi si travestono da qualcos'altro pur di attrarre vittime inconsapevoli verso la loro ideologia. Sono molto più banali di quanto immaginiamo.

Come sempre la squadra normale è stata presente, insieme a un personaggio che a quanto pare ha conquistato sia gli agenti che i lettori (e anche me). Spero vi sia piaciuto leggere questo romanzo tanto quanto a me è piaciuto scriverlo.

Se lo avete apprezzato, vi sarò eternamente grata se scriverete una recensione. Mi piacerebbe tanto sapere cosa ne pensate, e potreste aiutare anche altri lettori a scoprire per la prima volta le mie opere. O magari, potete raccomandarlo ad amici e familiari…

Mi farebbe molto piacere un vostro riscontro, quindi scrivetemi su Facebook o su Goodreads, su X (ex Twitter), oppure attraverso il mio sito Internet. Grazie di cuore per il vostro sostegno, lo apprezzo davvero tantissimo.

Angela Marsons
Angelamarsonsauthor
@WriteAngie
www.angelamarsons-books.com

Ringraziamenti

Non posso cominciare i ringraziamenti se non citando la mia compagna, Julie, che mi è stata accanto a ogni passo lungo il cammino, non solo per questo libro, ma da trent'anni. Tratta ogni mio romanzo come una nuova avventura, condividendo il mio entusiasmo a partire dall'emozione di quando pianto il primo seme dell'idea che ho in testa. Diversamente da me, mantiene per tutto il tempo lo stesso livello di entusiasmo mentre io non faccio che mettere in discussione tutta la storia e la mia capacità di raccontarla. In qualche modo riesce sempre a rassicurarmi, dicendomi che troveremo la via d'uscita. È davvero la mia complice.

Grazie a mia madre e a mio padre, che continuano a parlare di me con orgoglio a chiunque abbia voglia di ascoltarli. E anche a mia sorella Lyn, a suo marito Clive e ai miei nipoti Matthew e Christopher per il loro sostegno.

Grazie ad Amanda e Steve Nicol, che ci aiutano in moltissimi modi, e a Kyle Nicol, che individua i miei libri ovunque vada.

Vorrei ringraziare la squadra di Bookouture per l'incessante entusiasmo nei confronti di Kim Stone e le sue vicende, e soprattutto Oliver Rhodes che ha dato a Kim Stone la possibilità di esistere.

Grazie in particolare alla mia editor, Claire Bord, della quale apprezzo moltissimo la pazienza e la comprensione. Abbiamo appena scoperto che Claire non può sbirciare le classifiche Amazon nei momenti chiave, perché rischia di stare male. L'emozione e la passione che continua a dimostrarmi mi spingono ogni giorno a fare del mio meglio.

A Kim Nash (Mamma Orsa), che è instancabile nel suo lavoro di promozione dei nostri libri e ci protegge dal mondo. A Noelle Holten, che ha un entusiasmo infinito e una grande passione per il nostro lavoro.

Grazie di cuore ad Alex Crow e Jules Macadam per la loro geniale gestione del marketing per i miei romanzi. Anche a Natalie Butlin e Caolinn Douglas per il loro impegno volto a ottenere incontri promozionali per i miei libri. A

Leodora Darlington, che lavora duramente dietro le quinte, e ad Alexandra Holmes, che cura la produzione audio dei romanzi. Un enorme ringraziamento va anche a Peta Nightingale, che mi scrive delle e-mail davvero favolose.

Un ringraziamento speciale a Janette Currie, editor dei romanzi su Kim Stone fin dall'inizio. La sua conoscenza delle storie ha garantito una continuità per la quale le sono profondamente grata. La stessa gratitudine va a Loma Halden, che corregge le bozze dei miei libri in modo incredibile. Devo dedicare una menzione particolare anche a Henry Steadman, autore delle meravigliose copertine: le adoro nel modo più assoluto.

Grazie alla fantastica Kim Slater, che è per me una sostenitrice incredibile e un'amica ormai da tanti anni, e che, nonostante scriva lei stessa romanzi memorabili, trova sempre il tempo per scambiare due chiacchiere. Un grazie enorme a Emma Tallon, che non ha idea di quanto siano preziosi per me la sua amicizia e il suo sostegno. Anche le meravigliose Renita D'Silva e Caroline Mitchell, senza le quali questo viaggio non sarebbe stato possibile. Un grande ringraziamento alla famiglia sempre più numerosa degli autori di Bookouture che non fanno che divertirmi, incoraggiarmi e ispirarmi ogni giorno.

La mia eterna gratitudine va a tutti i meravigliosi blogger e critici letterari che hanno dedicato del tempo per conoscere Kim Stone e seguire le sue vicende. Queste persone meravigliose hanno voci potenti e condividono le loro opinioni con generosità, e non perché è il loro lavoro, ma per passione. Non mi stancherò mai di ringraziare questa comunità per il supporto che dà a me e ai miei libri. Grazie a tutti, di cuore.

Un grazie gigantesco ai miei fantastici lettori, soprattutto a quelli che, nonostante i tanti impegni, trovano il tempo di venirmi a trovare sul mio sito Internet, Facebook, Goodreads o X (ex Twitter).

Indice

p.	7	Prologo
	9	Capitolo 1
	13	Capitolo 2
	15	Capitolo 3
	19	Capitolo 4
	20	Capitolo 5
	22	Capitolo 6
	27	Capitolo 7
	29	Capitolo 8
	33	Capitolo 9
	36	Capitolo 10
	38	Capitolo 11
	40	Capitolo 12
	42	Capitolo 13
	44	Capitolo 14
	48	Capitolo 15
	52	Capitolo 16
	54	Capitolo 17
	60	Capitolo 18
	64	Capitolo 19
	67	Capitolo 20
	73	Capitolo 21
	76	Capitolo 22
	77	Capitolo 23
	80	Capitolo 24

p.	83	Capitolo 25
	85	Capitolo 26
	90	Capitolo 27
	92	Capitolo 28
	96	Capitolo 29
	99	Capitolo 30
	101	Capitolo 31
	105	Capitolo 32
	111	Capitolo 33
	114	Capitolo 34
	119	Capitolo 35
	122	Capitolo 36
	125	Capitolo 37
	128	Capitolo 38
	130	Capitolo 39
	138	Capitolo 40
	142	Capitolo 41
	145	Capitolo 42
	147	Capitolo 43
	149	Capitolo 44
	154	Capitolo 45
	159	Capitolo 46
	164	Capitolo 47
	166	Capitolo 48
	170	Capitolo 49
	172	Capitolo 50
	176	Capitolo 51
	179	Capitolo 52
	181	Capitolo 53
	184	Capitolo 54
	187	Capitolo 55
	189	Capitolo 56
	192	Capitolo 57
	195	Capitolo 58
	197	Capitolo 59

p. 200 Capitolo 60
 206 Capitolo 61
 209 Capitolo 62
 214 Capitolo 63
 217 Capitolo 64
 220 Capitolo 65
 223 Capitolo 66
 226 Capitolo 67
 230 Capitolo 68
 234 Capitolo 69
 238 Capitolo 70
 245 Capitolo 71
 247 Capitolo 72
 249 Capitolo 73
 251 Capitolo 74
 253 Capitolo 75
 254 Capitolo 76
 256 Capitolo 77
 257 Capitolo 78
 259 Capitolo 79
 266 Capitolo 80
 271 Capitolo 81
 275 Capitolo 82
 277 Capitolo 83
 281 Capitolo 84
 285 Capitolo 85
 287 Capitolo 86
 292 Capitolo 87
 294 Capitolo 88
 296 Capitolo 89
 299 Capitolo 90
 301 Capitolo 91
 303 Capitolo 92
 307 Capitolo 93
 309 Capitolo 94

p.	313	Capitolo 95
	316	Capitolo 96
	319	Capitolo 97
	322	Capitolo 98
	324	Capitolo 99
	327	Capitolo 100
	328	Capitolo 101
	330	Capitolo 102
	333	Capitolo 103
	335	Capitolo 104
	337	Capitolo 105
	340	Capitolo 106
	341	Capitolo 107
	343	Capitolo 108
	346	Capitolo 109
	349	Capitolo 110
	353	Capitolo 111
	359	Capitolo 112
	362	Capitolo 113
	370	*Una lettera da Angela*
	372	*Ringraziamenti*

Angela Marsons

La mossa dell'assassino

Volume di 352 pagine. € 9,90

Una tarda sera d'estate, la detective Kim Stone arriva a Haden Hill Park sulla scena di un orribile delitto: una donna è stata legata a un'altalena con del filo spinato e ha una X incisa sulla parte posteriore del collo. La vittima si chiamava Belinda Evans ed era una professoressa universitaria di psicologia infantile ormai in pensione. Perquisendone l'abitazione, Kim e la sua squadra trovano una valigia pronta e indizi di un complesso rapporto tra Belinda e la sorella Veronica. Quando vengono rinvenuti altri due cadaveri con gli stessi segni distintivi, Kim capisce di avere a che fare con un serial killer rituale. Indagando sulle vittime, individua un comun denominatore: tutte e tre erano coinvolte in tornei per bambini prodigio e si stavano recando all'evento annuale. L'assassino è uno dei più spietati che Kim abbia mai incontrato, e l'unico modo per scovarlo è indagare su ogni bambino che ha partecipato alle gare nei decenni addietro. Di fronte a centinaia di potenziali piste e a una sorella in lutto che si rifiuta di collaborare, riuscirà Kim a entrare nella mente del killer e a impedire un altro omicidio prima che sia troppo tardi? Ogni anima ha un lato oscuro. Angela Marsons nel suo nuovo romanzo ci porta a scoprire quanto l'abisso può essere profondo.

NEWTON COMPTON EDITORI

Angela Marsons

La memoria dei morti

Volume di 384 pagine. € 3,90

Incatenati a un termosifone di un appartamento fatiscente, al quinto piano di Chaucer House, ci sono due adolescenti. Lui è morto, lei invece è ancora viva. Per la detective Kim Stone, la scena è sconvolgente: ogni dettaglio sembra rievocare quanto è successo a lei e a suo fratello in quello stesso palazzo trent'anni prima. Quando i cadaveri di una coppia di mezza età vengono scoperti all'interno di una macchina bruciata – proprio come era successo a Erica e Keith, l'unica vera famiglia che Kim abbia mai avuto – la detective non ha più dubbi: qualcuno sta mettendo in scena i peggiori traumi della sua vita, e l'obiettivo non può che essere quello di farle quanto più male possibile. Affiancata dalla profiler Alison Lowe, incaricata di valutare il suo stato psicologico, Kim si immerge in un'indagine che mai come in questo caso la riguarda in prima persona. Perché stavolta la vera preda sembra essere proprio lei... Se i sospetti della detective Stone dovessero rivelarsi fondati, ad attenderla potrebbe esserci il più spietato serial killer che abbia mai incontrato.

NEWTON COMPTON EDITORI

Angela Marsons

Promessa mortale

Volume di 320 pagine. € 3,90

Per la detective Kim Stone non è raro trovarsi di fronte a brutali casi di omicidio, ma stavolta c'è qualcosa di diverso. La vittima infatti è il dottor Gordon Cordell, un uomo dal passato oscuro coinvolto in una precedente indagine, e Kim continua a domandarsi chi potesse desiderarne la morte. Uno strano senso di inquietudine la accompagna mentre muove i primi passi a ritroso nella vita della vittima. Quando il figlio di Cordell finisce in coma in seguito a un drammatico incidente e, pochi giorni dopo, viene rinvenuto il corpo di una donna morta in circostanze sospette, Kim non può fare a meno di ipotizzare un collegamento tra le vittime. Tutti gli indizi sembrano puntare verso il Russells Hall, l'ospedale dove Gordon Cordell lavorava, su cui aleggia un'oscura e impenetrabile rete di segreti e omertà. Se i sospetti della detective Stone dovessero rivelarsi fondati, ad attenderla potrebbe esserci il più spietato serial killer che abbia mai incontrato.

NEWTON COMPTON EDITORI

Angela Marsons

Vittime innocenti

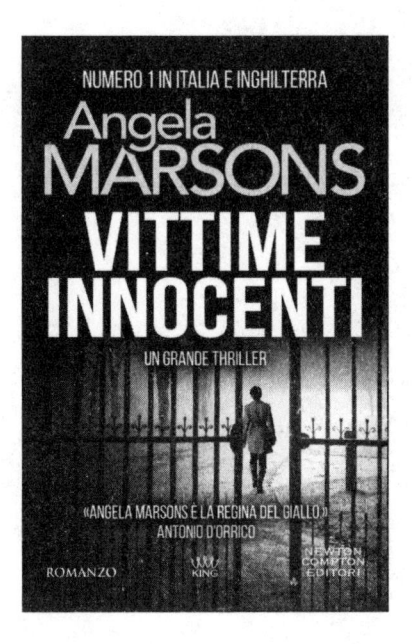

Volume di 384 pagine. € 3,90

La giovane Sadie Winters era un'adolescente "problematica". Per questo il suo salto nel vuoto dal tetto dell'esclusiva scuola privata che frequentava viene rapidamente classificato come suicidio. L'ultimo gesto disperato di una ragazza fragile. Quando però un altro studente resta vittima di un fatale incidente nella stessa scuola, la detective Kim Stone fatica a credere che possa trattarsi di una tragica coincidenza. Tanto più che, nel corso delle indagini, Kim si rende conto che sull'istituto aleggia una pesante cappa di segreti e omertà, che non risparmia neppure gli insegnanti. Nessuno parla, nessuno sa nulla. Solo una professoressa sembra disposta a rompere il muro di silenzio, ma proprio quando Kim crede di essere vicina a ottenere le risposte che cerca, la donna viene trovata morta. Ormai è chiaro che, finché l'assassino non verrà fermato, nessuno dei ragazzi della scuola sarà al sicuro. Possibile che il responsabile di quegli efferati delitti si nasconda tra loro?

NEWTON COMPTON EDITORI

Angela Marsons

Quelli che uccidono

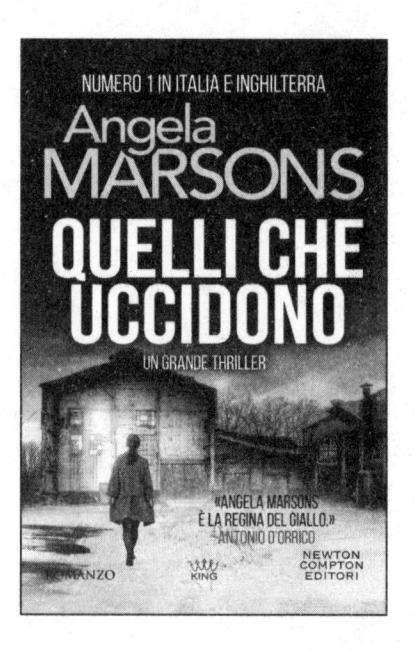

Volume di 384 pagine. € 3,90

Il calo improvviso delle temperature porta con sé la neve e un fagottino avvolto in uno scialle lasciato sulla soglia della stazione di polizia di Halesowen. Chi abbandonerebbe un bambino per strada con un freddo simile? È questa la domanda che tormenta la detective Kim Stone, formalmente incaricata di prendersi cura del neonato fino a che non verranno allertati i Servizi Sociali. E la notte è ancora lunga: una telefonata di emergenza richiama la detective in servizio. Kelly Rowe, una giovane prostituta, è stata assassinata nel quartiere di Hollytree. Le brutali ferite sul corpo sembrano suggerire che l'omicidio sia frutto di un raptus o di una rapina, ma Kim è sicura che quelle labbra livide, se potessero, racconterebbero un'altra storia. Quando altre prostitute vengono uccise in rapida successione, appare chiaro che i delitti sono collegati e nascondono qualcosa di inquietante. Nel frattempo prosegue la ricerca della donna che ha abbandonato il suo bambino, ma quello che all'inizio sembra un gesto disperato assume via via contorni sempre più sinistri. Per Kim Stone e la sua squadra comincia così una discesa negli abissi più oscuri dell'animo umano, che li porterà ad addentrarsi in una spirale di sangue e barbarie. Forse questa volta la verità è più spaventosa di ogni immaginazione…

NEWTON COMPTON EDITORI